Auteur de huit romans dont *Grand amour* et *L'Exposition coloniale* (prix Goncourt 1988), Erik Orsenna a enseigné l'économie à Science Po, à Paris-I et à l'Ecole normale, tout en assurant la fonction de directeur littéraire aux Editions Ramsay jusqu'en 1981.

De 1981 à 1983, il a été conseiller du ministre de la Coopération pour les relations économiques avec le tiers monde puis conseiller culturel du président de la République de 1983 à 1986.

Depuis 1986, il est maître des requêtes au Conseil d'Etat.

En 1990, il a été conseiller auprès du ministre des Affaires étrangères Roland Dumas, chargé des relations avec l'Afrique et le Maghreb.

Aujourd'hui, il préside le conseil d'administration de l'Ecole nationale supérieure du Paysage.

Il est également l'auteur de *Loyola's blues* (1974), *La Vie comme à Lausanne* (prix Roger-Nimier, 1977), *Une comédie française* (1980), *Besoin d'Afrique* (en collaboration avec Eric Fottorino et Christophe Guillemin, 1992), *Mésaventures du Paradis* (en collaboration avec Bernard Matussière, 1996) et *Deux étés* (1997).

Erik Orsenna a été élu à l'Académie française en 1998.

Paru dans Le Livre de Poche :

DEUX ÉTÉS
LA GRAMMAIRE EST UNE CHANSON DOUCE

ERIK ORSENNA

Longtemps

ROMAN

FAYARD

Pour ma mère et pour mon père,
deux vaillants combattants de l'Amour

Un homme, du seul fait qu'il est né,
tombe dans un rêve
comme on tombe à la mer.

Joseph Conrad,
Lord Jim (chapitre XX)

Moi aussi, je suis tombé dans un rêve.

Et le rêve m'a emporté.

Autrement, je ne serais pas là, dans le jardin de la Clarté-Parfaite, fêté par un ballet de papillons-lunes géants et vert pâle (*Actias selene*), doucement bercé par mon fauteuil à bascule et par la très vieille femme que j'aime, couturé de mille cicatrices mais infiniment fier d'avoir vécu selon ma légende. D'ailleurs, cerise sur le gâteau, ne suis-je pas jalousé par les jésuites eux-mêmes ?

Je m'appelle Gabriel. Sain de corps, malgré mon âge deux fois canonique, et très aigu pour l'esprit, comme tu vas pouvoir, émerveillé, le constater.

Je m'appelle Gabriel. Fils de Gabriel, ex-roi du caoutchouc, aujourd'hui disparu. Sur ce point généalogique, j'abrège, car bien d'autres Gabriel nous ont précédés dans l'arbre du temps. Dont le premier directeur de Radio-La Havane (île de Cuba) et un valet du prince de Ligne, l'homme le plus heureux du XVIIIᵉ siècle, où le bonheur n'a pas manqué. Si Dieu m'en donne le loisir, un jour je raconterai leurs aventures.

Sans doute peut-on mener, sous d'autres prénoms, des existences honorables, voire poétiques. Mais nos vies à nous, les Gabriel, ont ce je-ne-sais-quoi de libre, rieur et voyageur où l'on reconnaît l'influence de notre archange tutélaire : ses ailes nous empêchent de marcher tout à fait comme les autres hommes.

Comment expliquer autrement nos destins aventureux ?

Notre physique, en tout cas, n'a rien de remarquable. Et je ne fais pas exception à la règle familiale : une taille médiocre, des yeux gris qu'on peut, certains jours de soleil et d'indulgence, qualifier de bleus, une fragilité des bronches dès que revient l'automne...

Et pourtant il va s'agir d'amour, rien que d'amour, trente-cinq années d'un amour fou.

De Paris à Pékin, via Séville, le Kent et la Flandre.

Voici, croix de bois, croix de fer, si je ne te raconte pas tout, même l'inavouable, je vais en enfer et y entraîne toute ma descendance, voici, tremblez familles, la vérité.

Voici, à l'aube de l'an 2000, le portrait de cet animal indomptable et démodé : un sentiment.

La jalousie des jésuites ? Prends patience. Le moment venu, tu en connaîtras la très explicable raison. Fais-leur confiance. Rien de mesquin chez eux. Leurs têtes souffrent d'autres maladies que la petitesse. Pour mémoire : la démesure, la géopolitique, les affrontements de civilisations, le duel pour la maîtrise du ciel...

Jardin des Plantes

I

Il était une fois, au milieu des années soixante, un homme acharné à demeurer normal. Par normal il entendait marié. Marié une seule et bonne fois pour toutes. Par normal il entendait d'abord : une vie inverse de celle de ses ancêtres dont les amours avaient toutes été tumultueuses, diverses et insupportablement douloureuses.

Pour mener à bien ce grand projet de normalité, il avait entouré son propre mariage des plus vigilantes protections.

Il avait rompu tout lien avec son père, par crainte de la contagion.

Il ne lisait plus de romans et voyait peu de films.

Dans le même souci d'éviter les risques, il passait toujours au large des lieux qui appellent au départ : librairies maritimes, antiquaires spécialisés dans l'exotisme, agences de voyages, boutiques de lingerie. Chez lui, aucune carte de géographie ne divertissait les murs.

Mais son allié principal, sa fabrique quotidienne de bonheur paisible et sédentaire était le métier qu'il s'était choisi : l'aménagement de jardins, la création de paysages.

La vocation de la botanique lui était venue très tôt, dès l'âge de quatorze ans. Un jour que, dans sa maison, deux adultes se déchiraient pour je ne sais plus quelle histoire de coucherie. Pour échapper aux larmes et aux cris, il était descendu se promener dans le parc de la ville qu'il habitait alors : Biarritz. Et là, dans ces allées désertes, dans l'air du soir rosé par les derniers rayons du couchant, la vérité était apparue, évidente, implacable : les plantes faisaient honte aux humains. Elles aussi naissaient, vivaient et mouraient. Elles aussi avaient leurs amours et leurs tracas. Mais elles ne jugeaient pas nécessaire, pour autant, de prendre le ciel à témoin et d'empoisonner l'atmosphère par des sanglots et des hurlements. Elles se contentaient d'être.

La vie végétale était aussi diverse, joyeuse et désespérée, aussi vivante que la nôtre. Elle nous donnait simplement un exemple de silence et de dignité.

De ce jour, au grand mépris de ses camarades, il abandonna les nobles combats du football pour le défrichement d'un enclos minuscule colonisé par les genêts. Et quitta la compagnie d'Alexandre Dumas et de ses mousquetaires pour celle des bulbes et semences : il passait son temps dans les catalogues. Et préparait chacune de ses nuits par la lecture d'un ouvrage fort ancien, cadeau de son grand-père : *Théâtre d'agriculture et mesnage des champs*. L'auteur, Olivier de Serres, avait survécu aux terribles guerres civiles de notre XVIe siècle. Via le travail de la ferme, il redonnait à la France le goût de la paix. Rien de tel que la promenade dans l'une de ses pages « du labourage des terres à grains », « de la conduicte du poulailler », pour se laisser aller au plus confiant des sommeils.

Vingt-six ans plus tard, notre homme ne pouvait que se féliciter d'avoir choisi la botanique. Oui, à condition de ne jamais rester seul avec une cliente, spécialement au printemps, quand tout bourgeonne, et l'été, les redoutables après-midi d'été, lorsque la sueur colle à la peau des femmes les robes imprimées, l'art du jardin était le plus fidèle complice du mariage.

Tel était cet homme normal, à la Saint-Sylvestre 1964, un Gabriel réjoui de son sort et fier de sa réussite.

« Je viens d'entrer dans la quarantaine, pays de la maturité. Mon couple a franchi depuis trois ans le cap du septennat, passage ô combien redoutable. La folie de mes ancêtres ne peut plus rien contre moi. Je ne cavalerai pas comme eux d'un bout à l'autre de la planète. Je ne m'affronterai pas à des créatures bien trop belles. Pour une fois, un Gabriel mènera une existence honorable. »

Et de la main il tapotait l'air, comme pour narguer ses aïeux maléfiques.

« Trop tard, mes amis, je vous ai échappé. Trouvez quelqu'un d'autre pour lui refiler vos gènes de déraison. »

La fête se déroula sans surprise. En compagnie d'amis proches et de leurs femmes trop maquillées, lièvre à la royale, Dalida et Presley en fond musical, traditionnel compte à rebours en consultant sa montre et, au douzième coup de minuit, baiser sous le gui et sur les lèvres.

Rien à dire de plus.

La véritable histoire démarre le lendemain.

Depuis longtemps, notre homme tranquille n'aimait pas les jours de l'An. Dès le matin de ces 1er janvier, tandis que la tête se remet doucement des excès de la veille et qu'une lueur sale traverse les rideaux, il sentait dans l'atmosphère quelque chose de trouble, de tentateur, une très vague mais lancinante menace. Alors, sans attendre que ce malaise s'installe en lui, il se levait, s'habillait dans la pénombre. Sa femme dormait encore. Elle souriait, les doigts repliés sur ses paumes, comme les enfants qu'elle aurait peut-être un jour. Gabriel avait remarqué qu'elle aimait moins les fêtes que leurs souvenirs. Plus l'on s'en éloignait, plus elle s'imaginait y avoir été heureuse. Il l'embrassait sur le front et partait marcher jusque tard dans l'après-midi. À son retour elle était là devant la théière brûlante. Autre rituel du Nouvel An. Pour lui, s'épuiser à la promenade, pour elle, se noyer dans un thé perpétuel, du réveil au coucher. Chacun avait sa manière de résister aux maléfices impalpables des 1er janvier.

Était-ce le fruit de son imagination malade, mais Paris, ce matin-là, 1er janvier 1965, lui sembla pour moitié gare et pour l'autre port. Les trottoirs s'étaient changés en quais et les passants en voyageurs s'apprêtant tous à de grands départs. Cette femme, qui trottinait rue Linné, sous couvert d'aller acheter du pain, quittait, à l'évidence, le domicile conjugal. Rue Geoffroy-Saint-Hilaire, ce vieux taxi Dauphine, pas besoin d'ouvrir son coffre ni les valises s'y trouvant pour deviner qu'il fuyait vers le sud et sans retour. Le clochard appuyé à la fontaine Cuvier, pourquoi lisait-il, en hochant la tête, la page emploi du *Parisien libéré* sinon pour échapper dès le lendemain à une condition rampante et avinée qu'il ne supportait plus ? Et là-haut, la silhouette blanche, penchée au balcon du septième étage de la clinique Lacépède ? Sans nul doute un malade épuisé de douleur et qui avait décidé de sauter dans le vide avant le soir plutôt que de revivre douze autres épouvantables mois.

Gabriel comprenait soudain l'utilité des réveillons : on ne s'y saoule pas pour fêter l'année nouvelle mais pour tenter de noyer en soi les petites voix mauvaises qui susurrent la même tentation : et si, à cette occasion, je changeais tout ?

Les 1er janvier sont désastreux pour la morale. Il faudra bien qu'un pape se préoccupe de cette question, qu'il réforme le calendrier, supprime les années et les mois. Ne passeront plus que des jours. La stabilité des familles y gagnera.

C'est dans cet état affolé, les tempes moites et les mains tremblantes, qu'il poussa la grille du Jardin des Plantes.

Jadis, au temps de ses études, il avait hanté cette enclave miraculeuse au milieu de Paris. Une arche flottant sur la grisaille de la ville, une arche d'ailleurs bien plus complète que celle de la Bible, puisque aux animaux, tous les animaux de la Création, entassés dans le Muséum, de l'amibe à la baleine bleue, s'ajoutaient les végétaux, de la *Campanula rapunculoides* au cèdre géant, planté en 1734 et dont la graine avait été offerte à Bernard de Jussieu par le médecin anglais Collinson.

Au lieu d'aller rêver dans les serres, comme autrefois, quelle force le poussa, ce matin-là, vers la galerie de l'Évolution ? Dieu, lui-même, qui se passionne, dit-on, pour les romans d'amour ? Le destin, forme laïque du précédent ? Le hasard, explication favorite des paresseux ? Le besoin pour Gabriel de retrouver ses marques, en se promenant dans l'histoire de la vie, lui qui sentait bien que la sienne étouffait dans les limites qu'il lui avait construites ? Ou simplement le froid, le froid glaçant de ce début 1965, qui perçait les vêtements, brûlait la gorge, agitait le corps d'un grelottement grotesque mais irrépressible et poussait tout être sensé à trouver refuge dans le premier local un peu chauffé ?

Le temps du procès viendra plus tard. Alors il faudra faire la part de chacun, établir les responsabilités, chercher d'éventuelles circonstances atténuantes. Pour le moment, l'aventure commence. Le bateau Gabriel appareille.

II

— Ça alors, si je m'attendais, et surtout par ce froid...

M. Jean, le gardien, relevait et abaissait les bras comme un vieux télégraphe. Il se frottait les yeux de sa main droite habillée de mitaine, il dansait d'un pied sur l'autre, il ne voulait pas croire que cet homme fait, devant lui, était le Gabriel de vingt années plus tôt, l'étudiant si sérieux, au front si plissé qu'on le croyait atteint d'un mal incurable. Tel était le cas d'ailleurs : de l'ouverture à la fermeture des grilles, et sans doute même après, non seulement il relevait avec un soin maniaque toutes les distances, toutes les largeurs des allées, toutes les lignes de perspective, déroulant son ruban strié de chiffres entre tous les points possibles du jardin, le noisetier tortillard et le cyprès de l'Arizona, la colonie des *Calla palustris* et le massif des ancolies, mais il enfonçait partout, dans la moindre surface meuble, un long tube plein de mercure en même temps que d'un autre thermomètre, bien plus bref, il recueillait la température régnant à un mètre de hauteur, et s'émerveillait à haute voix des résultats : « Tourbière du rocher 19,1°, rocailles sud 18°. Cet endroit de la Terre est le paradis des microclimats. La botanique est la science des microclimats. »

Un adolescent fou de mesures...

— ... Alors toujours dans le métier des plantes ?

— Je peux entrer ? demanda Gabriel, encore sur le pas de la porte.

— Bien sûr, où avais-je la tête ? La surprise... Le Muséum est fermé. Restrictions budgétaires. Mais faites comme chez vous. Sans vous attendre à des merveilles. Certains jours, cet abandon donne envie de pleurer.

M. Jean glissait plus qu'il ne marchait sur le marbre du hall d'entrée, sans doute pour ne pas peser inutilement sur les fondations du vieux bâtiment délabré. C'était un être humain d'une douceur quasi maladive. La moindre violence le blessait. Dans le temps, il cultivait des mousses, un minuscule enclos du côté de l'autoroute de l'Ouest, entre les jardins ouvriers et en cachette de madame. Avait-il gardé la même passion pour ses funaires hygrométriques, pour ses *Andreaea petrophila,* sa fierté? Il en fallait du soin pour faire supporter à ces délicates créatures, habitant naturellement les montagnes ou les zones polaires, les gaz d'échappement, les si puants embouteillages du week-end... Gabriel garda pour lui sa question : rien de pire que raviver la douleur de l'amour, si, pour une raison ou pour une autre, il s'est enfui.

— Pauvre Muséum!

M. Jean avait retiré ses mitaines. Il caressait les flancs râpés du buffle, consolait la pauvre calvitie du lion, passait un ongle sur les fanons déchiquetés de la grande baleine bleue.

— Je vous avais prévenu... Désolant... C'est l'évolution, c'est la vie elle-même qu'on laisse mourir.

Pouvoir exprimer enfin à quelqu'un sa tristesse le réconfortait. Il disait des choses infiniment sinistres mais avec une sorte d'enthousiasme.

— La poussière noie bien mieux que la pluie... Oui, regardez, c'est un déluge gris... Il faudrait un nouveau Noé, un Noé qui accepte de travailler bénévolement puisque le Budget nous refuse le moindre poste... Vous connaissez des bateaux qui naviguent sur la poussière?

Une petite lumière fragile tombait de la verrière, enveloppant les phoques d'une brume adéquatement arctique. Le reste de la Création demeurait dans la pénombre où flottait une incongruité : une odeur de café, plus forte que tous les autres relents de moisissure.

— Heureusement que nous l'avons, celui-là! Un peintre allemand tombé fou amoureux de notre vieux navire. Il se dit que la France finira bien par rénover. Il ne connaît pas nos Finances! En tout cas, il vient tous les jours, depuis deux ans. Il pourrait me servir d'horloge. Neuf heures moins une : arrivée devant la porte, ses couleurs en bandoulière. Jusqu'à neuf heures sept : traversée de la galerie, montée jusqu'au deuxième étage, marche pour rejoindre les coquillages, ses sujets du moment. Le temps de retirer son manteau, il ouvre le thermos vers neuf heures neuf. À dix, vous le constatez, le Muséum de Paris sent bon l'arabica. Ça vous dit? Pas plus généreux que ce M. Kreienbühl.

À cet instant retentirent trois coups, sans doute frappés contre la vitre de la porte d'entrée, trois coups selon toute vraisemblance légers, étant donné leur auteur, mais qui sonnèrent comme le tonnerre dans le silence de la poussière et des créatures empaillées.

Gabriel et son vieil ami garde revinrent sur leurs pas.

— Nous n'avons jamais eu autant d'amateurs, depuis que nous sommes fermés, bougonnait M. Jean.

Devant l'entrée du Muséum, à travers le verre à moitié poli, on devinait plus que ne voyait un trio vêtu de rouge et encapuchonné comme des moines. Les trois battaient la semelle pour vaincre le froid.

— Vous ne savez pas lire la pancarte?

Gabriel était demeuré en retrait pour laisser jouer son rôle au cerbère. Mais l'admonestation tourna court. Les visiteurs rouges devaient bénéficier de protections spéciales et le gardien réintégra, aussi vite qu'il en était sorti, sa nature de timide prompt à s'abriter sous l'obséquiosité.

— Mais bien sûr, madame... dans des cas exceptionnels comme celui-ci... Donnez-vous la peine... Hélas, nous n'avons pas de boissons chaudes pour les enfants... Peut-être après la rénovation?

À peine le cortège était-il entré dans le hall que de

jeunes mains impatientes rejetèrent en arrière les deux capuchons les moins loin du sol (1,20 mètre et 1,35 mètre, nota Gabriel qui n'avait pas perdu sa manie de tout mesurer).

— Ce que ça gratte, ces machins-là !

— Tu l'as dit, bouffi.

— Maman, je veux mon nom ! Pourquoi il m'appelle jamais Patrick ?

Apparurent deux chérubins blonds dont les joues écarlates paraissaient des pastilles découpées dans l'étoffe de leurs manteaux. Le troisième capuchon (1, 72 mètre de sa pointe au carrelage) gardait son mystère. Une voix en sortait qui discutait avec M. Jean.

— Hélas, nous n'avons qu'une heure, que nous conseillez-vous ?

— C'est que nous avons des milliers d'animaux...

— Vous avez sans doute vos préférés.

Si bien que le premier des innombrables liens qui devaient ligoter ensemble et pour toujours Gabriel et cette femme fut tissé par cette voix, ces quelques mots parvenus à son oreille via le feutre d'un duffle-coat, cette articulation précise et juste, qui attribuait à chaque syllabe la place exacte qui devait lui revenir dans l'air, ce ton de moquerie légère qui tuait dans l'œuf tout espoir d'intimité véritable, ce grain des sons prononcés qui donnait l'impression en les entendant que l'on touchait les mots du bout des doigts comme un lecteur de braille, cette voix à qui, dans les moments d'angoisse, il demanderait de réparer les déchirures de la vie : je ferme les yeux, s'il te plaît, parle-moi.

C'est donc en aveugle qu'il fit sa connaissance. En aveugle qu'il tenta d'imaginer à quel visage pouvait correspondre une telle voix. Et lorsqu'elle finit par abaisser le fameux capuchon rouge, il était si perdu dans ses déductions (cet emploi un rien affecté de la grammaire doit impliquer un grand front aristocratique, ce léger mouillé dans le pro-

noncer des « ch » indique des lèvres charnues...)
qu'il ne vit rien d'elle. Un halo brillant la cachait.

Elle ne lui apparut que peu à peu, d'abord les
contours et puis des ombres, comme si elle arrivait
d'un très long voyage, de la nuit des temps, révélée
par des sels d'argent magiques.

Pour essayer de calmer la chamade de son cœur,
il se répétait cette phrase imbécile : Italienne ou
Russe, elle a le charme italo-russe.

Les enfants dansaient sur place de chaque côté
de leur mère, leurs deux têtes blondes comme
dévissées tant elles fixaient l'entrée de la Grande
Galerie, ces vitres sales derrière lesquelles attendaient des formes connues.

— Maman, on peut y aller ?

— Oh, un éléphant ! C'est lui qui bouge les
oreilles pour écarter les mouches ?

— Une girafe ! C'est une vraie ?

Dans le cerveau de Gabriel, une petite chanson se
tuait à répéter : ne la regarde pas de cette manière,
d'ailleurs il vaudrait mieux ne pas la regarder du
tout. Une autre lui répondait : mais qui ou quoi
regarder, dans le monde, à part elle ?

Sans doute accoutumée à susciter ce genre
d'enchantement, l'Italo-Russe continuait de vivre
comme si de rien n'était. Elle avait salué Gabriel
d'un petit signe de tête. À quoi bon nous présenter ?
Elle interrogeait tranquillement le garde.

— Il y a des visites organisées ?

— Je vous ai prévenue : nous sommes fermés.
J'ai bien Nicéphore, mon adjoint. Il doit dormir
quelque part ; le froid l'endort, lui.

— Heureux homme, dit-elle.

— En tout cas, quand il se réveille, il connaît des
histoires qui amusent les enfants.

— Parfait. Allons-y.

Elle souriait.

Les reines sourient ainsi, se dit Gabriel. Elles
expriment un souhait et attendent en souriant, cer-

taines qu'on exaucera. Quel être humain masculin pourrait avoir à faire quelque chose de plus urgent que satisfaire une reine ?

M. Jean leva vers Gabriel un regard désolé, elles sont bien gâchées, nos retrouvailles.

— Vous venez avec nous ? Monsieur est un ancien élève de la faculté des sciences.

Elle inclina la tête, elle rit franchement.

— Très honorée.

Des flammèches dorées brillaient dans ses yeux noirs, un amusement que rien ne devait jamais éteindre, ni l'émotion, ni le plaisir, ni la détresse. Gabriel frissonna. Il connaissait peu les femmes, hormis la sienne, mais chacun sait qu'une épouse, dès qu'elle a prononcé le oui fatidique, sort de l'espèce des femmes pour devenir un hybride à part. Bref, en quarante ans d'existence, il n'avait jamais encore rencontré de reine ni d'amusée. Il se dit qu'il fallait au plus vite se renseigner. Donc renouer avec son père. Gabriel XI, celui de l'hévéa, pourrait sûrement lui donner des indications sur cette catégorie spéciale, « la reine amusée », qui semblait redoutable. Le garde continuait sur Nicéphore :

— Il est peul, vous comprenez. Alors ses idées sur la zoologie ne sont peut-être pas très orthodoxes...

Cette perspective n'effraya guère l'Italo-Russe.

Elle libéra les deux fauves qui partirent en courant vers le zoo empaillé.

— Et pourquoi ne pas profiter, nous aussi, de la philosophie peule ? Ces récits de déserts nous réchaufferont.

D'un pas vif, elle suivit ses enfants.

L'instant d'après, Gabriel blessa, peut-être à mort, l'ami des mousses. Déçu par bien des côtés de la vie, l'amour conjugal, sa profession et même le général de Gaulle (quelle tristesse de l'avoir vu choisir pour Premier ministre ce gros banquier

Pompidou!), notre gardien s'accrochait à deux ou trois idées dont celle-ci : la compagnie des plantes enseigne à l'homme la sérénité. Quand il vit quasiment s'évanouir de désarroi son visiteur jardinier, quand il entendit sa voix trembler d'excitation : (« Vite, aidez-moi, comment retenir cette merveille ? Il y a bien quelque chose de rare à lui montrer... »), ce pauvre gardien perdit toute illusion sur les pouvoirs apaisants de la botanique.

— J'ai peut-être un endroit, complètement interdit, mais pour quelqu'un comme vous...

— Merci, ô merci.

Gabriel, de ses deux mains soudain puissantes comme des serres, lui broyait le bras.

— La galerie des oiseaux... Fermée depuis des années et des années, à cause de la lumière qui attaquait les plumes. Le spectacle la touchera peut-être, bien qu'il ne soit pas très gai.

— Merci, ô merci. Vous me sauvez la vie.

— En êtes-vous sûr ?

— Vive le Muséum !

Aux deux enfants blottis contre l'amusée le Peul expliquait la place du lion dans l'histoire du monde.

Profitant d'une pause dans la cosmogonie (le petit groupe se plaçait maintenant devant l'hyène), M. Jean fit sa proposition.

— Ça vous dirait de voir la plus belle collection d'oiseaux du monde ? demanda la mère.

La réponse des jeunes fut unanime : on préfère les bêtes féroces.

— Parfait, soyez sages. Jean-Baptiste, je te confie ton petit frère. Méfiez-vous des crocodiles. Je vous retrouve tout de suite.

Le garde n'entraîna donc dans les escaliers que Gabriel et l'Italo-Russe.

Au second étage, contre la rambarde, éclairés par un lampadaire de cuivre, ils longèrent le dos d'une blouse sombre, l'arrière d'une chevelure hirsute et, accrochée au chevalet, la tache blanche de la toile : Herr Kreienbühl au travail. Il peignait un bénitier, le plus grand des coquillages existants. Tout à son entreprise, il ne remarqua pas notre passage.

À sa manière acharnée, il jouait les Noé, luttait lui aussi pour sauver les espèces. Je pense souvent à lui, comme à tous les seconds rôles de cette journée cruciale. Quand j'ai visité, bien plus tard, le Muséum enfin rénové, sa présence m'a manqué. Il aurait mérité d'attendre là l'éternité, quelque part dans la galerie de l'Évolution, empaillé parmi ses amis animaux.

Devant la porte close, M. Jean expliqua la pauvre situation des oiseaux : condamnés pour toujours à l'obscurité. La lumière avait décoloré les plumes. Il fallait tenter de conserver les rares teintes qui leur restaient.

— Vous m'excuserez. Je ne pourrai allumer plus.

La clef se trouvait, comme celle de toutes les bonnes maisons, perchée au sommet d'une armoire. Il grimpa sur une chaise, tâtonna, redescendit et pour finir ouvrit la salle mystérieuse. Le doux Gabriel faillit étrangler l'imposteur qui avait annoncé des trésors et ne présentait qu'un gouffre noir au fond duquel palpitait une ampoule bleue, semblable aux veilleuses des trains de nuit et des salles communes d'hôpital.

Peu à peu les pupilles s'accoutumèrent. Surgirent du néant l'enfilade des vitrines et, au milieu de la pièce, des formes plus sombres encore que les ténèbres et menaçantes, sans doute les rapaces.

— Alors, dit l'ami des mousses, après un long silence solennel où l'on n'entendait que le craquement du parquet, qu'est-ce que vous en pensez ?

— Téléphone !

La clameur de Nicéphore avait fait trembler toutes les vitres du bâtiment délabré et sursauter la Création. Trente-cinq ans plus tard, elle résonne encore aux oreilles de Gabriel. Arraché par elle, au moins une fois par semaine, de son maigre sommeil de vieil homme, il se dresse dans son lit, soudain humide de sueur aux aisselles et aux tempes, il appelle tout bas, chérie, et ne peut s'empêcher de sourire : oui, c'est par ce cri à l'accent africain (Nicéphore comme tous ses congénères prononçait *téléphaune*) que tout a commencé vraiment.

— Je vous laisse, dit M. Jean. Refermez bien en partant. Les plumes ont besoin du noir absolu.

Il disparut, les abandonnant seuls debout, l'un près de l'autre, saisis par la même angoisse.

— On pourrait peut-être entrebâiller un peu plus, vous ne croyez pas ? Le noir absolu n'a jamais rendu de couleurs à personne.

Et sans attendre de réponse, elle ouvrit une fenêtre et le volet qui la protégeait. La lumière rasante du matin d'hiver enveloppa sa main. Et c'est ainsi qu'il fit connaissance avec sa peau. Depuis peut-être un quart d'heure qu'il avait rencontré cette femme, jamais ses yeux n'avaient abandonné son visage, malgré les ordres qu'il leur donnait de ne pas oublier la plus élémentaire des politesses et d'aller, au moins un peu, voguer ailleurs. Peine perdue. Les yeux n'obtempéraient pas. Même dans l'obscurité, quelques instants auparavant, ils étaient demeurés fixés sur ce profil indistinct. On aurait donc pu penser que les présentations étaient faites et la chair de la dame déjà appréciée. Erreur. Cette précipitation est étrangère à la logique des rencontres. Il faut des mois de proximité pour remarquer la peau sur un visage. Les premiers temps, bien d'autres hauts lieux, la pulpe de la bouche, le frémissement du nez, l'arrondi des pommettes, l'orée des cheveux, fascinent trop pour qu'on prête attention à la texture même de la beauté.

En vingt années de métier botanique, Gabriel avait acquis un bon savoir des surfaces. Par le regard (d'une intensité qui, dit-on, faisait peur) et par le toucher (dont certains assistants jugeaient le besoin maladif, on n'est pas forcé d'entretenir avec les végétaux des rapports libidineux, etc.) il était entré dans l'intimité d'innombrables matières. Il savait, comme peu de gens, entendre l'appel au secours d'une écorce pourtant hautaine en sa rugosité (délivrez-moi de mes parasites) ou malgré la douceur des poils de la feuille le manque d'eau criant d'une dryade.

Comme à son habitude, il regarda longuement la main, qui s'était attardée, sans doute pour se réchauffer ou se rassurer après tout ce noir, dans les rayons pâles de l'hiver, et il approcha ses doigts. L'instant d'après, il savait qu'il était perdu. Savait, d'une science immédiatement gravée en chaque morceau de lui-même et bien au-delà, sur chacun de ses souvenirs, sur le moindre de ses rêves, savait que désormais sa vie ne serait qu'attente et regret, deux océans sinistres précédant et suivant ce miraculeux contact.

Sous ses doigts, la main n'avait bougé que deux fois, deux petits soubresauts et puis plus rien. La dame en rouge demeurait pétrifiée, tout entière tendue vers les extravagants commerces auxquels son corps s'abandonnait.

Toute la journée qui allait suivre et les années, elle reviendrait encore et encore sur cette réaction en chaîne, cause, sinon excuse, de cette invraisemblable mais si durable folie.

À l'instant où les doigts rencontrèrent la main, en ce centième, ce millionième de seconde, et l'on pourrait continuer à diviser ce laps jusqu'à l'infiniment petit, première preuve des relations démoniaques de l'amour avec le temps, une frontière s'ouvrit, une invisible barrière rouge et blanche se leva. Et Gabriel, pas à pas, le cœur broyé, commença de pénétrer dans le pays d'une femme, inconnue parfaite l'heure d'avant, et dont il ne saurait le prénom, après quelles recherches ! que trois mois plus tard. Et de même l'inconnue pénétra dans le pays de Gabriel.

Plus tard viendrait le temps de la queue, des seins, du con et de la fleur des lèvres, le temps des régions du corps avec chacune ses exigences et ses rythmes. Pour l'heure, l'émotion faisait taire la voix sourde de tous ces détails.

Ils demeurèrent l'un contre l'autre. La longue rangée des oiseaux décolorés les épiait. Gabriel, assez compétent en matière de canards, reconnaissait l'ouette d'Égypte, le *Tadorna casarca*. Pauvres bêtes, si bigarrées rouge, noir et ocre dans la vie et maintenant toutes semblables, du même gris sale. On entendait des rires d'enfants. Quelqu'un parlait avec l'accent allemand. Le peintre avait dû abandonner ses mollusques pour une petite récréation.

Alors elle lui prit les deux bras. Elle l'entraîna dans le rai de lumière. Il ne résistait pas. Elle s'arrêta. Elle leva les yeux vers lui. Jamais personne ne l'avait observé ainsi, avec un tel sérieux. Elle dit :

— C'est fini.

Après elle, il répéta c'est fini, puisqu'elle le voulait.

D'un infime hochement elle remercia, referma son manteau à capuchon et s'enfuit. Il entendit chacun de ses pas, aussi distinctement qu'on voit les pierres d'un gué. Et puis le silence recouvrit tout.

Plus tard, bien plus tard, quand il eut recouvré l'usage de ses jambes et un rythme de respiration presque normal, Gabriel redescendit. Plus personne dans la grande galerie de l'Évolution.

Les deux gardiens s'étaient réfugiés dans un coin du hall d'entrée et tendaient leurs mains au-dessus d'un minuscule radiateur électrique.

— Vous leur avez assez parlé ? dit le Peul. Ces oiseaux-là ont besoin d'histoires pour récupérer leurs couleurs.

Gabriel ne lui répondit pas. Avec trente-cinq ans de retard, monsieur le Peul, je vous présente mes excuses. Il marcha droit vers l'ami des mousses et l'entraîna à l'écart.

— Vous avez lu son nom ?

— Quel nom ?

— Sur l'autorisation qu'elle vous a présentée, il y avait bien un nom ?

M. Jean fronça les sourcils, murmura quelques syllabes.

— Non, je regrette, envolée. D'ailleurs, vous êtes marié, non ?

Gabriel lui sourit, merci, salua d'un vaste geste l'homme qui avait crié « téléphone », et quitta le Muséum riche d'une seule indication : la femme qu'il avait commencé d'aimer pour la vie une heure auparavant portait, les jours de grand froid, un manteau rouge à capuche.

J'imagine que les deux gardiens, le titulaire blanc et son stagiaire peul, parlèrent jusqu'au soir et toutes les semaines suivantes de cette double visite.

— Miracle et malédiction de l'amour.

Nicéphore accompagnait son refrain de mimiques fatalistes, les deux mains vers le ciel, qu'il abattait régulièrement sur la table pour de longs martèlements syncopés, façon tam-tam, qui rendaient fou M. Jean sans qu'il songe une seconde à protester : son ami, l'ancien étudiant mesureur, aurait besoin pour surmonter les drames qui s'annonçaient de toutes les magies africaines. Une fois de plus, malgré son prénom protecteur, un Gabriel marchait au-devant de forces trop grandes pour lui.

III

— Tu t'en vas ? dit sa femme quand il revint.

Il se trouvait dans l'entrée. Il venait de refermer la porte. En déboutonnant son manteau, en retirant ses gants de laine, il s'était détourné du petit miroir guilloché, dernier cadeau de Noël des beaux-parents (« ça agrandira l'appartement »), il fixait les yeux sur la pointe de ses chaussures boueuses, il n'osait pas faire connaissance avec la tête de ce nouveau Gabriel bouleversé par la rencontre. Comment, avant de pénétrer dans la chambre où elle l'attendait, sa compagne de dix années heureuses, comment éteindre le soleil qui s'était installé au plus profond de lui, comment calmer cette musique contre laquelle il luttait de toutes ses forces pour ne pas danser ?

Il sentait sa femme si proche, là, de l'autre côté de la cloison. Il l'entendait respirer et tapoter sur la théière. Il savait qu'elle regardait la fenêtre, le marronnier déplumé.

— Si tu t'en vas, pas la peine de m'embrasser. D'ailleurs, je sais que tu m'embrasses. Bonne chance.

Elle le connaissait mieux que personne.

En reboutonnant son manteau et renfilant ses gants, il l'embrassa. En n'emportant aucun livre, pas même *Lord Jim*, pas même *Tendre est la nuit*, il l'embrassa. Marche après marche, en redescendant l'escalier, il l'embrassa. Dans la rue, en maudissant les gènes de tous ses ancêtres Gabriel et leur maladie du coup de foudre, il l'embrassa. Mais nos bras d'humains sont courts. Que veut dire embrasser, quand on s'éloigne pour toujours ?

IV

— Une chambre, tout de suite ? Vous demandez trop à Dieu.

La très vieille femme qui tenait l'hôtel des Facultés Littéraires et Scientifiques avait parfaitement reconnu le jardinier-paysagiste, depuis le temps qu'il venait chez elle, chaque fois qu'il avait besoin d'idées neuves, pour se désengoncer de la vie quotidienne. Elle le toisait, comme à son habitude, un œil offusqué et l'autre ravi.

— Ça vous tuerait de prévenir ? Vous croyez peut-être qu'il me reste quelque chose ?

Elle prolongea son regard sur le visiteur jusqu'à ce qu'il balbutie un « Je sais bien qu'il y a peu de chances », manière pour lui de présenter ses excuses pour tant de désinvolture envers un établissement choisi comme séjour, d'après le dépliant, « par les plus grands universitaires des deux bords de l'Atlantique ».

— Je vais voir.

Et chaussant des sortes de besicles, elle plongea les yeux dans son capharnaüm, une feuille immense et quadrillée, noire de crayonnages, où elle notait les réservations pour une année entière et où elle seule pouvait se retrouver. Au désespoir de sa fille qui n'osait penser au cortège de catastrophes, voire d'incidents diplomatiques qu'engendrerait la moindre indisposition de la gardienne de tous ces secrets.

— Il n'y a de veine que pour la canaille.

Un habitué, professeur à Princeton et spécialiste mondial de *Madame Bovary*, dont il venait chaque année, durant un mois, scruter les versions successives à la Bibliothèque nationale, avait déclaré forfait pour deuil.

La patronne lui tendit la clef comme à regret.

— Un jour, vous resterez dans la rue. Et ce sera

pain bénit. Ne jouez pas trop avec Dieu. Il tient comptabilité de tout. Il finira par se lasser de vos caprices. Allez, c'est la 16.

Elle reprit son crayon gras 3B et replongea dans la patience qui remplissait son existence : gommer un nom, le calligraphier dans une autre case, c'est-à-dire dans une autre nuit, gommer ailleurs... L'interminable et tout-puissant jeu de taquin des propriétaires d'hôtel.

Grâces soient rendues au maniaque de Flaubert. La chambre qu'il avait abandonnée était un miracle dans Paris : un plain-pied sur jardin. Jamais Gabriel n'y avait séjourné. Allongé sur son lit, il pensa un instant au décès américain, de l'autre côté de la mer, auquel il devait ce cadeau princier. Mais ses yeux se fermèrent et, jusqu'au matin, des capuchons rouges et des oiseaux plus pâles que l'absence gambadèrent dans sa tête. Il se réveilla fourbu. Et aveuglé. Il avait neigé dans la nuit. Une clarté brutale traversait les voilages. Il mastiqua en clignant des paupières deux croissants plus gras que le beurre lui-même.

— Au travail.

Le choix de cet hôtel hanté de *scholars,* au cœur du Quartier latin, ne doit pas égarer sur les intentions de Gabriel. Nulle manigance intellectuelle, chez lui. Nul projet de thèse sur quelque barde de l'amour courtois ou sur la présence du sexe dans les inédits de Mme de La Fayette. Certes, sitôt prononcée la promesse mortifère « c'est fini », son cerveau s'était empli d'innombrables stratégies parjures pour recommencer, recommencer au plus vite, connaître à nouveau cet éblouissement. Mais la cour qu'il comptait mener à cette fin n'avait rien à voir avec l'érudition. Elle supposait, de toute manière, un préalable : apprendre le nom et l'adresse de l'inconnue. Désolé de forcer le hasard, mais brièveté de la vie oblige.

34

Et l'avantage des « Facultés Littéraires et Scientifiques » était géographique : l'hôtel jouxtait la vénérable Sorbonne, dans laquelle, en haut d'un escalier défendu par deux huissiers et glissant comme la glace, Gabriel trouverait peut-être l'information dont son cœur avait besoin pour continuer de battre.

— Vous n'avez pas rendez-vous ?

La stupéfaction tordait comme une névralgie le visage de la secrétaire.

— Vous dites que l'affaire est d'une urgence extrême et que vous connaissez le Recteur ?

Par deux fois Gabriel acquiesça.

— Je vais voir.

Une minute plus tard, le Recteur l'embrassait, une quinquagénaire blonde, enjouée, autoritaire mais malicieuse, une archéologue qui avait très vite abandonné les poussières de sa science pour les ors, les voitures, les cocktails et les agendas surpeuplés des fonctions administratives. Il l'avait connue quinze ans plus tôt à Sienne, sur une terrasse où l'un et l'autre faisaient cure de paysage : elle, pour se reposer de fouilles (« De plus en plus souvent, j'ai envie de tout reboucher. La Terre a besoin de ses secrets »); lui, ses études achevées, pour se faire l'œil avant de commencer à créer ses premiers jardins (« La Toscane m'entre dans le crâne comme une grammaire »).

Le soir venu, à la lumière tremblotante du photophore, elle racontait ses amours, chorégraphie inventive et gourmande, nous n'avons qu'une seule vie, il faut tout explorer...

Inutile de dire que la sagesse conjugale de Gabriel, ces dernières années, l'avait désolée. Elle accueillit sa demande d'un gloussement ravi.

— Enfin !

Et annulant sur l'heure tous ses rendez-vous de la matinée (« Mais madame, dit la secrétaire, les présidents d'université attendent déjà ! — Dites-leur que le ministre m'a convoquée. — Et votre collègue polonais? — Les catholiques sont patients par nature... »), agitée comme une enfant heureuse, efficace et pratique comme un chef de chantier, elle mit toutes ses forces au service de la cause.

— Oui, monsieur le Principal, écoutez quand je vous parle, j'articule, il me semble, un Patrick en huitième ou septième et un Jean-Baptiste en sixième ou cinquième. Bien sûr de la même famille... J'ignore le nom, bien deviné, sinon je ne vous dérangerais pas... Oui, tout de suite, j'attends...

Elle reposait l'appareil. Joues en feu, manches retroussées, cette chasse lui avait retiré vingt ans.

— Ils doivent me croire folle, deux prénoms parmi trois cent mille... Dis-moi, heureusement qu'elle est mère de famille, ton amie, autrement pfuitt, envolée. Maintenant que tu es entré en dépravation, il va falloir te montrer plus direct dans la capture. Je ne serai pas toujours là. Oui? Monsieur le Principal? Aucune trace? Thierry en septième et Valentin en première. Attendez, je vérifie (Gabriel secouait la tête), non, je vous remercie. Pour ce qui concerne la titularisation des PEGC stagiaires, je vous écris la semaine prochaine...

À la fin de la matinée, onze collèges et huit petits lycées avaient été appelés. Aucune trace des deux capuchons. D'innombrables parents parisiens avaient choisi ces deux prénoms irlando-bibliques, Patrick et Jean-Baptiste, mais les âges ne correspondaient jamais.

— Tu es sûr qu'elle existe vraiment, ta famille rouge? Reviens demain, huit heures, nous continuerons.

L'enquête dura trois semaines, trois semaines d'incessants réconforts téléphoniques à l'agence de jardins et paysages que Gabriel avait créée onze ans plus tôt et qu'il avait baptisée Olivier-de-Serres, en souvenir de ses lectures d'adolescent. « Ne vous inquiétez pas de mon absence, le projet sur lequel je travaille nous rendra tous riches et célèbres », trois semaines de cauchemars de plus en plus cruels dans la nuit de la chambre 16 (marches épuisantes dans le désert, déchirures du cœur, du ventre, du crâne, des deux yeux), trois semaines de campement à la Sorbonne et de colère croissante du Recteur qui considérait cet échec comme une faute professionnelle grave (« Si je ne suis pas capable de retrouver deux enfants qu'on m'a confiés... »), trois semaines de suspicions politiques (« Tu ne vas pas me dire, Gabriel, que tu serais tombé fou d'une femme qui a choisi pour ses enfants l'enseignement privé ? »).

Suspicions justifiées. L'Italo-Russe avait en elle quelque chose de profondément catholique : cette gaieté, cette légèreté, ce très émoustillant cocktail d'abandon et de maîtrise, tous cadeaux, à n'en pas douter, du génial sacrement de la confession, bien sûr, mieux vaut ne pas pécher, mais l'absolution n'est pas faite pour les chiens.

En conséquence, l'après-midi, de son hôtel, Gabriel joignait discrètement la concurrence : l'École alsacienne, Stanislas, Saint-Louis-de-Gonzague. Il ne s'en tenait pas à Paris, il élargissait à la banlieue : Saint-Nicolas d'Igny, Saint-Martin de Pontoise, Saint-Jean de Béthune (Versailles)...

En pure perte. Les religieux non plus n'avaient pas dans leurs stocks les deux blondinets demandés.

Une piste enfin parut, le jour même où l'on allait, comme dit la presse à propos des disparitions en mer ou dans le massif du Mont-Blanc, « cesser les recherches ». Tous les responsables d'établissement de Paris et de sa couronne avaient été joints. Tous avaient répondu de la même manière négative, croyez bien que j'en suis confus, madame le Recteur, j'aurais bien voulu vous rendre service, mais je ne peux pas m'inventer un Patrick et un Jean-Baptiste séparés par les années que vous dites.

— Ou bien tu as rêvé, Gabriel, ou bien il n'est inscrit nulle part, sur aucun registre, que tu doives un jour revoir cette femme.

L'amoureux hocha la tête. Il s'était levé et s'apprêtait à remercier tristement son amie. Elle avait raison. Il fallait ranger la rencontre du Muséum bien au fond du palais moisi de la mémoire.

Quand surgit la coïncidence, l'un de ces moments où, pour s'amuser, le destin prend un humain par la main, lui ouvre une porte jusqu'alors invisible, le pousse en avant et le regarde se débattre dans de nouvelles aventures.

Depuis le début de cette interminable quête, Gabriel avait entendu bien des fureurs, celles des malheureux personnages considérables piaffant dans la salle d'attente pendant que le Recteur s'occupait d'amour. Un président de Région, à bout de patience, s'était rué dans le secrétariat, terrorisant les deux dactylos par ses hurlements : « Votre patronne n'insultera pas sans conséquence les pays de Loire. » Un syndicat de parents d'élèves avait ouvert les fenêtres et ameuté les passants : « On ne veut pas nous recevoir, vos enfants sont en péril. » Une petite manifestation spontanée de soutien s'en était suivie, rue des Écoles...

L'ancienne archéologue prenait ces agitations avec dédain : quand une âme saigne, et je te plains, tu as l'air bien mordu mon pauvre Gabriel, avant toute chose il faut la panser. Elle accueillit d'un « quoi encore ? » exaspéré la nouvelle intrusion de son malheureux bras droit.

— L'équipe dirigeante de l'Enseignement à Distance me charge de vous dire qu'elle ne peut plus attendre. Ils doivent envoyer avant midi leurs corrections de l'Amérique du Nord. Les valises diplomatiques ont des horaires précis, elles.

Mme le Recteur se frappa le front.

— Nous l'avions oublié, celui-là !

Et elle se précipita, rattrapa les visiteurs encolérés dans l'escalier d'honneur, expliqua, en guise d'excuse, la contrainte d'une concertation avec son homologue allemand, ramena le petit monde dans son bureau où attendait Gabriel qui fut présenté comme un journaliste chargé d'un papier sur l'état intellectuel de nos jeunes expatriés.

— Les Français sont déjà casaniers. Alors si les bambins de nos trop rares aventuriers sont mal éduqués, on ne trouvera plus personne pour s'installer hors de l'Hexagone. Et alors, adieu, les marchés étrangers !

L'équipe de l'Enseignement à Distance, toute ire oubliée, souriait béatement de voir son importance si bien comprise. Le Recteur poursuivit, montrant Gabriel :

— Accepteriez-vous de prendre ce monsieur quelques semaines comme correcteur stagiaire ? Il pourrait ainsi, en étroite liaison avec vous, dresser un bilan équitable.

L'idée fut jugée excellente, exemplaire même des rapports confiants qui devaient s'instaurer entre la Presse et l'Éducation nationale, les deux piliers de notre démocratie, etc.

Rendez-vous fut pris pour l'après-midi même. On se quitta enchantés les uns des autres.

— Il nous reste maintenant à espérer, murmura le Recteur à l'oreille de Gabriel, que tes deux blondinets existent bel et bien, quelque part sur la planète. Tu ne pourrais pas choisir des coups de foudre plus simples ?

— C'est de famille.

— Pauvre Gabriel. Bonne chance tout de même et reviens quand tu veux briser ma carrière.

V

— Mon pauvre Gabriel!...

L'homme que je n'avais pas revu depuis dix années, l'homme que j'avais prié par lettres, pneumatiques, télégrammes de demeurer le plus loin possible de moi et de m'avertir, s'il venait à Paris, pour que je puisse fuir au plus vite, l'homme que je ne prenais jamais au téléphone pour ne pas risquer de céder au charme ou à l'émotion, l'homme qui, la nuit, me dictait des rêves inacceptables pour un époux digne de ce nom, l'homme qui, le jour, me soufflait, pour m'inciter au voyage c'est-à-dire à la désertion, des bourrasques tentatrices d'alizé, de meltem ou de sirocco, l'homme contre lequel il m'avait fallu bagarrer heure par heure sans jamais baisser ma garde pour essayer de mener une vie normale (un métier stable, un mariage qui tienne), bref Gabriel XI, mon père, se tenait là, au fond du café-restaurant le Perroquet, avenue Gallici, Juan-les-Pins.

Il n'avait pas changé. Toujours le même grand âge alerte, les mêmes joues pleines d'enfant, la même gaieté, le même mélange de rondeur et d'énergie qui le faisait tant ressembler à une balle de caoutchouc, cette manière de rebondir sur tout, un mot, une idée, un nom de ville, le parfum d'une femme.

Et toujours cette terreur d'être reconnu quand il se trouvait avec son fils. Ce déguisement grotesque, lunettes noires et chapeau tyrolien, particulièrement incongru dans ce décor provençal, sous ces affiches de corridas et ces rascasses géantes empaillées. Il s'était installé dans la salle du fond, dos à l'entrée mais la tête constamment tournée vers elle. Il sursautait à chaque nouvel arrivant.

— Tu as bien mauvaise mine, mon pauvre Gabriel. Que me vaut le plaisir de cette réconciliation?

Il me scrutait à travers ses verres fumés. Il en oubliait même de surveiller la porte. Bien sûr, il avait déjà tout deviné. Un fils qui revient ainsi vers son père, après dix années, ne peut qu'appeler à l'aide. Et quelle sorte d'appui peut apporter à ce fils un très vieux Gabriel XI, ex-roi du caoutchouc? Seulement des avis tirés de son expérience intime, des conseils en matière d'amours impossibles.

Je ne pouvais plus reculer. J'allais devoir commencer mon récit. Avant de me lancer, je pris quelques forces.

J'avais oublié le plaisir, au milieu de l'hiver et pour faire passer l'aïoli, d'un bon petit bandol (domaine de Cagueloup).

— Alors, mon pauvre Gabriel, je me trompe ou la génétique triomphe? Crois bien que je n'en serais pas enchanté.

Tout son visage disait le contraire. Il rayonnait. Bienvenue, mon fils, au pays de tes ancêtres! Pour fêter la bonne nouvelle, il avait retiré son accoutrement, sur la table gisaient les lunettes noires et le galurin du Tyrol. Ses paupières battaient d'excitation. Ses joues rosissaient. Il se taisait. Mais je devinais le genre de phrases qui galopaient dans sa tête comme les nuages dans les cieux d'Irlande. Bienvenue au royaume des bien trop belles pour nous, longue vie palpitante dans l'univers poivré de la passion...

Il avait posé sa main sur la mienne. Son regard ne me quittait pas. On y voyait, sous le joyeux, des éclairs un peu tremblants, les lueurs perdues de la vieillesse et de la solitude. Tout de même, on n'allait pas se mettre à pleurer comme ça, pour des retrouvailles, en pleine arrière-saison.

Une fois de plus, le bandol remplit son office bienveillant.

— Je t'écoute.

Gabriel avait recouvré toute sa gaieté. Un appétit de savoir, une véritable avidité le rajeunissait de vingt ans. Je commençai par le début, le fameux 1er janvier.

— Toi aussi, les jours de l'An?...

Ce cri lui était sorti du plus profond de lui-même.

— ... Pardon, je n'ai pas pu me retenir. Je veux juste te dire... C'est bon d'avoir dans le monde quelqu'un de très pareil. Voilà. Je ne t'interromprai plus.

— Ces messieurs resteront pour dîner?

Les retraités, clientèle majoritaire du Perroquet, étaient partis pour la sieste, revenus pour le thé, repartis. Dehors, au-delà des vitres, l'air était devenu jaune, la couleur que dispensent les réverbères. On ne voyait plus la pinède. Le serveur avait changé de veste, celle du soir était plus chic, croisée au lieu de droite.

Gabriel se dressa.

— Mon Dieu, déjà la nuit! Quels bavards nous avons fait! Je ne me suis pas rendu compte.

Il semblait affolé. Fébrilement, il reprenait son déguisement.

— Papa...

Ça y est, j'avais réussi à le dire, ce mot qui ne passe pas facilement les lèvres, l'âge venu. Résultat immédiat. Il me fixait pétrifié.

— Oui?

— Tu ne crois pas que c'est le moment?

— Quel moment?

Ses doigts couraient sur le chapeau tyrolien. S'ils continuaient, ils allaient casser la plume

— Eh bien, le moment de leur avouer la situation. Notre situation.

— Je t'appelle. Quel hôtel?

— Juan Beach.

Il avait disparu.

Allongé sur le lit bien trop mou de la chambre 7,

les yeux fixés sur une femme au chapeau bleu (d'après Matisse), je repensais à la merveilleuse fébrilité mentale de mon père sitôt qu'il s'agissait d'amour. Tout l'après-midi, il avait jonglé avec les hypothèses :

— Bon, admettons que tu la retrouves et que, touchée par ton acharnement, elle accepte l'idée de céder. Dois-je te le souhaiter ? On verra. Bien sûr que oui. Bon. Où l'emmener ?

« Une chambre d'hôtel ? Pour banaliser cette rencontre, don du ciel ? Pour se mêler au troupeau des adultères hâtifs ? Pour s'abandonner dans des draps mille fois souillés ? Pour laisser les regards goguenards de la réception salir l'émotion de la première fois ? Jamais.

« Un appartement prêté par un ami ? Solution à peine préférable : elle implique, même légère, une complicité entre hommes, qui trouble l'exclusivité du tête-à-tête. L'amour neuf n'a rien à faire de ces fraternités de vestiaire ou de régiment. Elles seront sûrement nécessaires plus tard, quand il faudra ramasser et recoller tes morceaux d'éconduit. Mais laissons aux débuts leur fraîcheur.

« Une location ? De deux choses l'une. Ou tu l'habites vraiment. Une femme sent ces choses-là. Elle risque soit de prendre peur (le monsieur veut m'installer chez lui), soit de se dégoûter (combien en a-t-il accueilli avant moi ?). Ou le studio est vide ; sauf le lit et la musique. Cette nudité risque de vous enfermer dans la seule recherche du plaisir alors que votre passion doit investir tous les territoires de vos existences...

Le téléphone sonna.

Gabriel XI était moins flambant à l'appareil. Sa voix n'était qu'un chuchotement, un chuintement terrorisé.

— Je ne peux pas te parler. Elles vont revenir. Demain, onze heures, 13, avenue Wester-Weymiss, Cannes-La Bocca. Bonne nuit.

La dame au chapeau bleu me regardait. Elle semblait satisfaite de nous, les Orsenna. Les femmes ne s'intéressent vraiment qu'à l'essentiel, les histoires d'amour. Elle me souhaitait bonne chance.

Encore fallait-il la retrouver, ma sublime...

VI

Des amours de mon père je savais tout.

Il me les avait racontées au bar de l'Univers, ville de Saint-Malo (intra-muros), un jour de cérémonie : le matin même de mon mariage.

— Gabriel, avant de t'engager pour la vie, tu es d'accord que tu dois te connaître toi-même ?

J'avais l'esprit assez ailleurs, on le comprendra.

— Bon. Même si beaucoup de traits distinctifs sautent les générations, tu tiens forcément de moi. Toujours d'accord ?

Je ne répondais pas. Je buvais mon chocolat en regardant les photos de bateaux qui tapissaient les murs.

— Parfait. Te connaître, c'est me connaître. Je suis un peu gêné. Surtout en cette occasion. Mais c'est justement à cause de cette occasion qu'il me faut parler. Et vite. Je ne veux pas te retenir longtemps. Tu as évidemment des milliers de choses à faire en ce jour de fête. Bon, je me lance. Gabriel, tu m'écoutes ? Voilà. À part ta mère, il y a eu deux femmes. Deux sœurs.

Et c'est alors qu'il m'a remis le cliché. J'y ai posé les yeux, erreur fatale, mais comment faire autrement ? Une photographie des années trente. Deux joueuses de tennis, jupe longue, bandeau dans les cheveux et raquette de bois, tamis ovale. L'une sourit, la blonde. L'autre a le regard intense de qui interroge sans cesse, nuits comprises, les secrets du monde. C'est la brune.

Je me suis levé. J'ai pris mon père par le bras.

— Merci pour ta franchise. Mais tu comprends bien que nous devons nous séparer. Et que c'est peut-être déjà trop tard. Trois femmes. Mon père a eu pour le moins trois femmes dans sa vie ! Et moi qui vais dire oui à une, tu m'entends, une seule et pour toujours. Tu veux détruire mon mariage, avant même qu'il ait commencé ? C'est ça ?

Je m'échauffais. J'étais jeune, plein de règles, de certitudes et d'angoisse.

Les autres consommateurs, tous des marins, s'étaient tournés vers nous. Sans m'en rendre compte, je devais hurler.

J'ai agrippé Gabriel XI par l'épaule droite de son smoking et je l'ai traîné dehors. Il ne protestait pas. D'ailleurs, avec son père à lui, les choses ne s'étaient pas passées très différemment. Les invités, les membres de ma noce, s'attroupaient déjà devant le château fort qui, à Saint-Malo, sert de mairie.

Je leur ai crié : je reviens, et aussi cette phrase incroyable, je me la rappelle, on me l'a si souvent répétée : je serai à l'heure pour les consentements.

J'ai poussé mon père dans un taxi, nous avons roulé vers la gare. Il ne disait rien. Qui peut protester contre le destin ?

Il s'est laissé installer dans le train de Rennes. Avant de revenir me marier, j'ai attendu que disparaisse le dernier wagon du convoi. J'étais fou de colère et de crainte. Me découvrir un père trigame... le jour même de mes noces... déjà que nous n'aurions jamais dû choisir Saint-Malo, un port, la maladie des lointains, la manie des départs, alors qu'un mariage, c'est demeurer, encore et toujours demeurer...

La fameuse photographie, je l'ai retrouvée peu après. Je venais de dire oui, applaudissements, rires, flashes. Je cherchais un stylo pour signer le registre. Elles étaient là, tapies dans ma poche, les deux sœurs joueuses de tennis. J'ai rougi. On a mis ce fard sur le compte de l'émotion.

VII

Quittant la grande artère, celle qui conduit à la Croisette, l'avenue Wester-Weymiss n'est qu'une ruelle étroite qui monte entre des murs gris d'où débordent tamaris et mimosas. Le portail de la bastide, au numéro 13, ressemble à celui d'un couvent.

J'hésitais à pousser la sonnette. Après tout, rien ne m'y forçait. Aucune ville n'est plus facile à fuir que Cannes. Taxis, trains, voitures de location, aéroport Nice-Côte d'Azur...

Une drôle de question me taraudait : « Si elle avait survécu, ma mère aurait-elle achevé ici sa vie, auprès des deux sœurs ? Les trois femmes de Gabriel XI... »

Deux vieilles dames.

Bien sûr, le temps les avait griffées, ravinées, asséchée pour l'une, légèrement boursouflée pour l'autre et jaunies toutes les deux. Mais le temps n'avait pas triomphé. On les reconnaissait au premier coup d'œil, les ex-joueuses de tennis, Clara l'intense, chercheuse d'absolu, et Ann, la femme d'affaires, l'inlassable fabricante d'argent. Leur élégance avait résisté. Ce genre de femmes n'abdique jamais. Seule la mort aura raison de leur beauté.

Deux vieilles dames anglaises, pour être plus précis, vêtues de la même longue robe à fleurs, ou presque, dans les bleus passés.

Clara s'amusait avec un Leica. Ann ne tenait pas en place, à peine allongée sur un transat, se relevait et martyrisait les feuilles d'un malheureux magnolia.

Elles n'avaient pas remarqué la présence des Gabriel. Les Gabriel ont avec la présence des relations très floues. Ils savent tenir du fantôme quand ça les arrange. Les deux sœurs continuaient leurs propos comme si nous n'étions pas là :

— Tu ne trouves pas qu'il est bizarre, ces temps-ci ?

— Je me suis demandé... Tu crois qu'une autre femme ?

— Allons donc, à son âge !

— En tout cas, il est encore plus absent que d'habitude.

— Si nous lui faisions une vraie place près de nous, peut-être qu'il s'y tiendrait.

— Penses-tu, c'est un nomade.

Tout en devisant, la photographe avait collé le Leica contre son œil droit et balayait le petit paysage du jardin. On ne sait jamais, quelque événement peut toujours advenir, même par une très calme et très vide matinée d'hiver, même dans une bastide du XVIIIe siècle, perdue parmi les immeubles-résidences immondes, demeures favorites des dentistes retraités de Cannes-La Bocca. C'est ainsi que les deux Gabriel, l'un suivant l'autre, entrèrent dans sa pupille en même temps que dans le boîtier noir et acier par la grâce du déclencheur.

— Mais qui est ce bel homme mûr ? demanda la photographe.

— Mon fils, répondit Gabriel.

Comme tout bon professionnel, elle avait continué d'appuyer sur le bouton.

Les trois clichés de cette scène savoureuse sont à ta disposition. Sur le premier, les Gabriel avancent en terrain miné, ils marchent sur la pointe de leurs mocassins, avec des précautions de maris infidèles regagnant la chambre conjugale à quatre heures du matin. Le second est le portrait d'une revanche :

quelque peu brinquebalé par deux sœurs, cinquante années durant, Gabriel XI annonce, la bouche en cœur, que voici son descendant, d'un autre ventre que le leur. Ses yeux brillent, ses lèvres s'entrouvrent, pour l'amorce d'un imperceptible sourire, il paraît plus grand que d'habitude, presque élancé, sans doute s'est-il haussé pour lancer son brûlot, « mon fils » et ses joues, sans atteindre à l'émacié romantique, dont il rêve depuis la naissance, ont perdu quelque peu de leur bombement grassouillet de bébé. Les revanches ont, la plupart du temps, quelque chose de rageur, de mesquin. Celle-ci est touchante, dans sa timidité, et ô combien légitime quand on connaît l'histoire du trio Ann, Clara et le rebondi.

La troisième photo est l'occasion d'admirer le réflexe de Clara : sitôt après avoir capturé le triomphateur, elle saisit les victimes, ou du moins l'une de celles-ci, Ann, la perpétuelle agitée qui paraît touchée en plein vol. Bouche ouverte, doigt tendu vers celui qui vient d'avouer son forfait, dans son regard bataillent l'incrédulité et la colère : toi, Gabriel, avec une autre, tu as osé alors que tu m'as demandé d'avorter, tu te souviens, j'espère, pour ne pas faire de peine à Clara ? Une vieille dame hors d'elle-même et de ses certitudes.

Clara laissa lentement retomber sa main à Leica.

— Bien. Cela mérite une explication, n'est-ce pas ?

Avoir enfin osé présenter son fils aux deux femmes de sa vie... Gabriel XI semblait tétanisé par son audace. Il avait saisi au passage une chaise pliante de metteur en scène et l'avait traînée au bout du jardin. Et de là, courbé, le menton touchant presque les genoux, il fixait les eaux bleues de la piscine avec l'espoir manifeste d'y découvrir une issue par laquelle il pourrait s'enfuir.

Pour moi aussi, l'autre Gabriel, XIIe du nom, la tentation était grande de tirer ma révérence, et de quitter ce trio où je n'avais pas de place. Mais notant dans les yeux des deux femmes plus de curiosité amusée que d'aigreur, je refusai le siège qu'on me proposait et commençai mon histoire, notre histoire. Des moineaux picoraient les bougainvillées, à un mètre de ma tête.

Je priai d'abord qu'on m'excusât : un enfant avait forcément une vision très partielle de la vie intime de ses parents. « Celle qui allait devenir ma mère », ainsi m'exprimais-je, avec une solennité quelque peu ridicule, j'en conviens, ma future mère, donc, était venue à Paris manifester devant l'immeuble où des officiels commençaient de travailler à la future, mais encore bien lointaine, Exposition coloniale. Avec ses amis, Basques militants, elle avait installé sur le trottoir une maquette de village « typique », fronton de contreplaqué, chistera, taureau empaillé... et le gramophone à large pavillon qui devait diffuser des chants locaux. Elle expliquait aux badauds goguenards que la France traitant en colonie le Pays basque, celui-ci réclamait sa place parmi les sauvages, quand surgit Gabriel XI, alerté par le vacarme et descendu quatre à quatre de son bureau.

D'un coup d'œil « celui qui allait très bientôt devenir mon père » comprit la situation et le parti qu'il pourrait en tirer. Il reçut la délégation, écouta. Puis renvoya les garçons, garda la jeune fille et de nouveau écouta.

Toute la fin de la journée, durant tout le dîner qu'il lui offrit, avenue Daumesnil, et longtemps après elle raconta, Saint-Jean-de-Luz et Barcus, Saint-Sébastien et l'hôpital Saint-Blaise, la contrebande, les courses dans les montagnes poursuivis par les douaniers, les voyages au bout du monde pour trouver du travail, les pèlerinages à Compostelle. Bref, l'identité basque. Bien sûr, ma future mère était éclatante de beauté, certitude naturelle chez un fils. Mais un officiel aussi occupé que ce M. Gabriel O. aurait-il écouté une laide ?

Les deux vieilles dames hochèrent la tête : ce jeune Gabriel garde son bon sens dans l'émotion. Cette rareté dans l'espèce masculine mérite d'être notée.

Un phénomène étrange me frappait : plus je parlais et plus l'âge quittait mes deux auditrices, il s'en allait, comme une couche de poussière balayée par le vent. Réapparaissaient leurs visages d'antan, le rire des yeux, l'éclat de la peau, cadeau de la gaieté : Eh bien, notre Gabriel est un beau luron !

Lequel demeurait prostré là-bas, face à la piscine.

— Où aller ? demanda la Basque, quand ils furent jetés hors du restaurant.

Il était deux heures du matin.

Ils retournèrent dans les locaux où se préparait non sans mal l'Exposition grandiose. Ils passèrent outre à la protestation d'un garde.

— Ronde de nuit !

Dans le bureau palpitait la lueur verdâtre d'un aquarium, préfiguration miniature de celui qui occuperait le sous-sol du musée permanent des colonies. Celle qui était en train de devenir ma mère demeura debout. « Vous avez raison, on n'allonge pas une militante », lui aurait chuchoté celui qui s'employait à devenir mon père.

— Tiens, tiens, il l'a fait debout, siffla Ann. Je suis heureuse que mes leçons n'aient pas été perdues par tout le monde.

— Pardon ?

— Rien, rien, de l'histoire ancienne.

Mille fois ma mère m'a répété cette phrase, dont je ne comprenais pas la signification. Les cinq mots rayonnaient en elle comme un soleil. « On n'allonge pas une militante. »

Derrière son dos nageaient des tortues géantes. C'est tout ce qu'elle m'a donné comme détails.

Jamais ma mère ne revit mon père ni ne le prévint de ma venue au monde. Elle s'appelait Otxanda. Et mourut en juillet 1940 dans un

50

accident de voiture assez trouble. Mais la police, en cette période, n'avait pas la tête aux enquêtes. Alors seulement mon père fut averti. Il n'a pas cessé de s'occuper de moi. Discrètement. Et bien.

Les deux femmes me dévisageaient, sans rien dire. Elles ne souriaient plus. Un long moment et une voile sur la mer passèrent. Ann se leva, disparut, revint. Avec du champagne et des flûtes. Elles continuaient de me regarder, avec une gravité sans doute inhabituelle. Elles me répétaient à tour de rôle :

— Bienvenue dans la famille, oui, bienvenue dans notre drôle de famille.

Gabriel XI n'avait toujours pas bougé.

— Mais nous oublions le héros de la fête ! dit Ann.

Elle avait rompu une sorte d'envoûtement.

Elles coururent vers lui, l'arrachèrent presque de son fauteuil de metteur en scène, et, bras dessus, bras dessous, le ramenèrent. Pauvre Gabriel XI, ravi de sa revanche l'heure d'avant, et maintenant revenu à son rôle de toujours, mascotte de deux reines. Elles l'embrassaient sur les joues, le sommet du crâne et le félicitaient, tu as encore beaucoup d'autres secrets de ce genre et d'autres rejetons qui savent si bien raconter ?

— Bienvenue dans la famille !

Féroce était leur appétit durant le déjeuner qui suivit, calamars frits, rougets, mille-feuilles et Paris-Brest. Sans s'interrompre de dévorer, les deux sœurs ne me quittaient pas des yeux.

— Bienvenue dans la famille. Quelle tristesse, la mort de ta mère ! Tu vois bien, elle avait sa place parmi nous.

La vieillesse réussie a des libertés qui font envie.

Et Gabriel XI trônait, petit Noé rayonnant au milieu de son arche.

VIII

Dès son retour, l'âme emplie d'une force nouvelle maintenant qu'il savait que trois personnes le soutenaient dans sa folle aventure, trois experts, s'il en est, des choses de l'amour, il gagna l'Enseignement à Distance et commença à se plonger dans les dossiers classés par pays.

Une semaine passa.

Et un après-midi, vers seize heures, Gabriel, en ouvrant la chemise verte « Argentine », sut qu'il brûlait.

À l'époque, on calligraphiait encore. Les noms et prénoms prenaient leurs aises, pleins et déliés violets sur la page blanche intitulée :

Buenos Aires et sa province.
Lycée Jean-Mermoz.

Ses yeux coururent sur les listes. Son cœur avait abandonné sa partition habituelle et battait au petit bonheur, une saccade par-ci, une autre par-là.

Ils se tenaient bien sages, chacun dans sa classe, Patrick en huitième, Jean-Baptiste en sixième, suivis du même patronyme terrifiant car il fleurait la famille unie, un univers verrouillé où Gabriel n'aurait jamais aucune place.

— Je peux voir leurs copies ?

La gentille Antillaise affectée à sa personne trottina jusqu'à une armoire de fer. Ses ongles vernissés de rose pâle effleurèrent une longue file de chemises suspendues.

Et elle tendit une enveloppe rebondie comme un oreiller.

— Je vous rapporte tout ça demain.

La manucurée cria trop tard. Gabriel dévalait l'escalier. Il n'entendit pas le règlement qui interdisait strictement ce genre d'emprunt, circulaire 63 B 18.

Et c'est ainsi, dans la chambre 14 de son hôtel favori, libérée grâce aux rhumatismes de la patronne (mal étreinte dans ses doigts douloureux, la gomme effaçait parfois une case de trop sur le registre des réservations), que Gabriel entra dans l'intimité de ceux qui allaient désormais partager sa vie, les deux fantômes qui grandiraient au fil des années et dont il saurait tout, sans jamais plus les rencontrer.

Patrick était faible en conjugaison mais jonglait en calcul.

Jean-Baptiste semblait ne s'intéresser qu'aux déclinaisons latines.

Au matin, Gabriel attendait devant la porte du ministère, son enveloppe à la main, l'air timide comme un demandeur d'emploi. Cette attitude humble si peu fréquente chez les journalistes (et la protection invisible mais toute-puissante de son amie le Recteur) lui valut d'être absous malgré sa conduite inqualifiable.

Bien mieux, il avait corrigé sa première rédaction de Buenos Aires : « Racontez vos impressions de la pampa. »

Et au lieu des aigres rengaines, « Mal dit ! », « Cliché ! », « Lourd ! », il avait agrémenté la copie de louanges inventives : « Ce paragraphe sent bon le grand large », « Vous avez bien rendu dans cette phrase la mélopée », « Consultez le dictionnaire du tango », de critiques enrobées de miel : « Je sais bien que c'est dur de parler deux langues à la fois ·mais votre espagnol est un ogre : il a encore avalé le *h* de votre mot théâtre », et d'invraisemblables digressions : « À propos de pampa, connaissez vous l'histoire d'Orélie-Antoine de Tounens, né à Périgueux, France — vous demanderez à votre maman de vous montrer l'emplacement sur la carte —, roi de Patagonie et de tous les terrains au sud du 47e parallèle — d'ailleurs, pour le mois prochain, vous m'expliquerez la différence entre méridiens et parallèles —, qui finit allumeur de réverbères à Tourtoirac, près de Bordeaux ? »

L'état-major de l'Enseignement à Distance, en prenant connaissance de son travail, le reconnut comme un des siens, habité par la même passion pour cette pédagogie particulière, transocéanique. On le convia au cidre d'honneur qui fêtait le départ d'une native des Côtes-du-Nord, responsable des envois et, à ce titre, pilier du système.

Lorsqu'il sollicita la permission de continuer, deux ou trois mois, ses corrections, elle lui fut accordée sans mal. On s'étonna seulement : pour votre article vous n'avez pas besoin de connaître d'autres élèves d'autres pays ?

Il répondit que non pour deux raisons :

1) l'Argentine, terre d'immigration par excellence, offrait un bon résumé de la planète ;

2) au lieu de s'éparpiller entre les enfants, mieux valait mesurer les progrès de ces deux petits inconnus, cadeaux du hasard, Patrick et Jean-Baptiste.

Jusqu'alors, Gabriel n'avait entretenu avec l'écriture que des relations d'ordre utilitaire, courtoises mais sans chaleur. Il se battait les flancs pour présenter, en une page maximum, chacun de ses projets botaniques et il accompagnait ses croquis, ses perspectives, de commentaires toujours mystérieux à force de concision. Sitôt ce pensum achevé, il prenait son client par le bras et l'entraînait sur le site où il pouvait parler des heures, soudain intarissable, sur le jardin futur.

Et voilà que le soir, dans sa chambre 14, puis 16, puis 12, puis 17, puis 9, selon les disponibilités de l'hôtel des Facultés Littéraires et Scientifiques, il découvrait, en remplissant de corrections les marges de ces copies lointaines, la petite vie grouillante des mots, leur indocilité foncière, leur nomadisme invétéré, leur gourmandise, surtout leur indiscrétion, la manie qu'ils avaient de se faufiler partout, d'aller fouiner dans les arrière-cours.

À quarante ans passés, il apprenait des évidences : qu'un amoureux tient de l'armateur, dont les navires seraient des syllabes. L'armateur-amoureux les envoie de l'autre côté de l'horizon. Là où poussent les seules épices qui vaillent. Celui qui n'a pas de paroles, son sentiment reste au port. À peine né, déjà mort, coulé, dissous dans l'eau poisseuse des velléités.

Bref, Gabriel s'était pris pour les mots d'une amitié d'homme ivre. Il s'accrochait à eux comme à ses seuls espoirs. Sa table débordait de dictionnaires, lui qui n'avait que dessiné.

Une folie bavarde l'avait envahi, en ce premier trimestre 1965, et ne l'a plus quitté. Sans elle, oserait-il aujourd'hui raconter par le menu cette histoire des plus impudiques ?

Comme espéré, ses annotations éveillèrent peu à peu la curiosité de la mère des expatriés.

— Maman, maman, regarde ce qu'il m'a mis !

— Maman, il a rédigé une rédaction plus longue que la mienne !

Les paquets à l'en-tête officiel de l'Enseignement à Distance n'étaient pas habitués à pareille fête. Auparavant, les enfants les cachaient sans les décacheter au fond du placard, derrière les chaussures de foot, là où les parents ne vont jamais fourrer le nez tant ça pue. Certains envois même, censés contenir le corrigé d'une désastreuse interrogation sur l'addition des fractions ou l'ablatif absolu, avaient fini dissous dans le courant boueux du Río de la Plata, grâce à la complicité du concierge : « Nous ne dirons pas que tu as volé la caisse de château-figeac, en plus on te prêtera le numéro spécial Coupe du monde de *Miroir des sports*. »

Aujourd'hui, le facteur bouleversait l'ordre de ses tournées dès qu'il apercevait sur une enveloppe l'appellation magique. Il savait qu'« Enseignement à Distance » se traduisait en argentin par gros pourboire.

— Maman, je vais te lire...

Sitôt reçu son devoir apostillé, l'auteur appelait sa mère, où qu'elle se trouve, même au cœur de réunions décisives pour la balance commerciale française.

— Peut-être pourrait-on attendre jusqu'à ce soir ?

— Non, c'est trop, écoute.

Et l'enfant de citer telle ou telle remarque du correcteur stagiaire Gabriel, sur l'invention du chiffre zéro ou la vie quotidienne d'un théâtre au temps de Molière.

En raccrochant, avant que les dures réalités de son travail ne la reprennent, en l'occurrence la renégociation de la dette argentine, Mme B. ne pouvait s'empêcher de rêver. Et le soir, dans les dîners, les cocktails où la conduisaient son métier et d'ailleurs ses goûts, elle ne tarissait pas d'éloges sur le système français d'enseignement par correspondance, invention inattendue d'un pays connu et moqué pour son caractère casanier mais qui avait enfanté, il est vrai, des épistolières de génie, telle Mme de Sévigné[1].

« Je tiens à vous remercier pour la qualité de l'attention que vous portez à mes fils », écrivit un jour Mme B., sur un bristol gravé tromboné à la dernière production de Jean-Baptiste (« Quelles leçons tirez-vous du *Lion* de Joseph Kessel ? »). Elle n'avait pas deviné que cette politesse un rien affectée l'attirait dans un piège qui allait l'emprisonner pour toujours.

1. Mme B. se laissait parfois aller à ce genre d'envolées pompeuses, typiques des réunions diplomatiques à l'autre bout du monde, et quelque peu ridicules, on l'avouera, mais dans lesquelles on peut déceler, sous l'emphase, un mal tenaillant du pays.

Gabriel répondit par retour que la pédagogie était la plus exaltante et terrifiante des responsabilités. À cet égard, n'avait-elle pas remarqué chez Patrick, au demeurant enfant si vif, tellement attachant, croyez-moi, c'est une véritable torture de ne jamais rencontrer ses élèves favoris, un léger fléchissement en calcul ?

Mme B. abonda, oui, elle avait aussi noté cette faiblesse qu'elle espérait passagère. Ne faudrait-il pas lui faire réciter chaque soir, avant le baiser rituel, toutes ses tables, à commencer par celles de 7 et de 8, les plus rétives ?

Ainsi s'instaura une véritable correspondance qui dépassa peu à peu le seul terrain éducatif pour aborder les sujets (avouables) que chérissent toutes les femmes, même celles qui travaillent : les jardins anglais, la divination tibétaine, les salades folles, autant d'équivalents pour elles de la passion masculine pour le football.

Le mari ne s'inquiéta pas de ces pratiques épistolaires. Il traversait le second âge ingrat des hommes, juste avant les atteintes et, par voie de conséquence, les humilités de la cinquantaine : le quadragénaire de sexe masculin et de civilisation occidentale se croit immortel et tout-puissant. Une des manifestations de cette morgue consistait chez lui à prendre l'ensemble des fonctionnaires pour des sous-hommes, parmi lesquels les enseignants étaient les plus méprisables puisqu'ils acceptaient sans rechigner des salaires de misère.

Les enfants avaient plus de vigilance.

— Maman, chuchota Patrick une nuit, alors qu'en l'embrassant avant de partir dîner, elle l'enivrait de son parfum, tu ne trouves pas que depuis quelque temps il t'écrit plus et nous corrige moins ?

Elle n'entendit pas cette ultime et sagace mise en garde et, dans son aller-retour Buenos Aires-Paris-Buenos Aires, bourré pourtant jusqu'à la gueule de rendez-vous professionnels et familiaux, elle n'omit pas de glisser une heure pour le merveilleux péda-gogue.

Les vols long-courriers incitent aux examens de conscience. Martini rouge aidant, elle se jugea bonne mère et puis s'endormit jusqu'à l'atterrissage.

Les jardiniers et paysagistes s'y connaissent en bonheur : ils en dessinent pour leurs clients des portraits toute la journée.

À l'agence Olivier-de-Serres, on avait compris depuis longtemps la nature exacte du fameux « projet » de Gabriel, celui qui engendrait toutes ses absences mais « à condition d'être patients, allait les rendre tous riches et célèbres ».

On avait baptisé « paradis terrestre » ce grand ouvrage. Et chacun en demandait des nouvelles au directeur amoureux lorsqu'il faisait l'honneur d'une visite.

— Le paradis terrestre ? répondait Gabriel l'œil brillant et sans s'étonner le moins du monde de cette appellation quelque peu ambitieuse, il avance, il a pris des chemins détournés mais il avance d'un bon pas.

IX

— Vous attendez vraiment quelqu'un ?...

Le serveur, son grand plateau de cuivre levé à hauteur de l'oreille gauche, considérait Gabriel d'un œil menaçant où l'on pouvait lire à peu près que le café maure appartenait à la mosquée de Paris et que dans les lieux saints, on était tenu de se conduire avec réserve et donc avec logique puisque la logique appartient à la réserve...

— Quand on attend vraiment quelqu'un, on ne tourne pas le dos à la porte !

D'autres clients l'appelant, il haussa les épaules et partit furieux distribuer son thé vert, ses pâtes d'amande et ses pâtisseries sablées, les petits ingrédients de l'exotisme arabe au cœur de la capitale française.

La préparation de cette rencontre décisive avait occupé, des jours durant, tout l'esprit de Gabriel. Deux fois, il était venu repérer les lieux. Pour plus de sûreté, il les avait même dessinés chez lui. Sur le plan, il avait minutieusement choisi sa place, puis était revenu, pour vérifier, pas très confiant en sa tête tant la folie l'habitait. Objectif numéro 1 : empêcher Mme B. de fuir dès qu'elle l'aurait reconnu. Une femme qui vous dit « c'est fini », les yeux dans les yeux, n'est pas du genre à vous tomber dans les bras six mois plus tard, surtout lorsque vous l'avez trompée et, qui plus est, par le biais de ce qu'elle a de plus cher, ses enfants. Gabriel ne doutait pas une seconde de sa colère. Il priait seulement tous les dieux possibles qu'elle fût brève et immobile. D'où la décision de présenter son dos à l'arrivante et d'occuper une table dans le fond d'un café assez encombré de plantes et de chaises pour que la fuite d'une femme furieuse soit retardée. Sur le marbre, il avait posé bien en vue le talisman-signe de reconnaissance, la grosse enveloppe kraft sur laquelle les vingt et une lettres noires de l'Enseignement à Distance ressemblaient à des scarabées endormis sous le soleil. L'après-midi s'achevait, la lumière déclinait mais la chaleur montait encore, malgré le petit jet d'eau qui s'obstinait à susurrer aux oreilles des souvenirs de fraîcheurs anciennes.

Pour plus d'incognito, Gabriel s'était affublé d'un panama. « Vous aurez l'air d'un intellectuel des années trente », lui avait chuchoté le vendeur. L'atmosphère était-elle si brûlante en ce temps-là ? Et l'été, la sueur de Thomas Mann, Stefan Zweig et

André Gide suivait-elle les mêmes chemins qu'aujourd'hui ? Des tempes à la colonne vertébrale via le bord externe des joues et le contournement des épaules (premier parcours) ou, plus direct, le milieu du front, droit jusqu'à l'extrémité du nez d'où s'élançait la très agaçante cataracte, le goutte à goutte d'eau salée.

Dégoulinant, gluant, puant, repoussant, tel je suis et tel elle va me voir, se répétait Gabriel sous son casque beige de latanier, oui, dégoûtant, répugnant... Autant lui épargner ce spectacle. Il avança la main pour ramasser l'enveloppe et s'enfuir. De ce simple mouvement, il apprit qu'elle était là.

Durant toutes les années qui suivraient chaque fois se reproduiraient, malgré les silences, les ruptures, les infernales périodes de séparation, le même phénomène miraculeux : en sa présence, même lointaine, l'air prenait un *grain* qui annonçait sa peau. Voilà pourquoi la vie près d'elle, les gestes les plus anodins et même l'immobilité, chacun dans un fauteuil, à lire, étaient une caresse, et pourquoi il avait tant bataillé pour que cette vie fût commune, un jour.

Il arrêta sa main. Il ne bougeait plus. Seule la sueur imperturbable continuait de cheminer sur lui. Une perle grise lui tombait du nez toutes les deux secondes. Il se dit qu'il était devenu clepsydre, horloge d'eau, humain sorti du temps puisque chargé de le mesurer.

— Ah, enfin, vous voilà, je vous ai cherché partout, j'allais repartir...

Devant lui, une illumination jaune vif, tailleur bouton-d'or, veste à la main, corsage de lin noir, épaules et bras nus, mon Dieu, ce qu'il fait chaud, comme tout a changé, à mon dernier séjour, on grelottait, vous vous souvenez ? Gabriel s'était levé, bien sûr, trop vite, trop raide, comme au garde-à-vous, mais la tête toujours baissée.

— Vous choisissez toujours les recoins ? Un pro-

fesseur comme vous. Ah, j'ai compris, la timidité...
Vous auriez peur d'une classe, n'est-ce pas? C'est
pourquoi vous avez choisi l'enseignement par correspondance...

Elle parlait en accéléré, comme les gens qui n'ont
pas une minute, les sportifs de l'agenda, les sau-
teurs de rendez-vous en rendez-vous. Il n'osait toujours pas remonter les yeux vers son visage, mais il
devinait à sa voix qu'elle résistait mal au fou rire.

Et un silence brutal avala tout, d'un coup, cette
gaieté et ce flot de paroles. Elle va fuir, se dit
Gabriel, voici le moment. Comment vais-je pouvoir
continuer de vivre avec, pour seule richesse, un
souvenir de ventre prisonnier de jaune, noir et
rouge?

Alors il vit deux doigts s'avancer vers son grotesque panama d'intellectuel des années trente, en
pincer le bord et lentement le relever.

— Vous?

Et au lieu de disparaître, elle s'assit.

Il comprit en cet instant la règle de leur vie
future : la même femme qui conclurait toujours par
« c'est fini » chacune de leurs innombrables rencontres les commencerait toujours par des actes
qui voudraient dire : « je vous attendais ».

Ils parlèrent un peu.

Mme B. remercia : ces fameuses corrections
avaient transformé ses enfants. Je n'ai pas pu
m'empêcher de montrer les copies autour de moi.
Mon cher, vous êtes célèbre à Buenos Aires. Mes
amies sont d'un jaloux...

Gabriel demanda si Jean-Baptiste avait enfin
réussi à s'intéresser aux aventures du Bourgeois
gentilhomme.

Mme B. posa ses deux coudes sur la table et son
menton sur ses deux poings.

— Vous n'êtes pas un vrai professeur, n'est-ce
pas?

Malgré la sueur qui n'avait pu que plaquer ses

cheveux sur son crâne, malgré les traces rouges qui, forcément, devaient lui barrer le front, il enleva le panama ridicule.

— Vous avez deviné. Je n'ai jamais eu que deux élèves.

À cet instant, il fut certain que le rêve s'achevait. Elle allait se lever, partir sans au revoir, laisser à son triste sort dégoulinant ce précepteur escroc. Mais elle ne bougeait point. Ses yeux se promenaient sur lui. Sans dégoût, semblait-il, avec de l'étonnement, de l'amusement qui peu à peu se changea en gravité, celle-là même qui avait accompagné le « c'est fini » du Muséum.

— Je suis heureuse de vous revoir.

Elle expliqua son métier, grand dévoreur de jours ouvrables, de samedis matin et souvent du weekend entier. Direction de la Balance des Paiements. Ne tremblez pas comme ça, ce n'est pas si terrible, seulement un peu désespéré : je défends dans les pays lointains la vente des produits français.

Et vous, à part l'enseignement ?

Elle jeta un bref regard à sa montre.

Gabriel s'en aperçut. Pour ne pas la retarder, il s'en tint à l'essentiel. Je crée des jardins.

— Je crois que je vais avoir besoin de vous.

Elle se leva. De la main gauche posée sur l'épaule de Gabriel le maintint assis.

— Vous pouvez m'attendre ? J'ai un dîner officiel. Ce genre de festivités finit tôt.

Et avant qu'il ait pu répondre, elle avait disparu.

Comment attendre une femme ?

Le spécialiste incontesté que je suis devenu de cette occupation jugée à tort fastidieuse offrira un jour ou l'autre au public intéressé un vrai manuel de l'attente. Cette question n'étant pas tout à fait au cœur de notre histoire, je me propose de ne présenter ici qu'un abrégé, quatre méthodes utilisées successivement ce soir-là par Gabriel mais qui pourraient servir à bien d'autres hommes en pareille situation.

1. *Malraux.*

Au bout d'une demi-heure de café maure, lassé d'entendre les conversations des touristes américains à la table voisine (« Maman, pourquoi les Arabes ont des fontaines qui donnent envie de faire pipi ? — C'est obligé par le Coran. — Papa, c'est qui, le Coran ? », etc.), Gabriel avisa un gros livre blanc posé sur le comptoir. Il s'approcha. Les *Antimémoires*, dernière production de l'écrivain français alors ministre de la Culture.

— Je peux l'emprunter un moment ?

— S'il vous plaît, dit le vieux Kabyle, patron des lieux. J'achète tout ce qui sort pour mon fils. Il dévore et me raconte après. C'est un bon fils. Si vous avez des amis au gouvernement, vous pourriez leur dire de faire les livres moins chers ?

Gabriel promit, retourna à sa place et feuilleta. Avant de reposer, sidéré. D'incessants courts-circuits métaphysiques merveilleux, des voyages vertigineux, des invocations fulgurantes, des portraits de génie, le sentiment de sortir de cette lecture bien plus vaste, planétaire, immémorial. Mais pas une femme. Des pietà de peinture, quelques infirmières, des patronnes d'hôtel, « Je vous remercie, madame. Vous étiez très bien tout à l'heure : vous ressembliez à la France » (p. 227), des mères soignantes ou veilleuses d'enfants morts au combat. Mais pas la moindre femme-femme. Six cents pages des choses les plus importantes d'une vie et aucune femme premier rôle, aucune qui enchante, aucune pour ouvrir la porte de mondes fermés aux hommes.

Pour cet écrivain-là, elles n'étaient pas dignes d'être racontées.

Conclusion. Meilleure manière de ne pas penser aux femmes, lire Malraux : elles n'y sont pas.

Gabriel consulta sa montre. Une heure, durant

une heure, grâce au ministre, il n'avait pas songé à Mme B. Mais maintenant il étouffait. Trop d'idées, trop de guerres, trop de grands personnages, bref trop d'affaires d'hommes. Il rendit le livre au Kabyle.

— Mon fils aimera?

— Vous avez là-dedans des histoires pour des années.

Et la douleur et l'excitation de l'attente le reprirent.

2. *Le vin.*

Les cavalcades d'André Malraux, ses bondissements du *Râmâyana* à Dostoïevski, du Vercors à la Chine, avaient donné faim et soif à Gabriel. Il passa du café au restaurant contigu et, en attendant le couscous commandé, but, ce qui n'était pas dans ses habitudes, l'un après l'autre, deux verres de gris de boulaouane (13,5°).

Les métamorphoses qui s'ensuivirent l'étonnèrent et le ravirent : de gorgée en gorgée, le monde devenait plus joyeux, plus docile et plus fraternel. On aurait dit aussi que peu à peu il s'éclairait comme si d'innombrables valets invisibles déposaient partout des chandeliers et une musique de valse, semblable à celle des concerts du jour de l'An, à Vienne, flottait dans l'air.

Dans ce nouvel univers, la crainte n'était pas de mise. Les femmes arrivaient, même tard, aux rendez-vous qu'elles avaient donnés. Et les meilleures intentions les animaient. Et les hommes, débarrassés miraculeusement de leurs timidités, avaient toute capacité pour répondre à leur enthousiasme.

Encore lucide, Gabriel remercia le boulaouane et résista à la tentation de recourir davantage à ses services. Il attendait une merveille et non pas n'importe qui. Quoique assez néophyte en matière d'alcool, il devinait qu'un excès de boisson faisait prendre n'importe qui pour une merveille. Illusion parfois utile et bienveillante mais qui, en l'espèce, n'aurait été que pur gâchis.

Il regarda sa montre. Une deuxième heure était passée. Le vin, entre autres pouvoirs, dissout le temps.

3. *Le couscous.*

Était-ce un effet secondaire du boulaouane ? Les yeux de Gabriel ne quittaient pas le monticule de semoule emplissant son assiette. Il y plongeait sa fourchette, puis la levait. Il suivait, fasciné, la pluie des grains. Envahi soudain par des réflexions d'ordre ethnologique sur la manière de mesurer la durée dans les différentes civilisations. Les sabliers du Maghreb contenaient de la semoule.

— Monsieur n'est pas satisfait de ma cuisson ?

Le vieux Kabyle, celui de Malraux, se tenait devant la table.

Pour apaiser sa mine farouche et les éclairs de ses yeux bleus (la fin de la guerre d'Algérie n'était pas encore très loin, une tension vive demeurait entre Arabes et Français, dans le restaurant désert, à l'éclairage parcimonieux, s'agitaient des ombres menaçantes...), notre héros se lança dans une longue histoire incompréhensible et balbutiante où la cuisine et la philosophie avaient part égale.

— Je préfère ça, dit le Kabyle.

Et pour fêter la réconciliation entre les deux rives de la Méditerranée arriva le thé vert. Précédées d'un carillon Westminster, bien étrange en ces lieux, onze heures sonnèrent.

4. *La mémoire.*

Théorème : seuls les déçus ou les distraits attendent encore une femme déjà arrivée.

Corollaire : la meilleure façon de tromper l'attente est d'installer celle qui va venir dans le présent, c'est-à-dire de se souvenir.

Détail par détail, Gabriel entreprit de se rappeler le corps de Mme B.

Les yeux rieurs qui devaient continuer de se moquer même au cœur du plaisir.

La bouche trop charnue pour des usages seulement bavards ou alimentaires.

La naissance des seins, entr'aperçue dans l'échancrure du corsage de lin noir, annonciatrice de lourdeurs faussement indolentes.

Le grain de beauté, juste au-dessus du genou droit, comme un amer indiquant l'entrée des cuisses qu'elle tenait d'ailleurs, au moins dans les périodes de très forte chaleur comme aujourd'hui, un peu ouvertes. D'où une remontée régulière de la jupe. Mon Dieu, pourquoi Mme B. s'était-elle levée si vite ?

Puisqu'il faut tout dire, même l'intime, jamais la mémoire ni l'imagination de Gabriel n'avaient exercé sur ses dotations naturelles une telle bénéfique influence. Jusqu'alors, étranger à tout onanisme (conséquence des mises en garde de son enfance ? « Le liquide blanc qui sortirait est ta moelle épinière même »), il lui fallait une vraie présence féminine pour atteindre des dimensions et consistance honorables.

— Je ne vous ai pas gâché votre soirée, au moins ? Les discours n'en finissaient pas. Je me suis enfuie à peine les verres du toast reposés...

Pour accueillir l'éblouissante retardataire (maquillage imperceptible, boucles d'oreilles corail exceptées aucun bijou, redingote mauve sur longue jupe fleurie plissée soleil), il dut en se levant plaquer sa serviette contre son ventre, en fait le fameux panama aurait mieux fait l'affaire, tant son anatomie dépassait les bornes.

— Où me conduisez-vous ?

Le boulaouane était un vin gris digne de confiance. Le monde nouveau qu'il avait créé tenait ses promesses.

X

Au coin des rues Linné et Cuvier, devant la fontaine où la Science, une noble dame blanche, écrase de ses fesses augustes un amas de bêtes redoutables, crocodile, homards et lionne, est une entrée du Jardin des Plantes. Gabriel tira une clef de sa poche et, après avoir vérifié que les alentours étaient vides de passants indiscrets, ouvrit la grille.

— Merci pour le romanesque, murmura son invitée.

À peine eut-il refermé, avec le soin désespéré de qui cherche, dans une tâche manuelle et minuscule, refuge contre l'irrémédiable, à peine eurent-ils marché quelques mètres côte à côte, à se toucher, mais sans le moindre geste, sans le moindre mot, à peine le désir qu'ils avaient l'un de l'autre se changea-t-il en présence, une présence aussi lourde et tangible qu'une vraie personne qui soudain se serait jointe à eux et partagerait leurs pas et leur dicterait l'avenir, à peine courbèrent-ils la tête, comme écrasés par un ordre venu de très haut, à peine une dernière fois, car déjà la marée les emportait, s'emplirent-ils les poumons d'un air qui sentait le sous-bois et la terre humide que fut bouleversé le plan si minutieusement préparé et longuement discuté par les deux Gabriel, père et fils, au cours des jours précédents. Brusquement, Mme B. s'était écartée, avancée vers un arbre (on peut encore lui rendre visite aujourd'hui, cher *Eucalyptus gunnii*). Elle se retourna, appuya son dos contre le tronc. Dans la pénombre parurent, preuve que la longue jupe plissée était percée de fentes et donc infiniment complice, les deux taches blanches des genoux. Plus haut, sous la redingote ouverte, deux autres formes pâles bougeaient lentement comme des oiseaux ensommeillés. Et une voix inconnue appelait :

— Viens.

— Calme, calme...

Dans les bras de Gabriel, elle tremblait comme une blessée, comme une femme qui sanglote, alors que ses yeux riaient.

— Calme, calme...

Il avait posé sa main droite sur son ventre qui battait comme un cœur, et de l'autre paume il lui caressait les tempes.

Déjà, elle se reprenait.

— Mon Dieu, qu'il doit être tard. Où trouve-t-on des taxis dans cet endroit ? Que vont penser les cousins qui m'accueillent ?

— Qu'ils avaient mal compris votre emploi du temps. Les gens comme vous sont toujours à Bruxelles ou Genève, non ?

Gabriel ne se connaissait pas cette autorité. In petto, il en remercia son père. Pour ce qui allait suivre, il s'en remettait complètement à lui. *Surtout deux fois*, avait recommandé Gabriel XI, *et la seconde la plus lente que tu pourras.*

— J'ai ma vie, figurez-vous.

La colère de la dame, réelle, ne dura pas. L'instant d'après, elle s'abandonnait. Profitant de cette capacité de domination si nouvelle en lui et sûrement éphémère, il avait pris le bras d'Élisabeth. « Je m'appelle Élisabeth », avait-elle tenu à préciser, juste avant de se laisser emporter.

— C'est à deux pas. Le jardin des Alpes. Un petit jardin dans le grand. C'est là que j'ai appris la botanique.

Aujourd'hui, trente-cinq ans après les faits, Gabriel présente des excuses embarrassées à son Élisabeth : il faisait nuit, vraiment nuit, et, contrairement aux règles des arts poétiques qui régissent également les récits romantiques, aucun rayon de lune « ne nimbait d'argent les massifs parfumés ». Pas le moindre quartier. Et les arbres protégeaient des lumières de la ville. L'air était noir. L'obscurité n'est pas le meilleur éclairage pour goûter la splendeur et la diversité des plantes.

Inconvénient mineur pour Gabriel tellement le jardin des Alpes lui était entré dans la mémoire. Il y avait passé tant de journées durant ses études, il l'avait tant analysé, disséqué, mesuré, qu'il aurait pu le faire visiter rocher par rocher les yeux fermés. Peut-être même préférait-il ne rien voir, le bon vieux temps lui revenait ainsi sans l'écran de la réalité. Il se promenait dans sa jeunesse. Élisabeth et lui n'avaient pas quarante ans mais vingt. Devant eux s'offrait la vie, une vie entière, une vie libre et légère, sans mariage avec un autre, sans enfants d'un autre, une vie à explorer et peupler ensemble.

Elle n'avait pas ces souvenirs pour lui tenir compagnie.

Elle faisait sien l'enthousiasme de Gabriel :

— Deux mille espèces dans un si petit espace ! Mais ce n'est pas possible ! Comment ? Nous venons de quitter la Corse et nous voici déjà parmi la flore du Caucase ! Et là, cette ombre, vous me répétez son nom ? Un métaséquoia de Chine ? Mon Dieu, quel voyage en si peu de pas ! Je reviendrai en plein jour. Les plantes résistent mieux au soleil que ces malheureux oiseaux, vous vous souvenez ? Oh oui, je reviendrai pour les couleurs.

Elle avait retiré ses escarpins de cérémonie et déposé sa redingote sur quelque chose de dur et de rond que Gabriel lui avait dit être le puits à clématites. Elle frissonnait de fouler de ses pieds nus toutes sortes de surfaces invisibles, pierres, mousses, sable, vous n'avez pas importé des scorpions, j'espère ? et même de l'eau glacée soudain, jusqu'à la cheville, eh oui, nous avons aussi nos ruisseaux miniatures. On sentait qu'elle n'était pas loin de battre des mains de joie. Une femme en vacances. Vacances de son âge, de son métier, de sa famille, vacances d'elle-même. Une femme qui se laissait aller. Aller à l'émerveillement et aux surprises. Aller au délice enfantin d'écouter une grande personne vous conter des histoires dans le noir car Gabriel n'arrêtait pas de lui citer des noms à l'oreille, comme autant de minuscules paysages en cadeaux, nous pénétrons dans les Balkans, c'est la fin des pavots mais les panicauts sont d'un bleu éclatant, vous ne remarquez rien? La Méditerranée commence, vous sentez le romarin, l'euphorbe?

Pédagogie qu'on trouvera peut-être excessive, accumulatrice et prétentieuse. Mais Gabriel avait deviné que l'angoisse d'Élisabeth, cette bête intime, cette sorte de cocher fou qui la poussait à toujours courir, avait besoin d'être nourrie, gavée même. On devait toujours la persuader, elle devait se persuader elle-même qu'elle ne perdait rien en étant ici plutôt qu'ailleurs. Non sans maladresse mais de toute son âme, il se donnait à cette stratégie.

— Ouf, dit-elle, à la fin du circuit. Vous m'avez épuisée. Et comblée.

Elle s'était laissée tomber au pied du bouleau de l'Himalaya.

Était-ce cette référence à la très haute montagne coiffée de neiges éternelles ou la fatigue, elle frissonnait. Il la prit dans ses bras.

Gabriel XI, son père, avait été formel : « Tu ne pourras jamais retenir une reine comme celle que tu m'as décrite. À moins que, premièrement, tu ne lui fasses cadeau de l'univers (on pouvait considérer ce premier travail d'Hercule dans toute la mesure du possible accompli ; le jardin des Alpes était l'un des plus beaux résumés du monde) et que, deuxièmement, tu n'installes quelque chose de toi au plus profond d'elle. » On s'en doute, les propos paternels étaient allégoriques. Le « quelque chose de toi » était une réalité immatérielle et par là même éternelle, un rêve, une complicité...

Mais le fils, en cet instant, et dans l'état d'émotion où il se trouvait, avait perdu toute capacité d'abstraction, tout pouvoir de symboliser.

Dans ces conditions, tu devines, non sans rougir, quelle partie de lui-même Gabriel enfouit en Mme B. Visite des plus banales, certes, depuis qu'existent les espèces animales, mais fort appréciée d'Élisabeth, pour sa vigueur et sa tendresse, alliage dont elle devait évoquer souvent la composition bien des années plus tard avec une nostalgie croissante : la tendresse est demeurée, mon Gabriel, sur ce point je ne peux rien te reprocher, tu as deviné, dès le premier instant, ma nature de géographe qui aime être promenée dans le plaisir, longuement voyagée. Mais avoue que pour la vigueur, et malgré ta magnifique combativité que m'envient toutes mes amies, avoue qu'elle n'est plus, hélas, ce qu'elle était.

Là, en cette demeure si tiède et douce tantôt ensommeillée et tantôt palpitante, il demeura jusqu'à ce que très haut, bien au-delà des branches de l'arbre himalayen, une lueur pâle se mêle au rougeâtre du ciel nocturne parisien.

— Mon Dieu, l'aube ! cria-t-elle et elle s'échappa.

L'air devint glacé. Il ouvrit la bouche et ne pouvait respirer. Il voulait la retenir et ses mains ne répondaient pas. Il ordonnait à ses jambes de courir la rattraper mais elles n'obéissaient pas. Il faisait connaissance avec la détresse. Il se disait à la fois qu'il allait mourir et que cette mort était bienvenue, la seule solution pour ne pas mourir encore plus. Il commençait à deviner que le vrai malheur porte en lui le talent d'engendrer des trépas à volonté, tout décède en soi, tout s'éteint, tout se gèle. Il entendit des pas. En mobilisant ses forces, il parvint à rouvrir les yeux. De nouveau, elle se tenait devant lui, une femme officielle dans la lumière du très petit matin, escarpins, jupe plissée, redingote boutonnée, boucles d'oreilles corail. Elle semblait même remaquillée.

— Je vous embrasse, Gabriel. Mais j'ai ma vie. Je suppose que vous l'avez compris : c'est fini.

Et elle s'en fut, légère, décidée, au premier rendez-vous de sa journée.

— Quand une femme prend la peine de revenir vous dire « c'est fini », c'est que tout commence. Je m'en voudrais d'être indiscret...

Quelqu'un avait parlé. Gabriel se retourna. Il découvrit M. Jean, l'allure exacte d'un valet de chambre à l'ancienne, digne et raide, il portait des vêtements.

— ... Voyez-vous, je ne connais pas les femmes, et encore moins les femmes de ce genre-là. Mais ce sont des êtres humains très pressés, il me semble, surmenés. Quand elles prennent le temps de revenir, c'est forcément que tout commence. Cette nouvelle, d'ailleurs, faut-il la fêter ? Je me suis permis de prendre soin de vos vêtements à tous deux. La rosée les aurait détrempés. Voici votre chemise.

Je me demande encore aujourd'hui par qui M. Jean avait été prévenu de ma stratégie du Jardin Alpin. Et mes soupçons reviennent toujours à Gabriel XI. Pour épier mes faits et gestes et lui faire rapport ensuite ? Certainement. Mais surtout pour me venir en aide, au cas où... Gloire aux pères qui prennent si tendre soin des amours sans espoir de leurs fils !

Veillée d'armes

XI

Les mois qui suivirent, je m'en souviens comme d'un long apprentissage. Le trio m'avait pris en main et me préparait au combat, c'est-à-dire au retour d'Élisabeth. Un retour dont personne ne doutait : une femme qui prend la peine de revenir pour déclarer « c'est fini » porte, au plus profond d'elle-même, le germe du recommencement.

On peut s'étonner : à quarante ans passés, de quelle aide avait besoin ce benêt ? Ne pouvait-il s'occuper tout seul de ses tourments intimes ? Questions typiques des préservés du grand amour, ceux qui ne savent pas et ne sauront jamais comme il vous change, dès la première seconde, en enfant démuni.

Ann, Clara et Gabriel XI ne laissèrent rien au hasard.

Domaine après domaine, ils traquèrent mes faiblesses et tentèrent de me forger l'âme.

Peut-être un jour pourrais-tu prendre le temps d'aller fleurir leurs tombes ? Sans ces trois vieillards, pédagogues passionnés, jamais je n'aurais été capable d'affronter le périlleux voyage qu'est un très long amour. Et par voie de conséquence tu n'existerais pas.

XII

Où l'on évoque le sexe

— Loué sois-tu, Gabriel, dans les siècles des siècles!

Quoique toujours solennelle, un rien grandiloquente, Clara savait, en dépit de sa nature de traqueuse d'absolu, se montrer enjouée. Surtout après l'un ou l'autre des admirables chiantis amoureusement conservés dans la cave de la bastide, avenue Wester-Weymiss.

Sa sœur Ann était plus directe :

— Viens, Gabriel, n'aie pas peur, voyons, et pose ta main sur mon ventre, mon ventre mou et ballonné de vieille dame malgré l'insupportable gymnastique que je m'impose tous les matins. Tu ne sens rien?

Non, le rougissant Gabriel ne sentait rien.

— Il palpite. Je palpite, à mon âge. Tu te rends compte? Et grâce à qui ces spasmes juvéniles? Tu ne devines pas?

— Allons, Gabriel, fais un effort...

— Mais grâce à ton père, grand imbécile.

— Ton aventure l'a, comment dire, ressuscité.

— Il ne parle que d'amour.

— Et le fait.

— D'où notre gratitude à toutes les deux.

— Et envers vous deux.

— Loués soient les Gabriel père et fils!

— Ce regain-là, nous ne l'attendions pas.

— Car nous avions prévu beaucoup de choses. Sauf ces touchants ouragans de notre rebondi, la nuit venue.

Elles se taisaient, fermaient les yeux, entrouvraient la bouche, perdues dans leurs souvenirs personnels.

Elles souriaient aux anges et à leurs ambassadeurs terrestres, les Gabriel.

J'étais descendu à Cannes-La Bocca pour le week-end. Me reposer des tracas professionnels. Trop longtemps dédaignée, l'agence Olivier-de-Serres traversait une mauvaise passe.

Les deux sœurs avaient parlé à voix basse, pour ne pas interrompre la sieste de mon père, tellement méritée. Peut-être songeaient-elles aussi à la nuit suivante? Elles prenaient soin de ses forces. Il leur avait donné des habitudes. L'amour appelle l'amour. Mais dormait-il vraiment? Mon Gabriel XI, comme la plupart des humains, avait le tympan avide de compliments, surtout s'ils concernaient son sexe. J'aurais parié qu'il se tenait debout, nu comme un ver, l'oreille collée contre les volets fermés, et savourait ces hommages.

Elles relevèrent les paupières en même temps. Se resservirent du chianti avec un soin de sommelier. Puis leurs yeux se posèrent sur moi.

— Et toi? dit Ann.

— Comment, moi?

— La question de ma sœur a le sens suivant, précisa Clara : ta pratique du coït est-elle satisfaisante?

Le regard affolé que je leur jetai déclencha une marée de rires : deux vieilles dames, le genre anglais, ex-joueuses de tennis, comblées intimement et envahies de gaieté. Une après-midi pour elles à marquer d'une pierre blanche.

Elles reprirent très vite leur sérieux et leur manière particulière de parler, chacune apportant une phrase, comme des maçons brique après brique élèvent un mur.

— Gabriel, tu aimes une femme.

— Les femmes s'intéressent au sexe bien plus que les hommes.

— D'où notre question : au lit, es-tu à la hauteur?

— Si en toute franchise c'est oui, pas de problème.

— Si tu as des doutes, tu peux encore t'améliorer avant le retour de ta merveille.

Je ne les écoutais plus, le très ancien temps me revenait en mémoire. J'abandonnai les deux sœurs et remontai le fil des années.

Quand M. Levallois, dit « le Puceau », professeur intérimaire de sciences naturelles au collège Jean-Rostand de Biarritz, vit, derrière la porte vitrée de la classe, au beau milieu d'une heure de cours, apparaître deux visages dont celui trop connu du directeur, il vérifia ce qu'il pressentait depuis long-temps : la nature même de Dieu est la cruauté. Il murmura : « Non, s'il vous plaît, pas aujourd'hui », et souhaita mourir. Vœu que, bien sûr, notre Très-Haut sadique n'exauça pas ; Il se contenta de trem-per de sueur tiède les cheveux blonds du malheu-reux enseignant et de teindre en rouge vif toutes ses surfaces de peau visibles.

Par chance, les élèves se levèrent d'un bel élan, à l'arrivée des deux costumes gris.

— Je vous présente...

L'inspecteur coupa sans ménagement notre chef d'établissement.

— Faites comme si je n'étais pas là.

À grandes enjambées, il gagna un banc du fond de la classe où il s'assit, bousculant Christophe et Jean-Hervé, les deux cancres habitant les lieux.

— Je vous en prie, reprenez à l'endroit exact où vous en étiez.

Le Puceau, lentement, rebaissa les yeux vers son livre, le célèbre manuel d'Albert Obré (docteur d'État) : « Sciences d'observation », classe de sixième. Dans toutes les autres leçons, il aurait pu, sans qu'aucun élève le remarque, changer brusque-ment de route, aborder un sujet plus confortable. Mais pas ce jour-là. Il était prisonnier. Son audi-toire, avant l'interruption, n'avait pas cessé de rica-ner, certes, ni de glousser, ni même de lancer des blagues sûrement obscènes, étant donné les rires, mais tout le monde buvait ses paroles, pour une fois. Les petits crétins voulaient passionnément connaître la suite. Ils ne supporteraient pas la moindre digression. Maudit soit l'intérêt maniaque des humains, particulièrement dans leur phase acnéique, pour le sexe ou tout ce qui s'y rapporte.

— Nous étudiions la reproduction du haricot, monsieur l'inspecteur...

— Parfait, parfait, continuez, le programme est vaste et nous sommes déjà en mai. Pas une seconde à perdre.

D'une voix mal assurée, M. Levallois reprit donc sa lecture. Des ongles trop longs de sa main gauche, il déchiquetait une craie.

— « Au centre de la fleur, une pièce verte, le pistil, enveloppé par la membrane résultant de la soudure des filets des neuf étamines et comprenant un sac allongé ayant la forme d'une gousse minuscule. C'est un ovaire. »

— Ma mère s'est fait sauter les siens en février.

Qui, au deuxième ou troisième rang, prononça cette phrase indigne, capable de faire trébucher l'orateur le plus averti ? Qui ? Quel ennemi des intérimaires, cette part méprisée du corps enseignant, que la moindre mauvaise notation peut jeter au chômage sans l'once d'une indemnité ?

L'inspecteur sursauta mais sans interrompre ses écritures.

M. Levallois, la bouche ouverte, cherchait de l'air. À force de brefs halètements, il parvint à s'emplir assez les poumons pour continuer :

— « Le style est terminé par un stigmate portant des poils visqueux capables de retenir le pollen. »

— Visqueux ? dit une autre voix. Comme une femme quand elle mouille ?

Il faut préciser que dans le dortoir, depuis quelques semaines, circulait un recueil de photos qui avaient, comme le vent sur l'amadou, enflammé ces jeunes imaginations et donné l'occasion aux plus avertis, les détenteurs de grande sœur, par exemple, ou de parents actifs le samedi après-midi, d'affranchir les plus naïfs.

Les adolescents, agents de la cruauté de Dieu, se déchaînaient.

On imagine la teneur délicate de leurs interventions quand le malheureux M. Levallois, au bout de son chemin de croix, aborda quelques questions de vocabulaire :

— « On appelle spermaphytes un embranchement du règne végétal regroupant les plantes dont les ovules sont nus, les gymnospermes, celles dont les ovules sont contenus dans un fruit. »

L'inspecteur, en partant, n'eut qu'un commentaire : une classe, ça se tient.

La rentrée suivante, l'intérimaire avait disparu. L'économe organisa bien une collecte pour venir en aide au renvoyé, le mal était fait.

Quel être digne de ce nom pouvait, ce jour-là, ressortir sans honte de la classe ? Comment ressentir pour ses propres organes autre chose que du dégoût, surtout si on les comparait à ceux des plantes ? Quelle bite a la distinction naturelle du style, quel gland la douceur enveloppante du stigmate ? Quel testicule la noble courbure d'un étendard ? Et que dire des actes sexuels eux-mêmes : comment trouver de l'élégance au va-et-vient humain, aux râles et baves qui l'accompagnent lorsque, dans l'ordre botanique, tout n'est que légèreté, effleurements, nomadisme du pollen, bon vouloir du vent, fantaisie des butineurs, abeilles ou papillons ? Et la vie s'ensuit, tout aussi bien.

Je refis peu à peu surface, avec aux lèvres un sourire indulgent pour ma jeunesse.

Les deux sœurs s'étaient montrées patientes. Elles me scrutaient toujours, elles m'évaluaient, de plus en plus angoissées : se pouvait-il que le goût du lit ait sauté une génération ? Je les rassurai de mon mieux : ces répulsions judéo-chrétiennes et prépubertaires avaient fait leur temps. Finies les études de sexualités comparées. Des femmes étaient venues, qui préparaient Élisabeth et la folle nuit du Jardin des Plantes.

— Je vous assure, de ce côté-là, comme on dit, tout va bien.

Elles m'écoutaient, dubitatives, pas très convaincues.

D'un coup d'œil, elles se consultèrent. Puis commencèrent :

— Gabriel, dit Clara, c'est notre rôle.

— Même si tu n'es pas notre vrai fils, dit Ann.

— Nous allons t'apprendre ce qu'aiment vraiment les femmes.

— Écoute bien. N'oublie pas que ta merveille peut débarquer d'un jour à l'autre.

— Commence, dit Clara.

— Non, toi, dit Ann, tu parles mieux.

— Bien. Remballe tes sourires gênés, Gabriel. Tu n'es plus un adolescent, loin de là. Et tout ceci est grave. Il y va de ton bonheur. Au début, lui fais-tu sentir ta force en lui saisissant la nuque ?

— Ça m'arrive.

— Et les oreilles, tu les mordilles ?

— Parfois.

— Bon. Les cuisses. Vous ne vous préoccupez jamais assez d'elles, surtout l'intérieur.

— Les deux fois, c'est elle qui m'a pris la main pour l'emmener voir un peu ailleurs.

La leçon devait émoustiller les papillons. Voletant çà et là de manière très alanguie jusqu'alors, ils dansaient maintenant la sarabande, à peine posés sur leur arbre, le buddleia, et déjà repartis ailleurs, butiner les delphiniums ou les cistes.

Ann s'était mise de la partie, il me semble que ses pommettes avaient rosi, elle s'était redressée dans son fauteuil.

— La langue, Gabriel, tu n'as pas peur de la promener ? Tu sais que certaines femmes la préfèrent à tout ?

— Heureux amants que ceux de ces femmes-là, dit Clara l'air sentencieux, même très âgés ils peuvent continuer à faire plaisir.

Elles m'oubliaient peu à peu, elles discutaient entre elles.

La vie invente toujours des scènes auxquelles nous n'aurions jamais pensé.

Le soir tombait sur la baie de Cannes. De grands bateaux, sans doute des six-mètres jauge internationale, leur régate finie, rentraient lentement au port. Un voisin passait sa tondeuse. Et deux vieilles dames, appliquées comme de bonnes élèves, complétaient mon éducation sexuelle. Elles avaient peu à peu haussé la voix. M'étaient-elles vraiment destinées, toutes ces questions, ces suggestions de plus en plus intimes ? Ou bien s'adressaient-elles à mon père, là-haut, derrière son volet ? Pour que la nuit à venir surpasse encore la précédente.

XIII

Où l'on essaie de parler d'argent

Pile de factures à main gauche, agenda Quo Vadis presque désert grand ouvert devant moi et téléphone muet, c'était un lundi matin semblable à beaucoup d'autres, l'un de ces moments innombrables bien connus des petits entrepreneurs : on se demande si l'on pourra finir le mois sans fermer boutique.

Et au lieu de mécènes esthètes et fortunés nous commandant le projet géant très attendu, celui qui nous rendrait riches et célèbres, un Villandry moderne, un Sissinghurst d'aujourd'hui, ne sonnaient chez nous que des botanistes amateurs qui sortaient précautionneusement d'un sac de plastique un pauvre œillet couvert de taches rondes et marron, bordées de rouge. Docteur, de quoi s'agit-il?

Le diagnostic posé (hétérosporiose) et l'ordonnance établie (fongicides à base de manèbe ou de zinèbe, point trop d'arrosage), comment faire payer ces bouleversants passionnés?

Caroline, une brune à tomber, notre hôtesse d'accueil et standardiste, poussa la porte. Amoureuse de Dinard, on lui permettait d'y étirer ses week-ends étant donné le sommeil de l'agence. Elle nous en savait gré, encore que bien inquiète. Elle avait compris que le chômage nous guettait tous.

— Une dame vient d'arriver.

Je me redressai, plein d'espoir.

— Quel genre?

— Vieille mais riche.

— À quoi vois-tu ça?

— La montre. Van Cleef. Et le châle, pur cachemire. Mais surtout l'impatience. Elle marche de long en large. Je l'introduis?

— Prions Dieu!

Et c'est ainsi qu'Ann pénétra dans mon exigu bureau, à peine dix mètres carrés, que deux gravures tentaient pitoyablement d'anoblir : Versailles, le bosquet Jupiter, et la Granja (San Ildefonso), la folie de Philippe V.

À peine bonjour. Son regard avait glissé sur moi sans me voir. En deux secondes, elle avait inspecté les lieux et compris la situation.

Elle se laissa tomber sur l'unique siège de toile réservé à la clientèle.

— Bon. Quel âge as-tu, Gabriel?

— Quarante et un ans.

— C'est bien ce que je pensais. Le moment est venu de cesser ces enfantillages...

Du menton, elle montrait le sommaire de nos installations.

— ... As-tu réalisé qu'une merveille comme ton Argentine va te coûter cher ?

— Elle a un mari.

— Tu veux le remplacer, non ? Ou alors j'ai mal compris. Avez-vous déjeuné ou dîné ensemble ?

— Pas encore.

— Bon. D'après ce que je devine de sa personne, les additions, toutes les additions seront pour toi. Même si elle gagne autant que toi.

— S'il te plaît, arrête ces vulgarités.

— Je ne parle que de réalité, la réalité telle qu'elle est. Pour ce genre de femmes, recevoir est la manière de donner. Habitude de reine.

Elle avait sorti un carnet de chèques.

— Combien te faut-il pour créer une véritable agence ?

— Je n'ai besoin de rien.

— Une famille est une famille, Gabriel. Tu peux compter sur elle. Et ton aventure est notre aventure. Nous ne te laisserons pas la gâcher. L'amour est une guerre. Sans armes, tu la perdras. Combien ?

À mon haussement d'épaules, dicté par la fierté, répondit le sien, rien ne vaut le réel, Gabriel, pour qui croit à son rêve.

Cette dernière sentence proférée, elle inscrivit un gros chiffre sur le chèque. Se leva.

— Quelque chose me dit que tu me rembourseras vite. Les gens vont avoir de plus en plus besoin de racines. Je n'ai pas fait d'études de marché mais je serais toi, je m'établirais à Versailles, tu profiterais de Louis XIV. Excellent produit d'appel. Bonne chance.

Elle s'en alla sans prendre congé. Immédiatement remplacée par notre Caroline.

— Alors, pour la richesse de notre visiteuse, j'avais tort ?

L'exaltation dura jusqu'au soir et toute la nuit.

Il était une fois un architecte-paysagiste au talent immense et caché.

Grâce à sa quasi-mère, l'une des femmes de la vie de son père, il ouvre une agence tout ce qu'il y a de chic place des Vosges ou avenue Hoche. Paris, Londres et New York se pressent à l'inauguration. Tandis que le champagne coule à flots, deux êtres humains sonnent à la porte. L'un porte un uniforme, celui des postes. Télégramme de la reine d'Angleterre. J'ai besoin de vous pour redessiner le parc de Windsor.

L'autre se tient timidement sur le seuil, et se présente : Élisabeth, oui, comme la monarque. Elle arrive d'Argentine. Pardonnez ma tenue de voyage. Vous voulez bien de moi dans votre vie glorieuse ?

L'exaltation se dissipa avec les premières lueurs du jour.

Ann avait dit vrai : plus les vies sont compliquées, plus elles coûtent cher.

Ann avait fait cadeau d'une seconde évidence : il fallait changer d'adresse. Là où se trouvait son officine, dans une ruelle du XVe arrondissement de Paris, l'architecte-paysagiste au talent immense ne soignerait que les géraniums de balcon, au mieux les anthracnoses du cerisier.

Mais le luxe des locaux ne jouait aucun rôle.

« Merci Ann. J'ai ma stratégie. »

Et il renvoya le chèque, avant de prendre le train pour Versailles.

Les conclusions de l'écrivain nomade Bruce Chatwin sont formelles : la vérité est dans le cheminement.

Les aborigènes d'Australie n'ont pas de cartes et pourtant jamais ils ne se perdent. Car tout au long de leurs voyages, des poèmes les accompagnent. Ils chantonnent en marchant. Et ces *songlines*, les chants des pistes, forment un immense labyrinthe de chemins invisibles.

Il me suffisait donc d'installer mon échoppe au bord d'un des chemins empruntés par les vrais amateurs de jardins et de tendre l'oreille pour saisir leurs poèmes.

Rien n'avait changé : les mêmes hordes de tee-shirts montaient toujours à l'assaut du château. Et, au pied de la cathédrale Saint-Louis, l'entrée de l'école où j'avais fini mes études d'horticulture et de paysage fleurait toujours bon la ferme. Sous la voûte, première porte vitrée à gauche, Mme Charton occupait la même place que quinze ans plus tôt, du mardi au vendredi, de neuf heures à onze heures trente, derrière son étal de poires (quinze variétés), pommes (dix-sept) et cucurbitacées (huit).

— Serait-ce notre Gabriel, le fou de mesure ? Quel bon vent vous amène ?

— Je vais peut-être m'établir dans le quartier.

— Tiens, tiens, encore un ! Quand on y a goûté, c'est pour la vie, moi, je vous le dis, on ne peut plus se passer de Versailles.

Une longue file de dames très comme il faut attendaient de se faire servir. On aurait dit la sortie de la messe, lodens, foulards de soie et voix pointues.

— Je vous aurais bien accompagné. J'adore les retrouvailles. Mais vous voyez, on s'arrache nos produits...

L'air sentait l'automne, le sucre, la fraîcheur d'un cellier rempli de clayettes où dorment les fruits.

Dehors, dans le Potager du Roy, on finissait la cueillette.

Trouver la piste des vrais amateurs de jardins ne m'avait pas pris longtemps.

Certes, ils rendaient hommage au génie de Le Nôtre, s'émerveillaient des perspectives des tilleuls, tiraient leur révérence devant le Grand Canal, re-

trouvaient leur âme d'enfant devant les maison-
nettes de Marie-Antoinette et auraient vendu père
et mère pour visiter l'un des bosquets interdits.

Mais bien vite, chassés par la foule et la démesure, ils se réfugiaient dans les dimensions plus
humaines du Potager. Comme d'habitude, ils
étaient là, une petite trentaine, à s'exclamer devant
l'élégance des espaliers, la profusion des pommiers
en cordon...

Jamais je ne m'étais intéressé à la suite de leur
parcours.

Au hasard, je choisis de suivre un couple de très
vieux Américains. Parce qu'ils s'agrippaient l'un à
l'autre, parce qu'ils portaient le même chapeau de
pêcheur à la mouche, tweed ocre sans forme, parce
qu'ils semblaient près de trébucher et qu'alors je
viendrais à leur aide?

Rue Hardy, ils prirent à droite et, de leurs tout
petits pas, gagnèrent la cathédrale. Montèrent non
sans mal les cinq marches du parvis et, sans entrer,
se plantèrent devant l'écriteau. La femme lisait et
traduisait pour son mari.

« Le 4 mai 1789, la procession des États Généraux se termina dans cette église par une grand-
messe célébrée par l'archevêque de Paris. Louis
XVI regagna le château vers seize heures. »

Tous deux hochèrent la tête.

Elle avait tiré un plan de sa poche. Elle le tournait et retournait, perdue. Je faillis intervenir. Mais
son mari ne s'énervait pas, il la laissait prendre son
temps. Elle était son guide, on doit respecter les
guides.

Ils repartirent de leur même démarche fragile.
Trois fois, ils échappèrent à la mort, en traversant,
sans regarder, la rue de Satory et trois fois, ils
furent injuriés, spécialité des automobilistes français. Ils se parlaient, mais à voix trop basse pour
que je puisse entendre leur poème, leur songline à
eux.

Ils étaient parvenus devant la salle du Jeu de paume.

Même station debout.

Même lecture par la femme, même traduction.

« Dans ce Jeu de paume le XX juin 1789 les députés du peuple repoussés du lieu ordinaire de leurs séances jurèrent de ne point se séparer qu'ils n'eurent donné une Constitution à la France. Ils ont tenu parole. »

Alors seulement je m'aperçus qu'une voiture les suivait, une longue limousine noire de louage. Leur promenade était finie. Le chauffeur, casquette à la main, leur ouvrit la porte.

J'avais compris la leçon.

Tout jardin est une histoire.

Les amoureux des jardins aiment l'Histoire.

Où, en France, mieux installer ses tréteaux que sur le bord du chemin qui va de Louis XIV à la Révolution ?

Je m'avançai fièrement dans la rue, une plaque de cuivre sous mon bras gauche, suivi de l'ami Stéphane, charpentier de marine et donc bricoleur de génie qui, tel un enfant de chœur, portait le matériel nécessaire à la cérémonie, longues vis de cuivre, perceuse et tournevis à manche de plastique rouge, quand un petit homme chauve jaillit. Il sortait d'un magasin voisin aux vitres dépolies et surmonté de l'enseigne cryptomédicale indiquant le vétérinaire.

Avec une hargne qui n'annonçait en rien le complice qu'il allait devenir, il tourna autour des installateurs, bientôt rejoint par une femme piaillante et déjà trop maquillée, malgré l'heure matinale.

— Que fait le maire ?

— Il y a déjà trois praticiens rue Royale.

— On va nous tuer, à force d'autoriser n'importe qui...

— C'est ça qu'ils veulent, notre mort à tous?

— Vous savez peut-être que le quartier est protégé?

Sans vergogne, politesse, ni dignité aucune, ils courbaient le cou, ils pointaient le nez, cherchant à surprendre les mots gravés sur le rectangle de cuivre.

Hautains et solennels, nous officiâmes comme si de rien n'était.

On repère, on perce, on ajuste, on visse et l'on se recule pour juger de l'effet.

À la satisfaction des hommes de l'art s'ajouta le soulagement, immédiatement sensible, des acariâtres.

— Il fallait nous le dire.

— Cela change tout.

— Quelle bonne idée!

— Nous voilà, comment dire? complémentaires.

Je remerciai, sortis de ma poche un linge blanc, en l'espèce une taie d'oreiller, et avec l'aide du charpentier entrepris de soustraire la plaque à la curiosité des badauds.

— J'attends mon père et ses deux amies, vous comprenez, je veux leur faire la surprise.

— Bien sûr, dit le vétérinaire. Pardonnez-nous pour tout à l'heure mais vous savez, l'exercice d'une activité libérale est si dur de nos jours...

— Mon mari est médecin, dit la maquillée. Pour réduire les frais, j'assure le secrétariat. C'est pour dire.

— Rien de plus naturel, fis-je, nous sommes sur le même bateau.

Et je les invitai pour la petite manifestation familiale du soir, dix-huit heures, on ira fêter ça au Saint-Louis.

— Vous avez raison, dit le vétérinaire, il faut fêter. La pose de la plaque est un grand jour dans une vie.

Quand, sur le quai de la gare Versailles-Rive-Gauche, je vis paraître ma famille entre les banlieusards, habitués de la ligne, conscrits au crâne rasé, apprenties secrétaires gloussantes et cadres-lecteurs-du-*Monde*-même-en-marchant, je recommençai plusieurs fois mes calculs, en m'aidant de mes doigts cachés dans la poche, tant je n'en croyais pas mes yeux. Un, deux, trois, quatre. Un, deux, trois, quatre. J'avais beau recompter, quatre personnes s'avançaient vers moi. Les trois prévues (mon père suspendu aux bras des deux sœurs) endimanchées comme pour un dîner officiel (costume et tailleurs sombres), et l'air grave de qui s'avance vers une manifestation décisive. Mais un quatrième être humain leur ouvrait la voie, une femme brune, jeune, bronzée, robe à volants balancés par une démarche vigoureuse, et sourire, surtout le sourire, éclatant du bonheur d'être là, Otxanda, ma mère, sortie une seule journée de la prison de la mort pour venir saluer l'entrée véritable de son fils dans la vie professionnelle.

Dans notre famille, tu verras, les hommes ont tendance à disparaître, disparaître une fois pour toutes. Mais les femmes, nos femmes, ne se laissent abattre par rien au monde. Elles sont la vaillance et la fidélité mêmes. On peut leur faire une confiance aveugle : dans les moments importants, elles sont là. Quel que soit le voyage qu'elles ont dû faire pour arriver.

Lentement, pompeusement, avec une solennité quelque peu exagérée pour la taille de l'événement, je retirai le voile blanc. Apparurent dans la lumière jaune du soir versaillais le rectangle de cuivre, et ses indications érudites et ambitieuses :

Agence La Quintinye

Création de paysages

Les manières d'applaudir sont comme les empreintes digitales : chacun la sienne. Gabriel XI et Otxanda à pleines paumes, fiers et joyeux comme à un beau mariage : gloire à notre fils, il n'a sans doute pas choisi le chemin de la richesse mais sa fidélité à une vocation botanique familiale nous honore et nous rassure !

Clara, en se caressant les phalanges, soupçonneuse : pourquoi une telle gaieté chez notre Gabriel, le père ? N'y aurait-il pas une autre femme dans les parages ? Et les invisibles sont les plus redoutables. Ann, furieuse, deux bravos hâtifs et puis plus rien : il aurait pu me demander mon avis, cet imbécile. La Quintinye ? La belle enseigne ! Qui a jamais entendu parler de Quintinye ? À tout prendre, et inconnu pour inconnu, je préférais Olivier de Serres.

La femme du docteur, du bout des doigts et de sa fenêtre : ils en font un foin, pour des fleuristes !

Et le vétérinaire à grandes brassées, déjà plein de projets d'avenir, les gens qui aiment les animaux aiment les plantes et vice versa, nous allons nous associer.

On s'en alla vers le vin d'honneur.

Sauf Otxanda.

— Je n'aime pas trop les lieux clos.

Elle demeurait immobile, face à la plaque. Elle parlait avec la voix des rêves ou des pressentiments, ces mots qui vous entrent dans la tête sans le secours d'aucun son. Son sourire, vrai soleil, tout à l'heure, miracle de couleur et de chaleur, semblait pâlir d'instant en instant.

— Va prendre soin de tes amis. Je préfère t'attendre ici.

Je devinai qu'elle ne reviendrait pas sur sa décision. Des lèvres, je lui effleurai le front et courus vaquer à mes occupations de héros de la fête.

— Vous voulez savoir qui fut La Quintinye ? Né en 1626, d'abord avocat, maître des requêtes de la reine, puis embauché par le président de la

Chambre des comptes comme précepteur de son fils. L'enseignant et son élève dédaignent vite le programme pour ne s'intéresser qu'au jardin de l'hôtel particulier familial, rue de l'Université. Le juriste devient horticulteur. Le Nôtre le remarque...

Je parlais de plus en plus vite.

— Prends ton temps, dit Ann. Il n'y a pas le feu.

— ... D'autant que cette personnalité est passionnante, dit mon père, songeant que son fils pourrait devenir une sorte de La Quintinye, commerçant lui aussi avec les rois du monde.

— Le Nôtre l'entraîne à Vaux-le-Vicomte chez le surintendant Fouquet. Celui-ci emprisonné, Louis XIV l'appelle pour créer son potager.

Sitôt ma conclusion prononcée (« Et, bien sûr, La Quintinye est célèbre partout dans le monde, sauf en France »), je me précipitai dehors, à la stupeur de mes invités.

Comme je le redoutais, la rue Royale était noire de monde et vide. Vide de soleil en guise de sourire, vide de robe à volants, vide de Basque assez militante pour aller narguer la France impériale devant les bureaux de la future Exposition coloniale, vide de ventre assez fou pour retenir la semence de mon père, vide de mère.

Otxanda avait regagné sa demeure glacée.

XIV

À quoi bon tous ces efforts ? L'Italo-Russe, présentement argentine, m'a forcément oublié. Au mieux, elle a *décidé* de m'oublier... (Etc.)

Chaque fois, tu m'entends ? chaque fois que déferlait sur moi cette vague de désespoir, au moment où ma résolution se noyait, le téléphone sonnait.

— Haut les cœurs, mon fils! Je suis formel et tu sais que mon expérience n'est pas mince : une femme qui revient pour te dire « c'est fini », cette femme-là te gardera en elle pour la vie.

— Comment as-tu deviné?

— La météorologie.

— Je répète : comment as-tu deviné mon coup de cafard?

— Les humains qui ont vécu des amours difficiles en ont gardé des cicatrices. Elles se rappellent à nous, dès que le temps change.

— Mais ce sont tes cicatrices, pas les miennes.

— La paternité a ses mystères, Gabriel. Un jour, quand tu auras rejoint l'âge adulte, tu renonceras à tout éclaircir. Tu économiseras des énergies précieuses. Alors haut les cœurs?

— Haut les cœurs.

XV

Où l'on éveille notre héros à la politique

— Gabriel, tu connais l'abbé Lemire?

— Je dois avouer...

— Mon pauvre fils, c'est bien ce que je pensais. Et l'intérêt général? Saurais-tu me définir, en quelques mots précis, ce qu'on entend par « intérêt général »?

— Sauf à faire des phrases pour faire des phrases...

— Merci pour ta franchise. Et aussi pour ton ignorance : au moins je n'aurai pas à briser en toi des idées fausses. Bon. Commençons par le commencement. Les hauts fonctionnaires français, même ceux qui ne se passionnent pas pour la politique, n'ont que ces deux mots à la bouche : intérêt général. Une notion vague, je te l'accorde, mais solennelle. L'intérêt général, si je résume, c'est la santé globale et secrète du pays. Tu me suis ?

— Vive la France !

— Tu as tout compris. Continuons. Les fonctionnaires sont au service de l'intérêt général, donc du bien. Les autres humains sont vendus aux intérêts particuliers, donc au méprisable. Tu appartiens au méprisable puisque tu fabriques des paradis privés cernés de murs. Si nous ne réagissons pas, passé les chaleurs physiques des premières rencontres, ta reine, fonctionnaire donc chevalier de l'intérêt général, va te mépriser.

— Effrayant mais probable.

— Et c'est alors que l'abbé Lemire vient à notre secours. Petite biographie. Il naît dans le Nord, en 1853. Très vite orphelin, il entre au séminaire. Devient vicaire à Hazebrouck. Bouleversé par la misère de la condition ouvrière, il se présente à la députation. Élection triomphale. Pendant trente-cinq ans, il va se battre pour améliorer le sort des plus démunis.

— Destin édifiant. Mais quelle relation avec Élisabeth ? (On excusera l'inexcusable manque de curiosité sociale de Gabriel : sa passion virait à la monomanie.)

— J'y viens. En ville, les ouvriers s'entassent dans des taudis, ils se nourrissent mal. À peine arrivés de leur campagne, ils étouffent, l'alcoolisme les menace, leurs familles se disloquent. Le remède ? Un jardin, un lopin où ils reprendront contact avec la terre, le grand air, les légumes, quelques valeurs simples et saines. En 1896, l'abbé Lemire crée La Ligue Française du Coin de Terre et du Foyer. Les jardins ouvriers sont nés, on en comptera jusqu'à soixante mille.

— Je commence à comprendre.

— Alléluia ! Un jour de lassitude, ton Élisabeth

remonte sur son dada de haut fonctionnaire, l'intérêt général. De cette altitude, elle te toise : alors mon ami, toujours au service des égoïsmes ? Tu la regardes droit dans les yeux. Objection, Votre Honneur, Ligue du Coin de Terre. Elle s'incline, votre amour est sauvé.

— Vendu. J'adhère.

— Excellent. D'autant que ta compétence servira. Ces braves amateurs ont besoin de conseils. J'ai pris rendez-vous avec le président actuel de la Ligue, un homme admirable, Henri Boissard, directeur du Crédit national. Il nous attend. J'étais certain de ta réponse.

L'aventure du Coin de Terre est une belle histoire qui mériterait, bien mieux qu'une digression : tous les soins d'un conteur fidèle et méticuleux.

Prisonnier de mon encapuchonnée au charme italo-russe et soucieux de ne pas étirer au-delà du supportable ce long, déjà si long récit, je me contente d'évoquer le reste de ma vie. Sache seulement que sans les micro-jardiniers d'Ivry, je me demande si j'aurais franchi vivant tous ces gouffres sans fond que sont les dimanches pour un solitaire de ma sorte.

J'arrivais tôt le matin, par le fort. Du haut des anciens remparts, j'assistais au plus apaisant des spectacles : en contrebas, le réveil des jardinets, la dissolution progressive de la brume, la montée des premiers bruits, le grincement d'une brouette ou le fracas de l'eau au fond des arrosoirs. Une à une les cabanes s'ouvraient et les tonnelles. Les cultivateurs sans attendre sortaient leurs outils, on dépliait les chaises et les tables.

Sitôt repéré, on s'arrachait ma présence. Mon label « Potager du Roy » impressionnait ces amateurs passionnés. Gabriel par-ci, Gabriel par-là. Est-ce l'époque pour les melons ? Entre les radis, peut-on planter du céleri ?... Je courais d'enclos en enclos, accueilli d'abord par des cafés, dès dix heures par des blancs secs. C'est dire si très vite ma conscience s'émoussait. J'écoutais dans un brouillard de plus en plus doux le récit des grands moments : la visite de Poincaré, dont se souvenaient les anciens, les défilés géants, bannières en tête, pour fêter le trentième anniversaire de la Ligue, le travail acharné durant l'occupation allemande pour résister à la famine... Un accordéon souvent ponctuait ces légendes. Je flottais de famille en famille. Elles m'avaient adopté. Elles prenaient soin de moi. Elles avaient bien deviné qu'il fallait m'aider à tuer les dimanches, les effrayants dimanches, que je ne serais jamais parvenu seul jusqu'au soir.

Oui, le Coin de Terre est une belle aventure à laquelle j'aimerais rendre un jour l'hommage qu'elle mérite. À cet égard, ma fin s'approchant dangereusement, une pensée lancinante vient me tarauder de plus en plus souvent : la mort, notre mort, ne serait-elle pas la marque de la jalousie narrative de Dieu ? Il sait bien, puisqu'Il sait tout, que s'Il nous laissait le temps suffisant, nous raconterions toutes les histoires dont regorge le monde. Et Sa suprématie d'Auteur s'en trouverait menacée...

XVI

Autre appel de mon père au milieu de la nuit :

— Gabriel, je te réveille sans doute. Mais le sommeil qui suivra sera bien meilleur. Connais-tu Sacha Guitry ? Les Français le méprisent un peu. Je te parle du purgatoire où j'ai été lui rendre visite. Au purgatoire, figure-toi, les montres sont rares, on oublie les horaires.

— Et ce Guitry t'a dit des choses utiles, des choses qui justifient cette sonnerie monstrueuse à quatre heures du matin?

— Écoute bien : *Madame est en retard. C'est donc qu'elle va venir!* Gabriel? Tu es toujours là? Tu as bien entendu? Gabriel, tu veux que je répète?

— Je dois admettre... son retard... elle va venir.

— Eh oui. Tel était Sacha Guitry. Du sur mesure. Dors bien et n'oublie pas, haut les cœurs! Grâce à Guitry, haut les cœurs!

— Haut les cœurs!

XVII

Où l'on commente un appel personnel

— Où êtes-vous? Répondez, s'il vous plaît! Où êtes-vous donc?

Mme Lobb, la gardienne, courait de tous côtés sans nous apercevoir. Penché sur un poirier, j'enseignais à ma famille l'art de la taille.

— Ah, vous voilà enfin! Une dame de très loin pour M. Gabriel!

— Lequel?

Les deux sœurs s'étaient exclamées en même temps.

— Le fils...

Je me précipitai vers le poste le plus proche, celui de la cuisine.

— Tu es difficile à joindre.

Sa voix enflait et diminuait comme issue du fin fond d'une baleine qui aurait ouvert et fermé la bouche en cadence, et de temps en temps craché, quand un mot ne lui plaisait pas.

— Toujours en Argentine?

D'où venaient ces déclics? Un écho nouveau rendait l'audition encore plus difficile.

— Mon Dieu, que la ligne est mauvaise! Gabriel...

Je pensai que personne, jamais, n'avait prononcé ainsi mon prénom, les trois syllabes étaient venues me chercher au fond de l'enfance et me prenaient dans leurs bras, Gabriel, ne crains rien, Gabriel, je sais qui tu es, Gabriel, installe-toi, tu es chez moi, chez toi.

— ... Gabriel, si tu réponds oui à la question que je vais te poser, nous allons être démodés. Les sentiments n'intéressent plus personne. Chez Malraux et chez Sartre, y a-t-il une seule, tu m'entends, dans toutes les pages qu'ils ont noircies, une seule véritable histoire d'amour?... Gabriel, je suis aussi perdue que tu l'es. Je ne sais qu'une chose : si tu me dis oui, c'est maintenant. Et pour toujours. N'aie pas peur, je n'ai pas l'habitude d'être aussi bavarde.

Mon oui vibra longtemps dans mes oreilles, comme un cri de goéland planant dans la tempête.

— Gabriel, tu es l'ami du temps, n'est-ce pas?...

Je ne répondis pas. Le sol tanguait sous mes pas.

— ... Forcément, avec le métier que tu fais, le temps qu'il fait, le temps qui passe...

— Ils sont frères.

— Tu m'apprendras. Car le temps sera notre demeure. Il faudra emménager. Bon, je me sauve. Mon Dieu, qu'il est tard!

Elle parla encore, deux ou trois phrases que je n'entendis pas. La baleine avait dû censurer. Ou les bourrasques se déchaîner au-dessus des Açores. Soudain ses mots revinrent, clairs comme jamais.

— Prépare-toi à mon offre prochaine. Et prends des forces.

Cette fois, elle était partie. On n'entendait plus que le vent balayer l'Atlantique et des respirations qui semblaient bien plus proches, des souffles humains. Je raccrochai et m'effondrai sur une chaise. Un à un, les trois indiscrets me rejoignirent, chacun par une porte.

— En voilà une monarque, siffla Ann.

— Tu te rends compte de la vie que tu te prépares ? s'enquit Clara

— Mon pauvre Gabriel, répétait mon père.

— Vous avez écouté ?...

Je balbutiais.

— ... Mais enfin, c'est mon histoire tout de même, mon histoire...

La surprise m'empêchait d'en dire plus. Preuve que je ne connaissais pas encore bien ma famille. Mon étonnement les sidérait.

— Enfin, Gabriel, nous sommes sur le même bateau. Tu ne penses quand même pas t'en tirer seul.

— Surtout que l'affaire s'annonce particulièrement délicate.

— En tout cas, le divorce paraît exclu.

— La culpabilité la détruirait.

— Il faudra lui forcer la main.

— L'enlever.

— Autrement aucune chance.

— Cette femme porte une loi en elle.

— Comment l'en débarrasser ?

Ils avaient allongé Élisabeth sur la toile cirée de la cuisine. Ils lui avaient ouvert le ventre. Ils discutaient entre eux de la meilleure manière d'opérer. Penchés sur elle, ils m'avaient oublié. Je montai me coucher.

Longtemps, j'entendis leurs voix. Parfois, le ton montait, des éclats passionnés. Ils prenaient mon cas trop à cœur. Ma fureur s'en alla. Je pouvais tout leur reprocher, sauf l'indifférence.

XVIII

Ils ne m'ont pas laissé l'accueillir seul.

Quand je suis arrivé gare Saint-Lazare, ils se tenaient là, au début du quai, mes trois complices, debout près de leurs sacs de voyage et la mine angoissée.

— Moins une! dit Ann en tapotant sa montre.

— Un léger désir de manquer le train du Havre? insinua Clara.

Le matin, proximité de la nuit aidant, des relents lui remontaient de son ancien métier psychanalytique.

— Haut les cœurs, dit Gabriel XI. Ce n'est pas le moment de flancher.

Le trio tel qu'en lui-même, étouffant et attentionné, au mieux de sa forme.

— Pourquoi a-t-elle choisi de revenir d'Argentine en bateau?

— Chaque famille a ses petites habitudes.

Les amarres se tendaient en grinçant. Le paquebot *Villa-Lobos* lentement se rapprochait du quai. De l'eau sale écrasée montait un âcre remugle de mazout et de goémon pourri. Une passerelle se balançait dans le vent, au milieu des mouettes. Deux foules se faisaient face, la noble, celle qui venait de traverser l'Atlantique, et l'autre, la nôtre, la sédentaire. On criait de part et d'autre, on applaudissait, on agitait les bras à se démancher l'épaule, on se hurlait qu'on s'aimait, au petit bonheur, comment retrouver son bien dans toute cette cohue?

— J'en étais sûr. Mon pauvre fils.

Ce soupir, à mon côté, m'a déchiré l'âme. J'ai suivi le regard de mon père.

Là-haut, vers le ciel, accoudée au bastingage du premier pont, l'encapuchonnée contre laquelle se blottissaient deux enfants, la seule silhouette immobile dans toute cette agitation, ce visage qui semblait minuscule, à cette distance, elle devait expliquer la manœuvre d'accostage à sa progéniture, Gabriel XI ne s'était pas trompé : pour mes plus grands malheur et bonheur mêlés, Élisabeth, la plus belle femme du monde (père désolé et fils ébloui d'accord sur ce point), venait de toucher la terre de France.

— Tu aurais pu nous la présenter !

— Je comprends ton émotion, Gabriel. Mais tu devines notre impatience.

— Et toutes ces heures de train pour ne rien voir...

De la terrasse du restaurant où je les avais entraînées de force, les deux sœurs regardaient la mer, en hochant la tête à tour de rôle. Elles remâchaient leur déception. Elles qui se faisaient une fête de découvrir mon fameux coup de foudre. Elles avaient déposé leurs deux joies de vivre dans mon histoire d'amour.

— A Paris, tu nous organiseras la rencontre ?

— Tu le promets ?

Je promis, je jurai sur sa tête à elle, Élisabeth. Je devais au plus vite les apaiser. La suite de la journée ne leur serait pas non plus très douce.

— Que fait ton père ? Ça va refroidir.

J'avais commandé pour lui une sole meunière, prétextant un très léger retard, une connaissance du port à saluer.

Mais je savais qu'il ne viendrait pas.

Profitant de la bousculade qui avait suivi l'installation de la passerelle, il m'avait serré dans ses bras.

— Je confirme : c'est bien la plus belle femme du monde. Mon fils, que Dieu t'accompagne, je ne peux plus rien pour toi...

Ses lèvres tremblaient contre mon oreille.

— Occupe-toi de mes plus belles à moi. Je m'en vais. Je suis trop vieux. Je ne veux pas qu'elles assistent à la fin...

A deux pas, Ann et Clara suivaient le débarquement des premiers passagers.

— ... Rien ne vaut la guerre que tu vas mener. Quand même, prends soin de toi. Et vivent les Gabriel ! Désormais, tu seras seul à porter ce titre.

Ses bras m'avaient lâché. La foule l'avait avalé très vite ainsi que son chapeau tyrolien. Avait-il eu le temps de prendre place sur le paquebot que l'on voyait là-bas doubler la jetée et souhaiter, d'un grand coup de corne de brume, bien le bonsoir à l'Europe ? Une fois encore, un homme de la famille avait choisi, le grand âge venu, de disparaître.

Un besoin de légende

XIX

Si, quelque jour, cette force fraternelle paresseusement baptisée hasard conduit tes pas vers une petite place isolée, entre le Mobilier national et la manufacture des Gobelins (XIIIe arrondissement de Paris), repère une façade à colombages et salue : c'est à ce restaurant (spécialités basques) que tu dois la vie.

Par voie de lettre pneumatique, une semaine après son retour, Élisabeth avait convoqué là Gabriel.

Passons vite sur la première heure des retrouvailles. Mains pressées, sourires niais, longs silences : le bonheur absolu ne porte pas en lui d'histoire intéressante à raconter.

Et soudain, sortie de ce rêve par la maladresse d'un serveur (chute assourdissante d'un verre), Élisabeth regarda autour d'elle et pâlit. Le choix qu'elle avait fait de cet établissement, d'autres en avaient eu l'idée comme elle, et pour la même raison : en un tel endroit discret et reculé, on risquait peu d'être surpris. Conséquence : la salle n'était pleine que de couples semblables au leur. Climat de sexe à toutes les tables, mélange d'éblouissement et de douleur (les yeux d'une moitié des femmes brillaient de larmes), qui-vive général (à tout nouvel arrivant, on sursautait)... autant de traits qui désignent sans aucune erreur possible les relations illégitimes.

Elle se leva. Courant derrière, Gabriel jeta en passant une poignée de billets sur le comptoir. « Quelque chose a déplu ? », grogna le patron. Elle sautait déjà dans un taxi.

Deux heures plus tard, par la même voie pneumatique, parvenait à Gabriel le message qui allait régler leur vie pour les trente années à venir : « Nous n'allons pas faire comme tout le monde, n'est-ce pas ? Jamais ! Les coïts à la sauvette ne sont pas dignes d'un amour tel que le nôtre. »

Comment ne pas s'émouvoir d'une telle exigence ?

Gabriel câbla son plein accord, en rajoutant même dans la grandiloquence : « Vous et moi ne pouvons vivre qu'une légende. »

Le lendemain, à l'agence, sonna le téléphone.

— Merci. Je me charge de la légende. Faites-moi confiance. Bonne journée.

Élisabeth n'aimait pas les épanchements au fil.

Depuis, le silence.

Gabriel se morfondait, surtout durant les heures de déjeuner, qui, les femmes travaillant, ont remplacé les cinq à sept pour la rencontre adultère. Il rôdait autour des hôtels parisiens agréables. Il guettait l'entrée des couples, il levait les yeux vers les fenêtres et, à la grande surprise ou indignation des passants, se tapait violemment du poing droit dans la paume gauche en répétant : imbéciles, si nous étions moins légendaires, en ce moment même...

Il attendait sans espoir : l'époque n'étant pas aux légendes, Élisabeth n'appellerait plus.

XX

Restaurant Rio Grande — Calle Betis — Séville —
27 juillet — vingt-trois heures au plus tôt.

Tel, sans autre précision, ni signature, ni formule
de politesse ou d'amour, fut apporté à l'agence par
la postière antillaise et si bavarde le télégramme —
rendez-vous comminatoire, premier d'une liste
presque aussi longue que celle de leurs ruptures.

— Mauvaise nouvelle ? demanda M. Calet, le
comptable, au spectacle du trouble subit de
Gabriel.

Depuis le matin, ils examinaient ensemble des
chiffres plutôt maigrelets : malgré le déménagement à Versailles, l'art des jardins ne rapportait pas
encore des mille et des cents.

Ce qu'on appelle la « mondialisation », c'est-à-
dire la fin des refuges et des repères, n'avait pas
commencé.

Les Français ne ressentaient pas, comme
aujourd'hui, un besoin fou de racines. D'autant que
le grand général les gouvernant leur rappelait sans
cesse, en illusionniste de génie qu'il était, que la
France était toujours la France, fille aînée de
l'Église, conscience de la planète et marraine du
Québec libre. Quelle nécessité de se dessiner un
paradis miniature quand on rayonne sur l'univers ?

— Rien de grave, répondit Gabriel, on m'offre un
cadeau.

M. Calet, malgré sa curiosité avide de vieux célibataire vivant par procuration, se retint d'interroger sur la nature de ce cadeau. Il écourta seulement la séance. D'ailleurs, son client n'avait plus la
tête aux bilans.

De nouveau seul dans son bric-à-brac de graines,
de livres et d'esquisses, Gabriel appela la gare de
Lyon. On lui répondit avec un accent du Sud-Ouest

que pour l'Espagne, c'était Austerlitz ; que d'ailleurs bizarre était l'idée de choisir l'été pour ce pays somptueux, la chaleur y rendait fou. Raccrochant, il se réjouit de cette information.

Il la vit de très loin, dans la lumière timide des réverbères une tache de couleur rouge flânant le long du fleuve Guadalquivir, trois secondes avalée par la foule ou disparue dans une échoppe en planches et puis de nouveau là, lente, légère, à tout moment arrêtée par le moindre spectacle, captivée, la tête un peu renversée, comme humant l'air encore torride malgré la nuit, une Élisabeth qu'il n'avait jusqu'alors qu'à peine devinée, libre et gourmande, une femme en son royaume secret.

Quand, au frémissement de sa peau, à l'incohérence des battements de son cœur, à la sorte de vague brûlante et câline qui montait en lui, il sentit qu'elle approchait, il sortit précipitamment son carnet de croquis et griffonna n'importe quoi, un bateau, la tour de l'Or, le Grand Canal de Versailles, comme s'il voulait reprendre haleine au milieu des traits. Elle était là. La couleur rouge vibrait entre les bougies. Et le parfum déjà si bien, trop bien connu, hanteur de nuit, tourmenteur de mémoire, avait envahi le nez du malheureux dessinateur.

— Bonjour.

Elle n'eut jamais d'autre formule de retrouvailles, bonjour, mot de reine, vous avez bouleversé votre vie, besogné comme un dément, violenté l'emploi du temps pour dégager ces vacances ô combien inattendues, ordonnées au tout dernier moment, vous avez traversé Paris et puis la moitié de la planète, nagé, affronté des tempêtes, résisté aux Indiens et aux ours polaires, vous arrivez défait, hors d'haleine, dépenaillé, bonjour, lancent les reines, manière de dire, en langage de reine : « Ne-soyons-pas-vulgaires-s'il-vous-plaît-épargnez-moi-

108

vos-tracas-vous-êtes-là-c'est-la-moindre-des-choses-non ? »

Il n'avait pas remarqué jusqu'alors comme sa chair était économe, retenue : menue. Gabriel releva les yeux. Des lèvres, des seins, des cuisses adultes, tout le reste était d'une petite fille qu'on emporte dans les bras sans s'apercevoir qu'elle pèse. Des lèvres, des seins, les cuisses, le sexe, îles d'une femme. Tout autour, c'est encore l'enfance.

— Bonjour. Je peux m'asseoir ?

Gabriel bredouilla, se dressa, faillit renverser sa chaise. Élisabeth souriait. Les reines sourient devant l'émoi de leurs sujets.

— Commandons et je vous raconte un premier petit quelque chose en apéritif. Vous aimez les histoires ?

« Plus que moi-même » aurait été la véritable réponse. Depuis toujours, depuis l'enfance, les histoires l'arrachaient loin de lui-même. C'est que sans doute il n'était pas très attaché à sa propre réalité, ni très certain qu'elle existât. Sitôt l'*il était une fois* prononcé, comme si l'on avait hissé une voile, il prenait la mer, il quittait la terre ferme pour l'univers raconté. Cette sorte de folie l'entraînait loin. Une nuit que sa compagne, dans le silence et la tiédeur du lit, lui relatait, à sa demande pressante, l'une de ses aventures, il avait vécu cette expérience vertigineuse : en l'entendant, il jouissait. Mais pas selon le mode triomphant et bref des hommes, érection, éjaculation. Non, il mouillait. Le récit d'une femme l'avait conduit dans leur monde à elles.

On comprend mieux pourquoi il avait choisi le commerce de la botanique. Les jardins aussi sont des histoires et ne bruissent que d'histoires mais les voyages, les comportements qu'elles engendrent sont plus doux. On y peut garder quelque contrôle de soi-même. Les mots étaient pour Gabriel une réalité trop violente. Il rougit, murmura merci.

Le garçon attendait toujours, son carnet à la main, impassible et raide derrière eux, un seigneur muet. Qui finit par proposer la spécialité locale. Queue de taureau. Ils le laissèrent noter à sa guise. Une gorgée de rioja rosé, Élisabeth commença :

— À peine m'étais-je assise, devant l'hôtel, sur une margelle dont la fraîcheur, à travers la robe, rendait vie à mes fesses mijotées trois heures au feu des fauteuils en faux cuir du train, à peine, je veux dire juste le temps de sentir ladite fraîcheur irradier vers mes deux cuisses, j'ai même cru deviner des paroles de gratitude, merci, mon Dieu, éclore comme des bulles de savon entre mes petites lèvres entrouvertes, vous me dites si je vous choque, mais vous me semblez aimer les femmes, alors je vous emmène dans leur pays, où en étais-je ? Oui, à peine tout cela qu'une petite fille blonde, cette blondeur espagnole d'acajou clair, s'approcha : « Elle, ça lui plairait d'être coiffée ? »

« J'ai passé ma main dans la jungle qui me tenait lieu de cheveux. Mais de toute façon, j'aurais répondu oui. Quand j'arrive dans une ville, je réponds toujours oui à la première question qu'un inconnu me pose. C'est un principe. Et vous ne pouvez savoir comme cette règle simple a égayé ma vie. Le temps des non viendra bien assez tôt. La mort est un grand non, n'est-il pas vrai ?

« Et nous voilà parties, elle, au bout d'un instant, me prenant par la main. Elle avait une menotte confiante. Elle guidait en s'abandonnant : sans le lui dire, je lui ai prédit une carrière amoureuse éclatante. Il m'a semblé, je m'en souviens, que les hommes à notre passage, au lieu de siffler ou commenter, comme ils font d'habitude, souriaient, simplement souriaient. Mais sans doute n'était-ce qu'une illusion, engendrée par la suite de l'histoire. Ils avaient deviné l'endroit où nous nous rendions.

« Inutile de chercher. Même en habitant la ville et explorant des jours, je ne retrouverais pas ma route. C'étaient des ruelles de l'ancien temps, comme la plupart ici, vous savez. Et de même qu'on reconnaît difficilement un Noir d'un autre, je me perdrais dans ce Moyen Âge. Trop de différence soudaine aveugle, vous ne pensez pas ? Il faut accommoder et accommoder encore pour distinguer les détails qui permettent d'identifier.

« La menotte m'a quittée pour frapper à une porte. Je suis entrée. "Bienvenue", m'a lancé une forte personne assise derrière un comptoir étrangement caparaçonné de coquillages. Suivirent d'innombrables paroles, tamponnées les unes aux autres comme voitures sur l'autoroute quand freine trop vite la première.

« Au hasard, je baissais et rebaissais la tête. Elle s'arrêta net. Un homme attendait derrière moi. Une sorte de croupier miniature, smoking un peu luisant, cravate-ficelle, cheveux laqués. Je compris qu'il me conduisait au salon.

Élisabeth s'interrompit. La ville entière semblait s'être donné rendez-vous au bord du fleuve et au milieu de la nuit. Côte à côte, restaurants de luxe et gargotes, simples tables, baraques à tapas, on aurait dit un grand banquet ininterrompu, le long du Guadalquivir, s'arrêtait-il même à la mer ? Guitares, récits chuchotés comme celui dont on me faisait cadeau, disputes politiques ou tauromachiques, œillades, menaces, le vertige prenait, de tant de bruit et aussi des rêves, les anciens mêlés si fort aux présents, Séville restait la capitale du Nouveau Monde. Il y a moins de trois siècles, une forêt de mâts aurait caché la lune.

— Ça t'intéresse ? dit Élisabeth. J'en étais sûre. Tu es mon frère. Tu es aussi mon frère. Je continue.

« Cinq femmes. Ou plutôt cinq hauts de femmes, trois grands et deux petits, tous les cinq noirs de cheveux, cinq bustes comme posés sur une estrade, le bas de leurs corps disparaissant sous l'étendue de bois sombre et verni, un parquet de bal où elles se seraient enlisées en dansant. Et le reste vide. Pas de cuvettes, ni de coiffeurs, ni de séchoirs. Une lumière de bibliothèque, douce, un peu jaune, descendant des hautes fenêtres à meneaux, une horloge arrêtée, au mur seulement l'image d'un homme du xvie, xviie, portant fraise autour du cou et à la main une batterie d'instruments coupants, rasoirs, ciseaux, pinces effilées, longs blaireaux : l'ancêtre barbier ?

« Les bustes de femmes discutaient entre eux, j'avais peur de m'avancer, la langue espagnole est une telle rafale ininterrompue de mots. M'apercevant, elles se turent, peut-être une seconde. Et une seconde, on entendit les bruits de la ville, une voiture, un cri d'enfant, sans doute le grincement d'une chaise de fer sur le pavé. Puis elles reprirent, d'abord lentement, me regardant gentiment, m'indiquant le dernier orifice dans le bois, mais le naturel l'emporta, le rythme s'accéléra, de nouveau la rafale. Bien sûr, j'hésitai Mais à quoi sert de visiter une ville si l'on refuse les portes qu'elle vous ouvre ? Je me glissai. À mon tour j'étais buste. Et tout de suite une main très douce, comme talquée, m'écarta les jambes. J'abandonnai sans réticence cette incongruité en Espagne, au plus chaud de l'été : une culotte. Je sentis sur le haut de mes cuisses un contact glacé, du métal ? de l'acier ? et de l'eau tiède, du savon, le picotement de la mousse.

« Après, rien. Je veux dire : pas d'action. Je pensais : ces coiffeurs de Séville sont comme les autres, ils nous laissent des heures les cheveux mouillés après le shampooing. Des attouchements imperceptibles me prouvèrent mon injustice : on m'observait, on décidait de la stratégie. D'ailleurs, je tendis l'oreille, on chuchotait. J'imaginai des regards d'hommes posés sur moi et dubitatifs, et je voulus refermer les jambes. Mais j'étais attachée. Je me contentai de rougir, en pure perte, qui s'en souciait dans cette pénombre ?

112

« À ce moment, le petit homme aux gestes si doux vint s'enquérir. Il marchait entre nous, les bustes, sur la pointe des pieds, comme s'il avait peur de nous blesser (ou d'écraser les artisans souterrains) : "Tout va bien?" Je lui souris. Il cligna de l'œil. "Monsieur sera satisfait. — J'en suis sûre."

« Peut-être me suis-je avancée? À toi de répondre, en temps voulu.

Elle s'interrompit une deuxième fois. Le restaurant, comme un seul homme, s'était levé et applaudissait quelqu'un qu'on ne voyait pas, footballeur ou torero.

Ils se levèrent à leur tour et se joignirent à l'hommage, de confiance.

Gabriel ne put s'empêcher de saluer la région concernée par l'histoire, au bas de la robe rouge. Elle surprit cette curiosité, plongea ses yeux dans les siens. Mille fois par la suite, Gabriel devait revivre cette soirée, et aussi pour d'autres raisons qui apparaîtront plus tard, et jamais il ne put trancher. Lui avait-elle demandé : tu veux voir dès maintenant? Quoi qu'il en soit, l'air terrorisé de son compagnon l'avait dissuadée. Elle se rassit, en tirant bien sa robe sur le genou, comme elles font toutes, et continua :

— Où en étais-je? Ah oui, des larmes m'étaient venues (là-dessous, on m'épilait un peu). Je faillis me lever, protester. Me faire coiffer, entendu. Mais n'avais-je pas le droit de choisir? Ces Espagnols en prenaient trop à leur aise. Je me suis calmée. À mon arrivée, la caissière m'avait presque renversée par un flot de paroles. Mon cœur battait trop pour l'écouter. Elle avait dû comprendre que j'acquiesçais à tout, que je leur donnais carte blanche. Mes artisans du dessous devaient être contents : d'habitude la clientèle est tellement précise dans ses souhaits, où glisser sa touche personnelle? Alors j'abandonnais mon ventre à ces pianotements légers comme des pas d'enfant. Un petit peuple dansait sur moi. Des chaussons minuscules (sans doute les dents d'un peigne) rebondissaient sur ma peau. Voilà.

« Par deux petites tapes amicales sur l'extérieur des cuisses, comme les cireurs des rues frappent sur leur boîte-marchepied, mon barbier d'en bas me fit comprendre que c'était fini. Je me levai lentement, lentement, avec une irrépressible sensation de nudité entre les jambes, mais aussi une gaieté, une légèreté de jour de fête. J'avais envie de siffloter. C'était si nouveau : cette partie de mon corps, je l'avais déjà sentie avide, sommeillante ou grognon, mais jamais guillerette. Je pris congé. Les dames me saluèrent gravement, bonne journée, beaucoup de chance et de santé dans votre vie, et reprirent leur pia-pia. Combien de temps restaient-elles au salon ? Avaient-elles commandé des créations particulièrement complexes, des tressers minutieux, des coloris ? Le petit monsieur propret, en me conduisant vers mes vêtements, me tendit un petit miroir. Je le lui rendis sans rien dire. Il hocha la tête. Son approbation me conforta : la surprise n'était pas pour moi. Un autre œil devait la recevoir d'abord.

« Rhabillée, gagnant la sortie, grâce à un courant d'air qui souleva la dentelle des rideaux, je pus apercevoir une dernière fois le fameux salon. Et le principal peut-être, qui m'avait échappé, me frappa : c'étaient des femmes de tout âge.

Élisabeth posa ses doigts sur la main de Gabriel. Elle avait fini son histoire. Elle ajouta seulement :

— Je suis sûre que l'Espagne regorge de bien d'autres pratiques moyenâgeuses et c'est pour ça que nous sommes là.

La cloche de la cathédrale venait de sonner trois heures. Le grand banquet continuait, le long du Guadalquivir. Dormir ? Pourquoi dormir quand il reste tant à vivre ?

114

XXI

C'est au cours de cette même nuit blanche (Gabriel, à qui de vieilles et stupides culpabilités interdisaient le réconfort de la sieste, mourait de fatigue. Mille fois, il avait failli demander grâce, s'il te plaît dormons une heure. Mille fois, par un effort terrible de volonté allié à la sombre vision de l'avenir, dans deux jours, elle sera partie, profitons d'elle le plus possible, il avait résisté), qu'Élisabeth formula sa proposition.

Allongée nue bien à plat au milieu du lit, sa peau mate luisant de sueur malgré la ronde grinçante du ventilateur, les yeux au plafond perdus dans on ne sait quel ciel, elle parlait :

— Gabriel, comme tu le devines, je n'ai pas choisi l'Andalousie au hasard. On a tous une ville au cœur, depuis l'enfance. Pour moi, Séville. Faut-il que je te dise que je n'y étais jamais venue avant toi ? Oui, il faut que je te le dise. Les gens comme toi ont toujours peur de ne pas être aimés. C'est leur charme principal. C'est aussi leur arme favorite pour tuer leurs amours. Tu écoutes ? Pour moi, le Guadalquivir, la Giralda, etc., c'est la première fois.

— Merci, murmura Gabriel.

Assis très droit, le dos appuyé contre trois oreillers, il regardait le ventre d'Élisabeth, le très léger bombé au bas du nombril, la redescente vers les jambes, l'apparition des veines à la pliure de l'aine et la touffe, la fameuse, si bien coiffée le jour d'avant, sans audace ni imagination particulières, sauf, peut-être, un amincissement de la végétation et une régularité parfaite du parterre rectangulaire, les poils sont des fleurs noires.

Élisabeth continuait :

— Gabriel, j'ai bien réfléchi. L'adultère élève ou dégrade ceux qui ont été atteints par cette maladie.

Tu es d'accord jusqu'ici ? Parfait. Impossible de rester paresseusement soi-même, comme dans le mariage. Soit, forcés de tout inventer en permanence, on se dépasse. Soit on se perd peu à peu dans des routines misérables, des rendez-vous d'ordre hygiénique. Tu me suis toujours ? Bon. Nous ne pouvons bien sûr appartenir qu'à la première catégorie. Il nous faut une grande histoire. D'où le choix de Séville. Cervantès y a écrit le premier et le plus beau roman du monde.

Elle parlait comme un haut fonctionnaire français, qu'elle était d'ailleurs : un peu trop clairement, le débit légèrement saccadé, et intimement convaincue que la diversité et la complexité de l'univers n'attendent que des boîtes cartésiennes pour s'y ranger docilement, comme les tigres se lovent, en grondant à peine, sur les tabourets du dompteur.

— Bon. Prions Cervantès pour qu'il nous inspire. Mais une grande histoire est d'abord une histoire durable. Seul le temps anoblit l'adultère. L'accumulation d'années vaut légitimité. Je suis ravie que tu aies tant et encore envie de me sauter, Gabriel. Et d'ailleurs ça ne va pas tarder. Mais je te demande un dernier effort d'attention. Nous sommes en train de décider de toute une vie. Réfléchis. Quelle action la plus durable pouvons-nous faire ensemble ? Quelque chose ou quelqu'un qui nous survive. Tu vois où je veux en venir ?

Sans quitter des yeux l'œuvre des barbiers souterrains où il aurait bien voulu oser promener la main, Gabriel secoua la tête.

Elle, les yeux toujours au ciel, bien au-delà des pales paresseuses, continuait son rêve.

Elle se retourna, elle rampa vers lui, elle l'embrassa gravement.

— J'étais certaine de ton accord. Il faut le faire ici, à Séville, et nulle part ailleurs. La génétique a son influence, bien sûr. L'heure de la journée, le repas de la veille, la position choisie, etc., etc. Je me demande si le plus important n'est pas le lieu, l'endroit précis à la surface de la Terre. Tu crois aux forces de la géographie, Gabriel ?

Alors, alors seulement Gabriel comprit pourquoi depuis si longtemps il n'avait pu détacher son regard du ventre d'Élisabeth : s'y fomentait un complot fou. Sans connaître grand-chose aux secrets des femmes, il devinait des pulsations, des écoulements, des tourbillons, des orages mêlés de calmes hautains, les premiers préparatifs de la plus invraisemblable et la plus naturelle des aventures.

Voilà, ainsi, sans que mes lèvres ni ma langue aient prononcé le moindre oui, voilà, en toute franchise, comment s'enclencha l'engrenage qui allait conduire à la naissance de Miguel et à tout ce qui s'ensuivrait.

XXII

Pour garantir à l'enfant projeté la meilleure condition physique possible, et aussi, sans nul doute, pour le gaver de rêves, Élisabeth continuait de dormir.

Pendant ce temps, assis nu dans un fauteuil d'acajou qu'il avait tiré dans le coin nord-nord-ouest de la pièce, où passait le seul courant d'air de Séville, Gabriel réfléchissait à la proposition qu'on venait de lui faire, l'engendrement pour le compte d'autrui. Le premier mouvement de révolte et d'indignation passé, il s'habituait peu à peu à cette perspective. La paternité lui avait toujours paru une responsabilité écrasante. En partager le poids avec le mari de la femme de sa vie lui apparaissait, tout bien pesé et les couleuvres de la susceptibilité d'auteur avalées, comme une idée des plus sages. Encore fallait-il que chacun, à commencer par lui, Gabriel, tienne son rôle, même si celui-ci devait rester, selon toute probabilité, secret pour des années et des années. Inventer, toujours inventer. Décidément, l'adultère était une occupation fatigante mais, Élisabeth avait raison, des plus stimulantes pour l'esprit. Les humains infidèles souffrent-ils moins de l'Alzheimer que les époux parfaits ? Il faudrait vérifier. Notre héros s'habilla dans le plus respectueux des silences, quitta la pièce et sa belle assoupie, future fabricante d'êtres humains d'exception.

Le concierge ne voulait pas y croire :

— À cette heure, oser sortir ?

Il se leva lentement et d'une démarche épuisée, il s'approcha du gros thermomètre fixé à droite de l'entrée sous la plaque de cuivre annonçant le nom de l'hôtel. Le verdict des chiffres l'accabla, 48° . La bouche ouverte, les pieds en dedans, la poitrine haletante, il n'avait plus la force de rien dire. Il regarda passer Gabriel comme s'il marchait vers la mort et revint vers sa tanière glacée : sous le grand casier des clefs vrombissaient deux climatiseurs.

Les rues étaient vides, les pas résonnaient de mur en mur comme un tambour désespéré. Quel inconscient pouvait braver ainsi le soleil à son heure la plus meurtrière ? Des visages s'approchaient des moucharabiehs, brèves visions à peine surgies de l'ombre et déjà éclipsées, comme si le diable leur était apparu, dont on sait qu'il est le seul véritable ami du feu.

Enfermé dans son dessein, Gabriel ne se préoccupait pas du reste et surtout pas de la chaleur qui, pourtant, le changeait en fontaine ambulante tant il coulait et s'écoulait de tous les pores de sa peau. C'est en cet état pitoyable qu'il frappa à la porte du Lion. Personne ne répondant, il pesa sur la poignée de bronze, poussa la masse de bois, franchit le seuil, traversa le patio de la Monteria, puis le palais du roi Pedro, puis le salon des Ambassadeurs sans toujours rencontrer âme qui vive et déboucha dans une des merveilles du monde, le jardin de l'Alcazar, qui avait si souvent hanté ses rêves.

Il s'arrêta. Bassins, fontaines, agaves, cyprès, palmiers, lauriers, orangers, arbres de Judée, carrés et croix, portrait sans doute ressemblant du paradis islamique, célébré par des dizaines de tourterelles. Il plissa les yeux pour qu'une telle beauté ne lui parvienne qu'à flux supportable. Il mit du temps à réaliser que son corps se balançait lentement, d'avant en arrière. Peu au fait des théologies, il devina qu'il était en train de prier ou de remercier, ce qui revient au même.

Il frissonnait, d'émotion et d'une étrange fraîcheur, venue non de l'air toujours aussi torride mais de la couleur verte des plantes et de la musique des jets d'eau.

Allongé sur un banc de pierre, un petit homme sec le considérait sans esquisser le moindre mouvement. Seuls ses yeux bleus, enfoncés dans un amas de rides, suivaient les gestes du visiteur et ses lèvres, craquelées comme le lit d'un oued avant la pluie, marmonnaient le proverbe selon lequel pour sortir par une chaleur pareille, il faut être fou, chien ou français. Lequel Français fou s'approchant, il sauta sur le sol et se tint raide dans une attitude qui aurait été celle du parfait garde-à-vous militaire sans la main tendue. Une main large et ronde, disproportionnée par rapport au reste miniature de son corps, une main bleuie, couturée, incrustée de terre et de cals. En souriant, Gabriel lui présenta une paume et des doigts de la même famille : eux aussi avaient des blessures, des concrétions bizarres, des rugosités inconnues chez les autres humains. Ils se reconnurent, se sourirent : *Jardinero?* Jardinier. Ces gens-là forment une amicale très vivace, de par le monde.

Après, tout fut facile.

— *De donde vienes?*

— Paris et Versailles. Jardin des Plantes et Potager du Roy.

— Ah, Paris! Tu connais un gardien, M. Jean?

Par gestes, mimiques et bribes de latin botanique, le petit homme expliqua que ce M. Jean et lui correspondaient à propos des mousses, leur passion commune, une espèce hélas interdite par le climat méditerranéen. Gabriel acquiesça, compatit. Puis, quelque peu embarrassé, demanda de l'aide. Voilà, il aurait adoré prendre connaissance du chef-d'œuvre avec un personnage si savant, et il reviendrait au plus tôt découvrir scientifiquement les trésors botaniques de l'Alcazar. Mais cette fois, il s'agissait d'une femme, amour, secret... Aucun problème, dit le confrère andalou, une priorité est une priorité. Il ne faut pas diviser son attention. Il pria Gabriel de le suivre et deux heures durant, malgré la canicule, il fit visiter les endroits à son sens les mieux appropriés :

la fontaine des grotesques si la dame est rieuse,

le jardin des poètes si romantique,

le labyrinthe si compliquée,

le pavillon de Charles Quint si historique.

Gabriel n'eut pas le cœur (d'ailleurs il n'avait pas non plus le vocabulaire) de lui parler de la vraie nature d'Élisabeth qui était tout cela et bien d'autres choses encore.

Sur le pas d'une porte secrète percée dans la muraille dite de l'Eau, il remercia. Nous reviendrons au milieu de la nuit.

Il quitta l'île de fraîcheur et retourna dans Séville toujours aussi déserte. La chaleur est un royaume. Il marchait seul, il lui semblait régner.

— Comment dois-je m'habiller?

Gabriel, allongé sur le lit, fixait la fenêtre, l'esprit

ailleurs, quelque part dans l'Alcazar, il préparait le rituel de la nuit. Élisabeth prit la mouche.

— Si tu ne veux pas, dis-le tout de suite.

— Un oui est un oui.

— Alors aide-moi.

Elle avait ouvert l'armoire et, vêtue d'une seule serviette blanche en turban sur ses cheveux mouillés, elle balayait de la main les tenues inanimées.

— Cet imprimé à fleurs, pas question ; ces rayures, il aura l'impression d'une prison. Et pas de jupe, tu es d'accord ? Finalement, je hais les jupes. Sauf celles des tailleurs, bien sûr, mais de quoi aurions-nous l'air, moi en tailleur ? Pourquoi pas des talons hauts ? Ah, peut-être celle-ci, qu'est-ce que tu en penses ?

Ce n'était qu'un rectangle noir prolongé par deux ficelles de même teinte, sans doute des bretelles. Il savait le rôle déterminant que joue, dans une vie de femme, la petite robe noire : l'amie des grandes occasions et des derniers recours.

— Une seconde, j'essaie.

Je le certifie : la lente descente d'une robe étroite sur un corps peut ôter la raison à l'homme qui aime. Ces bras levés découvrant la fragilité des aisselles, ces ondulations du buste, ces écartements des jambes, ces gloussements, ces ébauches de colère, aide-moi, voyons, non laisse-moi faire, ce tissu qui descend, la peau qui cède, la chair qui se cache, la touffe qui disparaît.

— Alors ? dit Élisabeth.

Elle tourna sur elle-même, l'air inquiet, chef-d'œuvre d'hypocrisie ou de coquetterie (même famille), se sachant fort bien miraculeuse. Bouche bée, les yeux à demi sortis des paupières, le silence de Gabriel valait tous les commentaires. Elle minauda :

— Rien d'autre ?

— Rien d'autre.

— Tu ne seras pas jaloux de tout ce qui me passera entre les cuisses : la chaleur des pierres, les regards des chiens, les risées venues du Guadalquivir et d'autres invités que je n'ose pas t'avouer ?...

— Si j'osais, je te punirais d'avance.

— Fais-le.

Il jeta des coups d'œil affolés autour de lui, cherchant l'arme. Une lime à ongles attendait sur la table de nuit, faussement endormie. Il la saisit. Élisabeth tendit sa cuisse. Une croix fut faite, juste avant l'aine. Et le sang vint, minuscules perles rouges [1].

— Parfait, dit la punie. Je n'ai que ce que je vais mériter. Maintenant, il ne faut pas faire attendre Cervantès.

XXIII

Finies les vacances. Elles n'avaient pas duré longtemps.

Oubliées les petites escapades libertines et leurs barbiers délicats.

Élisabeth avait retrouvé son air grave et ses gestes brusques, efficaces de femme d'affaires tendue vers son but.

— Hâte-toi un peu, Gabriel, nous n'avons qu'une journée. Et Séville est grande.

Elle courait presque, depuis que nous avions quitté l'hôtel, le nez au vent, comme un chien qui sait sa route. Elle serrait dans sa main droite le fameux Quichotte, comme un guide ou un missel. Je maudissais mon inculture. Ni moi, ni mes trois

1. Note de l'auteur : malgré tant d'années passées, la cicatrice demeure, deux traits minces de peau plus claire.

pédagogues n'avions songé, lors de notre si longue veillée d'armes, à étudier Cervantès. Élisabeth semblait le connaître par cœur. Les hauts fonctionnaires français, c'est tout l'un ou tout l'autre : la réelle passion culturelle, l'érudition même, parfois sourcilleuse ou la plus crasse et hautaine des jachères. Élisabeth savait des morceaux entiers de mémoire, elle me montrait telle ou telle scène de la rue.

— Oh, regarde, Gabriel, cette soutane devant la librairie, elle ne te rappelle rien ? Mais enfin, le chapitre où le curé entre dans la bibliothèque et veut brûler tous les manuels de chevalerie ? Et ce gros homme sur sa bête, n'est-ce pas « Sancho Pança qui allait sur son âne comme un patriarche, avec son bissac et son outre » ?

Et tandis qu'elle s'exaltait ainsi, j'acquiesçais, j'admirais, je commentais par les idées les plus générales et donc les moins risquées que je pouvais trouver, « c'est inouï, cette ressemblance entre la vie et le livre » et, le souffle de plus en plus haletant, je la suivais de mon mieux, au pas de course sur les trottoirs de plus en plus encombrés à mesure que déclinait le soleil, au pas de course aussi dans son rêve.

Son ardeur grandissait.

— Séville est le résumé du monde, l'Afrique et l'Europe, la terre ferme et l'Atlantique...

Sans s'arrêter de courir, elle me tapotait la main, le bras.

— Je suis heureuse. Rien ne dit qu'il aura le génie. Mais nous aurons tout fait pour lui donner la vocation. Tu es fatigué, Gabriel, tu as trop soif, tu veux qu'on s'arrête une seconde ?

Je commençais à comprendre son projet, sa visée secrète. Enfanter un écrivain, malgré la position socialement déclinante de ces gens-là. Quelqu'un qui plus tard, bien plus tard, pourrait raconter les amours interdites de sa mère. Et par là même les excuser. Les légitimer. Les magnifier. Qu'on en parle et reparle et dans les siècles des siècles ! Tel était son besoin de légende : nicher son adultère au creux d'un récit formidable. Bien intimidante ambition. Mais comment refuser un tel voyage ? Ces perspectives auraient dopé un plus timide que Gabriel. Je forçai l'allure. Je suggérai de ne pas déjeuner pour nous imprégner mieux du maximum de lieux. Elle me jeta un coup d'œil intrigué.

— Que se passe-t-il, Gabriel ? Une beauté croisée, une pensée salace ? Merci à elles, quelles qu'elles soient, te voilà ressuscité !

Toujours marchant, elle avait ouvert son *Quichotte* et lisait le prologue :

— « Que pouvait produire mon esprit stérile et mal cultivé, sinon l'histoire d'un enfant sec, endurci, fantasque, rempli de diverses pensées, jamais imaginées de personne, comme celui qui s'est engendré dans une prison, là où toute incommodité a son siège et tout triste bruit sa demeure ? » Tu te rends compte ? Une prison, c'est là qu'il a conçu le plus beau roman du monde...

Des passants la heurtaient sans qu'elle s'en aperçoive, elle butait sur des cireurs de chaussures ou des étals de fleuristes qui l'injuriaient, elle continuait son chemin, tendue vers son unique but littéraire, indifférente aux merveilles du cœur de Séville, le *cronómetro*, l'étrange accumulation d'horloges ou cette sorte de jouet baroque, la minuscule chapelle San José. Je taisais mon enthousiasme, elle l'aurait pris pour une trahison, une fuite hors de sa légende.

Nous avons fini par déboucher Plaza de San Francisco.

— C'est là, dit-elle.

Comment ne pas faire confiance à une telle autorité ? Mais j'avais beau promener partout mes yeux, aucun bâtiment ne ressemblait de près ou de loin à un pénitencier royal. De part et d'autre de l'énorme mairie, rien que des petits immeubles débonnaires. Ni grilles, ni hautes murailles, ni lourdes portes.

Élisabeth ne voulait pas s'avouer battue. Elle tourna deux fois autour de la place. Furieuse, finit par s'informer auprès d'un agent de police. Lequel, du doigt, montra sans rien dire un attroupement devant la Banque hispano-américaine. Elle m'entraîna. Un guide en criant tentait de couvrir le vacarme des voitures. Une trentaine de personnes s'étaient pressées autour de lui et tendaient l'oreille. Nous nous y agglutinâmes. Il était bien question de notre auteur.

— ... Au XVIe siècle, cette prison était une vraie ville. Y grouillaient plus de deux mille malheureux, dans la faim et l'infection.

Les cheveux calamistrés et le blazer impeccable, l'orateur ressemblait à un chanteur de charme. Tout indiquait chez lui le petit homme, la taille des bras, l'arrogance du port. Mais il nous dominait des épaules. S'était-il juché sur quelque banc pour établir son autorité ?

— Le 6 septembre 1597, le juge Gaspar de Vallejo y enferma Cervantès.

— Une prison, je veux bien, dit quelqu'un avec un fort accent allemand, mais où est-elle ?

— Elle puait trop, on l'a rasée.

— Ce n'est pas possible, murmura Élisabeth.

Les amis de Cervantès étaient aussi déçus que nous. Ils fixaient la banque d'un air mauvais. Il faut dire que, pour boire à la source même du génie, certains étaient venus de très loin, du Japon, d'Afrique noire, si l'on en croyait les faciès, et d'au moins cinq universités américaines, d'après les tee-shirts.

Le guide se moquait de notre désappointement. Il repartait déjà pour un autre haut lieu. Il s'était arraché de nous. De la main droite, il nous désignait sa montre et, de la gauche, il brandissait l'artifice qui le grandissait, un tabouret de bibliothèque. Mais nous demeurions blottis les uns contre les autres, la tête toujours désolée et toujours tournée vers feu la prison mythique, comme une famille endeuillée perdue dans la circulation moderne.

Les amis de Cervantès ont fini par céder, l'un après l'autre, ils ont rejoint leur cicérone. Ils nous avaient adoptés. Ils avaient compris notre sincérité. Ils nous appelaient. « Venez avec nous. La visite n'est pas finie. » Ils ont disparu par la Calle Colón, vers la tour de la Giralda.

J'ai dû consoler Élisabeth. « Reconstituer » serait plus juste. Elle était de ces personnalités que seul un projet farouche tient rassemblées. Quand ledit projet disparaît, il faut récupérer aux quatre vents les morceaux de la femme qu'on aime.

Je lui répétais que l'objectif était atteint : nous nous étions approchés au plus près possible de la Création romanesque. Qu'importe cette destruction, d'accord scandaleuse, puisque la flamme de l'Inspiration habitait toujours les lieux.

— La flamme de l'Inspiration, dans une banque ?

Elle ricanait. Elle était de ces fonctionnaires français qui, à l'instar de leur chef suprême, le général de Gaulle, tenaient en piètre estime les financiers « gnomes de Zurich », raboteurs de la grandeur nationale...

Elle m'écouta quelque temps m'empêtrer dans mon argumentation :

— L'art véritable n'est pas prisonnier de la géographie.

— C'est toi qui dis ça, le jardinier ?

— Cervantès a puisé son Quichotte dans l'Espagne tout entière et pas seulement dans cette prison.

— Alors tu veux tout visiter, village par village. Mais nous aurons mille ans avant d'avoir engendré qui que ce soit ! Mon pauvre Gabriel !

Elle avait retrouvé sa bonne humeur. Mes très médiocres qualités de débatteur la réjouissaient.

— Bon. Il faut savoir reconnaître ses erreurs. Tout est de ma faute, Gabriel. J'aurais dû mieux étudier le dossier du Quichotte. Il nous reste encore une nuit entière. Tu n'as pas une idée pour l'occuper au mieux ? D'ailleurs tu es le père. Tu dois entrer pour moitié dans la fabrication de la légende.

Je frissonnai. Pauvre de moi si je n'avais pas tout préparé à l'avance ! Les botanistes ne sont pas des improvisateurs. Le temps est leur matière première. J'empruntai l'air le plus modeste, qui ne trompe personne, et lui pris le bras.

— Allons !

La nuit tombait. La porte s'ouvrit toute seule. Le collègue berbère nous attendait.

— J'étais sûr que vous auriez de l'avance. Le jardin est à vous. Ne craignez rien. Avec l'aide de Dieu, je veille sur vous.

Le cheikh Muhammad al-Nafzâwî vivait à Tunis, vers le milieu du xve siècle. On le considérait dans sa ville et tout autour de la Méditerranée comme « le seul homme parlant avec compétence de l'art de conjoindre ». En conséquence, le vizir du sultan lui avait commandé sur ce sujet un ouvrage de référence. Depuis qu'un après-midi d'automne j'ai découvert chez un bouquiniste du quai de Montebello une traduction de son œuvre maîtresse *La Prairie parfumée où s'ébattent les plaisirs*, je lis et relis avec gratitude cette prose magnifique, aussi précise que lyrique. Grâce au cheikh et malgré ma mémoire vieillissante me reviennent un à un les détails de notre expédition sévillane.

Nous marchions côte à côte sans nous toucher, solennels, un homme et une femme s'avançant vers leur destin de père et de mère...

— Tu crois qu'il nous suit ? souffla Élisabeth.

— Qui donc?

— Ton complice. Je remarque qu'au Jardin des Plantes aussi un ami à toi nous accompagnait.

Je lui garantis l'intimité la plus parfaite.

Elle parut convaincue et, comme pour l'attester, se débarrassa de ses sandales qu'elle aligna soigneusement sur le bord du chemin.

— Nous reviendrons par ici, j'imagine.

D'elle-même, elle s'arrêta devant la fontaine des grotesques.

— Quel endroit... éducatif!

Elle avait trouvé le mot juste : par le jeu des rocailles et des cascades, l'auteur anonyme de l'Alcazar faisait comprendre que l'homme doit jouer avec la Création.

— C'est ici, n'est-ce pas?

Elle riva ses yeux aux miens et releva sa fameuse robe noire, l'amie de toutes les occasions.

— Viens, mon Gabriel.

Lequel, en s'exécutant, suivit la suggestion numéro 12 du cheikh Nafzâwî : « La femme se tient debout... elle prend l'instrument dans sa main, le frotte entre les deux lèvres de l'huis et le fiche dans sa partie chaude. »

Et, pendant que l'incendie s'emparait de son ventre, elle discourait :

— Surtout, n'aie aucune peur. Il faut le faire. En le faisant, nous nous inscrivons dans l'amitié du temps.

Elle haletait mais continuait son propos :

— Le temps n'est pas seulement un refuge pour solitaires, Gabriel. Nous allons nous y installer tous les deux, et pour toujours. Viens, s'il te plaît, viens.

Le moment d'après, titubante, elle s'avançait vers le banc voisin et s'y laissa tomber.

— Mon Dieu, le marbre est brûlant. Regarde comme mes cuisses tremblent.

Sans pitié pour sa fatigue, je lui pris la main.

— S'il te plaît, dit-elle, nous ne pourrions pas nous reposer un moment?

— Non, il doit être conçu d'un même élan. Autrement les différentes composantes de sa personnalité risquent de ne pas bien se mêler.

Elle avait posé les deux mains sur mon bras droit et s'y reposait de tout son poids.

— Quelle est la prochaine étape?

— Il faut lui donner le goût du complexe et lui apprendre que la liberté est une conquête.

— Tu prends ton rôle très au sérieux, c'est bien.

À peine arrivée à l'entrée du labyrinthe, elle se laissa choir entre les feuillages et, sans attendre, la face contre le sol, prit la position décrite par le savant cheikh sous le numéro 2.

En ce « séjour agréable sur le sommet des fesses », je m'attardai, alternant flâneries et galopades. Je voyais les ongles d'Élisabeth griffer la terre sèche, me suppliant de ne pas m'en aller, reste Gabriel, s'il te plaît, je t'en prie, reste. Comme si j'avais eu la moindre intention de fuir. D'ailleurs, l'aurais-je pu, dans ce dédale? Au-dessus des ifs, le Berbère assistait au spectacle. Il hochait la tête au rythme des ébats. Son air était grave et approbatif.

Soudain, je me sentis emporté par un fleuve tiède. Jusqu'alors, pas plus qu'au rayon vert, je ne croyais à cette légende selon laquelle les femmes, aussi, éjaculent. De surprise, je m'abandonnai. Et les deux petits fleuves se mêlèrent.

Nous dûmes dormir.

Un filet d'eau, comme la caresse d'un doigt très frais entre les cheveux, nous réveilla. Un Berbère disparaissait, une cruche à la main. Prenait-il le même soin de tous ses visiteurs nocturnes?

Élisabeth avait retrouvé toute sa vaillance. L'œil moqueur et la hanche animée d'une imperceptible impatience, elle regardait se relever l'épuisé, le courbatu, l'à bout de forces Gabriel.

— Maintenant c'est l'hôtel. Ou tu as encore des projets?

Malgré cette impression que j'avais de soulever la

moitié de l'Espagne au moindre de mes gestes, je dus avouer qu'en effet, présumant largement de mes forces, j'avais envisagé, mais seulement en option, et si les circonstances s'y prêtaient, une dernière étape, de nature à parachever le chef-d'œuvre.

— Eh bien, qu'attendons-nous ?

Découvrant le petit pavillon, elle battit des mains. Enthousiasme encore accru quand elle apprit qu'ici aimait dîner Charles Quint.

— Le premier homme à considérer la planète entière comme un tout. Tu ne crois pas que tu lui mets la barre un peu haut, à notre futur génie d'enfant ?

Qui faut-il remercier ? Notre Dieu tout-puissant, le fantôme de l'empereur planétaire, un certain roulis provocateur d'Élisabeth ? Quelle qu'en soit la cause, mille fois louée, Gabriel, sitôt le seuil historique franchi, connut une renaissance miraculeuse. Si bien que sa compagne ayant posé la main sur le mur pour, le cou ployé, mieux admirer une vitrine, une position s'ensuivit qui s'apparentait au numéro 15 : « La femme s'appuie sur les montants du lit ou sur toute autre chose de ce genre afin que son huis reste suspendu dans l'air. »

L'ange gardien berbère les attendait devant la porte.

— Tu crois qu'il nous a vus ? chuchota Élisabeth.

— Non, répondit Gabriel, commentant in petto pour sa descendance à venir : tu vois, le mensonge, s'il ne peut constituer la colonne vertébrale d'une existence, permet de s'épargner bien des guerres subalternes.

De retour à l'hôtel, à peine avaient-ils éteint les lampes, de toute manière inutiles puisque le jour se levait, à peine s'étaient-ils allongés côte à côte, le même sourire épuisé aux lèvres, que Gabriel sentit sur lui une escouade de phalanges nomades et réveilleuses.

— Et si nous le refaisions? Cette fois rien que pour nous?

— Je ne suis qu'un homme. Quel travail, dis-moi, l'adultère!

— Justement. Offrons-nous des vacances.

Ainsi finit la folle nuit de la conception, la main de chacun de tes ancêtres sur le sexe à bout de forces de l'autre, et ils atteignaient un plaisir d'autant plus fort et plus insaisissable qu'il n'était pas, et loin de là, le premier lorsque le téléphone sonna.

— Vous avez demandé le réveil... Le taxi pour l'aéroport viendra vous prendre dans une demi-heure.

Cérémonie du thé — I

XXIV

Sans doute un jour, tentant de flâner sous les arcades de la rue de Rivoli malgré le flot des touristes à dominante japonaise, les yeux blessés d'avoir regardé, de boutique en boutique, des milliers de tours Eiffel de toutes tailles et toutes nuances d'or et d'argent, souvenirs de Paris, tu parviendras devant un havre miraculeux, une vitre derrière laquelle des femmes, rien que des femmes osent réaliser leur fantasme favori : dévorer de la pâtisserie.

D'abord émerveillé, tu suivras le brillant de leurs regards, le mouillé de leurs lèvres, le jeu joyeux de leurs cuillers. L'humilité et une certaine tristesse te viendront ensuite : tu auras compris que jamais pour un homme elles n'auront ce goût immodéré.

C'est dans ce haut lieu, Angelina (ex-Rumpelmayer), qu'une fois son père disparu, les deux sœurs avaient choisi de poursuivre l'éducation de Gabriel. Il s'en était étonné :

— Je croyais que pour ce genre d'entretiens sur la vie, la brasserie la Coupole était de tradition familiale ?

— Chacun sa géographie, mon ami, et l'époque a changé. Ton père et ton grand-père parlaient de femmes entre hommes. Comme dans les fumoirs anglais : cigares, cognac, présence féminine interdite, station debout, typiques manières homosexuelles. Ce n'est pas la bonne méthode. En tout cas, si c'est l'hétérosexualité qui t'intéresse. Pour connaître quelques choses à l'autre sexe, mieux vaut le rencontrer. Et où mieux qu'ici?

Ainsi avait parlé Clara.

Ann avait complété :

— Les femmes et les fleurs n'ont rien à voir, Gabriel, n'en déplaise aux roucoulants (elle appelait ainsi les poètes, les chanteurs de charme et les peintres de paysages). Notre corps est beaucoup moins délicat. Si tu veux vivre un grand amour réel, il faut t'habituer à nos bruits de bouche (autrement, comment supporteras-tu nos salles de bains?). À nos incompréhensibles pestilences (nos toilettes n'ont pas toujours d'aérations satisfaisantes). À notre dentition, loin d'être toujours parfaite (la vie commune est un tête-à-tête, Gabriel, vue imprenable sur les gencives et leurs plantations avariées). À nos flatulences (la vie commune, c'est aussi le lit sans sexe, le lit côte à côte dans le noir après un dîner trop lourd).

— Ann, tu es sûre que c'est une bonne pédagogie hétérosexuelle de le dégoûter complètement? Cela dit, ma sœur a raison. Ici, dans cette pâtisserie, tu vas apprendre nos coulisses.

Gabriel n'avait jamais oublié ces leçons. À toutes les cérémonies du thé, il arrivait donc le premier et, avant d'entamer tel ou tel gâteau, se gavait de physiologie féminine.

Parfois, rarement, un autre homme se trouvait là. Bref sourire, imperceptible inclinaison de la tête. Bonjour, collègue, nous sommes là pour la même chose. Et chacun continuait son éducation, son apprentissage de l'intimité des femmes.

Qui rendra un jour hommage, comme elle le mérite, à la vertu *confessionnale* du sucre? Au lieu des bottins téléphoniques sur la tête, des lumières aveuglantes dans les yeux et d'autres bien pires tortures, les policiers en quête de vérité ne devraient-ils pas plutôt offrir des pâtisseries aux suspects ?

À peine engloutie la première bouchée, ces dames avouaient tout. Tout de leurs secrets les plus jalousement gardés d'ordinaire. Qu'elles se rassurent, je ne révélerai rien de ce que j'ai appris là, chez Angelina, au moins dans ce livre-ci, déjà bien trop long, tant il est vrai que, selon la loi dite de Cervantès et toujours vérifiée, les histoires engendrent plus d'histoires que d'enfants les catholiques irlandais.

Sache seulement qu'en cas de besoin tu trouveras en cet endroit, en plein cœur de Paris, un inépuisable réservoir.

À elles deux, Ann et Clara constituaient une mère complète : des oreilles pour entendre les jérémiades d'un amoureux cycliquement éploré, des bras pour le bercer, un cerveau pour réfléchir à la situation, une mémoire pour sourire (ça nous rappelle tant de choses très personnelles, si tu savais, Gabriel), une langue pour communiquer le résultat des pensées, et un pied pour, en cas de besoin, botter le cul du déprimé.

Une fois de plus, Gabriel se plaignait de son existence :

— Depuis Séville, je n'ai reçu aucune nouvelle, vous m'entendez ? Aucune.

— Tu as une photo d'elle ? demanda Clara.

À regret, il tendit l'image qui ne le quittait pas. Une jeune femme brune, les cheveux tirés en arrière et les yeux mi-clos, rêve au soleil. Derrière son visage, qui émerge d'un corsage blanc, miroitent des toits. Un campanile au loin, à peine discernable, prouve un séjour italien. Scrutant, soupesant, tournant et retournant le cliché, les deux vieilles dames ressemblaient plus que jamais à des sorcières. Leur examen dura peu.

— Mêmes conclusions que moi ? dit Ann à sa sœur.

— Exactement.

— Bien. Mon petit Gabriel, pour comprendre la vie il faut classer les gens, n'en déplaise au sentiment qu'ils ont tous de leur bouleversante originalité. La femme que tu aimes, que tu aimes avec démence, est une îlienne.

— Une îlienne ?

— Typique. Regarde ce visage doux, sage, la surface d'une mer des plus calmes soudain bouleversée par cette éruption quasi volcanique, ces lèvres pleines, si charnues, assez indécentes, mes félicitations, Gabriel, tu ne dois pas t'ennuyer. De même plus bas. Qui croirait qu'un être aux attaches si fines, mon Dieu, ce cou, ces poignets, on devrait interdire une telle élégance, qu'une telle fragilité puisse donner naissance à de si gros seins ? Tu n'as pas besoin de confirmer. Ma sœur et moi avons l'œil pour deviner sous le lin.

Pour prendre le relais, Clara leva la main, comme une élève timide.

— Tu dois comprendre que les îliennes concentrent toute leur vitalité en certains lieux de leur corps et certains moments de leur existence. Des îles. Le sel de leur vie est un archipel. Le reste, le quotidien, dormira sous la surface. Bref, tu aimes une îlienne.

— Et tel que je te connais, jamais tu n'aurais craqué pour une continentale.

— Encore une race nouvelle ?

— Ce sont les autres, celles qui ont de la chair partout et du temps plus qu'on n'en veut. En d'autres termes, les épouses.

Gabriel se leva, embrassa les deux sœurs qui constituaient la mère complète et partit au bar anglais du Loti couver le cadeau qu'on venait de lui faire. À l'évidence, il ne supporterait pas une heure une « continentale ». Il commanda un second whisky et tout joyeux (vous êtes le premier client joyeux du mois, dit le barman) se jura d'accepter les îliennes telles qu'elles étaient : des miracles entourés d'eau grise, des soleils cernés par les glaces.

L'Observatoire

XXV

Déjà, enfant, Michel C. se passionnait pour les commencements, tous les commencements.

Commencement de l'année : qui a décidé de choisir le 1er janvier ?

Commencement des guerres : qui a tiré le premier coup de feu en 1914 ?

Commencement du vocabulaire : quel a été le premier mot ?

Commencement du jour : quand peut-on dire que c'est l'aube ?

Et il notait tout ce qu'il pouvait apprendre à ce sujet dans un petit calepin vert, collectionnant les commencements, comme d'autres de son âge les billes ou les coureurs cyclistes en plomb.

Plus tard, à l'adolescence, commencement des amours, il empoisonnait ses camarades par des questions incessantes sur le début exact de leurs idylles : à quel moment précis l'as-tu remarquée parmi toutes les autres ? Quel détail d'elle as-tu aimé d'abord ? Lui as-tu pris la main tout de suite au cinéma ?...

Et la colère le gagnait quand la mémoire faisait défaut à son interlocuteur : mais enfin, tu ne peux pas avoir oublié la première fois où tu as mis la langue !

Gabriel se souvenait de leur rencontre, rentrée

des classes, tous deux en sixième, alignement des élèves sous le préau. Michel C. s'était retourné vers lui.

— Nous allons être amis pour la vie. Alors rappelle-toi tout, tu m'entends ? tout ce qui va se passer aujourd'hui.

Cette passion des débuts ne l'avait pas quitté. C'est elle qui l'avait naturellement conduit à étudier les étoiles.

— Tu comprends, elles et elles seules nous apprendront le commencement du monde.

Une ambition si vaste ne pouvait que terrifier Gabriel. Mais ces discussions l'avaient affermi dans sa vocation à lui, convaincu que, parmi tous les métiers possibles, il avait choisi le seul correspondant à sa nature : les jardiniers ne s'intéressent pas du tout à l'infini mais aux résumés, ils se soucient peu des commencements mais, chaque printemps, guettent avec fanatisme la moindre manifestation des recommencements.

Et c'est ainsi qu'il avait pris l'habitude de venir rejoindre l'apprenti astronome aux Marronniers, un petit restaurant du boulevard Arago.

Quand la nuit était bien installée, ils montaient au vieil Observatoire et Michel C. lui apprenait à nommer les lumières du ciel.

Était-ce le lieu, les éternels Marronniers ou la passion scientifique qui l'avaient préservé des avachissements de l'âge ? Mais vingt ans après, Michel C. n'avait pas changé. Même haute taille et larges épaules de rugbyman, même parler rocailleux du Lot, même regard clair de capitaine au long cours : quand vais-je t'emmener pour un vrai voyage ? Tout au plaisir de le retrouver intact, Gabriel ne l'écoutait que d'une oreille parler d'une sonde, lancée récemment à très haute altitude ; elle était en train de révolutionner l'idée que l'on avait du monde... Rien de moins.

— Comme d'habitude, tu penses à autre chose...

Le rire de Michel C. non plus n'avait pas changé, une sorte de bourrade sonore, une manière d'accolade fraternelle.

La serveuse de leur jeunesse, celle qu'on appelait Mlle Marthe, avait-elle fini par réaliser son grand rêve, un mariage en blanc à l'église d'Alésia ? En tout cas, elle avait gardé ses pas rapides et ses façons autoritaires, aujourd'hui, j'ai de la blanquette. Une blonde personne au décolleté plongeant venait de se faire rembarrer : elle avait osé émettre l'hypothèse d'une entrecôte.

— Dis-moi, ricana l'astronome, il me semble que tu t'intéresses plus aux êtres humains qu'autrefois et notamment aux femmes.

— Justement...

La situation expliquée et le déjeuner conclu, ils reprirent le chemin d'autrefois, l'escalier qui menait aux instruments optiques.

— Voilà ton royaume, dit Michel C. L'Observatoire ne sert plus. La pollution a mangé la transparence de l'air.

La mine désolée, il caressait le vieux télescope.

— Plus personne ne lui rend visite. Tu ne seras pas dérangé. Hélas. Tu peux même installer un lit de camp. Avec les souvenirs des anciens guetteurs d'étoiles, je suis sûr que tu feras de beaux rêves.

Ils sortirent sur la terrasse. Ils se tenaient là, sans rien dire, à regarder Paris. Leurs coudes se touchaient. Au loin, sur les pelouses interdites, des taches blanches picoraient. Ici comme ailleurs, les mouettes avaient chassé les pigeons. Invasion plutôt bénéfique, qui éclairait le paysage.

— Tu te souviens quand tu voulais devenir chef du jardin du Luxembourg ? Pas seulement jardinier, chef du jardin !

Ils restèrent longtemps silencieux. La même pensée triste leur trottait dans la tête, agaçante comme un refrain dont on ne peut se défaire : les voitures qui passaient en bas, avenue Denfert-Rochereau, rue Cassini, emportaient chacune un morceau de leur jeunesse.

Le soir tombait.

— Bonne chance, dit Michel C. Je te quitte. J'ai déjà dépassé l'heure. Quand on a une femme, il ne faut pas trop dépasser l'heure.

Il répéta « bonne chance » et disparut.

Et Gabriel demeura seul, avec le ventre d'Élisabeth. Quand il avait commencé à s'arrondir, elle l'avait appelé.

— Tu es bien meilleur géographe que moi. À toi de choisir l'endroit de la naissance.

Sans hésiter, il avait répondu Saint-Vincent-de-Paul. Parce que c'était, loin des cliniques à la mode où l'on accouche dans l'eau de mer ou la musique de Mozart, la meilleure maternité de Paris. Et aussi parce qu'à deux pas veillait, assoupi sur son socle, un très gros lion de bronze. L'idée du vieil Observatoire et des services qu'il pourrait encore rendre ne lui était pas encore venue.

XXVI

— Ça y est. Je pars.

Ni bonjour, ni adieu. Le temps de réaliser qu'une dame chuchotait dans une boîte de bakélite, la ligne était coupée. Gabriel saisit le lit pliant et les jumelles marines depuis si longtemps préparés et impatiemment rangés dans l'entrée, sous la fontaine en cuivre rouge, et se précipita. Vingt-six minutes plus tard, malgré les embouteillages, il était à pied d'œuvre.

Le concierge l'accueillit avec solennité :

— Les moments que vous allez vivre sont les plus beaux de la vie.

Il lui manquait la soutane. Tout le reste était d'un curé, calvitie luisante, parler onctueux, deux mains qui se caressent l'une l'autre, regard trop ému, presque embué, trop fraternel.

Le cœur résista aux escaliers quatre à quatre avalés sans le moins du monde respirer. Notre héros déboucha sur la terrasse juste à temps pour voir une Renault blanche disparaître sous la voûte des urgences.

La nuit de Paris le cernait, cette drôle d'obscurité trouée de symboles et de lumières quotidiennes, le Sacré-Cœur laiteux, la tour Eiffel jaunâtre, les pulsations bleues des téléviseurs, l'alternance tricolore des feux de circulation, les rubans des phares, les néons racoleurs des enseignes...

Une fenêtre s'éclaira, au deuxième étage, centre du bâtiment, celui qui touche la chapelle.

Gabriel sortit le plan qu'il avait dressé à la suite de quatre visites à l'hôpital, un « repérage paternel » particulièrement méticuleux, qui avait fini par mettre la puce à l'oreille d'une grande infirmière blonde. Elle s'était avancée vers lui menaçante, ses tongs de bois frappant le linoléum : « On visite les personnes, ici, monsieur, pas les lieux. »

Rien ne garantissait que cette chambre 22 fût celle d'Élisabeth. Elle avait pu tout aussi bien gagner directement la salle de travail. Le mari va-t-il l'accompagner ? Elle m'a juré de refuser. Mais est-elle en état de protester ? Je suis sûr qu'il lui tient la main, oui, il a enfilé une blouse blanche, il est grotesque mais c'est lui qui lui tient la main. À moins que... Non, en ce moment le chirurgien l'opère, quelle chance d'avoir choisi cet établissement d'élite, mais les miracles ne sont pas toujours possibles, etc. etc. Les hypothèses les plus noires lui tournaient dans la tête comme un manège maudit.

Mille fois, pour en finir, il faillit redescendre et se ruer à l'assaut de Saint-Vincent. Mais il savait que l'une ou l'autre des géantes blondes ou brunes à tongs de bois le jetterait dehors.

— Qui êtes-vous pour l'accouchée ?

Il avait oublié d'emporter des preuves, un recueil des dernières lettres. Il savait surtout qu'Élisabeth, le génie du cloisonnement, ne lui pardonnerait jamais cette intrusion et les drames qui suivraient, le brutal mélange comme dans un shaker de tous les morceaux de sa vie jusqu'alors plus ou moins confortablement épars.

Sans la lueur jaune de la chambre 22, agrandie onze fois par les oculaires des jumelles et seul point fixe dans tout ce tournis, il aurait perdu la raison.

À quatre heures dix-sept du matin, la Renault bien connue pointa son long museau sous le porche et commença de traverser l'avenue.

Alléluia, triple alléluia : s'il s'en va, c'est qu'elle est sauvée, alléluia numéro 1. Alléluia numéro 2, il a retiré sa main de la sienne, elle peut maintenant s'imaginer que je suis là. Alléluia numéro 3, quelqu'un vient de naître.

Maintenant la voiture s'était arrêtée au beau milieu de la chaussée. Deux taxis lancés à pleine allure l'évitèrent de justesse.

Une nouvelle fois, Gabriel faillit se précipiter pour venir en aide à cette famille à l'évidence désemparée sans lui mais la voiture se remit en marche, si l'on peut appeler marche cette infinie lenteur, une glissade, comme si le vent la poussait vers l'entrée du boulevard Saint-Michel...

Vaincu par la fatigue et l'émotion, peut-être hypnotisé aussi par cette voiture blanche si lente, Gabriel se laissa tomber sur le sol de la terrasse où le sommeil l'avala.

Dans son rêve, Élisabeth, debout au milieu d'une immense table ronde, souriait. La nappe était blanche et vide, pas d'assiette ni de verre, seulement une femme qui règne. Et assis tout autour, serrés les uns contre les autres, ses soupirants : Alain, Philippe, Hippolyte et bien d'autres, des inconnus... À tour de rôle, chacun disait le détail caché qu'il préférait d'elle. Très digne, elle inclinait la tête et ouvrait son corsage ou remontait sa jupe. Quelqu'un avait prononcé le mot d'anniversaire, mais l'anniversaire de qui ? Et pourquoi certains des hommes passaient-ils leur tour ? Connaissaient-ils déjà ce que tous les autres devinaient ? D'où venait cette odeur de café ?

Il se réveilla.

Dans la lumière neuve et timide du matin lui apparut le concierge, une tasse fumante à la main.

— Mes félicitations. Je crois que monsieur va être heureux.

D'un bond Gabriel sauta sur ses pieds.

De l'autre côté de l'avenue, à la fenêtre de la chambre numéro 22, une chemise de nuit à cheveux noirs tenait dans ses bras quelque chose de clair, qu'elle berçait.

XXVII

Durant six jours et six nuits, il ne quitta pas l'Observatoire. Le concierge le nourrissait de fruits, de saucissons et de confidences : pour ce qui le concernait, il préférait de loin les êtres humains aux étoiles. D'où son respect et, oserait-il le dire ? sa complicité pour la passion de M. Gabriel. Jusqu'à présent les seuls qu'il avait vus guetter avec autant d'enthousiasme et de constance étaient les savants, préoccupés exclusivement du ciel, que c'en était désolant. Lui, M. Gabriel, prouvait que notre espèce aussi mérite de l'attention, même s'il s'agit d'une femme, forcément très belle. Si je n'étais pas vieux, M. Gabriel, si proche de la retraite, moi aussi, je me laisserais envahir par un sentiment, les sentiments sont le langage de l'âme... Ses accès d'affection et de lyrisme s'achevaient toujours sur ce genre de grandes phrases.

Il s'en allait, pensif, les méditer dans sa loge.

Au début de l'après-midi, quand il s'en revenait de la cantine, Michel C. ne manquait jamais d'aller saluer son ami, bientôt accompagné par les membres de son équipe.

— Tu es vraiment sûr de ne pas pouvoir descendre même une demi-heure, déjeuner avec nous ? Oui, on te regrettera. Un tel amour, ça réchauffe le cœur.

Et ses collègues, deux femmes docteurs ès sciences, couvaient Gabriel d'un œil gourmand.

— Vous êtes notre forcené !
— Quelle leçon vous donnez !
— Quelle chance, une telle passion !
— L'enfant se porte bien ?
— On peut savoir comment il s'appelle ?

Il aurait fallu communiquer au plus vite à Élisabeth cette formidable nouvelle : ça y est, notre légende commence, on rêve de nous, on nous envie...

De telles informations glorieuses et incontestables l'auraient sûrement aidée à apaiser la cohorte de culpabilités qui ne devaient pas manquer de la torturer. On n'accouche pas sans déchirure des œuvres d'un autre que son mari.

Pour le reste, pour l'appellation du nouveau-né, comment répondre ?

Il aurait été nécessaire de reprendre toute l'histoire, la honte de l'adultère banal, notre touchant besoin d'absolu, de mythologie.

Alors seulement pouvaient s'expliquer les quatorze prénoms.

Miguel, Laurence, Henri, Honoré, Gustave, Charles, Marcel, Louis-Ferdinand, Virginia, Ernest, Vladimir, Gabriel, Alvaro, Georges. Avec autant de saints patrons, autant d'ancêtres de génie, Cervantès, Sterne, Stendhal, Balzac, Flaubert, Dickens, Proust, Céline, Woolf, Hemingway, Nabokov, Garcia Marquez, Mutis, Simenon, les maîtres mondiaux du récit, c'était à désespérer si l'humain qui venait de naître ne prenait pas un jour la plume pour raconter les amours de ses parents et ainsi, pour les siècles des siècles, les absoudre de leur péché.

Dors bien, Élisabeth, repose-toi, la légende est en marche.

Il suffisait qu'à la mairie du XIVe on accepte cette litanie. Les préposés à l'état civil n'ont pas obligatoirement le sens de l'épopée.

Deux jours durant, le temps du week-end, Élisabeth ne put sortir, prisonnière d'innombrables visites familiales. Par la fenêtre ouverte, on voyait des dos, des bouquets de fleurs.

Elle devait aussi lutter contre le corps médical. À peine se présentait-elle dans l'embrasure de la fenêtre, son fils dans les bras, qu'une infirmière surgissait, lui agrippait les clavicules, la forçait à pivoter, voyons, madame, et tout rentrait dans l'ordre, bébé dans le berceau et mère au lit, on fermait la fenêtre. À Saint-Vincent-de-Paul, on ne plaisante pas avec les courants d'air.

Le téléphone ne sonnait qu'au milieu de la nuit. Gabriel se précipitait vers un vieux guéridon écaillé où vibrait l'appareil. On avait dû utiliser cette ligne autrefois, quand l'Observatoire fonctionnait, pour commenter en direct les notations cosmiques. Était-ce en raison de cette longue désaffection? La voix d'Élisabeth semblait enrouée.

— On ne me lâche pas.

Elle raccrochait toujours presque aussitôt. Un des cerbères avait dû la découvrir, debout à cette heure incongrue, au bout du couloir où se trouvait la cabine. Gabriel l'imaginait, penaude et tête baissée comme un enfant pris la main dans le sac, regagnant à petits pas son lit. Jamais elle n'aurait songé à protester. Elle, chevalier de tous les combats impossibles, se montrait d'une docilité absolue envers la plus minime des autorités. Gabriel ne pouvait détacher son regard de l'écouteur qui grésillait un moment avant qu'une autre voix ne prenne le relais, celle du concierge :

— Pas de mauvaise nouvelle, au moins ?

— Non, non, je vous assure, et pardon de vous avoir réveillé.

XXVIII

La Renault blanche l'emporta une après-midi d'inextricables embouteillages. Gabriel eut tout le temps de plier le lit de camp, caresser affectueusement le vieux télescope en le priant de présenter pour lui ses meilleurs souvenirs aux étoiles, il remercia le concierge (« Vous reviendrez, vous me jurez de revenir ? Elle aura d'autres enfants, n'est-ce pas ? »), il embrassa Michel C.

Quand il déboucha avenue Denfert-Rochereau, la petite famille n'avait pas fait dix mètres. Par la vitre arrière, il voyait la tête d'Élisabeth et la pointe d'un capuchon bleu, de ceux qui protègent les oreilles des bébés.

Il les suivit, à pied, sans se cacher, comme un chien relié au carrosse par une laisse invisible. Lorsque, la circulation devenant plus fluide, la voiture prit de la vitesse, il trottina et puis courut. Boulevard Montparnasse, la laisse finit par se rompre, la Renault s'échappait. Une forme claire disparut, au loin, vers la Coupole.

Il revint s'asseoir sur un banc face à Saint-Vincent-de-Paul.

Il voyait déjà la plaque :

Dans cet hôpital est né
le 15 octobre 1967
Miguel, Laurence, Henri, Honoré, Gustave,
Charles, Marcel,
Louis-Ferdinand, Virginia, Ernest, Vladimir,
Gabriel,
Alvaro, Georges,
l'auteur d'un des plus émouvants récits d'amour
de tous les temps

Le rectangle de cuivre, où le placerait-on ? À droite de l'entrée principale, sans aucun doute. Mais au-dessus ou en dessous du panneau à lettres bleues et clignotantes « Urgences » ?

XXIX

L'Observatoire ne servait plus à rien : les premiers temps d'un enfant sont une sorte de prison dans laquelle on l'enferme.

Qui n'a pas ses entrées dans une famille se heurte à des portes cochères et des fenêtres fermées. Il ne lui reste que le trottoir où il bat la semelle. Stations devant l'immeuble prohibé ou les écoles primaires, parmi les mères et ces très jeunes femmes qu'on n'appelle plus nurses de nos jours mais « demoiselles », « personnes de confiance », « filles au pair »... Pratiques de guet à ne pas renouveler souvent, sous peine de se faire repérer. Et chasser. Voire embarquer par la police.

Je ne montais à l'Observatoire que pour les souvenirs. Car de là-haut, je ne voyais pas même le toit de la geôle où grandissait ma descendance.

Alors je me rendais en l'Hôtel de Ville du XIVe arrondissement, à deux pas du gros lion verdâtre, premier étage, bureau de l'état civil. Et je demandais à consulter le livre noir, à la date du 15 octobre, la page des quatorze prénoms...

L'agent municipal, devenu presque un ami à force de lui rendre visite, me murmurait :

— C'est beau, une naissance, hein ? Je vous comprends de revenir. On ne s'en lasse pas. Et puis ces quatorze prénoms, hein, les gens sont fous. Comment voulez-vous que l'enfant s'y retrouve ?

Cent fois, je me suis demandé : allais-je sortir mon cran d'arrêt Laguiole et de la pointe, doucement, tendrement, respectueusement, effacer la trace du faux père ? Allais-je ensuite, sur le papier désormais pelucheux, calligraphier le nom du vrai : moi, Gabriel O., né le 22 mars 1924 à Saint-Jean-de-Luz ?

Cent fois, j'ai résisté à la tentation. Un scrupule d'ordre national m'a retenu : déjà que notre identité vacille avec les frontières qui se rabotent, à quel vau-l'eau irait la France si tout le monde grattait les registres ?

Peu à peu, je me suis résigné.

Laissons dormir les faux noms là où ils sont, au premier étage d'une mairie poussiéreuse, sous les ors fatigués de la République.

Et gardons le couteau au fond de la poche. On ne sait jamais, l'époque peut redevenir guerrière.

Cérémonie du thé — II

XXX

— Alors, Gabriel, comment va ton îlienne ?

— À voir ta mine, tu n'en as pas encore trouvé le mode d'emploi.

Une fois de plus, il avait beau siffloter et jouer l'amant désinvolte et comblé, Ann et Clara avaient deviné au premier coup d'œil l'état véritable, c'est-à-dire calamiteux, de Gabriel. Depuis sa rencontre avec Élisabeth, sa vie s'était changée en un très éprouvant périple : pour quelques heures d'escales lumineuses, il devait naviguer des jours et des jours sur un océan désert, sans le moindre souffle, ni courant, ni soleil, une mer poisseuse, étouffante de silence puisque ses tympans restaient sourds à toute sonorité qui n'était pas la voix aimée. Les heures n'avançaient pas. Étaient-ce les souvenirs joyeux, trop joyeux, qui empêchaient leur marche comme de sournoises et jalouses sargasses ? Je crois plutôt que le temps était mort. Il sursautait bien, le temps, quand résonnait le téléphone, « c'est moi », mais il retournait vite dans sa tombe, sitôt l'appareil reposé.

Gabriel continua de travailler durant tous ces mois et réussit, tant bien que mal, à donner le change. La vérité était ailleurs. La vérité était que Gabriel habitait la tombe du temps.

— Notre pauvre Gabriel fait l'apprentissage du métier !

— Eh oui, l'adultère est une occupation déchirante.

— Ne nous moquons pas de lui aujourd'hui. Il est si pâle.

Les deux sœurs lui avaient saisi chacune un bras et le secouaient.

— Gabriel, tu ne devrais pas mettre du lait dans ton chine.

— Gabriel, nous avons réfléchi à ton cas.

— Oui, Gabriel, et notre conclusion est formelle : tu dois imiter les habitants d'Aran. Connais-tu Aran ?

Gabriel hocha la tête. Il revoyait ces petits points sur la carte d'Irlande, un minuscule archipel au large de Galway, je me trompe ?

— Parfait. Maintenant, écoute. Nicolas Bouvier est l'un des écrivains les plus utiles qui soient, il nous apprend l'usage du monde. Écoute.

Clara avait chaussé des sortes de besicles à monture d'écaille. Dans les moments solennels, elle adorait jouer à la vieille Anglaise.

— « *Et quand a débuté ce travail de Sisyphe qui a transformé la roche en potagers ou pâtures à moutons ? Ce n'est pas datable, mais à en juger par la méthode encore utilisée au début des années trente pour fertiliser ces étendues de pierre nue, on se dit que l'entreprise a dû commencer voici très longtemps, peut-être déjà dans ce Haut Moyen Âge où l'Irlande était encore un vivier frémissant d'énergie sauvage et de dynamisme risque-tout. On attaquait le roc au coin et à la masse de fer pour y creuser des sillons parallèles profonds et larges d'un demi-mètre. Avec les fragments de pierre éclatée, on construisait un muret sur les limites de cette rocaille dont on n'était — trop souvent — que locataire. On remplissait ensuite ces tranchées d'un mélange de sable fin et de varech qu'hommes et femmes allaient couper à marée basse et remontaient de la plage dans des hottes de jonc. Lorsque cet amalgame était composé, on y plantait quelques patates ou un peu de seigle pour l'entretien des toits de chaume. Un ou deux ans plus tard, on faisait sauter les arêtes de pierre intercalaires, on élevait et renforçait les murs avec les matériaux dégagés, on épandait sur la surface enclose des couches successives d'algues grâce auxquelles on obtenait, avec l'aide du temps, une parcelle de bonne terre arable[1]. »*

Clara releva ses yeux bleus.

— Alors, Gabriel, tu as compris où nous voulons en venir ?

— Je dois vous avouer...

— Tu es triste, c'est vrai. La tristesse ne favorise pas l'intelligence. Ma sœur et moi voulons te donner le conseil que voici : imite les habitants d'Aran. Même sur ces microscopiques îlots que sont vos rencontres, vous pouvez vous constituer de la bonne terre arable.

— Oui, tous les deux, profitez de chaque minute pour vous fabriquer de l'humus. Le secret de l'adultère est là : se fabriquer assez d'humus temporel.

— Vous verrez, même si vos rencontres sont brèves, vous apprendrez à y trouver de quoi vivre.

— Nous pouvons compter sur toi ? Tu nous promets d'imiter les habitants d'Aran ?

1. *Journal d'Aran et autres lieux*, éditions Payot, 1990.

Le rang de la France

XXXI

Les seules larmes visibles d'Élisabeth coulèrent le 4 juin 1968 sur la moquette grise d'une salle de conférences bruxelloise où elle négociait je ne sais plus quel accord commercial. Le porte-parole du service médical des Communautés européennes, une doctoresse hollandaise en tailleur prune, venait d'annoncer dans les langues réglementaires, anglais, allemand et français, qu'hélas, pour le chef de la délégation française, il n'y avait plus rien à faire.

Et, honte à son égoïsme typiquement masculin, cette triste, si triste nouvelle reste l'un des meilleurs souvenirs de Gabriel. Car dans son désarroi, Élisabeth l'avait appelé, lui, Gabriel, et lui seul.

— Kojève vient de mourir...

Et elle avait ajouté cette phrase qui semblait émaner d'une autre tant elle lui ressemblait peu et qui fut pour notre héros le plus beau des cadeaux : *j'ai besoin de toi*. Il se trouvait, à ce moment-là, le combiné à la main, sous la terrasse La Quintinye, dans l'atmosphère humide de la sorte de cave, quartier général des jardiniers du Potager du Roy : un parasite de la pire espèce menaçait les poiriers centenaires.

Il laissa tomber sur le sol ses outils. Il dit : je pars. Personne ne le retint. Son visage était un ciel

d'Irlande, soleil et pluie mêlés, exaltation et désespoir.

— Quelqu'un m'attend.

Les botanistes ont beau séjourner dans la douceur des plantes, ils savent que la vie chez les
humains a souvent des violences incontrôlables. De
tout leur cœur, ils lui souhaitèrent bonne chance,
mais à la manière des taiseux : muette. De toute
façon, il était déjà loin.

Qui était ce personnage auteur d'un si cruel et
bienvenu chagrin ?

Connaissant (et jalousant) depuis longtemps
l'adoration qu'Élisabeth lui vouait, Gabriel s'était
renseigné auprès des personnes cultivées de son
entourage. Les résultats de cette enquête justi-
fiaient pleinement, la bonne foi oblige à l'admettre,
tous les attachements. Alexandre Kojevnikov, né à
Moscou, en 1902. Neveu du peintre Wassily Kan-
dinsky. Exil. Études à la Sorbonne.

Un jour, au pied levé, il remplace son professeur
souffrant. Et la nouvelle fait le tour de Paris : la
Russie aurait engendré un être humain qui
comprend quelque chose à Hegel ! On se presse
pour assister à cette élucidation si longtemps attendue. Dans la liste des auditeurs passionnés, on peut
retenir les noms de Jacques Lacan, Raymond Aron,
Roger Caillois, Georges Bataille, Raymond Que-
neau et même Jean-Paul Sartre encore bambin...

1945. La paix laisse le philosophe un peu
déconfit, fatigué des livres. Il décide de quitter la
Théorie et de rendre visite à la Réalité. Il accepte le
poste que lui propose Edgar Faure, l'homme politique français le plus intelligent du siècle, à qui le
caractère a manqué pour se bâtir un destin. Il
devient conseiller spécial et hors hiérarchie du
directeur des relations économiques extérieures. À
ce titre, il va inspirer les positions françaises dans

toutes les négociations internationales des années cinquante et soixante.

Un beau jour, on lui envoie une jeune stagiaire déjà passionnée par la balance commerciale mais très néophyte : Élisabeth. Glissons sur la nature exacte de l'amitié qui unit ces deux-là.

Que faire dans la nuit près d'une femme qui pleure ?

Du bout des doigts toucher ses joues salées ?

Lui prendre la main droite sans rien dire ?

Lui proposer de l'eau sucrée ou du tilleul brûlant ?

Fabriquer pour elle un silence plus doux que des bras et veiller sur elle quand enfin, en même temps que l'aube arrive, elle cède au sommeil ?

Le théoricien mondial des relations entre le maître et l'esclave avait choisi d'être enterré le plus près possible de l'endroit où il mourrait. Ultime manifestation de sa sagesse : quand il faut rendre les armes, inutile de ruser. Puisque la mort décide, autant lui laisser la responsabilité de tout. En l'espèce, elle avait bien fait les choses : le petit cimetière d'Evere jouxte presque, dans la banlieue de Bruxelles, le quartier général de l'OTAN. Pendant son dernier repos, si l'envie le prenait et les forces lui restaient pour tendre l'oreille, Alexandre Kojève pourrait continuer à suivre les éternels débats des militaires de haut rang sur le bel avenir de la guerre : dissuasion et représailles, contre-ripostes et protection du sanctuaire...

Quand la boîte s'enfonça dans les profondeurs de la Terre, les doigts d'Élisabeth étreignirent si fort le bras de Gabriel qu'il en eut le souffle coupé : d'ailleurs, en même temps, ils lui serraient le cœur.

Elle murmura :

— Il était mon père et ma mère et aussi l'explication du monde...

Et elle ajouta cette phrase étrange :

— Je le vengerai...

Plus tard, en gagnant tant bien que mal la sortie, elle recommença. Figée devant une stèle offerte par la reine Victoria aux officiers britanniques tombés à Waterloo, elle releva la tête.

— Je le vengerai.

Gabriel n'osa l'interroger sur cette promesse qui semblait seule capable de la tenir debout. L'explication vint toute seule, dès le lendemain, quand, de retour à Paris, elle installa un lit de camp dans son bureau minuscule du quai Branly, au centre de l'entrelacs de baraquements décatis qui attendaient depuis vingt ans la construction de bâtiments plus dignes des Relations Économiques Extérieures, et ne sortit plus. L'huissier lui apportait toutes les heures du café et pour les repas d'innombrables sortes de salades dans des boîtes de plastique craquantes, transparentes et mal fermées. Le ministère se souvient encore de cette période. L'assaisonnement dégoulinait sur la moleskine usée des interminables couloirs. Impossible de se perdre, quand on rendait visite à la forcenée, un fil d'Ariane graisseux menait à sa porte.

On craignait pour sa raison. Gabriel, qui commençait à bien la connaître, n'eut pas ces inquiétudes. Elle réagissait selon sa nature.

1. Les ennemis de notre pays avaient soudoyé la mort.

2. En conséquence, sans foi ni loi mais correcte en affaires, la mort avait exécuté Alexandre, agent capital de notre stratégie commerciale.

3. Qu'à cela ne tienne, Élisabeth travaillerait pour deux.

4. Et la France ne perdrait pas son rang.

Cabines

XXXII

Bien sûr, je parle plus de moi que d'elle puisque je suis celui qui raconte. Mais ne va pas croire que son amour à elle était tiède. Il l'emplissait de feu et de glace. Il l'exaltait autant qu'il la déchirait. Sa présence perpétuelle au plus profond d'elle, loin de l'apaiser, attisait, attisait sans cesse le manque. Gabriel. Il me faut Gabriel. Sa voix à défaut de sa peau. Et ce besoin l'étouffait. Elle venait de s'évader une fois de plus d'un dîner familial sous un prétexte parfaitement invraisemblable, une sombre histoire de fuite dans la cave dont il fallait prévenir au plus vite la concierge. Ça ne peut pas attendre le dessert ? Non, ça ne peut pas.

Tout cela pour s'apercevoir que là-bas, au coin de la rue, feu les vitres de la cabine téléphonique jonchaient le macadam, sinistre sable bleuté miroitant sous le réverbère jaune. Et un combiné déchiqueté se balançait doucement dans le vide, poussé par les courants d'air de la nuit.

Elle courut.

Elle connaissait toutes les cabines du quartier et chacune avait sa fonction : des plus proches du domicile conjugal (risquées, mais qui pense à la prudence quand surgit l'urgence ?) aux plus reculées, pour les chuchotements interminables (Je t'aime. — Alors je viens. — Tu sais bien que ce n'est pas possible, etc.).

Cette nuit-là, toutes, y compris celle du métro, et celle qui fait face au ministère des Armées, avaient subi le même mauvais sort. Quant à l'appareil du hall de l'hôpital Necker, ultime recours pendant le jour, il était interdit. L'heure des visites était passée depuis longtemps.

À vif, elle revint chez elle. Bredouille de voix, bredouille de peau.

— Où étais-tu ? lui demanda-t-on.

Est-ce qu'on peut répondre à de telles questions imbéciles ? On se précipite vers la salle de bains, on s'y enferme et là, assise sur le bidet ou le rebord de la baignoire, sans entendre de l'autre côté de la porte les grondements du monde extérieur, les ça ne peut plus durer comme ça, les il va falloir s'expliquer, on repense à la borne de taxis devant l'hôtel Lutétia. Elle était longue et sombre et elle sonnait, sonnait. La station était vide. Élisabeth se maudit. C'était Gabriel. Forcément Gabriel. Et je n'ai pas répondu.

Qu'est-ce qu'une femme adultère ?

L'être humain le plus désespéré de l'univers quand les cabines viennent à manquer. (Je vous parle du temps d'avant l'invention des portables.)

Cérémonie du thé — III

XXXIII

Bénies soient les ventes d'armes.

Sans cette occupation typiquement française, jamais le ministre de notre commerce extérieur n'aurait jugé utile de passer deux jours dans le pays le plus antipathique du monde (l'Arabie Saoudite), libérant par là même sa collaboratrice et permettant à l'amant de ladite quelques vérifications indispensables à la paix de son âme.

— C'est pour une enquête? On croirait que tu visites.

Élisabeth n'aurait pu mieux dire. Depuis trois heures qu'ils étaient ensemble enfermés dans la chambre 109 de l'hôtel Regina (malgré leur souci de légende, ils cédaient parfois aux facilités d'une chambre à la journée), Gabriel flânait sur elle et en elle, scrutait ses surfaces, fouinait dans ses recoins et hantait ses profondeurs.

— ... Ce n'est pas du tout désagréable, d'ailleurs. La promenade te plaît?...

Une mine d'homme ébloui lui répondit. Chou blanc pour la perquisition. Il n'avait rien trouvé. Pas le moindre signe qu'un mari ait un jour passé ici ou là sur ou dans cette merveille et chef-d'œuvre de corps.

La femme de sa vie rhabillée et reconduite au taxi, la Peugeot blanche enfuie un peu trop vite vers la rive gauche par l'avenue du Général-Lemonnier, Gabriel courut porter la bonne nouvelle aux sœurs. Elles l'attendaient, comme d'habitude, rue de Rivoli, dans leur quartier général, Angelina (ex-Rumpelmayer).

— Aucune trace.

— Tu es bien sûr? Une femme est une demeure. Un homme longtemps aimé y laisse forcément quelque chose de lui, une odeur, des habitudes, des souvenirs.

— Je répète, aucune trace. Et, croyez-moi, j'ai bien cherché. Je ne crois pas qu'on puisse aller aussi loin dans une femme que moi en elle cet après-midi.

— Comme je suis heureuse! dit Clara, la romantique.

— Parfait. Vous commencez quand votre vie commune? dit Ann, la pratique.

— Il n'en a pas été question.

— Cette question, tu l'as posée?

— Je sais qu'il n'y aurait pas eu de réponse.

— Pauvre Gabriel, dit Ann.

— Comment « pauvre »? Je n'aurais jamais imaginé qu'il y avait tant de joie sur Terre.

— Je crois, hélas, que ma sœur a raison, dit Clara.

— Quand une femme ne porte plus en elle aucune trace du mari et que pourtant elle ne fait pas dans l'instant ses valises...

Clara avait fermé les yeux, elle répétait à mi-voix les mots d'Ann, comme si elle revivait une scène lointaine et douloureuse :

— Oui, à l'instant... ses valises... pour toujours...

— Alors c'est que tu es tombé sur la pire des femmes de ta vie possibles.

— Oui, Gabriel, la pire des races.

— La race des femmes non seulement îliennes mais juridiques.

— Ce qui signifie?

— Tu le découvriras toi-même.

— La vérité est une aventure personnelle.

— Te mettre sur la piste. Voilà notre rôle. Pas plus.

Je m'étais fait à l'idée d'aimer une îlienne. Ilienne de corps, îlienne de temps. Je naviguais de morceau en morceau d'existence. Un petit déjeuner par-ci, un thé par-là au milieu de l'après-midi, une bribe de nuit. J'archivais soigneusement ces instants bénis. Heure après heure, dans le désordre, je me bâtissais des journées communes. Mais une femme juridique, qu'est-ce qu'une femme juridique ?

La peste soit d'avoir deux mères : elles s'ingénient à vous gâcher l'enthousiasme de l'amour naissant en vous déversant dans le corps, via l'oreille, des devinettes qui vous réveillent en sursaut la nuit et, le jour, vous font considérer la femme de votre vie comme un animal étrange.

De nouveau, hôtel Regina, chambre 109.

— J'ai quelque chose qui ne te plaît pas ?

Allongée nue sur le lit, reprenant souffle et lucidité après les frénésies, Élisabeth détestait le regard de Gabriel promené sur elle. On la devinait à deux doigts de se revêtir. À jamais.

Les sœurs pouvaient se réjouir et se reverser du chocolat cannellisé : la devinette remplissait son office destructeur.

Souhaitons que Dieu, pour le séjour enchanteur destiné aux Élus, n'ait pas oublié le room-service : il fait partie intégrante du paradis. Deux coups à la porte. La dame furieuse mais encore humide se couvre. À demi. On lui voit la cuisse gauche et le départ des deux seins. Trouble du jeune garçon en blanc, même s'il joue l'affairé, occupé de son seul chariot. Il dresse la table, devant le miroir. De l'orteil, Gabriel en peignoir continue de caresser

Élisabeth. Le room-service, de plus en plus rouge, ouvre une bouteille et tend un verre :

— Monsieur goûte ?

Rien de tel qu'une larme de sancerre frais sur une langue un peu fourbue. Mélange vertigineux des senteurs : orée de la Bourgogne et con d'une femme de sa vie.

Deux coupoles argentées protègent la chaleur des assiettes. D'un geste auguste, le jeunot les enlève. Via la glace, il n'a pas quitté Élisabeth des yeux.

— Vous n'avez besoin de rien d'autre ?

Les deux amants jurent que non et remercient.

En fait, ils mentent. Leur besoin est là, impérieux : une récidive, debout, contre la porte même qui vient de se refermer sur le rougissant, et tandis que derrière les humains effrénés, les soles haricots verts refroidissent.

Juste après, cri d'horreur de la dame en regardant sa montre ! L'instant suivant, on la retrouve en tailleur et remaquillée, elle court vers l'ascenseur.

Dans quinze secondes, la cabine atteindra le rez-de-chaussée et s'ouvrira sur le hall. Le concierge sourira. L'adjoint se courbera. Le paradis s'arrêtera à la porte tournante.

— Tu ne penses pas le temps venu de vivre ensemble ? dit l'homme assez imbécile pour croire qu'on peut tirer des conséquences définitives d'un bonheur passé.

Le froid qui suivit, Gabriel s'en souviendra jusqu'à sa mort dont il constitue sans doute l'avant-goût. Je le jure : la vieille nacelle d'acajou s'arrêta net, soudain prisonnière des glaces. Un silence s'installa, lumineux et coupant, au moindre geste on aurait saigné. Et de lèvres l'instant d'avant complices et instigatrices de toutes les fièvres imaginables surgirent six mots gelés :

— Jamais je ne quitterai mon mari.

Cette évidence de bon sens rappelée, la nacelle reprit sa route et la journée son cours (au revoir le paradis).

Dans les Tuileries où il marcha longtemps pour se refaire un semblant de santé, Gabriel comprit l'expression des sœurs : on peut qualifier à bon droit certaines femmes de « juridiques » car elles portent en elles une Loi.

Plus tard, beaucoup plus tard, il devait évoquer cet épisode avec Élisabeth :

— Tu te souviens de l'ascenseur du Regina ? On ne peut pas dire que tu m'aies ménagé.

Elle le regarda, étonnée par tant d'ignorance.

— Mon pauvre Gabriel ! Décidément, tu n'as rien compris à l'essentiel. Les lois n'ont pas été inventées pour donner de la chaleur, mais juste pour le contraire. Leur rôle, c'est de fournir aux humains de la stabilité, voire un semblant d'éternité. Voilà pourquoi elles plongent leurs racines dans le froid. Ça, tu le sais au moins : seul le froid conserve.

Journal d'une femme
peut-être enlevée

XXXIV

Une semaine. Ni plus, ni moins.

Telle fut la durée précise de cette carrière d'écrivain.

Une semaine de l'année 1973.

Les armes venaient de se taire au Vietnam ; Romy Schneider tournait *Le Crépuscule des dieux* sous la direction de Luchino Visconti ; grâce au socialiste Leburton, la Belgique retrouvait un gouvernement après deux mois et demi de crise.

Jusqu'alors, Élisabeth n'avait rédigé que des notes administratives claires et sèches, au plus long de courts mémoires, dont son chef-d'œuvre, aux dires de tout le ministère, « Les quotas d'importation de véhicules automobiles asiatiques dans l'Europe communautaire ».

Jamais, au grand jamais, elle n'avait cédé à la mode du journal intime : ce genre d'épanchements, pensait-elle et répétait-elle, tenait de la pure et simple incontinence, un prostatisme de la tête...

Et voici qu'elle se retrouvait dans sa cuisine, au beau milieu de la nuit, pieds nus, vêtue de sa seule chemise de nuit, tremblante, l'oreille tendue, sursautant au moindre bruit, assise sur un tabouret et penchée sur un carnet vert, un stylo à la main et la langue dépassant des lèvres. Premier des sept rendez-vous avec elle-même.

Lundi 22 janvier 1973, quatre heures du matin

C'est pour cette semaine.

Comment va-t-il s'y prendre ?

Et moi, comment l'aider, comment me rendre légère ?

Un mot me revient en mémoire : « lège ». On dit qu'un navire est « lège » lorsque ses cales sont vides. Il est alors à la merci des vagues et du vent. Quelqu'un m'a raconté un jour l'histoire de ces vaisseaux français qui partaient chercher au Canada des cargaisons de fourrure. Pour n'être pas lèges sur le chemin d'aller, ils emplirent leurs flancs de pierres, lesquelles amassées à Québec constituèrent le mont Royal.

L'amour est-il un fret suffisant ? Une femme qui abandonne tout sur le quai n'est-elle pas un bateau lège ? D'autant que cet amour qui réclame si fort qu'on vide sa coque de tout passé, n'est-il pas celui-là même qui souffle en tempête sur la voilure ?

Je reprends.

J'ai eu peur : je croyais qu'un enfant s'était réveillé.

Bon.

D'abord remercier. N'ajoutons pas l'impolitesse à ma folie.

Remercier les choses, ce petit peuple qui m'a accompagnée de son mieux depuis quinze ans.

Dans le placard, là, juste devant moi, la cocotte en fonte : du bœuf (mode) y a mijoté, des pintades, le poulet hebdomadaire, du veau, des oignons, du laurier, des olives, des lardons bien revenus, des moitiés de pied, pour la gelée, et avant tout du temps, des heures et des heures à petit feu, c'est la durée qui compte, l'onctueux vient de là, les carottes qui fondent sur la langue, merci. Pièce voisine, salle à manger. Les chaises et la table, une à une, merci, grâce à vous beaucoup de repas, surtout les dîners furent joyeux. La marine minuscule, dans l'entrée, Honfleur à marée basse, cadeau d'anniversaire, de l'ocre, du pisseux, du verdâtre, même quand on n'aime pas, il faut remercier.

Je me sens la reine Élisabeth quittant Balmoral à la fin de la saison, j'ai réuni les domestiques et pour chacun je vais trouver le mot de gratitude adéquat. Pour le miroir, « flatteur »; pour la hotte au-dessus du fourneau « comment faisais-tu pour avaler si vite les odeurs de poisson? »; pour les toilettes « mêmes félicitations quant aux senteurs et en outre compliment pour la lunette : elle n'était jamais trop froide à la peau ». Etc., etc. Je ne peux saluer tout le monde. Merci collectif : N'oublions pas quand même mes deux principaux complices.

Sur le canapé du salon, place de gauche, l'affectueux coussin. Il a si bien pris, à force, la forme de mes fesses que je lui dois la sensation d'avoir été épousée au moins par quelque chose.

Et le lutrin d'église, legs d'une arrière-grand-mère, côté belle-famille, et pour cela conservé en dépit de sa masse, lourde colonne de buis torsadé surmontée d'un oiseau terrible aux ailes grandes ouvertes, sans doute un aigle dont j'avais agrippé le cou, par deux fois, au début de mon mariage, pour ne pas tomber, lorsque mon époux, émoustillé par cette relique et le délice de quelque transgression mitonnée depuis l'enfance, avait résolu de me prendre par-derrière, fantasme depuis lors bien oublié, au soulagement de l'animal revenu à sa fonction première : porter de gros livres, chez nous principalement consacrés au Quattrocento toscan.

Déçue.

En bonne coquette, je croyais que tous ces meubles me supplieraient de rester. Rien. Pas le plus petit regret, pas le moindre sanglot. Seulement des sourires ironiques. De leurs yeux de bois, d'osier, de fonte, de toile, qui en ont tant vu, surtout le lutrin du XVIIe, je les entends qui ricanent dans la pénombre : voici donc notre amoureuse, chair de poule, cœur battant, suée aux tempes! Touchant, vraiment touchant! Décidément, les humains et leur tohu-bohu sentimental feront toujours notre bonheur de meubles. On connaît les amoureuses. Fais-toi ravir si ça te chante. Tu n'es pas la première chez nous. Déjà, la grand-mère de ta belle-mère, une très bien née pourtant... Oh, quelle histoire cela fit ! Et maintenant qui s'en soucie ? Un enlèvement par siècle, ce doit être le rythme de la famille...

Mon Dieu, que je suis bavarde par écrit.

Tout de même, dormir un peu. Je dois être en forme demain. On n'enlève pas une femme affreuse. Que cette horloge est bruyante ! Heureusement que personne ne vient jamais passer sa nuit dans la cuisine. Je déraille. Je vais le plus doucement possible regagner le lit.

Quand il fait noir, on croit toujours que les maris dorment.

Lundi 22 janvier 1973, vingt-trois heures trente

Quelle journée ! Le matin, en sortant du sommeil, je me suis dit : c'est fait. J'étais prête, si prête... Blottie à mon extrémité de lit, je gardais les yeux fermés et une voix me répétait : ça y est, je suis déjà partie. Il a profité de mon sommeil pour m'enlever. C'est une personne très discrète et silencieuse que mon Gabriel. Je le crois tout à fait capable, s'il le veut, d'entrer chez nous sans aucun bruit, de monter l'escalier sans faire grincer les marches, pas même la sixième, celle que nous n'avons jamais pu bâillonner. C'est un homme qui vit quotidiennement dans la compagnie du bois, Gabriel, il sait comment apprivoiser le chêne et ne pas réveiller les enfants en venant enlever leur mère. Gabriel est un magicien, un emmeneur d'âmes, un chevalier de la douceur.

Voilà pourquoi j'ai gardé les yeux si longtemps fermés, ce lundi matin, je croyais dur comme fer que les jeux étaient faits, il m'avait cambriolée et je me trouvais quelque part, à l'endroit qu'il avait choisi, peu importe, j'étais dans ma nouvelle vie, à ses côtés.

Je me rends compte à quel point ma jeunesse a été bercée de religion, les moindres recoins de ma tête ont

184

été gavés des plus belles et folles histoires. Comme celle de Marie, mère du Christ. Quand l'heure est venue pour elle de quitter cette terre, Dieu lui a envoyé un sommeil particulier, une dormition. Et c'est pendant cette Dormition qu'elle est montée au Ciel.

Pourquoi Dieu ne m'aurait-il pas fait bénéficier, moi aussi, d'une dormition ? Il est forcément conséquent, Dieu. Il m'a envoyé un amour miraculeux. Il doit aller au bout de son cadeau terrible.

Un, deux, trois. J'ai ouvert joyeusement des yeux pleins de larmes. C'est peut-être pour cela que je n'ai pas reconnu tout de suite le tableau, en face du lit, ni la lumière qui, comme d'habitude, tombait en oblique des volets sur la moquette, ni le pyjama de mon mari recroquevillé dans son extrémité de lit.

Pour me donner du courage, je me suis dit : c'est pour aujourd'hui mais juste un peu plus tard. J'avais dû murmurer trop fort. Le pyjama a remué. Il s'est rendormi. Par chance, j'ai pu commencer seule ma première journée de future enlevée.

Sur le chemin de l'école, je serrais de toutes mes forces la main droite de Miguel, notre chef-d'œuvre de Séville.

— Mais maman, arrête, tu me fais mal, je ne veux pas m'échapper, quand même.

Je ne l'entendais pas protester, j'étais tout à mon analyse : Gabriel me connaît, il sait que sans mon fils je ne suis rien, il va nous enlever tous les deux, tous les deux ensemble, où avais-je la tête avec cette histoire de rapt solitaire ? Il a pensé à tout, il a choisi le bon moment, maintenant, d'une minute à l'autre, je dois prévenir mon petit compagnon, sans l'affoler, s'il pleure, je suis fichue, tout est fichu, l'enlèvement est un acte soluble dans les pleurs d'un petit garçon.

— Ne t'inquiète pas, Miguel, il ne faut surtout pas t'inquiéter.

— Mais je ne m'inquiète pas, maman. Je déteste aller en classe et je déteste les lundis parce qu'ils sont *loin des dimanches. Mais je ne m'inquiète pas du tout.*

— Parfait. On ne sait jamais ce qui peut arriver un lundi.

— Le lundi, ça c'est vraiment un jour où il n'arrive jamais rien...

— De toute façon, ne t'inquiète pas...

— Tu te sens bien, maman ?

Je n'ai pas répondu. Je pensais que Gabriel allait se montrer, d'une minute à l'autre, conduisant le genre de camion qui ferait le plus plaisir à un petit garçon fou de poneys, un van tout blanc décoré de réclames hippiques, bottes Tunmer, bombes et selles Hermès.

Miguel battrait des mains, on l'installerait entre nous, à l'avant, il demanderait :

— Vous avez combien de chevaux, derrière ?

— Un noir et un pommelé.

— Juste mes couleurs préférées ! Alors là, ce lundi m'en bouche un coin. Monsieur, vous êtes spécialiste en lundis ou quoi ?

Je me répétais que le camion magique, celui qui peut enlever des morceaux entiers de famille, allait arriver et tous les trois, tous les cinq en comptant le noir et le pommelé, nous partirions sans heurts ni larmes vers la vie nouvelle.

Miguel me dévisageait.

— Maman, si tu continues à traîner, on va arriver en retard et je serai obligé d'aller chercher un billet dans le bureau de la directrice. Qu'est-ce que tu regardes tout le temps, comme ça, dans les embouteillages, tu veux une voiture neuve ? Demande à papa d'en acheter une.

Devant l'école, la petite main, encore potelée, a glissé hors de la mienne. La lourde porte verte s'est refermée. Et je me suis retrouvée seule.

Mardi 23 janvier, presque minuit

Rien de neuf Qu'attend-il ?

Reconnaissons-le, je ne suis pas une femme légère à emporter.

Mais quel est puis-je abandonner sans me perdre moi-même?

Tout est affaire de racines. Je fais confiance à Gabriel. C'est un jardinier. Il sait ce qui me fait vivre. Il ne m'emportera pas sans.

Quel vacarme fait un Frigeavia dans une maison où tout dort! Je ne savais pas avant cette nuit qu'il fallait tant de bruit pour fabriquer du froid! Je croyais naïvement que la glace venait du silence.

Je n'avais pas non plus réalisé quel drôle de piège est l'écriture. On raconte une journée. Au lieu de s'être évanouie dans l'air comme toutes les autres journées non racontées, la journée passée est là, devant soi, captive. Une journée prisonnière des mots, figée, pétrifiée, solennelle aussi, une journée à mettre sur la cheminée, comme un objet d'art. Triste objet d'art sans rien de nouveau. Je n'ai pas sommeil. La sirène qui vient de passer dans la rue n'est pas pour nous.

Mercredi 24 janvier, tard
   Légende.

Quoi de plus légendaire dans une famille qu'un enlèvement?

« Élisabeth, vous savez, celle qui a été enlevée! »

Mieux encore : « Maman, qui, un beau jour de janvier, a été enlevée, comme ça, en plein jour... Ça, on peut dire que ce Gabriel l'aimait. »

Plus j'y pense, plus j'en suis persuadée! Un rapt arrangerait tout. La seule façon de faire avaler aux enfants la couleuvre de la séparation, c'est le romanesque. Pour eux et pour moi, il faut le grand jeu. Ligotée, bâillonnée... J'espère que Gabriel n'a pas lésiné sur la mise en scène. J'espère seulement qu'il n'usera pas du chloroforme. Les plus mauvais souvenirs de mon enfance, ces effroyables otites, l'anesthésie précédant le percement des tympans. Je ne peux pas y penser sans haut-le-cœur. Si l'on m'applique le fameux coton sous le nez, je redoute de vomir aussi-

tôt. Non, le chloroforme n'est pas dans le genre de Gabriel. Il aime trop mon odeur. Il me l'a dit et prouvé si souvent, à me humer le corps des demi-heures entières en regrettant que je la gâte, ma dite odeur magique, avec mon Opium.

Pauvre Gabriel, perdu dans ses préparatifs! Que s'est-il mis sur le dos?

Comment puis-je l'aider? Devenir lente, modérer mon allure? C'est vrai que je marche trop vite. Comme si des urgences m'appelaient toujours. Où que je sois. Qui va enlever quelqu'un qui court? Personne. Et surtout pas un amateur. Je dois apprendre à freiner ma vie.

Mais cet apprentissage n'est pas de tout repos.

Qu'est-ce qu'une femme qui marche doucement, trop doucement sur un trottoir parisien en dévisageant les mâles qu'elle croise, motorisés ou non, tous kidnappeurs virtuels, complices possibles du romanesque? Une pute, n'est-ce pas? C'est bien la conclusion à laquelle sont arrivés plusieurs des badauds. Merci au boulevard Saint-Germain. Sa réputation m'a sauvée. Une prostitution hétérosexuelle n'y est pas envisageable et l'on sait comme la géographie érotique respecte des règles précises. On a cru à quelque rêve, à quelque fantasme lié au surmenage et l'on m'a laissée tranquille.

Jeudi

Rien.

Sauf du bonheur entre treize et quinze heures dix.

Gabriel était arrivé le premier, comme d'habitude. Il avait ouvert son carnet ocre, il m'attendait en dessinant un projet de jardin, encore un : la Terre ne serait pas assez vaste pour y réaliser toutes ses idées. Il a relevé la tête, sa tête pleine de jardins, en me voyant il a pâli comme toujours. Je ne dis pas ça pour me vanter mais parce que c'est vrai. À peine avions-nous déplié nos serviettes que le serveur tunisien, spécialiste du sancerre, s'est dissous dans l'air.

188

De même que le maître d'hôtel replet, basque et cycliste. Dissoutes aussi les tentures rouges, les fleurs séchées, les photos de grands sportifs dédicacées au patron... Le restaurant s'est effacé, et tout le monde extérieur. Ne sont plus demeurés que nous : non plus deux personnes mais une île, au milieu de la mer vide, une île aux composantes indistinctes, de la peau et des mots, de l'âme et du sexe, des rires, de la douleur, des projets, des souvenirs.

Des fiertés folles nous viennent, dès que nous sommes ensemble. Une fois de plus, nous nous sommes dit que devant l'évidence si manifeste de notre amour, le Réel ne pouvait que se reconnaître une existence moindre : beau joueur, il s'était évanoui, il nous laissait toute la place. Quitte à prendre plus tard sa revanche.

— Et maintenant ?

Le déjeuner était fini, les cafés doublés, la note payée, le personnel salué. Nous nous sommes retrouvés sur le trottoir, face à face. Jamais le vacarme de la circulation n'avait autant vrillé les oreilles, jamais les clignotements de la croix verte d'une pharmacie ne m'avaient pénétrée à ce point par les yeux, jusqu'au fond de la tête, jamais l'air ne m'avait paru si puant, graille et mazout. Le Réel se rappelait à notre bon souvenir. La trêve était finie. Le Réel cherchait par tous les moyens à s'introduire dans notre île, pour la casser et nous éloigner l'un de l'autre.

J'ai regardé Gabriel. C'était bien sûr le moment. Mon chevalier allait faire un signe discret mais impérieux. Une limousine à vitres opaques surgirait de nulle part, conduite par un Asiatique impénétrable. Et nous roulerions vers notre nouvelle vie. Peut-être même, avant de nous embrasser, voire même de faire l'amour sur le cuir du carrosse, nous adresserions au Réel un petit salut moqueur, par la lunette arrière. Quel plus délicieux spectacle que le Réel tapant rageur du pied sur le bitume parce que deux amants viennent de lui être ravis ?

L'amant m'a embrassée sur les cheveux. Sans doute le chauffeur asiatique impénétrable n'a-t-il pas compris le code car aucune limousine ne s'est présentée et l'île s'est cassée, Élisabeth et Gabriel sont repartis chacun de son côté, avalé chacun par une après-midi différente. Inutile de décrire la joie du Réel, très peu modeste dans la victoire.

— Maman, pourquoi tu écris dans la cuisine, maintenant ?...

Miguel se dandinait sur le pas de la porte. Son pyjama Babar, trop petit, laissait voir son nombril.

— ... Le travail te donne trop faim ? Tu veux être près des choses à manger ?

Je l'ai recouché. Tant bien que mal, l'ai rendormi.

La pluie s'était mise à tomber. Le Réel avait repris les choses bien en main. Une voiture vert sombre s'est rangée devant moi. Adieu, le rêve de carrosses qui enlèvent les jeunes femmes. C'était seulement l'une de ces boîtes à roulettes, toutes pareilles, qui transportent les habitants de la Terre en cette fin de XXᵉ siècle.

Une vitre s'est abaissée. Une bouille moustachue m'a souri.

— Dès qu'il pleut, les taxis s'évaporent, dit la bouille, je peux vous conduire quelque part ?

J'ai reconnu un collègue, l'un de ces visages qu'on croise dans les couloirs et avec lesquels on échange trois mots, bonjour, bonsoir, devant la machine à café.

— Ce n'est pas de refus.

À peine étais-je assise près de lui qu'une buée épaisse a recouvert les vitres, comme si, pressant un bouton invisible, le conducteur avait baissé des rideaux gris.

— C'est ma faute. Je suis trempée. Je n'ai pas couru assez vite.

— Vous n'avez pas peur de prendre froid ? J'ai une couverture dans le coffre.

Je n'ai pas répondu. Je regardais, droit devant moi, la buée du pare-brise. Je me tenais sur mon siège, la plus petite que je pouvais, les jambes bien serrées, les mains sur mes genoux. Il arrive que certains silences prennent possession de vous. Cela m'est arrivé, cette après-midi-là, dans la voiture embuée. Le collègue conduisait de plus en plus doucement. D'un chiffon, il essuyait le brouillard sur le pare-brise, qui toujours revenait.

À un moment, il a dit :

— Vraiment, il faut vous sécher.

Et ces quatre mots, prononcés d'une voix rauque, étranglée, ne rompaient pas le silence. Ils en étaient la confirmation, la confirmation de cette demande passionnée qu'était le silence. La voiture s'est arrêtée. Je ne sais pas où. Je ne voyais rien dehors. Je pouvais donc supposer qu'on ne nous voyait pas non plus. Ma robe était retenue par quatre boutons de nacre. Deux sur l'épaule droite, deux sur la gauche. Une main s'est promenée sur eux. Ma robe s'est ouverte.

Un jour, je raconterai tout cela à Gabriel et il en sera infiniment jaloux. Jaloux de ma mémoire, jaloux de tous ces détails si gravés en moi que je les emporterai dans la mort. Mais il doit tout savoir. Il appartient à cette race d'hommes rarissimes, plus gourmands de tout ce qui concerne une femme que craintifs des blessures qu'elle pourrait causer. Il a bien des défauts mais il n'est pas un lâche en amour.

Le collègue n'avait pas vu que j'étais une enlevée. Une enlevée est la plus fidèle des femmes.

J'ai dit non. Un non très calme, un non très doux. Et le monsieur déjà penché sur moi s'est relevé. Avec sur le visage une drôle de petite grimace, enfantine, le dépit d'un bébé, une grimace qui lui enlevait d'un coup quarante années d'âge, une grimace gentille, sans aucune colère. Il m'a jeté un regard mi-rieur, mi-penaud, accompagné d'une phrase que j'adore :

— Je me disais aussi.

Une femme vient de vous chasser et vous lui

répondez sans aucune acrimonie « je me disais aussi ». Il méritait un cadeau.

Je l'ai embrassé sur le front.

Il m'a raccompagnée au bureau.

Nous serons appelés à nous croiser et recroiser souvent, au gré de nos affectations, dans des cocktails, des réunions assises. Peut-être, jusqu'à notre retraite, me saluera-t-il du même murmure à l'oreille, notre refrain : « je me disais aussi. » ?

Voilà tout ce que j'ai à raconter sur le jeudi, quatrième jour. Toute cette semaine j'aurai été légère, je ne me serai rendue légère que pour Gabriel.

Vendredi et samedi

Désormais, j'épouvante.

Une femme qui écrit dans la cuisine au milieu de la nuit épouvante forcément tous les hommes de sa vie...

Mes grands sont venus d'abord, Jean-Baptiste et Patrick, l'un après l'autre, terrorisés

— Ça va maman ? Tu es malheureuse avec nous ?

Miguel avait dû leur communiquer mes inquiétantes habitudes, près du Frigeavia.

J'ai tenté de les rassurer.

Rien de plus difficile que de rassurer des enfants quand il fait noir tout autour. Je les ai raccompagnés, en laissant partout des lampes allumées.

À peine me remettais-je au travail que lui aussi est arrivé. Mon taiseux, mon mari. Il est resté là debout, longtemps. Je lui tournais le dos. J'entendais son souffle et les mots qu'il ne disait pas. Je sentais derrière moi comme un gouffre, le froid d'un gouffre, le gouffre de la douleur absolue. J'ai appelé à l'aide. Gabriel, s'il te plaît ! Gabriel, où es-tu ? Gabriel, si tu continues de tarder, je vais glisser moi aussi au fond du gouffre et comment feras-tu ? Comment enlever quelqu'un tombé au fond d'un gouffre ? Gabriel, c'est de ta faute.

Comment lutter contre une famille entière ? J'ai réintégré le cœur du domicile conjugal, 200 X 160.

Et maintenant, je griffonne, réfugiée dans les toi-
lettes. J'ai attendu longtemps, pour ressortir du lit,
d'être sûre que tout le monde dormait. Je m'aperçois
que je suis devenue frileuse des fesses. Pour une soi-
disant dévergondée...

Sous mes cheveux brossés cent fois pour la nuit
(cinquante coups de brosse en arrière, cinquante vers
l'avant, principal héritage éducatif de ma mère) deux
voix livrent la fin d'une bataille. Ton Gabriel, dit la
première, est un perfectionniste. Il veut faire de ton
enlèvement un chef-d'œuvre et qu'est-ce qu'une
semaine pour un chef-d'œuvre? Même le grand Sten-
dhal en a mis huit pour dicter La Chartreuse de
Parme... *Donne-lui encore du temps avant d'aban-*
donner tout espoir.

Pauvre petite chanson qui n'y croit plus elle-même,
écrasée par un autre discours aigre et triomphant :
c'est fini, ma chère, cet homme par ailleurs adorable
n'en a pas assez dans la culotte pour t'enlever sur un
destrier blanc, au son d'un Te Deum *ou d'un opéra*
rock. Retourne te coucher.

Dimanche

Véritable écrivain, je remercierais Dieu.

Enfin au calme.

Rien n'est plus vide qu'un appartement parisien, le
dimanche, lorsque la famille s'est éparpillée aux
quatre coins de l'après-midi.

Depuis des heures, aucune voiture n'est passée
dans la rue. Les résidences secondaires de l'Yonne ou
de la Normandie ont dû aspirer toutes les Saab et BM
et Safrane de la capitale.

Je suis assise au salon, sur le coussin qui
m'épouse, en seule compagnie de David Garnett et de
son personnage, « la femme changée en renard ».
N'était ce bruit, régnerait le plus parfait silence. Le
fameux bruit que j'ai déjà entendu la nuit dernière. Il
s'agit d'un frottement régulier, comme une porte qui
racle doucement sur le parquet, comme une main

qui avance et recule sur une table de bois. Comme une souris peut-être aussi qui pousse vers son garde-manger le butin du jour. Peut-être qu'on nous dévore notre appartement ! C'est un bruit continu. Trop rythmé, à y réfléchir, pour émaner d'un rongeur. Les êtres vivants n'ont pas ces régularités parfaites. C'est une chanson, plutôt une mélopée, émise par des choses, une sorte de cadence un peu lasse mais dont on devine qu'elle pourrait durer éternellement.

J'ai retrouvé mes habitudes de musicienne.

Je ferme les yeux. J'oublie le reste de mon corps. Je ne suis que deux tympans.

On me parle.

On me remercie.

Les habitants inanimés du logis me disent leur joie. Ils m'ont prise au piège. À commencer par le lutrin ex-érotique. Mais aussi le vieux combiné gris à cadran où l'on voyait encore à côté des chiffres les lettres à demi effacées et que les agents du téléphone voulaient nous voir céder au musée (comment voulez-vous habituer vos enfants à la modernité avec une telle antiquité ?). Il me regardait : un jour, j'ai sonné. Tu as couru si vite que tu es tombée, m'entraînant dans ta chute et te fendant la lèvre. Ton Patrick bien-aimé voulait juste t'annoncer des sports d'hiver qu'il venait de perdre sa première dent et qu'il fallait avertir au plus vite la souris, tu te souviens ?

La moquette trop claire dont on cachait les taches par des tapis de plus en plus nombreux : soulève cet iran bordeaux, contre le bureau, et tu verras le souvenir de ta première lettre à Gabriel. En l'écrivant dans la fièvre, tu avais renversé un encrier. Tu te rappelles tes efforts pour tout nettoyer, accroupie, besogneuse ? Mon Dieu, s'il voit l'auréole. Mon mari va comprendre. C'étaient les débuts. À l'époque, tu étais moins folle. Tu menais une double vie assez tranquille sans le moindre désir de tout quitter.

Le Chagall minuscule au mur, cadeau de mes beaux-parents, pour le premier anniversaire de notre mariage, une vache rouge sur un toit, « pour vous ancrer dans le crâne que le communisme est une folie » avaient-ils dit en nous l'offrant. En ce temps-là, pour leur plus grand effroi, nous militions à gauche.

Le bonsaï érable, sauvé de la mort par la fleuriste du coin : « Et si monsieur arrêtait de fumer ? »

Tous ces compagnons me font part de leur jubilation : vive cet enlèvement manqué ! Tu es à nous, nous sommes à toi, ta vie est ici, parmi nous, pas ailleurs.

Et le bruit, le fameux raclement si régulier est celui de leur métier, le va-et-vient des navettes. Après une semaine de doute et d'angoisse, les choses et les plantes ont recommencé à tisser. Tisser encore et toujours de la vie quotidienne. Les souvenirs m'ont bel et bien ligotée, comme le géant Gulliver sur la plage. Je suis tissée, tissée au cœur de ma maison. Pauvre de moi qui croyais suffisant de me rendre légère. Il s'agit bien de légèreté quand tant de liens vous retiennent ! Et pauvre Gabriel, pour son premier enlèvement, devoir emporter une filature entière !

Ma famille va revenir, deux garçons du foot, le troisième d'un goûter et le mari d'on ne sait où. Ma famille s'exclamera : maman a quitté plus tôt que prévu son colloque, maman nous aime plus que son travail. Alléluia général.

Le dîner a eu lieu. Les enfants ont été couchés, embrassés, endormis. Dans le salon, les objets se sont tus : ils avaient fait leur travail. J'ai fini mon livre, l'histoire de cette femme changée en renard dans l'Oxfordshire. Mon mari regardait ailleurs. Il peut se perdre des heures dans la contemplation d'un détail de l'iran bordeaux. Les hommes ont ces sortes d'amitié pour les tapis.

J'ai dit : je ne partirai pas.

La bouche de mon mari s'est crispée et ses mains ont tremblé, une seconde. Il venait de comprendre, je venais de comprendre que cet enlèvement raté avait

195

enfoui Gabriel encore plus profond en moi, sous ma vie, dans le Temps lui-même. Il ne faut pas espérer d'un homme de botanique qu'il bouscule les saisons. Mais ce genre de respect n'empêche pas la patience, des obstinations démentes.

Plus besoin d'écrire. Il ne reste qu'à attendre.

Je suis venue souhaiter bonne nuit à la cuisine.

Quelque chose vibre tout près de mon oreille, sans doute une bouteille mal coincée dans la porte du Frigeavia.

Plus jamais je n'écrirai. L'écriture empêche les enlèvements.

Sissinghurst

XXXV

— Une « femme juridique »... Ainsi je serais une « femme juridique » ?

Elle répétait l'expression, elle l'essayait, comme une robe, un chapeau, après s'en être moquée, encore une de tes idées peut-être brillantes mais ridicules, Gabriel. Maintenant, elle la faisait sienne, elle se l'appropriait, elle en savourait les syllabes :

— « Une femme juridique »... eh bien, dis donc, je porte une loi en moi, ça c'est une nouvelle...

Pour une fois, elle n'était pas pressée. Elle avait découvert une cabine téléphonique idéale, dans un recoin de la gare Montparnasse, contre le vestiaire des balayeurs maliens. Toutes les trois minutes, il fallait laisser la place aux annonces de départ et d'arrivée, inutile de lutter contre le haut-parleur et sa terrifiante résonance sous les voûtes de béton. Dans les intervalles, tranquillité parfaite. Elle pouvait parler des heures sans risquer d'être reconnue. Les balayeurs maliens étaient rares dans la belle-famille d'Élisabeth.

Son contentement montait.

— Une femme juridique... Je me serais plutôt vue textile, ficelée. Mais juridique... c'est vrai que, tout bien considéré...

Sa voix à l'appareil prenait de l'assurance, de la sérénité. Rien de plus calmant que ce genre de baptêmes : pouvoir résumer sa vie d'un mot. Les écrivains connaissent ces apaisements, lorsqu'ils ont trouvé le titre de leur livre. On a rejoint une maison, on adore s'y blottir, on s'y sent protégé, comme dans un igloo, on attend l'hiver avec moins de crainte, même si d'effrayantes froidures s'annoncent.

— Gabriel ?

— Oui ?

— Tu me pardonnes si je te quitte ? Je dois réfléchir à tout ça. Relire des choses aussi, un peu être seule. Tu ne m'en veux pas ? Tu viens de me faire un vrai cadeau. À demain.

C'était son habitude, peut-être aussi une faiblesse ou une espérance, elle ne raccrochait jamais. Je gardai contre ma tête l'appareil. Je n'avais rien d'autre à faire, personne ne m'espérait chez moi. Je restai un long moment l'oreille gauche rivée à la vie de la gare. Des trains partaient pour Brest, Nantes, Chartres, Saint-Cyr-l'École... À l'époque, pour une seule petite pièce de monnaie, les Postes et Télécommunications vous offraient de vrais voyages.

— J'avoue : je ne me reconnais pas le droit de tout quitter. Gabriel, s'il te plaît, réponds : comment vivre avec une loi en soi ?

Entre l'agence La Quintinye et la gare Montparnasse (quartier malien) les débats sur ce point délicat étaient maintenant quotidiens.

Elle appelait généralement vers dix-neuf heures. Pauvre Élisabeth debout dans sa cabine, offerte à tous les courants d'air, alors que moi, bien calé dans mon fauteuil, les pieds négligemment posés sur les projets de jardins jonchant mon bureau, à l'américaine, je tétais un Hoyo de Monterey numéro 2. Sans lui, aurais-je pu tenir ma place dans ces conversations compliquées ? La puissance de son parfum, chaque fois me dénouait le cerveau.

Une agilité mentale me venait que je ne me connaissais pas.

— Gabriel, aide-moi, qu'allons-nous faire ?

— Notre légende. Il faut la relancer.

— Mais que peut une légende, même la plus belle du monde, contre une loi comme la mienne ?

— Notre légende est un bateau. Quand elle sera bien construite, nous prendrons la mer, tous les deux. Nous y emporterons ta loi. D'ailleurs nous ne pouvons pas faire autrement. Oui, nous allons la faire voyager, ta loi, tu sais, comme ces arbres déjà grands qu'on sait transporter aujourd'hui, avec toutes leurs racines. Elle s'apprivoisera peu à peu, tu verras. Rien ne vaut un bon dépaysement pour calmer les lois, n'aie pas peur, mon Élisabeth, nous allons bien finir par trouver une manière de vivre...

— Mais Anna, Anna Karénine, elle s'est promenée partout avec son amant Vronski. Et la loi qu'elle avait en elle n'a jamais rien perdu de sa cruauté.

Élisabeth était une consciencieuse, une méticuleuse. Elle traitait sa propre vie comme un dossier. Elle avait tout lu sur l'adultère, des numéros spéciaux de *Marie-Claire* aux chefs-d'œuvre de la littérature mondiale. Pour rester à sa hauteur, je me cultivais d'arrache-pied, j'en délaissais mon métier. Ce soir-là, j'avais eu beau forcer l'allure, je n'en étais qu'à la cinquième partie des aventures d'Anna, je ne connaissais pas encore la fin tragique. Mon optimisme était de bonne foi, je le jure.

— Chérie, l'époque a changé. La moitié des couples parisiens divorcent.

— Pour ces choses-là, je me sens de l'ancien temps.

— On va l'étourdir, ta loi, tu vas voir, la bluffer, la gaver du beau spectacle de notre amour, elle sera bien forcée, un beau jour, de se rendre à l'évidence, ces deux-là, Élisabeth et Gabriel, il faut reconnaître qu'une invraisemblable passion les unit, elle finira par nous tirer son chapeau, ta loi, elle applaudira, je te le parie, je te le promets, tu nous imagines sur la scène à la fin de notre vie et ta loi, debout dans la salle, qui crie bravo, standing ovation, dis-moi que tu y crois.

Elle balbutiait un petit oui fragile, pour me faire plaisir. Je connaissais par cœur ces moments-là, ces accès de déchirure : elle souriait des lèvres, ses yeux brillaient de larmes.

Pauvre et vaillante Élisabeth, à lutter contre le destin, seule dans son coin de gare. Elle aurait pu appeler de son bureau. Elle n'osait pas. Les cloisons sont si minces, Gabriel, on entendrait tout. Et je ne veux pas qu'on me voie pleurer. Je lui avais proposé une canne-siège, de celles qu'on utilise à la chasse ou aux courses. Merci, Gabriel. Elle préférait demeurer debout. On ne mène pas la guerre assis, Gabriel.

Pour un peu j'aurais demandé à ma secrétaire de m'attacher avant de s'en aller, tant l'envie de rejoindre la téléphoneuse était violente, malgré les interdictions formelles et mille fois répétées, torturantes.

Avant de partir pour la Chine où je réside aujourd'hui, je m'étais promis de passer par le Mali. Remercier ses habitants fraternels. Les seuls alliés d'Élisabeth, durant cette sombre période de Montparnasse, furent les balayeurs. Ils avaient bien sûr remarqué l'élégante, ses rendez-vous réguliers avec l'appareil et sa détresse. Ils avaient tendu l'oreille. Ils avaient compris que la belle Parisienne portait en elle une bête aride, dont elle aurait tant voulu se débarrasser sans le pouvoir...

Ils étaient venus lui proposer, outre du café chaud, toutes sortes de décoctions. Ils croyaient qu'elle souffrait d'un ver. Ils tentaient de la réconforter, se présentaient comme des spécialistes : en matière de parasites, l'Afrique ne craint personne.

Je n'ai pas eu le temps de leur dire ma gratitude pour leur gentillesse, leur intense bienveillance.

Ce récit est l'occasion. Vive le Mali.

Et moi, obstiné comme un laboureur, je répétais ma rengaine, la légende, toujours la légende. Contre une loi, une seule solution : bâtir une éblouissante et mémorable légende. Je ne craignais aucun ridicule. J'appelais tout le monde à mon aide. Même le général de Gaulle. Le 18 juin 1940, qui avait, plus que lui, bravé la loi ? Et puis la légende avait tout emporté.

— Élisabeth ?

— Oui.

— Comment va notre fils ?

— Ne recommence pas, Gabriel. Le contrat était clair. La vérité, on lui dira plus tard. Pour l'instant, il a d'abord besoin de stabilité. Une rencontre avec toi le chamboulerait trop.

— Je ne parlais pas de ça.

— Je t'écoute.

— As-tu remarqué ?

— Remarqué quoi ?

— Chez lui, des signes...

— Des signes de quoi ?

— Je ne sais pas, enfin toi, tu sais bien, des signes de littérature, est-ce qu'il lit, est-ce qu'il écrit ?

— Tu veux dire : à sept ans, est-il déjà Cervantès ? A-t-il déjà trempé sa plume d'oie révisée Sergent-Major dans l'encrier Waterman pour raconter l'histoire inavouable de ses parents ? Mon pauvre Gabriel ! J'ai le regret et la joie de te dire que notre fils, comme tu dis, est normal, tout à fait et désespérément normal. Il va entrer en dixième, il aime Tintin et le football. Bonsoir.

Elle raccrochait pour rappeler l'instant d'après :

— Bonne nuit quand même, Gabriel. Et ne va

pas imaginer que nous avons engendré le dalaï-lama.

Elle avait deviné juste. Telle était exactement mon idée. M'introduire subrepticement dans la vie de mon fils et y repérer les manifestations du génie narratif futur. Tout comme les Tibétains cherchent la bonne réincarnation, le bambin qui deviendra leur chef...

Légende, toujours la légende...

— Élisabeth, nous sombrons peu à peu dans l'adultère ordinaire.

Elle en était bien d'accord.

— Il faut trouver quelque chose.

C'est ainsi que m'est venue l'idée, une idée bien modeste, qui n'allait certes pas nous permettre d'entrer dans la fameuse légende, mais qui, peut-être, nous éloignerait sensiblement de la trop vulgaire, écœurante banalité. Et nous permettrait de mener une existence moins déchirante.

XXXVI

— Tu le veux vraiment?...

Au téléphone, la voix d'Élisabeth avait le même ton, insolence et amusement mêlés, et avait employé les mêmes mots qu'un certain soir, près du Collège de France, dans une hostellerie pour touristes (voûtes du Moyen Âge, bougies sur les tables, American Express welcome), lorsque j'avais suggéré que peut-être, pour pimenter le menu, elle pourrait enfin, allais-je oser avouer l'idée folle qui depuis la côte de veau morilles me trottinait dans la cervelle, bien sûr c'est fou, allez je me lance, retirer sa jupe.

— Tu le veux vraiment ?

La suite était un savoureux souvenir. Contorsions peu discrètes, bruissement du lin qui tombe sur les tomettes, cuisses mal cachées par la nappe et la serviette, regards obnubilés de la serveuse, etc. Spectacle conclu dehors, contre la statue de l'égyptologue Auguste Mariette Pacha (1821-1881), par une beaucoup trop courte caresse, Élisabeth étant venue dans la seconde.

Le passé est le passé. Merci à lui mais laissons-le cuver. Même si l'histoire de la vie semble, certaines fois, repasser les plats, faisons croire au présent qu'il est tout neuf, il donnera mieux sa mesure.

En conséquence :

— Oui, je le veux vraiment, répondis-je, non sans rougir, autant troublé par cette évocation joyeuse que par les perspectives de la journée.

— Très bien, nous partons à l'instant. Il m'attend en bas dans la voiture. Laisse-nous prendre un bateau d'avance. Si tu as peur d'avoir peur sur la Manche, petit Valium au moment du lâcher des amarres. Allez, rendez-vous au restaurant The Whale House, tu verras, c'est au cœur du village, après le terrain de cricket, sur la gauche, quand on vient de Cransbrook. J'ai réservé deux tables, dont l'une à ton nom. Bonne chance à nous. Et que Dieu, dans sa colère devant notre amoralité, trouve quelque motif à sourire.

C'était Lui.

À trois tables de la mienne, direction est-nord-est, devant un verre de vin rouge plein, un autre d'eau pétillante demi-vide, une rose thé plantée dans une bouteille miniature qui semblait très instable, à la moindre violence elle se renverserait, et l'inévitable bougie qui est à l'auberge de campagne ce que la poutre apparente est à l'annonce immobilière, le label du raffiné passe-partout.

Lui.

Baptisé par moi l'éternel, puisque, malgré tous mes efforts, il n'avait pas le bon goût de s'effacer.

Baptisé aussi le fantôme, puisqu'il nous hantait sans jamais apparaître.

Si complètement décrit, morceau par morceau, confidences par confidences échappées à Élisabeth au fil de toutes ces années d'hôtel et tombées dans mon oreille avide, si précisément portraituré bribe par bribe que je l'aurais distingué à l'instant parmi mille maris possibles.

Lui, que, fort de toutes ces indiscrétions, je connaissais comme mon frère. Mieux, comme un autre moi-même. Il ne me ressemblait en rien, beaucoup plus grand, les yeux sombres et le crâne clairsemé, mon inverse et pourtant mon double et mon voleur principal, celui qui vivait une vie quotidienne avec la femme de ma vie.

Pour l'instant parfaitement immobile. Un arrêt sur image. Comme si le film n'avait pas encore commencé. Et comme s'il me laissait m'habituer à sa réalité.

De la place où je me trouvais, je ne pouvais voir Élisabeth. Par tous les pores de ma peau, je sentais sa présence mais un blond bouclé, sosie de l'acteur Michael Caine et dont le visage rougeoyait (la Saab décapotable que j'avais vue devant l'entrée ne pouvait que lui appartenir), me la cachait. Merci à Michael Caine de me protéger ainsi. Sans lui, j'aurais certainement manqué de courage, j'aurais pris mes jambes à mon cou et adieu la confrontation. Une brune intense faisait face à Michael, genre psychanalyste. Elle le saoulait de paroles desquelles il résultait qu'il n'avait pas atteint l'âge adulte. Pauvre homme. Lui aussi songeait à fuir. Nous aurions pris la Saab tous les deux pour rejoindre un bateau à voiles qui sûrement l'attendait dans un port voisin. Rien ne vaut la mer pour échapper à la psychanalyse, surtout s'il fait grand vent.

Reprenant mes esprits et un semblant de confiance, je laissai mon regard se promener dans la salle. Aux murs, alternance de marines et d'aquarelles botaniques. Plafond de bois peint blanc. Du cuivre partout. Concentré d'Angleterre. Et comme d'habitude, j'étais le seul solitaire.

Soudain le fantôme s'anima. Sa main droite saisit une fourchette, la piqua dans l'assiette (assortiment de poissons marinés) et la porta entre ses lèvres. Première bouchée suivie d'une dizaine d'autres, effrénées. En dix secondes, l'entrée n'était plus qu'un souvenir.

Je ne pus m'empêcher de frémir et de le plaindre. Je savais de source sûre, c'est-à-dire élisabéthaine, qu'une telle goinfrerie engendrait chez lui, généralement vers le milieu de la nuit, de terribles brûlures d'estomac.

Pendant ce temps-là, insensible aux accusations de sa compagne, de plus en plus véhémente, Michael Caine, sous mes yeux affolés, finissait tranquillement son dîner. Du fond de mon âme, je le suppliai, pour l'amour du ciel, de ralentir, ralentir le plus qu'il pouvait, son allure.

Ma prière muette ne fut pas entendue. Elle n'empêcha ni l'apparition d'une carte American Express Gold, ni les remerciements chaleureux de la patronne, ni le lever de mes protecteurs, ni leur disparition bientôt attestée par le ronronnement de la Saab.

Sans perdre un instant, Élisabeth se retourna vers moi. Un dernier regard interrogatif avant l'aventure : tu le veux vraiment ?

Arrivé à ce point, quelle liberté me restait ? je clignai courageusement les paupières. Parfait, dirent les yeux d'Élisabeth, à Dieu vat...

Et, sa tête revenue sur son mari :

— Cela devait arriver...

— Qu'est-ce qui devait arriver ?

— Gabriel.

Maintenant le fantôme bougeait. Il était entré dans la vie. Il avait pris sa réalité d'homme qui partage le lit d'Élisabeth. Il avait rejoint sa véritable et insupportable nature d'éternel. Après un bref coup d'œil, il rejeta sa tête en arrière, comme si ma réalité le brûlait (autant que la sienne me brûlait, moi). Et puis il revint vers moi, lentement, les paupières mi-closes. Je devinais qu'il fixait des détails, mes mains sur le verre (j'avais appelé au secours mon bordeaux), ma veste rouge, ma taille médiocre. Des pensées jumelles des miennes ne pouvaient manquer de l'envahir. Il ne pouvait qu'imaginer mon corps sur celui de sa femme, exactement comme j'imaginais le sien. Le monde aurait pu sombrer, nos yeux ne se quittaient pas.

— Si tu venais à notre table ? dit Élisabeth.

La patronne accourut, tout sourire.

— J'aime bien réunir les Français. Vous savez que nous vous aimons beaucoup ici, dans le Kent ? Vous venez visiter le jardin de Sissinghurst, je suppose ?

Penchée sur nous comme sur des enfants réunis pour un goûter d'anniversaire, elle nous parla affectueusement de nos ancêtres, gens de peu de lois mais contrebandiers d'élite qui, depuis des siècles, apportaient à la région toutes sortes de denrées délicieuses : tabac, vins, cognacs. Vous aussi, vous êtes des contrebandiers ?

— En quelque sorte, répondit Élisabeth.

Avec une gravité amusée, la patronne nous dévisagea, l'un après l'autre.

— Ça ne m'étonne pas. C'est votre première visite ?

Élisabeth acquiesça. Elle avait pris la barre de la soirée.

Ses deux hommes ressemblaient à des passagers malades, ils s'agrippaient à la table, comme si le restaurant tanguait. Livides, aussi livides l'un que l'autre. Il leur restait juste assez de forces pour se chercher du regard et tout de suite s'éviter. Coups d'œil acides et fascinés, à peine lancés déjà détournés.

Ce malaise n'avait pas échappé à la patronne.

— Vous verrez, ce jardin vous fera du bien.

Élisabeth sourit :

— Il contient des plantes médicinales ?

— Il contient un peu de tout. Vous verrez. Un jour vous me raconterez votre contrebande à vous ?

Élisabeth promit.

Sous la grosse baleine de fer peint qui servait d'enseigne, notre hôtesse continuait d'agiter la main, elle ne voulait pas nous abandonner à nous-mêmes. Elle avait une nature d'infirmière. Les nurses appartiennent au génie intime de l'Angleterre. Sans doute n'étions-nous pas les premiers à venir demander secours à Sissinghurst. Elle finit par refermer la porte. Et notre trio se retrouva seul dans cette petite ville étrangère, à marcher au milieu d'une grande rue déserte, entre des maisons de bois qui avaient l'air de jouets.

Élisabeth s'arrêta.

— Nous n'allons pas continuer jusqu'à la mer, quand même.

Que faire ? Tout contact de peau était interdit. Au même moment trois bonsoirs chuchotés résonnèrent dans le silence un peu grésillant d'une nuit de juin.

Comme ils s'évanouissaient tous les deux côte à côte dans le noir, je sus gré à l'éternel, alors que la loi l'y autorisait expressément, de ne pas poser sa main sur l'épaule de son épouse légitime.

Sissinghurst.

Je l'ai dit : Élisabeth était un être de dossiers. Ces gens-là préparent soigneusement tous les épisodes de leur vie, à commencer par les voyages.

Et c'est ainsi qu'apparaît dans cette histoire, pour une courte visite, un personnage pittoresque de notre univers politique, Maurice Couve de Murville, inspecteur des Finances, membre du Golf de Saint-Cloud et vieux compagnon du général de Gaulle.

Ayant entendu dire qu'autrefois, dans sa jeunesse, pour se faire un peu d'argent de poche, il avait enseigné la langue française aux enfants des propriétaires du château de Sissinghurst, Élisabeth avait sollicité un rendez-vous. Facilement obtenu. Cet ancien ministre des Affaires étrangères et Premier ministre vivait un drame personnel : son pire ennemi, Georges Pompidou, venant d'être élu président, il pouvait dire adieu à toute poursuite de sa carrière.

Comment mieux occuper son désœuvrement qu'en évoquant les années passées ?

Longiligne et l'air infiniment las d'un lévrier revenu de tout, sauf d'avoir été condamné à la station debout par on ne sait quel dieu ennemi des timides, il avait aussi peu de peau sur les os que de force dans la voix. Sa conversation n'était qu'un très long, très ironique et très distingué murmure :

— Si les alcôves britanniques, qui n'ont rien de convenable, vous intéressent, parcourez *Portrait d'un mariage*. J'ai bien connu l'auteur, Nigel, l'aîné des enfants et donc mon ancien élève. Un jeune garçon charmant d'ailleurs, peut-être un peu trop passionné par les secrets de sa famille... Le couple de ses parents le fascinait... Avouons qu'il y avait de quoi. Certaines épousailles sont, comment dire... insondables.

La visite du jardin avait bien débuté. Climat de camaraderie feutrée, avec ce léger surcroît de précautions qui fait inévitablement penser à une convalescence.

Le trio avançait au milieu des merveilles. Et chacun jouait son rôle sans empiéter, ni dominer.

Gabriel nommait.

Convolvulus, bergamotier, là, les pointes pourpres,

ce sont des *Liatris spicata,* plus loin les delphiniums, vous savez que cette collection de clématites est unique au monde...

Élisabeth, chemin faisant, contait la belle histoire du lieu. Il était une fois Harold Nicolson (homme politique et diplomate) et Vita Sackville-West (jeune femme de lettres). Ils achètent en 1930 un domaine alors en ruine. Trente années durant, il dessine et elle plante. Il préférait, lui, les garçons et elle les femmes. Il était une fois un mariage qui n'avait en rien souffert de ces penchants opposés.

— Quel rapport avec le jardin ? demanda le mari, soudain agacé.

— Tous les rapports. Jardiner, c'est gérer la diversité de la vie.

Il faut excuser cette femme haut fonctionnaire : rencontrant des cadres toute la journée, elle employait de temps à autre leurs expressions réfrigérantes, telles que « gérer » la vie.

Et, fidèle à son tempérament pédagogique et militant, elle concluait chacune de ses interventions par une variante du même thème : acceptons-nous, s'il vous plaît, acceptons-nous tels que nous sommes. Harold et Vita ont eu cette sagesse. Leur mariage est un exemple et leur enfant commun, ce jardin, est, pour cela même, un chef-d'œuvre.

L'éternel semblait acquiescer à ce message de paix. Un sourire pâle mais satisfait éclairait son visage creusé de peintre espagnol. Quel travail, mais quel travail, c'était sa rengaine à lui, quelle patience, mon Dieu, quel amour du temps et quelle science des accords ! Son enthousiasme paraissait sincère et chaleureux et l'entraîna, plusieurs fois, dans de longues conversations techniques avec Gabriel.

À voir ainsi converser devant elle, passionnément et tranquillement, les deux hommes de sa vie, Élisabeth se retenait pour ne pas battre des mains de joie.

— J'ai réussi, j'ai réussi, ils vont s'entendre. Ils ont compris la leçon de la Botanique. Et mon existence va sortir de l'enfer. Merci Harold, merci Vita. Vive Sissinghurst !

Il faut dire que, toujours enfermée dans des bureaux ou des avions, elle n'avait pas l'habitude du grand air. Toutes ces couleurs, tout ce pollen, toutes ces senteurs l'avaient enivrée. Elle se sentait aérienne. Je ne suis pas sûr que, pour gagner le sommet de la tour, elle emprunta, comme les touristes, êtres humains ordinaires, l'escalier. Je crois plutôt qu'une bourrasque de pur optimisme l'y déposa doucement.

XXXVII

Qui lança le premier coup de poing ?

Personne ne put le dire aux policiers accourus.

Pas même Élisabeth, qui pourtant aurait dû tout voir du sommet de sa tour. La reine son homonyme, première du nom, y avait, elle aussi, grimpé, le 15 août 1573, pour admirer de là-haut les incomparables paysages du Kent et se faire acclamer par tout le bon peuple amassé dans la prairie.

Quatre cents ans plus tard, les clameurs qui montaient de la terre n'étaient pas des vivats mais des cris d'horreur et de colère.

Pressentant le pire, notre guetteuse dégringola l'escalier, renversant au passage deux Hollandaises, et courut vers le jardin blanc d'où venait le vacarme.

Longtemps, longtemps, bien des années plus tard, en Chine, sans quitter des yeux son livre, Élisabeth, un soir, me susurra : Sissinghurst, ça te rappelle quelque chose? Écoute donc ce qu'en écrit Vita Sackville-West... : « *Mon jardin gris, vert et blanc profitera d'une situation adossée à une haute haie d'ifs, bordée par un mur d'un côté, par une ligne basse de buis et une allée en vieilles briques qui marquera le quatrième. En réalité, c'est un assez grand parterre, maintenant partagé en deux par une courte allée en dallage de pierre grise qui mène à un banc rustique en bois. Assise sur le banc, le dos tourné à la haie d'ifs, j'espère qu'on verra une mer basse, formée de massifs de plantes aux feuillages gris, d'où sortiront, ici et là, de hautes fleurs blanches. J'imagine les blanches trompettes du lis regale, que j'ai fait pousser avec des graines il y a trois ans, émergeant du lit des artemisia et des santolines, bordé de dianthus blancs "Mrs Sinkins" et d'un tapis d'argent de* Stachys lanata. » Elle releva la tête, me sourit. Puis reprit sa lecture.

« *Il y aura des pensées blanches, des pivoines blanches et des iris blancs avec leurs feuilles grises... du moins j'espère qu'il y aura tout cela. Je ne veux pas me vanter trop tôt de mon jardin gris, vert et blanc. Ce pourrait être un terrible échec. J'ai voulu suggérer que de tels projets valaient la peine... Tout de même, je ne peux pas m'empêcher d'espérer que le grand hibou spectral traversera un jardin "pâle" l'été prochain au crépuscule... ce jardin pâle que je plante sous les premiers flocons de neige.* »

— Tu te souviens de cette scène grotesque ? J'espère que la vergogne continue de te torturer.

Je lui jetai un regard de la teinte la plus noire en réserve dans mon nuancier personnel et, avec le total manque d'humour qui me caractérise dès qu'il s'agit de ma passion, je répondis :

— Cela devait arriver et nous aurions dû frapper plus fort encore. Ça t'aurait libérée d'au moins l'un de nous deux.

Quand Élisabeth déboucha dans le jardin blanc,

elle ne vit d'humain que des dos, un cercle de dos qui hurlaient des mots latins. Elle avait deviné qu'au cœur de cette foule se déroulait une scène qui la concernait. Alors elle bouscula ferme pour gagner le premier rang et ce qu'elle aperçut confirma ses pires pressentiments : au milieu d'un des carrés plantés, lieux mythiques de l'Angleterre botanique, deux hommes se battaient. Avec la violence obscène des néophytes, gestes désordonnés, halètements de forge et rictus de haine déformant hideusement des visages habitués à la douceur. Une fois passée la première vague de surprise et d'horreur, elle se rendit compte de la bizarrerie de cette rixe. Le longiligne des deux ne cherchait à atteindre que les mains de son ennemi et sa braguette ou ce qu'elle cachait. L'autre, Gabriel, ne s'intéressait qu'aux yeux et au nez adverses, tous les coups de poing ou de griffe leur étaient destinés, le reste pouvait vivre en paix.

L'un à l'autre enlacés, ils roulaient à terre, se redressaient, pour retomber aussitôt, causant dans leur danse de mort les plus sacrilèges des dégâts. Ainsi se comprenaient les cris horrifiés des spectateurs : ils psalmodiaient les noms des fleurs massacrées, pauvre cineraria ! Non, pas le solanum ! Mon Dieu, ils s'en prennent aux dahlias.

Personne n'osait intervenir, le spectacle de ce sacrilège pétrifiait même Élisabeth.

Quatre solides jardiniers finirent par accourir. Ils saisirent les guerriers par le cou et les enfermèrent chacun dans une grange à houblon.

— Évidemment, vous êtes français ? leur dit le juge.

Ce fut sa seule question avant le verdict : une semaine ferme.

La geôle de Folkestone sentait la pisse et la mer. Six fois par jour, la sirène du ferry donnait l'heure. Et tandis qu'Élisabeth, dégoûtée, croyait-elle à jamais, de la virilité et de son infinie bêtise, s'était réfugiée à Paris où elle ne voyait que des femmes, ses deux chevaliers se rongeaient les sangs, persuadés, chacun, qu'elle rendait visite à l'autre et pas à lui.

Élisabeth n'avait pas quitté tout de suite l'Angleterre. Dans son hôtel de Cransbrook, elle n'avait pas fermé l'œil de la nuit : où trouver le sommeil dans un monde où même la civilisation la plus raffinée ne peut rien contre la sauvagerie des hommes ? Le lendemain du scandale, dès l'ouverture du jardin, elle demanda le directeur. Qui la reçut, d'abord froidement et puis de plus en plus ému à mesure qu'elle présentait ses excuses.

— J'en ferai part au National Trust, oui, je lui en ferai part...

Elle pleurait de honte, son éducation lui ayant ancré à jamais dans l'esprit, entre autres principes, que tout Français à l'étranger est l'ambassadeur de son propre pays. Alors honte, oui, honte à la France du fait de ces deux grotesques coqs.

Le directeur la reconduisit en lui souhaitant bonne chance. Elle émit la requête de saluer une dernière fois Sissinghurst.

— Je vous en prie, madame.

Alors, comme un chemin de croix, elle refit le parcours de la veille. Et à tous les jardins qui composaient le jardin elle demanda pardon.

Pardon à la roseraie qui, compétition des robes et assauts de parfums, ressemblait tant à un cocktail chic (pardon particulier à « Madame Lauriol de Barny » si pâle et à la vieille « Souvenir du docteur Jamain », ses espèces préférées).

Pardon à l'allée des tilleuls et au talus des azalées.

Pardon à la petite forêt de noisetiers où l'on avait si fort envie de remonter dans son enfance pour s'y perdre et frissonner en attendant le loup.

Pardon au carré des herbes et des simples, morceau de Moyen Âge miraculeusement parvenu jusqu'à nous. À tout moment, on s'attendait à voir surgir les moines apothicaires.

Aucun endroit ne fut laissé sans excuses. Elle recommençait la visite de la veille, avec une attention plus soutenue pour les lieux : deux hommes n'étaient plus là pour la divertir. Pourquoi s'embarrasser d'hommes, espèce inutile et qui s'entend si bien à ruiner les beautés du monde ?

Sur le seuil du jardin blanc, là où s'était déroulé le crime, elle demeura figée. Pour rien au monde elle n'aurait pénétré. Les costauds qui avaient maîtrisé les deux forcenés s'évertuaient, avec des gestes d'une infinie délicatesse et, lui semblait-il, tristesse, à réparer ce qui pouvait l'être.

Elle sentit une main sur son épaule.

— Vous verrez, chuchota le directeur, tout s'arrangera. La nature a plus de ressorts que les humains. Et aussi plus d'indifférence.

Sur le bateau de retour ralenti par la brume, elle reprit *Portrait d'un mariage*. Décidément, ce récit l'emplissait d'affection et d'admiration.

Pour Nigel, ce fils qui savait raconter, sans sourciller, les amours de ses parents, quelles qu'elles aient été.

Pour Vita, la mère qui n'avait pas craint de vivre sa passion pour Violet Trefusis.

Pour Harold, le père qui avait tout accepté puisque c'était sa femme et qu'il l'aimait.

— Nous ne valons pas ces gens-là, dit-elle tout haut.

Le pont était vide. Elle était seule. Par crainte du gris de l'air, les autres passagers préféraient s'abrutir de vacarmes et de fumées dans les salles à manger du bord. Une fois de plus, elle relut la devise-programme de Vita : « *M'aimer quoi que je fasse. Savoir que mes raisons ne sont pas médiocres. Ne rien croire sans m'avoir entendue. En dernier ressort, tout abandonner pour moi. »*

Jamais, se dit-elle, jamais je n'aurais eu le culot de même songer à un tel programme. Voilà une légende, une vraie légende! Gabriel et moi sommes bien incapables d'en bâtir une. On a les amours et les jardins qu'on mérite. Pour eux, Sissinghurst. Pour nous, les chambres à la journée, toilettes sur le palier.

Et de colère envers elle-même, de mépris pour la petitesse de son ambition et la maigreur de sa générosité, elle jeta le *Portrait d'un mariage* dans la mer où il doit en ce moment continuer de se dissoudre. Les couples de marins de la Manche sont-ils pour cela plus solides? Seules des statistiques précises et délicates pourraient nous renseigner sur ce point.

Cet épisode aurait pu avoir des répercussions maléfiques sur son travail : la culpabilité vis-à-vis de l'Angleterre ne l'avait jamais tout à fait quittée. Si bien que dans les dossiers où ce pays était impliqué elle ne faisait pas montre de sa pugnacité habituelle. En femme lucide, elle s'aperçut de cette faiblesse. Et demanda que l'on confie à un collègue ces relations devenues particulières. En fin de compte, alléluia, notre balance des paiements n'en souffrit pas. Ou si peu.

— Depuis vingt ans, je me demande...
— Oui?

Elle s'était levée, avait rangé son livre et debout derrière Gabriel lui passait la main dans les cheveux.

— L'un des luxes d'une longue vie commune est bien la possibilité de demander longtemps, très longtemps après, quand les blessures sont refermées, des clarifications sur certaines scènes cruciales et pourtant brumeuses de notre existence, tu es d'accord?

— Je suis d'accord.

— Alors, dans cette fameuse et dégradante bataille de Sissinghurst, pourquoi voulais-tu d'abord l'aveugler et lui arracher le nez?

— Justement à cause de la vie commune. Tous les jours il te voyait et sentait ton odeur. Impardonnable.

— Mais lui? Ta braguette je comprends mais tes mains? Pourquoi cet acharnement contre elles?

— À mon sens, mais je parle abstraitement, tu ne devais plus le toucher, ce qui s'appelle toucher, peau contre peau, depuis des années. Je me trompe?

Élisabeth, sans rien dire mais comptant sur ses doigts, quitta la pièce.

Pourquoi ?

XXXVIII

Les amours difficiles ne vont jamais seules. Une musique les accompagne, une mélopée apitoyée, la chanson des amis qui se désolent : pauvre Gabriel, quelle mauvaise mine tu as, et tes mains, comme elles tremblent, au lieu de boire tout seul, si tu venais dîner chez nous, et ces dimanches déserts devant le téléphone, reprends-toi Gabriel, elle ne quittera jamais sa famille, pardon d'être dur, regarde la vérité, que peux-tu faire de plus, et le temps passe, tu vas te ruiner la raison, sors de ce piège... Gabriel, voyons, se laisser asservir par un sentiment, à deux pas de l'an 2000... Etc., etc.

« Gabriel, il faut qu'on parle. » Cette phrase était l'annonce qui recommençait la rengaine affectueuse. Au téléphone, au restaurant, en marchant dans la campagne, les amis se relayaient pour soutenir le soldat dans sa guerre, lui dire et redire son fait, Gabriel, si tu rejoignais une existence normale ? Pourquoi, Gabriel, pourquoi ? Qu'est-ce qui t'attache à cette torture ?

Mille fois, il se raconta.

Mille fois, ils hochèrent la tête, les amis merveilleux, de moins en moins convaincus, de plus en plus désespérés, notre Gabriel est bien malade.

Jamais découragé, comme un bon pédagogue, le malade répète son explication ; pour un peu, il enfilerait une blouse grise, saisirait une craie et calligraphierait au tableau noir le motif qui éclaire tout et tient en cinq mots : le sel de la vie.

Quand une femme est la douceur et le trouble, l'amusement et la gravité, la nouveauté et la mémoire, le voyage et la demeure, quand, du plus loin qu'elle s'approche, une vague monte en vous, survolée d'oiseaux muets, quand le grain du moindre endroit de sa peau se lit comme un chant grand ouvert au-dessus d'un piano, quand ses yeux se plissent, n'osant pas tout à fait sourire, quand ses cheveux d'un seul mouvement balaient les jours et les jours passés à l'attendre, quand aux côtés de son cou quatre jugulaires battent une mesure effrénée, quand la nuit et l'ennui et le froid tombent à l'instant sur le reste de la Terre, quand à l'oreille déjà résonne le petit mot futur du bonheur, « viens », quel homme digne de ce nom refuse ce miracle et choisit de fuir en invoquant l'inconfort d'aimer ?

Les ruptures définitives

XXXIX

Jusqu'à présent, je ne t'ai pas parlé d'une collection commune passionnément poursuivie par nous, semaine après semaine, et qui allait continuer à s'enrichir jusqu'à la fin, une collection que tu pourras visiter, si le cœur t'en dit, chez maître W. Cet homme de culture et de sagesse amusée, nous l'avons choisi, ta grand-mère et moi, comme greffier et archiviste. C'est chez lui que nous avons déposé, de crainte qu'on ne nous les perde ou que le temps ne les dissolve, tous les documents établissant la réalité et la durée de notre amour : notes d'hôtel, billets de train, Polaroid, messages érotiques griffonnés sur les nappes de papier, agendas, calendriers, etc., etc.

Mais le plus beau fleuron de ce musée est constitué, sans conteste, par nos adieux, nos deux cent trente-six lettres de rupture définitive, dont cent quarante signées de moi, cent quarante tentatives pour m'échapper de cette terrible aventure, cent quarante échecs, comme tu sais.

En cette matière, la rupture définitive, on peut nous considérer soit comme des experts mondiaux, si l'on prend le critère du nombre, soit comme des mollusques absolus, dépourvus de tout caractère et suite dans les idées, si l'on retient l'efficacité nulle

de toutes ces démarches libératoires à chaque fois
ô combien douloureuses.

Quoi qu'il en soit, et pour servir à ceux qu'intéressent l'âme humaine et ses inconséquences, voici
le récit d'une semaine type :

Dimanche après-midi

Un besoin envahissait soudain Élisabeth, après le
déjeuner de famille, un désir de pureté plus fort que
tout. Une fois le café avalé, elle ne voulait plus que
de la paix, de la clarté, de la transparence, elle ne
supportait plus l'idée du plus petit mensonge.

Alors elle s'asseyait à son secrétaire.

Gabriel, j'ai bien réfléchi,

ou

Gabriel, puisque ma décision est prise autant te
l'annoncer,

ou

Gabriel, l'instant difficile passé, ce sera mieux
pour nous deux

ou

d'autres variantes brodées sur le même thème
grandiloquent des achèvements.

Et elle signait : je t'embrasse.

Et elle se relevait fière, si fière d'elle-même, exal-
tée, quasi sainte, soulagée aussi, plus confortable
avec elle-même, j'ai bien fait, se répétait-elle, oh,
que j'ai bien fait, et durant le dîner, elle osait à nouveau regarder son éternel mari dans les yeux, les
enfants avaient pressenti l'événement, l'atmosphère
était plus légère autour de la table, presque guillerette.

Elle s'endormait dans l'estime d'elle-même, une
sorte de gloire intime.

La tristesse se présentait avec l'aube, d'abord
engourdie, hésitante, comme une névralgie lointaine. Et puis la douleur montait, montait d'heure
en heure, prenait possession de tout, une marée
grise et glacée, mon Dieu, mais je suis folle, quelle

idée m'a prise ? Est-il possible d'être aussi seule que moi ?

Lundi matin

Pendant ce temps-là, Gabriel attendait le courrier, le claquement de la boîte aux lettres, le tricycle du facteur, le ronronnement de son moteur à la douceur écœurante. Fébrilement, il fouillait, dans les factures et les réclames. Une grimace lui venait. Rien. L'écriture bien connue ne courait sur aucune des enveloppes. Encore un jour, madame le bourreau. Aucune illusion ne l'apaisait. L'arrêt serait pour demain. Il le savait depuis la veille. À force de haïr les dimanches d'Élisabeth, il en avait rongé les parois, ils étaient devenus poreux, rien ne s'y passait sans qu'il en eût immédiate et sensitive connaissance. Cette journée du lundi passait dans la torture, la déchirure de l'incertitude : une minute il décidait d'appeler et la suivante, alors que ses doigts composaient déjà le numéro, non. Quand enfin il se déterminait, la sonnerie tombait dans le vide, un interminable et noir tunnel, elle avait regagné son logis.

Mardi

Comme prévu, la lettre.

Comme d'habitude : première réaction soulagée. On sifflote. On appelle dix personnes. On se rase au son de Mozart, *Exsultate, jubilate* K. 165, interprète Stich-Randall. Le poison commence de s'instiller vers dix-sept heures, à mesure que décline la lumière. On étouffe. On vacille. La nuit devant soi est un gouffre.

Jeudi ou vendredi matin

Le téléphone sonne dans le bureau sinistre qu'Élisabeth vient de réintégrer après une nuit peuplée de grands déserts.

— Je t'embrasse, dit Gabriel.

Le drôle de bruit ténu qui suit au bout du fil, l'imperceptible halètement veut dire que la vie reprend.

— Moi aussi, je t'embrasse.

La seconde catégorie de ruptures définitives, Gabriel en était le grand prêtre, l'ordonnateur cyclique et inattendu.

Soudain une mouche le piquait, même au milieu des plus indiscutables bonheurs, il repartait à l'assaut.

À ma droite la Loi (*on ne divorce pas*), à ma gauche Gabriel.

En fait, il n'abandonna jamais ce combat singulier.

S'il faut tout dire, et notamment les secrets les plus intimes, Élisabeth n'eut pas qu'à se plaindre de ces campagnes. Comme l'on sait, Gabriel connaissait peu les femmes et moins encore les juridiques. Sa stratégie était vigoureuse mais enfantine. Il pensait (cette croyance imbécile l'a-t-elle quitté aujourd'hui ?) qu'aucune loi ne résiste à une très, très bonne baise. D'où des assauts où il offrait le meilleur de lui-même : vigueur, invention, et invraisemblable endurance.

Comment sa santé résista-t-elle ? Le narrateur avoue donner sa langue au chat.

Toujours est-il que ces assauts satisfaisaient fort Élisabeth. Fidèle à sa bonne éducation, elle remerciait. Alors l'imbécile étalon s'approchait de la fenêtre et comme un gorille de feu les forêts burundaises, il se frappait des deux poings le torse pour annoncer au monde entier la défaite, cette fois définitive, de la fameuse Loi.

Il se retournait, sûr d'avoir atteint son objectif :

— Chérie, tu verras, nous allons vivre la plus somptueuse des vies communes.

La comblée rassemblait ses dernières forces pour

murmurer avant de plonger dans le sommeil (ou de courir sous la douche) :

— Gabriel... s'il te plaît... tu ne vas pas recommencer ?

Variante :

— Gabriel... tu n'as pas encore compris ?

Variante.

— Gabriel... tu veux vraiment tout gâcher ?

Etc.

Alors la Loi sortait des profondeurs où elle s'était réfugiée pendant les frénésies et, narquoise, elle toisait Gabriel :

— Mon pauvre ami.

On aurait pu espérer plus de sagesse chez un jardinier. Ce sont des gens qui par métier connaissent et donc évitent les guerres perdues d'avance, comme planter des arbres en août ou des agapanthes dans des sols calcaires.

Comment expliquer l'obstination imbécile de Gabriel, et son combat désespéré contre beaucoup, beaucoup plus résistant que lui, tant d'années durant ? La réponse tient en un mot, qui n'est pas une excuse : l'amour.

Qu'est-ce que l'amour ?

Le domaine de la vie dans lequel l'expérience ne sert à rien. Bien plus et bien pire : la sensation du neuf fait partie du vertige. Qui n'a pas, à chaque rencontre, l'impression de débarquer dans l'aube d'un premier jour du monde, celui-là, on peut dire qu'il n'aime pas.

On aurait pu croire qu'à la longue cette pratique si fréquente de la rupture définitive lassait nos deux héros, ou que, du moins, s'estompait peu à peu le véritable désespoir qui, chaque fois, l'accompagnait.

Il n'en était rien.

Chaque lettre d'adieu était écrite avec la plus entière et solennelle sincérité. Et chaque période qui la suivait était le même enfer : les mains tremblent, une main de glace serre le cœur, le temps ne passe plus, le noir ronge le sommeil et déborde de la nuit, un voile sombre est tombé sur les journées.

C'est dire l'état de Gabriel lorsque par une amie commune il apprit le départ d'Élisabeth pour son nouveau poste, Washington, où tout se décide et notamment la place de la petite France dans le commerce mondial. Affectation idéale pour les fonctionnaires don-quichottesques.

Depuis Sissinghurst et sa grotesque bataille, elle n'avait pas envoyé le moindre courrier, ni répondu aux innombrables messages, humbles présentations d'excuses, intégrale des cantates de Bach, panier d'orchidées, proposition de voyage au soleil, rendez-vous obstinés dans deux restaurants nouveaux qu'elle ne pourrait pas ne pas aimer, un russe, un italien où il avait attendu seul jusqu'à ce qu'on l'en chasse : pardon monsieur, mais le personnel a besoin de repos pour supporter le coup de feu du soir...

Un silence lourd et boueux, comme de la neige sale, avait pris possession de la ville. Il avalait tout, même le bruit des pas.

XL

Cinq années passèrent.

Il attendait.

Dans toutes les activités et tous les repos de sa vie, le jour comme la nuit, la semaine, le dimanche.

Il attendait dans son métier. Attente ne veut pas dire paresse, ni oisiveté. Jamais il n'avait autant travaillé. Le cabinet La Quintinye prospérait. Rue du Vieux-Versailles, il occupait maintenant la maison entière, trois étages, une ruche doucement bourdonnante (les gens de cette profession sont rarement des tonitruants). Et les commandes affluaient, plus qu'on n'en pouvait traiter. Parcs privés, aménagements publics, entrées de ville, implantation de lignes TGV, rénovation de banlieues... À croire qu'un profond besoin de paysages s'était réveillé chez les Français et leurs voisins européens. Ils se cherchaient des racines, des refuges, ils pressentaient de vertigineux chamboulements, des bouleversements d'horizons, ils n'avaient pas tort.

Le banquier, naguère tellement dubitatif, s'émerveillait des résultats. Il soupirait : ah, si tous les Versaillais avaient votre énergie !

Comment lui faire comprendre que cette agitation n'était que de l'attente ?

Une stratégie d'attente mûrement réfléchie, une ambition démente aussi folle que logique. La voici : puisque seul le Temps peut me rendre Élisabeth, puisque tout jardin, d'apparence immobile, voyage dans le Temps (chaque année, de saison en saison, mort et renaissance, il fait le tour de la Vie), il se trouvera bien un jardin pour me ramener la femme de ma vie.

L'attente avait envahi également son univers érotique. Décevons tout de suite les prudes : attente ne signifie pas abstinence. Et d'un point de vue quantitatif, la période fut flamboyante. Sexuellement, les autres corporations dussent-elles en pâlir de jalousie, c'est un fait : le jardinier plaît. Mains calleuses, muscles des bras, teint souvent fleuri, odeurs parfois un peu fortes dans la région des aisselles, ce côté paysan trouble. Tandis que rassurent la douceur de ses manières, l'ampleur et le concret de son savoir, jusqu'à l'emploi fréquent de mots latins qui donne à son propos une pointe d'onction ecclésiastique.

À ce cocktail, difficile de résister.

Pour être complet et expliquer, sinon excuser, la fièvre de Gabriel durant ces cinq années, il faut ajouter que jouèrent aussi des raisons d'ordre historique.

Les luttes contre le malheur suivent des modes changeantes. Dans les années soixante, les femmes privées d'amour devenaient sexologues. Un peu plus tard, elles s'adonnèrent plutôt à la botanique.

Combien de fois, alors que les deux genoux dans le sol il se penchait vers une feuille malade, avait-il senti derrière lui, dans l'air guilleret et frisquet du printemps, dans l'air d'août grésillant d'insectes, dans l'air de fin septembre jaune et nostalgique, une respiration qui s'accélérait, puis des doigts légers posés sur son épaule ?

— Je ne sais pas ce que j'ai, balbutiait la cliente, la tête me tourne, le pollen sans doute ?

Combien de fois, retourné au salon pour écrire l'ordonnance (Ah ces fastidieuses calligraphies de vocables barbares, thiophanate-méthyl ou *Bacillus thuringensis*), avait-il entendu la même rengaine enamourée ?

— Mon Dieu, vos mains, qu'elles ont l'air dur ! Avez-vous perdu le sens du toucher ?

Etc.

Émouvantes manifestations de personnes souvent délicates, savantes et respectueuses d'elles-mêmes.

Quelle conduite Gabriel devait-il tenir ?

Tu jugeras par toi-même.

Je te livre la vérité : il céda. Céda partout et par tous les temps, sur de la terre meuble, des pelouses humides, des rocailles qui vous déchirent le dos, des dallages glacés, arc-bouté au-dessus de bordures pour ne pas en écraser les lavandes rares, il céda dans des roseraies, au milieu de glaïeuls, caché parmi des cistes tandis que le mari, à deux pas, pissait, avec un inquiétant ricanement, sur les capucines, il céda à toutes les heures, il céda de tout son cœur...

J'entends d'ici ton dégoût ou ton amusement (je connais mal ton caractère). Tu te demandes, tu me demandes : d'un homme qui cède tellement, peut-on dire qu'il attend ?

Je comprends que la plupart de mes dossiers sont plus faciles à défendre que celui-ci.

Sache seulement que, chaque fois, je prévenais la maîtresse d'occasion : j'attends ailleurs. Et qu'un véritable dessein d'apprentissage m'habitait : quand Élisabeth reviendra, grâce à elles toutes, j'aurai acquis des manières inédites qui lui plairont.

Autre stratégie : le vocabulaire.

1) qui nomme distingue, et par là même goûte mieux le monde ;

2) quand Élisabeth sera de retour, je connaîtrai les noms de tout ce qu'elle verra ;

3) elle ne pourra que s'émerveiller : à chaque pas, Gabriel m'offre le réel dans toute sa diversité ;

4) on ne quitte pas un tel généreux ;

5) au travail.

L'éducateur de Gabriel dans cette discipline était Marcel, Lachiver pour le patronyme, un ancien instituteur devenu professeur d'université. Depuis son enfance, il parcourait les champs et tendait l'oreille ou s'épuisait la vue dans de vieux almanachs : il préparait un dictionnaire du monde.

Tous les mois, ils déjeunaient ensemble à l'Étoile de Tizy, le roi du couscous versaillais.

— Alors, Marcel, que m'apportez-vous aujourd'hui dans votre cabas ?

— Bouquiner. Se dit d'un lièvre qui s'accouple.

— Élisabeth va adorer. Et encore ?

— Une chasse-galants, autrement dit une toile d'araignée.

— Je la vois d'ici battre des mains.

Chacun de ces rendez-vous linguistiques suivait le même cours : à l'enthousiasme du début succédait une nostalgie de plus en plus lourde. Le savoir magnifique de Marcel n'y pouvait rien. Pire, toute nouvelle trouvaille enfonçait Gabriel dans son regret d'Élisabeth : pourquoi, mais pourquoi, ne vit-elle pas près de moi ces moments merveilleux ?

— Cajoler : crier comme le geai.

— Merveille, merveille. Quand je pense à tout ce qu'elle perd !

Il se calfeutrait dans le silence. Marcel continuait seul sa litanie magique : harcotte, papachin, brise-lunettes...

Ces occupations n'empêchaient pas les progrès du froid, au fur et à mesure que passaient les semaines sans qu'arrive le moindre signe d'Élisabeth. Un hiver de plus en plus sinistre s'installait en Gabriel. Il découvrait que l'attente est un pays glacé et qu'il n'était pas seul à l'habiter.

Parce que le malheur ouvrait en lui des portes de plus en plus béantes, on lui parlait.

Ses amis des jardins populaires ne lui posaient plus seulement, le dimanche, des questions botaniques, ils l'invitaient à d'interminables déjeuners.

— C'est bien gentil de nous avoir offert des enclos cultivables. Mais la société, hein, depuis le temps qu'elle nous opprime...

On abordait la politique. Les plantations et les boutures n'avaient pas calmé les espérances. Un peu partout, on rêvait encore du Grand Soir. La Révolution demeurait dans les têtes comme une espèce vivace, une musique entraînante... Au pied du fort d'Ivry, sur fond d'accordéon, on se demandait sans fin si l'Union de la gauche allait, une bonne fois, *changer la vie*.

Cérémonie du thé — IV

XLI

À la lecture de certains passages scabreux, j'imagine ton embarras, l'écarlate de tes joues et la moiteur de tes paumes : après tout, il s'agit de tes grands-parents.

Libre à toi de tourner la page et de passer outre. Tu sauras simplement que je n'ai rien omis de la vérité, laquelle comporte des scènes à ne pas mettre sous tous les regards et des phrases à ne pas offrir à toutes les oreilles.

Pour que tu te sentes moins seul, sache que Mme L., patronne d'Angelina (ex-Rumpelmayer), partageait ton trouble.

Un jour que, cédant à l'impatience (et à la gourmandise) des deux sœurs, je m'étais montré particulièrement précis dans le récit de ma dernière aventure avec une cliente, elle s'avança vers notre trio scandaleux.

— Pardon mesdames, pardon monsieur, mais ne pourriez-vous pas changer un peu de conversation ? On s'est plaint de vous.

La soixantaine passée, ronde malgré sa robe noire et hautaine, elle avait tout d'une mère prieure. Mais derrière la sévérité de ses yeux bleus brillait comme une lueur amusée.

— Qui « on » ? demanda Ann, avec sa fureur habituelle quand quelqu'un osait se mettre en travers de son bon plaisir. Cette vieille grotesque là-bas, avec ses cheveux violets ? Cette blondasse sainte nitouche à droite, deux rangées de perles sur le cachemire, l'uniforme de la mal baisée ?

— Je vous en prie, madame.

— Mademoiselle.

— Au moins, si vous pouviez parler moins fort...

Clara, toujours diplomate, jura de faire un effort sur ce point-là. Et le premier incident ainsi s'acheva. La patronne s'en retourna derrière son comptoir, plus prieure que jamais, accompagnée dans la salle par une épidémie de hochements approbateurs.

L'âge avait respecté les deux sœurs. Sans doute en remerciements des services qu'elles avaient rendus : avoir offert au monde l'exemple de deux existences magnifiques, superbes d'énergie, de vaillance et de diversités.

Mais l'âge est l'âge. Il ne peut céder sur tout, autrement qui le respecterait ? Il avait donc concentré ses attaques sur quatre endroits de leurs personnes, minuscules et invisibles : les tympans.

En d'autres termes, Ann et Clara devenaient, d'année en année, de plus en plus sourdes. Sans bien sûr admettre leur infirmité.

Représente-toi ton grand-père, moi, chuchotant un aveu salace dans cet endroit on ne peut plus public :

— Après ? Eh bien, elle m'a pris dans sa bouche et a joué de sa langue.

— Comment ? glapissait Ann.

— Tu fais exprès de murmurer ? renchérissait Clara.

Les deux sœurs, s'il faut parler vrai, ne s'intéressaient plus qu'au cul. Elles voulaient du cru, de l'intime, si possible inédit. Elles ne faisaient grâce d'aucun détail.

Pense à moi, ton ancêtre mort de honte, obligé de recommencer son histoire, un ton plus fort, alors que toutes les têtes des gourmandes plus ou moins barbouillées de pâtisseries se tournent vers lui. Il doit articuler comme une sorte de fou grimaçant et les syllabes se détachent une à une dans le silence.

— ... m'a-pris-dans-sa-bouche...

— Je n'entends pas mieux.

Après ce premier épisode atroce pour ma dignité et fort dérangeant pour ma vie professionnelle (certaines clientes avaient reconnu leur expert jardinier dans ce vieil adolescent hurlant à deux ancêtres ce qu'il faut bien appeler des obscénités), je me risquai à suggérer d'organiser nos rencontres dans des lieux plus discrets et plus intimes.

La réponse fut apitoyée et définitive :

— Tu nous déçois, Gabriel. Tu nous déçois beaucoup. Nous croyions t'avoir appris deux des lois majeures de l'existence : premièrement, un rituel est un rituel ; deuxièmement, la géographie nous gouverne.

Tu jugeras peut-être que j'aurais dû me montrer plus ferme et rompre illico le lien pervers et sonore qui m'unissait aux sœurs.

Impossible.

Nul n'échappe à sa génétique. Qui n'est pas seulement un petit code invisible fait d'acide, de X et de Y. C'est aussi un ensemble d'envoûtements irrationnels auxquels on ne résiste pas.

Si bien que tous les premiers jeudis de chaque mois, à dix-sept heures, j'ai repris le chemin de ma torture. Au fur et à mesure que je me rapproche, d'arcade en arcade, de la rue de Rivoli, je me répète : non, cette fois pas d'Angelina. J'ai dépassé cinquante ans et je rougis déjà. Mais une petite voix bien connue se fait entendre. Mon père m'a confié les deux sœurs. Je ne dois pas trahir ma promesse. La vie des vieux n'est pas réjouissante. Mes récits sont leurs seules récréations. Alors je respire fort et je pousse la porte, je marche droit vers la table maudite déjà occupée par deux silhouettes noires.

La patronne a levé son index droit et ses yeux lancent des flammes.

— Pas de scandale, n'est-ce pas ? Je compte sur vous.

— Alors, alors raconte, supplient les deux sœurs, que s'est-il passé depuis la semaine dernière ? La rousse, celle qui glousse, tu l'as enfin prise par-derrière ?

Le Potager du Roy

XLII

Comment contraindre le Temps à rendre Élisabeth? Gabriel aurait volontiers usé de la manière forte, si elle avait existé. Mais qui peut lutter, sans s'y noyer, contre le Grand Écoulement?

Alors il rengainait sa colère et multipliait à Son endroit les signes de déférence, d'obséquieuse complicité :

— Je suis l'ami du Temps, répétait-il à qui voulait l'entendre.

— Comment peut-on être l'ami de quelqu'un dont on sait qu'il finira par vous tuer?

— Je vis dans Sa présence, je Lui rends visite au moins une fois la semaine.

— Visite au Temps? Quelle est cette nouvelle billevesée?

— Venez chez moi, à Versailles, vous verrez. Je vous conduirai.

Car notre héros avait enfin compris la vraie nature du Potager du Roy : plus encore qu'un conservatoire botanique, réserve de fruits et légumes ailleurs disparus, il était un musée, le seul de son espèce, le musée du Temps. Le seul endroit de la Terre où le Temps acceptait de se montrer sous tous Ses visages. Tous les temps qui constituent le Temps.

Louis XIV avait tant de passion pour son jardin qu'il en écrivit lui-même le guide :

> *I. En sortant du chasteau par le vestibule de la cour de marbre, on ira sur la terrasse : il faut s'arrester sur le haut des degrez pour considérer la situation des parterres des pièces d'eau et les fontaines des cabinets.*
> *II. Il faut ensuite aller droit sur le haut de Latonne et faire une pause pour considérer Latonne, les lesars, les rampes, les statues. L'allée royale, l'Apollon, le canal. Et puis se tourner pour voir le parterre et le château.*
> *III. Il faut après tourner à gauche pour aller passer entre les Sfinx ; en marchant il faut faire une pause devant le Cabinet pour considérer la gerbe et la nappe ; on fera une pause en arrivant aux sfinx pour voir le parterre du midy, et après on ira droit sur le haut de l'orangerie d'ou l'on verra le parterre des orangers et le lac des Suisses.*

Et ainsi de suite jusqu'à la XXVe étape :

> *On passera après à la Piramide. Où l'on s'arrestera un moment. Et après on remontera au chasteau par le degré de marbre qui est entre l'Esguiseur et la Vénus honteuse...*

Il suffit de fermer les paupières, ou de laisser flâner dans le vague son regard. Par la grille de Fordrin, côté pièce d'eau des Suisses, Louis XIV paraît, la démarche assurée malgré ses talons hauts. Il cueille une Louise-bonne d'Avranches, sa poire favorite et, entre deux bouchées, il dicte à un scribe, qui s'empresse derrière lui, la suite de son guide de Versailles. Le jus, lentement, dégouline des commissures augustes et tombe sur la dentelle du pourpoint.

XXVI. On entrera dans le Potager. On ira dans le milieu où l'on fera le tour du bassin pour considérer les terrasses et la foule des contre-espaliers. Il faut après tourner à gauche pour se rendre dans l'enclos des asperges et la prunelaye.

Louis XIV n'est pas le seul habitant de l'ancien temps à venir hanter le Potager. Les petites silhouettes là-bas, penchées sur les arbres ou accroupies au sol, occupées à de très lents travaux, taille ou sarclage, ne sont pas d'aujourd'hui. Elles appartiennent à l'univers modeste et laborieux du Moyen Âge, bien avant le Roi-Soleil. Elles peuplent les enluminures du duc de Berry. Ces *Très Riches Heures,* les bien nommées.

En certains lieux privilégiés, les frontières avec le passé s'évanouissent. Des visiteurs nous arrivent de toutes les époques. Cette liberté dans le cheminement emplit de gaieté et réconforte pour l'avenir : la mort ne nous assignera pas complètement à résidence. Nous garderons, quand le besoin de voyage se fera trop fort, quelques droits à circuler d'un siècle à l'autre.

Versailles-Rive-Gauche, toute proche, avec sa verrière 1900 et son allure de jouet, ne ressemble pas aux autres gares : sur les quais, la plupart des voyageurs ne viennent pas, comme d'habitude, d'une autre ville mais d'un autre siècle.

Le temps des saisons

Comme tous les jardins, le Potager est une horloge. À l'état des arbres, on mesure que les mois passent.

Mais cette horloge est particulière. Le Roy, comme tous les êtres de pouvoir, n'avait en lui aucune patience. Il ne supportait pas que quelque chose, fût-ce la Nature, osât lui résister. Le commun des mortels pouvait attendre avril pour les asperges et mai pour les fraises. Pas Louis XIV.

Le Potager est ainsi devenu le musée de sa guerre contre le Temps. Sa guerre préférée et la plus opiniâtre, lui qui les a tant aimées, jusqu'à épuiser son royaume. De ces combats, les armes sont encore là, toujours actives sur le terrain :

Les châssis dont les vitrages entrouverts ressemblent à de gros coquillages bâillants.

Les couches, ces carreaux bêchés et rebêchés, où l'on devine le fumier mêlé (sa fermentation va réchauffer la terre et narguer les saisons).

Les serres, ces îles botaniques exilées sous nos climats : on se demande toujours si elles ne vont pas, un beau matin, larguer les amarres et rejoindre leur pays d'origine, les Tropiques, l'été perpétuel...

Et la longue enfilade des espaliers et contre-espaliers, l'entrelacs de ces fortifications composites, pierres, treillages et végétaux taillés, remparts fragiles contre la plus insaisissable des forces, tantôt amie, l'instant d'après ennemie, la météorologie.

Ne manque que le « jardin Biais » : on y avait élevé des diagonales et des diagonales de maçonnerie pour offrir aux plantes toutes les expositions possibles à la lumière. Un imbécile, un jour, a tout fait raser. Mais le souvenir de ces constructions rusées demeure et rappelle que le XVIIᵉ siècle ne connaissait pas que la ligne droite.

Autre enseignement : la complicité secrète entre le temps qu'il fait et le temps qui passe. Génie de la langue française qui, pour les deux cadres mouvants de notre vie, emploie le même mot.

Le temps du soleil

Pour mesurer ce temps-là, l'horloge est une cathédrale, Saint-Louis, dont la masse crème et calmement baroque veille sur le Potager.

— ... Sa coupole, on dirait qu'elle a vrillé.

Jacques Beccaletto, le jardinier en chef, s'esclaffa :

— Enfin, vous avez remarqué ! Vous qui vous

dites observateur... Depuis deux siècles et demi, la charpente de châtaignier suit la marche du soleil. Du levant, rue Royale, jusqu'au couchant, vers Saint-Cyr, elle tourne.

Le temps de la greffe

— Pourquoi les poiriers ont-ils ces pieds d'éléphant, gros, gris, ronds, ravinés, des pieds comme des bouses ?

— Parce qu'ils sont greffés sur des cognassiers : les arbres qui vivent d'eux-mêmes sont trop vigoureux, ils pensent plus à vivre qu'à faire des fruits.

— Vous n'avez pas répondu.

— Juste après la greffe, le poirier et le cognassier entrent en guerre. Grande bataille de cellules sous l'écorce. Tout dépend de l'affinité.

— L'affinité ?

— L'accord entre les deux espèces. Comme le mariage chez les humains.

— Mais alors, ces énormités, ces boursouflures, ces pieds d'éléphant ?

— La plupart des affinités sont orageuses.

— Et une fois l'affinité, quelle qu'elle soit, trouvée ?

— Unis pour la vie.

Tout au long de ses promenades, au risque de Le lasser, Gabriel s'adressait au Temps : quel autre de Vos sujets vous prête une attention égale à la mienne ? Ne pourriez-Vous pas, ô s'il Vous plaît, m'en savoir un peu gré ?

Février.

L'instant d'avant, les allées étaient vides, je le jure.

Une fois de plus, Gabriel s'était campé au milieu de la terrasse nord.

Et une fois de plus, il s'adressait au La Quintinye de marbre (1626-1688) :

— Merci. Vous avez créé l'une des merveilles du monde.

Comme tous les jardiniers, il aimait l'hiver pour le calme qu'il apporte à la terre, pour cette grande présence endormie. Et pour la géométrie. Débarrassés de leur camouflage de feuilles, les arbres se montrent nus et plus que nus : on voit leurs os, des lignes folles, des cambrures soudaines, des repentirs, de vraies souffrances. La vie n'est pas plus douce chez les plantes que chez les humains.

On voit aussi la volonté du créateur des lieux, on comprend mieux son dessein, avec une clarté presque vertigineuse, cet alignement, comment ne l'avais-je pas remarqué ? Et cette symétrie, là-bas ?...

C'est ainsi qu'une fois de plus, grâce à l'hiver, Gabriel se promenait en même temps dans la tête de La Quintinye et dans son œuvre.

Ayant le matin consulté le gros thermomètre de bois fixé à l'entrée de la rue Hardy, moins 9, il s'était emmitouflé en conséquence. Si bien que sans frissonner, il pouvait laisser son œil aller.

Soit vaguer dans les si reposantes perspectives, soit fouiner dans les détails, telle brouette abandonnée, le carreau cassé d'un châssis ou l'amas de glace, au centre du bassin, pourtant à sec, quelque trop vieille canalisation devait fuir...

Une cape de couleur prune, à capuchon.

Par quelle porte secrète est-elle passée ?

Elle monte le petit escalier. Elle rejoint Gabriel et La Quintinye sur leur terrasse.

— Bonjour.

Elle ne bouge pas, elle ne parle pas, de la buée sort de sa bouche. Elle reste debout : il fait bien trop froid pour s'asseoir. Un peu de gel verdâtre recouvre le banc.

La même sorte de trac que vingt ans plus tôt a envahi Gabriel. La même poigne lui serre l'estomac. Pour rien au monde il n'avancerait la main vers elle. Il se souvient que ce jour-là déjà il tremblait. Et que c'était l'hiver.

Côte à côte, ils regardent le Potager Royal. Quelle est cette armée morte devant eux, ces alignements de squelettes ? Dans l'air transparent, presque bleu, on dirait des bras, des bras déformés et torturés par la taille, des bras démesurés, des bras en cordons de quinze mètres, des bras en palmettes plates comme un dessin, des bras en candélabres à six, huit branches, des bras en vases, des bras de monstres créés pour saisir quoi, si ce n'est le Temps ?

Une heure peut-être, peut-être un siècle, sans un mot, Élisabeth et Gabriel regardent agir ce grand piège végétal. Et soudain le Temps est là. Ils sentent son grain, si semblable à celui de la peau, ils éprouvent sa chaleur de très gros animal bienfaisant.

Et le Temps leur dit :

— Je vous observe depuis des années et des années. Quelle horreur, n'est-ce pas, les très longs adultères ? Mais vous avez bien bataillé. Je vous offre mon amitié.

Alors Gabriel entend la petite voix d'Élisabeth, des syllabes engourdies, rien qu'à demi prononcées par des lèvres gelées.

— Je te propose une année. Ensemble. Pas en France, mais pas loin. Surtout ne va pas t'imaginer que c'est pour toujours.

La concession

XLIII

Il était une fois, un lundi matin de septembre, une frontière franchie sans s'en apercevoir.

— Regarde bien, dit Élisabeth, nous pénétrons dans notre concession.

L'arrière de la voiture débordait de bric-à-brac. On croit qu'on peut partir les mains dans les poches et puis l'on cède à des terreurs soudaines : que ferais-je sans mon *Lord Jim*, mon réveil à double sonnerie, mes sonates de Schubert (Pollini), mon *Robert* des noms propres, ma raquette Head, mes chaussons autrichiens, mes dentifrices Elgydium (en ont-ils seulement, là où nous allons ?), mon Polaroid (je vais la prendre nue plus souvent qu'à son tour), mon vieux pull-over de week-end, ma lampe de cuivre, mon Cheval-Blanc 47 pour fêter tout ça, ma pince à ongles, ma théière à capuche de flanelle, mon grille-pain chromé, mon *Cent ans de solitude*, ma boîte à cigares, etc., etc. ? Élisabeth avait dû éprouver la même crainte d'abandon car elle aussi avait emporté quelques pièces maîtresses de son univers : cinq bâtonnets de Dermophil indien, un plaid rouge parsemé de poils de chien King Charles, un album de photos, un sèche-cheveux Babyliss, un morceau de dentelle noire dépassant du papier de soie (serait-ce une guêpière?), un *Hauts de Hurlevent* (édition de poche)...

— Regarde devant toi, répétait Élisabeth.

Car Gabriel sans cesse se retournait. Le spectacle de ce double capharnaüm l'emplissait de bonheur et de soulagement. On aurait pu craindre que tous ces objets, venus de deux familles si différentes, se jalousent et guerroient comme des enfants : les places arrière sont des champs de bataille bien connus. Rien de cela. La meilleure des ententes régnait parmi les choses, alléluia !

Il était une fois ce cadeau stupéfiant pour des Français : une autoroute gratuite.

Il était une fois des champs aussi plats que la mer et des chevaux de trait, çà et là, racontant leurs vies exaltantes à des flottilles de mouettes goguenardes.

Ils traversèrent le pays interminable des super-marchés (mon Dieu, faites que cette laideur ne déteigne pas sur notre amour).

Emportés d'échangeur en échangeur, ils s'épui-sèrent les yeux à reconnaître, sur les innombrables panneaux qui couraient à leur rencontre, le mot « Centrum ».

Et soudain ils se retrouvèrent dans l'ancien temps.

Il était une fois de hautes églises, un beffroi cou-ronné d'un dragon doré, des façades en escalier, des ruelles étroites, des ponts tournants et des canaux glauques où nageaient des canards colverts et pilets.

— Nous sommes arrivés, dit Élisabeth. Ville de Gand. J'ai bien travaillé pour ta légende.

— Notre légende.

— Notre légende, si tu veux.

Gabriel était descendu de voiture et regardait autour de lui : qu'avait de légendaire cette petite place paisible plantée d'arbres et d'une statue, comme la plupart des places de par le monde ?

— Tu reconnais le personnage de bronze ? Non ?

Charles Quint. Pas moins. Je te rappelle qu'il a régné sur la Castille et l'Aragon, Naples et la Sicile, les Pays-Bas, la Franche-Comté, la Bohême, l'Autriche, ça te suffit ? Ici était son palais, où il est né. Il n'en reste rien. Mais nous habiterons sur les lieux mêmes. Tu vois la petite maison du XVIIᵉ, là, juste au coin de Prinsenhof ? Si j'ai bien compris les plans, c'est la nôtre.

Gabriel n'eut pas le temps d'embrasser la femme de sa vie : un tel choix immobilier, une telle participation à l'édification de la légende commune, une telle référence à l'Espagne, autant d'excellentes nouvelles pour leur amour.

Mais une dame blonde s'avançait, qui coupa court aux effusions.

— M. et Mme B., n'est-ce pas ? (Elle avait employé le nom de femme mariée d'Élisabeth.) Je ne vous attendais plus, ça va ?

La propriétaire avait la cinquantaine attentive, un rien snob et impérieuse. En un quart d'heure, elle avait tout montré, l'électricité, le chauffage, l'enclos des ordures, d'ailleurs j'ai tout noté, vous verrez, c'est punaisé à l'intérieur du placard de la cuisine, ça va ?

« Bonne chance », dit-elle et encore un « ça va ? » avant de courir vers sa BMW — un autre rendez-vous l'attendait.

La porte refermée, le bruit du moteur évanoui, ils se prirent dans les bras et dansèrent un instant au milieu du salon. Et puis s'enfuirent, chacun vers une extrémité de la maison.

Le silence les angoissait, et cette intimité qui s'étendait soudain devant eux comme un continent immense, eux qui n'avaient connu que des îles. Ils vaquèrent aux occupations de l'emménagement en prenant bien soin de faire le moins de bruit possible, surtout ne pas déranger l'autre. Et c'est ainsi que, pas à pas, ils se rapprochèrent, luttant contre une sorte de trac, jusqu'à s'asseoir dans deux fauteuils voisins.

Elle pensait à ses enfants. Que font-ils à cette heure ? Il savait qu'elle pensait à eux. Comment un homme, un homme seul, malgré tous ses rêves, peut-il combler le vide que laisse chez une femme l'absence de ses enfants ?

La propriétaire impérieuse leur avait fait cadeau d'un réfrigérateur plein. Il proposa pourtant de ressortir. Si nous allions essayer la gastronomie locale ? Élisabeth sauta avec avidité sur la proposition.

Le restaurant De Tap & De Tepel, rue Gervald, ressemblait à un grenier, à une boutique de brocanteur, où l'on aurait installé quelques tables. Ils dînèrent coincés entre un cheval empaillé, une pile de pots de chambre et des massacres de cerfs. L'allègre brouhaha des lieux et le beychevelle du patron leur redonnèrent confiance. Ils regagnèrent enlacés leur domicile commun sous la protection de Charles Quint, premier empereur du monde. Ils ne savaient pas qu'une autre fée de grande envergure allait se pencher sur leur berceau coupable.

Les yeux grands ouverts dans la nuit, Gabriel consacrait les maigres forces qui lui restaient, après les émotions de la journée, à l'un des exercices les plus délicats qui soient pour un être vivant : l'immobilité. Jamais il ne s'était rendu compte qu'il abritait en lui-même autant de mouvements, lesquels n'obéissaient pas tous à sa volonté, bien loin de là. C'était une vraie guerre dont il s'agissait, une guerre civile avec ses opérations de pacification, ses calmes ô combien provisoires, ses reprises de révolte en des régions insoumises soidisant contrôlées. Ainsi, son triceps droit : à peine, au prix de manœuvres millimétrées, en avait-il chassé les fourmillements, qu'un spasme obstiné contractait sa cuisse. Et quel jeu avaient joué ces deux vertèbres, dans la région cervicale, pour agresser un nerf à ce point ? Quant à son cœur, impossible d'en calmer la tonitruante chamade.

Cette machine imbécile semblait n'avoir qu'une ambition sur terre : à force de vacarme, arracher au plus vite du sommeil cette longue dame nue.

Car Élisabeth, à peine la lumière éteinte, s'était allongée sur Gabriel et, dans l'instant, endormie.

Pauvre de moi, se répétait notre héros, je ne suis pas digne d'un tel miracle. Une femme qui a choisi pour demeure le corps d'un homme a *droit,* le *droit* le plus absolu au silence et à la tranquillité. Mes remue-ménage personnels vont la réveiller et c'en sera fini de notre intimité. Je vais veiller. C'est ma seule chance. Il me suffirait de clore une paupière pour qu'en moi dansent la gigue toutes les souris. Résistons, je méprise la fatigue. J'ai tant attendu ce moment. Vigilons, comme disent les Africains. Je suis un chevalier du guet. Vigilons, vigilons...

Une sorte de soleil le réveilla, une chaleur douce au-dessus de sa tête. Il ouvrit les yeux. Élisabeth, déjà prête, habillée, parfumée, maquillée, le regardait et lui souriait.

— Tu as parlé, cette nuit.

Gabriel balbutia :

— Parlé... cette nuit ?

La honte le faisait trembler.

— Je confirme. Mon compagnon a parlé. Cette nuit. En ma présence.

— Mon Dieu ! Et qu'est-ce que ?...

— Oh, ne crains rien. Une phrase tout à fait convenable, et fort justifiée d'ailleurs...

— Dis-moi, s'il te plaît.

— Une phrase brève, qui témoigne de ta bonne éducation et de ton sens de la gratitude, une phrase que je regrette de n'avoir pas eu l'idée de prononcer en même temps que toi, mais voilà, je me rattrape : Vive la Belgique !

— Vive la... ?

— Vive la Belgique, comme je le prononce. Ce merveilleux petit pays mérite bien nos vivats, non ?

Il répétait après elle, l'air hébété et le ton presque

sinistre, comme un enfant qui ne sait pas sa récitation : Vive la Belgique, Vive la Belgique...

Sans doute attirée par ce refrain, une vision lui vint, une image encore trouble qui ressemblait à Victor Hugo, corps trapu, mine auguste, crinière argent de même que la barbe.

— Qu'est-ce qui t'arrive ? demanda Élisabeth.

Il fronçait les sourcils. Il connaissait les songes, leurs manières de fuir, au matin. Si l'on n'y prend garde, ils disparaissent à jamais, avalés par la gueule sans fond de l'inconscient. Oui, Victor Hugo était venu lui rendre visite, leur rendre visite pendant la nuit. La scène entière lui revenait maintenant, avec une précision lumineuse.

Le génie n'était pas seul. Une foule l'entourait. Et Victor Hugo parlait : « Bienvenue dans le royaume, mes amis. Vous avez fait le bon choix. Quand moi-même j'ai dû fuir Napoléon le petit et son coup d'État misérable, on m'a accueilli fraternellement. Cette jeune nation a le goût de la liberté. Vous y vivrez selon vos préférences. Soyez heureux. »

Et Victor Hugo s'en était allé, happé par ses admirateurs.

Tel était le rêve, croix de bois, croix de fer, si je mens, je vais en enfer. Comment expliquer l'intérêt du génie pour une histoire telle que la leur ? Un amour, certes, appelé à devenir légendaire, mais qui, pour l'instant, ne sortait pas de l'anonymat. Les exilés avait-ils les uns pour les autres ce genre de bienveillance ?

Quand il reprit ses esprits et voulut communiquer à Élisabeth la grande nouvelle, il s'aperçut qu'elle n'était plus là. Il l'entendait, dans la pièce voisine, remuer des papiers, remplir son stylo. Elle devait finir son cartable, avec un soin de collégienne. Il résolut de garder ce secret. Élisabeth n'avait pas le même besoin que lui de hauts parrainages. Elle savait prendre l'existence comme elle venait sans s'encombrer la tête de trop complexes stratégies.

Il bondit du lit et s'habilla vite fait. Ce n'était pas le moment de mettre en retard la femme de sa vie. La rengaine ne le quittait pas et ne devait plus le quitter jusqu'à l'heure de sa mort : Vive la Belgique, oui. Vive la Belgique, refuge bienheureux des Français torturés par leurs autorités quelles qu'elles soient. N'oublions pas qu'Alexandre Dumas, lui aussi, avait rejoint Bruxelles quand les créanciers s'étaient montrés trop avides.

Le jour même commençait le travail d'Élisabeth à la Représentation Permanente de la France auprès des communautés européennes. Le petit déjeuner sur la table de marbre fut silencieux. Le visage tendu, elle était déjà tout à ses combats futurs. Gabriel l'accompagna jusqu'à cet étrange château fort qu'est la gare de Gand, un gros jouet rouge et crénelé, planté d'innombrables tourelles de toutes tailles et formes, demeure, sans doute, de la fée des voyages ou de quelque autre divinité ferroviaire. À la proposition qui lui fut faite de venir la chercher le soir, la haut fonctionnaire répondit par la négative : il n'y avait pas d'heure dans son métier.

Gabriel avait donc devant lui la plus longue et libre des journées.

Il l'employa à être heureux.

Bonheur que parcourir une ville en se répétant, devant chaque nouvelle merveille, façade des Francs Bateliers, polyptyque de *L'Agneau mystique*, château de Gérard le Diable : ceci est désormais notre royaume.

Bonheur que chercher le studio où il faudrait se réfugier lorsque la famille d'Élisabeth viendrait, le week-end ou les vacances, lui rendre visite. L'agent immobilier avait depuis longtemps dépassé l'âge de la retraite. Il continuait pour le plaisir « d'aider les gens à trouver une vie meilleure ». Il avait l'idéal en portefeuille : une vigie de trente mètres carrés au quatrième étage, juste en face de la maison commune, il suffisait de traverser la place des Princes.

La signature du bail fut fêtée à la Gueuze : « Monsieur aime regarder, je me trompe ? »

Bonheur que le choix des commerçants, le remplissage du panier, le retour au domicile, les retrouvailles avec un plaisir oublié depuis si longtemps, après toutes ces années de célibataire, ces innombrables et si fastidieux restaurants, ces tête-à-tête sinistres avec une crème caramel. Bonheur que faire la cuisine pour quelqu'un qu'on aime, couper le lard, pleurer du fait d'oignons, hacher le persil, écouter le beurre chanter dans la cocotte, humer la chimay... aimera-t-elle mon lapin à la Trappiste ?

Bonheur, même, que cette peur montant avec le soir : Élisabeth ne va plus revenir. La Loi l'aura retrouvée. Telle que je La connais, la Loi, Elle aura même fait sortir mon amour de séance pour lui communiquer Sa décision : la concession est annulée. Gabriel errait dans la maison comme un lion en cage, ces lions qui, quatre siècles et demi plus tôt, du temps de Charles Quint, faisaient l'orgueil des jardins du château. Dürer venait les dessiner.

Mais la Loi se tint tranquille ce jour-là, comme les trois cent soixante-quatre autres qui devaient suivre.

À neuf heures et demie retentit la sonnette.

— Je suis épuisée. Qu'est-ce qui sent si bon ? Tiens, nous sommes invités jeudi chez des amis. Ça ne t'ennuie pas ?

XLIV

Il était une fois ce luxe, après tant d'années de clandestinité, tant de tête-à-tête un à un arrachés à la vie, il était une fois ce privilège dont ne se rendent pas compte les gens normaux, non touchés par la maladie de l'adultère : avoir enfin des amis communs.

Il était une fois le numéro... de la drève de Bonne-Odeur, drôle d'adresse de chasse pour une maison si pacifique et chaleureuse.

Il était une fois une grande table en l'honneur d'une grande actrice, Odette Joyeux. On lui parlait de sa gloire passée, elle répondait par des projets d'avenir. On évoquait la capricieuse Cécilia qu'elle incarnait dans *Entrée des artistes*. (« Marc Allégret 1938 », marmonna un homme d'affaires. Il y a toujours dans les dîners un costume trois-pièces qui sait tout des dates des œuvres d'art. On parle, émerveillé, de sa « culture ».) Elle ne s'intéressait qu'à un quadragénaire complètement inconnu mais dont on lui avait dit qu'il écrivait :

— Vous penserez à moi pour une pièce, n'est-ce pas ? Vous penserez à moi ?

Ce soi-disant auteur, qui n'avait jamais été à pareille fête, promettait, promettait tout. Qu'il s'y mettrait dès ce soir, la dernière bouchée avalée.

— Alors c'est la meilleure nouvelle possible.

Elle lui pétrissait la main.

— On me croit déjà enterrée. Comme si la vie s'arrêtait à quatre-vingt-un ans !

Pendant ce temps-là, Élisabeth et Gabriel, placés aux deux extrémités de la table (« C'est un peu loin, avait dit l'hôtesse dans un sourire de qui connaît l'existence, mais on ne sait jamais avec les photos »), ne parvenaient pas à se quitter des yeux. Jamais ils n'auraient cru leurs muscles oculaires tellement indociles, de vrais enfants mal élevés qui, de quelque horreur qu'on les menace, retournent toujours et encore devant la télévision. Ils avaient beau les tancer, leur répéter qu'il fallait se montrer poli, qu'il existait d'autres invités, que s'ils continuaient ainsi, on ne les convierait plus jamais, rien n'y faisait : le regard d'Élisabeth, après cinq secondes de promenade forcée sur un voisin bavard et sans doute charmant, revenait à tire-d'aile vers l'endroit de la Terre où se trouvait ce soir-là concentré le plus de félicité humaine possible, Gabriel né à Saint-Jean-de-Luz, le 22 mars 1924... Lequel suppliait in petto la dame sur sa gauche, belle et vieille, bien plus vieille que la fêtée du jour et la peau encore plus transparente, qui lui racontait que les noms de tous ses amants étaient couchés dans un cahier, car l'âge venant, il faut se méfier de la mémoire : pardon, madame, pardon, pardon pour ma goujaterie, vous qui en savez sûrement plus que moi sur l'amour, vous allez me pardonner. Et bien vite ses yeux abandonnaient l'émouvante au cahier secret pour reprendre le chemin déjà mille fois suivi vers le visage d'Élisabeth. Pourtant reine incontestée de la maîtrise, elle était ce soir-là incapable de se cacher d'elle-même, impuissante à se composer, comme d'habitude, la plus souriante mais lointaine des façades. Toutes fenêtres ouvertes, elle laissait voir ses feux intérieurs, et le plus lumineux d'entre eux, la gaieté, l'infinie gaieté d'être heureuse.

La table entière, bien sûr, nota ce manège. Et bientôt il n'y eut plus de regards que pour ces deux regards-là, leurs combats vains pour s'en aller voir ailleurs et toutes les trois secondes, comme les éclats d'un phare, leurs courses aux retrouvailles. Le rideau rouge venait de s'ouvrir sur Élisabeth et Gabriel. Leur amour, si longtemps confiné dans l'ombre, la clandestinité et presque étouffé par elles, se déployait sur scène. Finies les coulisses et les répétitions, on jouait pour de vrai, avec costumes, musique et salle pleine. Et les applaudissements, pour muets qu'ils fussent, les enivraient. Et de se trouver soudain en telle lumière frappait la peau comme un vent d'océan lorsqu'on débouche sur une jetée après des heures et des heures de voyage.

Quand le maître de maison, un géant au sourire

ébloui par l'existence comme un enfant devant Noël, leva son verre au théâtre, à la vérité du théâtre, à ceux qui pour nous ont tellement exploré la vie, à toi, Odette, pour l'honneur de t'avoir chez nous, après que la grande actrice se fut dressée à demi et eut salué de la tête, « aux rôles futurs et à l'émotion d'aujourd'hui », ton grand-père eut la folie de l'imiter, oui, lui aussi se leva.

— Merci à tous, le spectacle nourrit le monde comme il se nourrit du monde.

XLV

Il était une fois, dans la boîte aux lettres trop petite, une missive dont l'en-tête « Communautés Européennes » encoléra la femme de ma vie.

— Tu fraies avec ces gens-là ?

Comme la plupart des fonctionnaires nationaux, elle nourrissait de solides animosités contre la caste chargée à Bruxelles de gérer le Vieux Continent.

— Ouvre pour te rassurer.

Ce qu'elle fit d'un ongle méprisant (fort amie des correspondances, dans un siècle dévoré par le téléphone, elle usait pour son courrier civilisé d'une lame d'argent à manche ouvragé).

Monsieur,
Peu consciente, malgré l'évidence, des enjeux et des contraintes de la mondialisation et de la nécessité urgente où nous nous trouvons de rassembler nos forces pour répondre dans les meilleures conditions possibles d'efficience et d'autonomie aux grands défis du prochain millénaire, l'opinion publique de nos pays, désinformée par des médias volontiers démago-

giques, voit surtout dans la construction européenne les risques d'une dépossession de son identité.

Élisabeth releva les yeux, grimaça, « quel jargon » et continua, « tiens, on parle de toi ».

D'après mes conseillers, dont je n'ai pas lieu de remettre en cause la capacité d'expertise, vous occupez dans la Botanique, science des plus essentielles aujourd'hui, une place qui me fait souhaiter de vous rencontrer au plus vite.

— Et c'est signé Jacques Delors, Président. Mazette ! Tu te souviendras de moi quand tu nous dirigeras tous ?

Une partie de la nuit suivante fut occupée par un vif débat : pouvait-on accepter l'invitation de quelqu'un manquant tellement de style ? Le surmenage des dirigeants étant ce qu'il est, et la rédaction de ce genre de missives assurée le plus souvent non par leurs signataires mais par quelque subalterne autant diplômé qu'à peine francophone, il fut décidé de passer outre à ce galimatias. D'ailleurs la curiosité était plus forte. Plus tard Gabriel rêva qu'une armée de motards à pied lui ouvrait la voie, au beau milieu du Sahara.

Quand, le lendemain, Gabriel entra sifflotant dans le salon, après l'entrevue :

— Alors, que te voulait le manitou ? demanda Élisabeth, sans quitter son journal et jouant fort mal la très peu intéressée.

— Surprise. Rendez-vous samedi dix heures. En un endroit qu'on me communiquera au dernier moment. Confidentiel défense.

Ils étaient là.

Arrivés tous en même temps, juste à l'heure prescrite, dix heures, dans leurs voitures numéro deux, celles de leurs femmes, Golf, Fiat Punto, Clio, le siège arrière jonché par les traces de la vie de famille, raquettes, bombes d'équitation, bouteilles entamées de Coca...

Accueillis un à un, en haut des marches, par la maîtresse d'une maison d'Ixelles, ravie de prêter son immense salon à un séminaire secret, utile à la construction européenne.

Ils étaient là.

Sagement assis sur un mélange de Louis XV et de chaises pliables et transparentes (location).

Cinquante vestes de tweed et pull-overs doux, si doux rien qu'à les voir, couleurs sobres d'automne, toute la gamme, du beige au feu, un étal de chrysanthèmes.

Cinquante versions de la quarantaine : les trop pâles, les toujours bronzés, les déjà chauves et ceux qui luttent encore, les sans menton, les volontaires, les gras de la joue et les émaciés, les lunetteux permanents et les occasionnels, rien que pour lire, les paisibles en ménage (chairs relâchées) et les autres (rictus soudain, imperceptibles battements des cils).

Arrogants et attentifs.

Les maîtres anonymes de l'Europe.

La crème de l'organigramme bruxellois, les directeurs généraux et directeurs, les plus de cent mille écus par an, bureau à trois fenêtres et deux secrétaires quadrilingues dans la pièce voisine.

Debout à mes côtés, le chef du service de prospective, un petit homme blond et ridé, parlait. Il ressemblait au héros de notre jeunesse, Tintin. Un Tintin dont l'existence aurait, année après année et enquête après enquête, chiffonné la bouille ronde bien connue.

Il présentait les excuses de celui qui avait voulu cette rencontre, le Président Delors, hélas retenu par les écrasantes obligations de sa charge mais néanmoins présent parmi nous... etc.

Malgré la banalité de cette rengaine, j'écoutais de toutes mes oreilles. Je n'avais pas très bien compris ce qu'on attendait de moi. Et Tintin avait un vrai talent pédagogique. Sans ménagements excessifs, il expliquait aux cinquante chrysanthèmes abasourdis que leur manque de sens politique risquait de tout faire capoter. Les nations sont de vieilles bêtes, fières et rétives. On ne les enrôlera pas comme ça dans une fédération abstraite. L'idéal serait de vous renvoyer un an ou deux dans vos pays d'origine, reprendre contact. Comme le temps presse, nous avons eu l'idée de ce séminaire.

— D'accord pour un séminaire.

— Mais quel en est le sujet ?

— Tout cela est bien mystérieux.

Les jeunes chrysanthèmes renâclaient. C'étaient des gens habitués aux ordres du jour clairs.

Tintin ne s'énervait pas.

— Vous avez besoin d'apprendre les racines. Nous commencerons, évolution oblige, par la botanique. Suivront la géographie, l'histoire des religions, la sociologie électorale, l'œnologie... Bien entendu, je compte sur votre plus totale discrétion. Quelle eau apportée au moulin de nos adversaires nationalistes s'ils apprenaient l'existence de ces cycles de formation ! Il n'est pas interdit de prendre des notes. Je passe la parole à notre jardinier.

Oui, aujourd'hui Gabriel peut bien le révéler et ce fait, établi, sans contestation possible, par les fiches des honoraires perçus en écus bruxellois et libres d'impôt, servira de réponse à tous ceux qu'indigne une existence scandaleusement consacrée à l'amour d'une femme et à l'art des jardins alors que les peuples subissaient les premières mais implacables attaques de la mondialisation, oui, Gabriel a distrait du temps si précieux de la Concession pour inculquer aux vingt-quatre directeurs généraux de l'Europe et à leurs adjoints quelques principes essentiels de la nature : la manière dont les plantes se nourrissent de la terre. Il raconta l'appétit silencieux des *poils absorbants*. Il brandit devant un auditoire technocratique sidéré un pied de seigle :

saviez-vous que la longueur totale de ses réseaux atteint deux cent cinquante kilomètres et leur surface utile quatre cent soixante-dix mètres carrés ? Il narra la plongée, via la pluie, de l'azote atmosphérique dans le sol, son accueil gourmand par des *bactéroïdes fixateurs* tapis dans les nodosités racinaires. Il relata l'épopée secrète de la symbiose, ce marché permanent à l'œuvre sous nos pas : les petites bêtes reçoivent de l'énergie ; en échange, la plante se gave de protides et autres uréides... Et bien d'autres aventures intimes de semblable et discrète, si discrète importance.

Après un bon moment de morgue (de quel droit ce petit jardinier français vient-il, pour des billevesées, nous voler notre week-end ?) suivi de vagues de colère (pourquoi nous avait-on caché tout ça ?), les hauts fonctionnaires internationaux couleur chrysanthème s'étaient laissé prendre. Ils suivaient les propos de l'orateur goulûment, comme autant de péripéties d'un grand roman picaresque.

Tintin battait des mains.

— Eh oui, messieurs, telle est la vie ! Avant de prétendre la changer, vous ne croyez pas qu'il faudrait un petit peu la connaître ?

Pour finir, il évoqua l'existence de la plus grande plantation mondiale d'« arbres transportables ». Ils ont vingt ou trente ans. On les a régulièrement fait pivoter pour que leurs racines ne prennent pas trop d'ampleur. Déplacés en convoi nocturne vers le lieu de leur demeure, ils font gagner beaucoup de temps aux propriétaires. En une nuit, comme dans les contes de fées, une forêt peut surgir. Il n'est pas indifférent que cette réserve de forêts portatives se trouve en Allemagne, près de Brême. Et il conclut par de la pure métaphysique : l'homme supportera-t-il la généralisation du nomadisme ?

Ces leçons du samedi matin ont-elles porté leurs fruits ? La construction de l'Europe est-elle revenue à plus de concret ?

La modestie de notre héros-conférencier est mal placée pour en juger. Il sait aussi, en bon scientifique, qu'il faut se méfier des allégories : les humains et les végétaux appartiennent à deux règnes différents, dont chacun a ses lois.

Quoi qu'il en soit, sa tâche pédagogique achevée, il revint au plus vite vers sa monomanie élisabéthaine.

XLVI

Mais ces leçons de racines exceptées ?

Pendant qu'Élisabeth, du matin tôt jusque tard le soir, poursuivait son labeur impossible (construire l'Europe tout en sauvegardant la France), par quelles activités Gabriel remplissait-il ses journées ?

Avant d'aborder son cas personnel, il évoquera une fois encore, pour sa défense, et sans bien sûr se comparer, un illustre exemple : André Malraux, l'homme à la richissime existence.

Entre 1940 et 1943, que faisait-il donc, lui, l'infatigable militant de la liberté, alors que les nazis écrasaient son pays ?

Rien. Il feuilletait des photos d'art et se contentait d'être heureux auprès de Josette Clotis, la femme qu'il aimait.

Idem Gabriel, toutes proportions gardées.

Il était une fois un bavard, trop bavard Gabriel frappé soudain de mutisme.

Et pourtant l'histoire qu'il lui faudrait maintenant raconter est la plus importante de toutes. C'est la mère des histoires. Sans cette histoire-là, toutes les autres ne sont que sécheresse et pantomimes, méthode Coué et gesticulations.

Il était une fois le bonheur...

Après ce début tonitruant, Gabriel garde la bouche ouverte. Il espère que, comme d'habitude, la langue ira chercher les mots encore informes au plus profond de la gorge, que les lèvres les sculpteront, que le souffle les poussera dehors, jusqu'à ton oreille. Mais rien. Il était une fois le bonheur... peut-être mais ne s'ensuit que le silence.

Il répète : il était une fois... le bonheur. Il était une fois...

En pure perte.

À quoi servent les milliers de péripéties et d'anecdotes, de visages et de plantes, de lieux et d'émotions accumulés jusqu'ici, si je ne parviens pas à évoquer pour toi le cœur de la vie, le seul moteur qui vaille, le bonheur ?

S'il est un héritage à transmettre à sa descendance, c'est bien celui-ci : oui, le bonheur existe ; oui, le bonheur est possible, je te le jure, je l'ai rencontré.

Bien sûr l'idéal aurait été l'exemple : rien de tel pour croire au bonheur que de voir ses ancêtres heureux. Mais s'ils ne peuvent être présents, si une loi rigoureuse les retient ailleurs, contre leur gré, tu le sais, s'il ne leur reste que les mots, pour en dessiner le portrait, et que ceux-ci, justement, se refusent ?

Très bien.

Inutile d'affronter l'insaisissable. Je vais ruser. Comme ces enfants qui sortent à grand bruit d'une chambre pour y revenir à pas de loup : ils veulent savoir à quoi elle ressemble en leur absence. Je fais semblant de m'en aller, de parler d'autre chose. Je reprends mon récit.

Tu décideras tout seul, et en silence, s'il s'agissait du bonheur.

XLVII

Le Temps présentait encore son bon visage.

Un Temps généreux, dans lequel on pouvait puiser à volonté des jours et des heures, lui qui s'était montré si chiche, toutes les années précédentes.

Un Temps joyeux, égayé rituellement par des fêtes : on n'avait aucune raison de penser qu'elles ne dureraient pas toujours.

Une fois par mois, Élisabeth recevait ses enfants ou ses parents, ou un cocktail de ces deux générations. Alors, le vendredi après-midi, j'enfermais mes affaires personnelles à la cave dans une vieille commode et courais me réfugier dans mon studio de l'autre côté de la place.

De cette vigie idéale, je voyais tout. D'autant que notre maison, avec ses six hautes fenêtres à meneaux, était la transparence même. Je ne perdais rien, tant l'œil est chez moi la première porte de la vie. Les embrassades sans fin des retrouvailles, les installations dans les chambres, les retours au salon, les confidences échangées...

Mais c'est le moment du dîner que je préférais. Son métier dévorant Élisabeth, c'est moi qui avais pour eux choisi le menu et l'avais préparé avec le soin qu'on imagine juste avant de déménager. J'en avais emporté une part dans ma vigie. Je passais à table en même temps qu'eux. D'ailleurs, à y réfléchir, n'était-ce pas la même table, une longue table qui traversait notre place des Princes ? Je ne garde de ces repas aucun souvenir de solitude. Je participais à la conversation, je trouvais toutes sortes d'anecdotes, même des rigolotes, je me nourrissais avec gourmandise des nouvelles de chacun. Après vingt-cinq années, j'étais enfin de la famille.

C'est par l'un de ces week-ends que me fut offert le deuxième plus beau cadeau de ma vie, après la rencontre du 1er janvier 1965. Depuis des années, Élisabeth avait cessé de me parler de Miguel, notre fils commun. D'ailleurs je ne lui posais plus aucune question, certain que nous avions manqué notre affaire : ce garçon charmant et travailleur avait poursuivi des études sérieuses, sanctionnées par un diplôme de l'École supérieure de commerce de Lille. Un emploi chez Unilever avait suivi. Bref, une descendance très honorable et apaisante, que bien des parents angoissés d'aujourd'hui nous auraient enviée, un rejeton sans histoires et c'était là, justement que le bât blessait. Rien de légendaire, chez ce jeune homme, pas la moindre trace. Du concret, toujours plus de concret, des objectifs, des résultats, un joli plan de carrière... Et aucun goût pour la littérature, pas la moindre disposition pour le récit. Il ne se préoccupait que de lignes droites, « aller à l'essentiel ». C'est ce qu'on leur apprend, à nos élites du management, dans les centaines d'« études de cas » qui sont toute leur formation.

Il avait fallu se rendre très vite à l'évidence : ce fruit du péché, nous lui garderions à jamais notre affection, bien sûr, mais il ne serait pas notre chroniqueur, le scribe attestant le caractère mythique de notre adultère.

Cette déception, nous la gardions au plus profond de nous. Inutile de gémir en commun. Seulement une nuit, au téléphone, d'une de ses cabines discrètes, Élisabeth s'était permis une hypothèse :

— Et si c'était la faute des Espagnols, Gabriel ? Construire une banque à la place de l'endroit où a été engendré *Don Quichotte* ! Une banque, tu imagines ? Tu sais comment les économistes appellent l'argent, Gabriel ? « L'équivalent général ». Eh bien, l'équivalent général a étouffé les gènes de Cervantès. Bravo.

J'avais été obligé d'éloigner l'écouteur tant sa colère contre les promoteurs immobiliers de Séville me vrillait l'oreille.

Mais quel était ce chérubin blond s'avançant titubant sur la place, bambinette débordant du petit short, les bras tendus vers Charles Quint?

Tout à l'ivresse de la marche, acquisition sans nul doute des plus récentes, l'enfant accélérait soudain l'allure, il vacillait, chutait, ne pleurait pas, se relevait et le charmant manège recommençait. Imprudemment (je pouvais être vu), j'avais ouvert ma fenêtre et je m'émerveillais de ce spectacle : les débuts d'un nomade. Il faisait grand vent, venu de la mer. Des nuages d'un blanc aveuglant couraient dans le ciel bleu de Gand. Les oriflammes moyenâgeuses claquaient. C'est ainsi que tu es entré dans mon existence.

Des adultes ont surgi, dans lesquels j'ai reconnu Miguel Laurence Henri Honoré Gustave, notre fils, l'homme au pedigree légendaire écrasé par les promoteurs espagnols, le cadre si compétent, et sa très jeune femme.

Élisabeth a lancé vers mon perchoir un bref coup d'œil. Et d'une voix un peu trop forte, où se cachait mal la plus vibrante des gaietés, elle s'est écriée :

— Gabriele, où étais-tu passé? Tu ne veux pas goûter avant de repartir pour Paris?

Mon cœur s'est arrêté.

Une fois ce petit monde embrassé, installé dans la Renault 25, réembrassé par les fenêtres ouvertes, une fois le conducteur Miguel saoulé de conseils de prudence à propos du brouillard belge qui surgit soudain comme un voleur, une fois les mains agitées et la famille disparue, une fois les escaliers de la vigie dégringolés quatre à quatre et la maison commune réintégrée par Gabriel,

— Alors, que dis-tu de ma surprise?...

Élisabeth savait que le guetteur n'avait pas perdu une miette des événements.

— Te voilà donc ancêtre. Tu as entendu son prénom? Bon. Un jour, ce serait bien que tu remercies
ma belle-fille, enfin notre belle-fille, l'Italienne.
Nous nous sommes arrangées entre femmes. Sans
elle et sa prétendue passion pour D'Annunzio,
jamais nous n'aurions pu faire avaler ce Gabriele.
Bon. Gabriel, tu m'écoutes? Je crois bien que nous
le tenons, l'écrivain de notre grand péché. Autant
qu'il ait quelque chose à raconter, tu ne crois pas?
Allez, viens. Notre vieillesse ne nous empêche pas
de faire la nique à la routine. Tu m'emmènes dans
ton repaire?

— C'est vrai qu'on voit tout d'ici.
Telle fut, ce dimanche soir, la dernière phrase
distincte d'Élisabeth avant la montée des gémisse-
ments radieux.

Aucun matin, durant toute cette année, je n'ai
manqué à ce rituel : accompagner au train ta
grand-mère Élisabeth. Nous aimions ce romanesque de série B, ces embrassades désespérées sur
le quai. Avantage d'habiter Gand et non Bruxelles,
l'indiscrétion des collègues n'était pas à craindre.
J'agitais le bras jusqu'à ce que l'ultime wagon disparaisse, toujours pour ce fameux romanesque qui
la faisait rire et lui donnait le courage d'affronter
ses combats quotidiens.
En sortant de la gare, je m'arrêtais toujours
devant la ligne des taxis, comme un voyageur
perdu. C'est là que se décidaient mes journées. Il me
semblait qu'Élisabeth me tenait encore la main.
Elle n'allait pas me quitter jusqu'au soir. Elle
accompagnerait chacun de mes pas. À voix pas si
basse, je lui demandais :
— Alors aujourd'hui, que veux-tu explorer?
On se retournait sur moi. Quelle importance?
Elle et moi, nous partions pour nos promenades. Je
nous sentais comme jamais en vacances. Après

tous nos efforts, nos vingt-cinq années d'inventions, de ruptures, de réconciliations, notre travail acharné pour construire et reconstruire sans cesse un semblant de bonheur, nous avions bien le droit à quelque repos. Et quel meilleur repos, pour un homme de ma corporation, que la visite d'un jardin créé par un autre ? Le confrère a tout préparé. Il ne reste plus qu'à pousser la porte et à entrer dans son rêve. Et tant de rêves étaient là, si près (on ne dira jamais assez les délices d'un petit pays), qui ne demandaient qu'à nous accueillir. Le parc du château de Belœil, par exemple, ravivé par ce cher vieux René Pechère. Comment ne pas y chercher les traces et les secrets de l'un des anciens propriétaires, l'homme le plus heureux du XVIIIᵉ siècle, Charles Joseph de Ligne ? Et l'austère palais de verdure imaginé par Jacques Wirtz pour le grand espace de Hasselt : on croyait errer dans un plan de Frank Lloyd Wright dont les lignes seraient des haies. Plus loin, dans le domaine de Cogels à Schoten, s'épanouissait la gloire des grands arbres : ils régnaient sur des pelouses aux formes molles et tout un peuple de pyramides en pavés bleus. Ou près d'Anvers, dans la propriété privée du même Jacques Wirtz, la flore était devenue faune : un long dragon de buis conduisait de la maison à la forêt...

Chaque fois, une nouvelle très lente et minutieuse histoire nous emportait.

— Cette perspective ne te donne pas une idée pour notre amour ? L'étroitesse magique de cette allée, c'est un peu notre vie, non ?

Je n'arrêtais pas de m'entretenir avec Élisabeth. Jacques Wirtz n'était pas surpris de mes apparents soliloques. Les jardiniers ont une idée à eux de la présence, beaucoup plus large que l'habituelle, plus généreuse, plus mystérieuse. Il comprenait fort bien que je poursuive chez lui une conversation avec la femme de ma vie. Laquelle répondait à sa manière, sur mon bras, une pression pour oui, deux pour non.

C'est pour cette raison que j'avais tant de mal le soir à me montrer bavard avec Elle. Pourquoi lui raconter par le menu la journée puisque nous ne nous étions pas quittés ?

Tu me diras, Gabriele : une année entière à ne visiter que des jardins, même quand c'est son métier, on ne meurt pas très vite de lassitude ?

Pauvre question ! Comme si, de semaine en semaine, le spectacle n'était pas renouvelé. J'ai compris, cette année-là, pourquoi la botanique me bouleverserait toujours plus que la peinture ou la sculpture. L'art plastique fige à jamais. C'est son propos.

Je me sens plus de fraternité avec les tableaux qui changent, les chefs-d'œuvre fragiles, ceux qu'une tempête ou, pire, quelques mois d'indifférence ruineraient à jamais.

XLVIII

On éteint ou on laisse allumé ?

Cette phrase, aucun d'eux n'osait la prononcer à haute voix, tenaillés qu'ils étaient entre deux hypothèses également insupportables. S'ils éteignaient durant l'amour, n'était-ce pas le signe que leur passion déclinait, cet appétit, jusqu'alors inépuisable, que chacun avait pour le corps de l'autre, cette curiosité de voyageur, cette gratitude éblouie ? Mais la lumière ouverte, combien de temps supporteraient-ils le spectacle des délabrements de l'âge ?

Une fois de plus, le destin leur vint en aide, sous le déguisement d'un orage légendaire, qui devait plus tard être élevé par la jurisprudence administrative au statut suprême de « force majeure » (fréquence centenaire).

Élisabeth avait gardé de son enfance une terreur de ces cataclysmes. Pour évaluer le temps qui lui restait à vivre, elle ne pouvait s'empêcher de compter à haute voix et sur ses doigts le nombre de secondes séparant l'éclair du fracas. Habitude qui, lorsque l'orage durait, l'épuisait elle-même et agaçait son entourage : Élisabeth, tu entends bien qu'il s'éloigne, tu ne pourrais pas cesser ? Élisabeth, il est cinq heures du matin, ne serait-ce pas le moment d'arrêter l'arithmétique pour dormir un peu ?

Cette nuit-là, la lueur maudite avait à peine embrasé la pièce que l'explosion secouait les murs. Comme elle se jetait dans les bras de Gabriel, une bourrasque de fraîcheur venue de la fenêtre ouverte les enveloppa et le déluge commença. Ils ne bougeaient pas, serrés l'un contre l'autre, au milieu du petit salon, de plus en plus mouillés par les embruns de la pluie qui ricochait sur le rebord de zinc. L'eau n'avait pas calmé la colère du ciel. Les grondements continuaient, ponctués des mêmes éclairs rageurs.

— J'ai peur pour Charles Quint, dit Gabriel.

— La maison est trop vieille. Nous allons être emportés, dit Élisabeth.

— Fais confiance. La ville tient depuis des siècles.

Pour qu'elle tremble moins, il lui caressait les cheveux, il lui caressait les tempes, il lui caressait la nuque, il lui caressait les bras. Et comme chaque fois que la pulpe d'un de ses doigts touchait sa peau, l'envie lui mordait le ventre, l'envie d'elle, de voyager en elle, de se blottir en elle à la source de toutes les douceurs, une envie si forte qu'il se mit à trembler quand elle ne trembla plus. Pour qu'elle le rejoigne dans son tremblement, il recommença de promener son index sur ses seins, les pays les plus tendres du haut de ses jambes.

— Oui, dit-elle.

L'orage avait fini par se lasser. Il tonnait désormais plus loin vers le sud, sur Courtrai ou Ypres. Seule l'averse continuait, humble et obstinée comme une tristesse.

Du pied, comme d'habitude, Gabriel pressa le bouton du lampadaire de cuivre. Rien. Nouvelle tentative, nouvel échec, toujours la nuit.

— Nous ne sommes pas les seuls touchés (elle regardait la rue deux étages plus bas par-dessus son épaule). Je crois bien que la ville entière est privée d'électricité.

Il la porta jusqu'au lit.

Jamais ils ne s'étaient aimés ainsi, à tâtons. Gabriel voulait voir, toujours voir. Voir chacune des régions d'Élisabeth, voir ses rougeurs, voir ses refus, voir encore une fois l'aine, voir l'aisselle, voir les paupières qui battent, voir la sorte de douleur qui lui cambrait les reins... Avant de comprendre que c'était sa nature et le sel de sa vie, et le cœur de son amour, elle lui avait souvent reproché son « air d'inspecteur ». Voir les pupilles qui s'en vont, voir les lèvres qui s'ouvrent.

Voir le « oui » prendre possession violente de la femme qu'il aimait...

Ce soir-là de tempête et de panne électrique, Gabriel faillit d'abord hurler : ses yeux, bien sûr grands ouverts, se blessaient contre le noir, comme si on lui claquait et reclaquait une porte contre la cornée. Peu à peu, à mesure qu'erraient ses mains sur le corps d'Élisabeth et celles d'Élisabeth sur le sien, la porte s'ouvrit, le noir céda, vaincu par la mémoire.

Éteindre ou allumer ? Le jour ou la nuit ? Les yeux ouverts ou bien fermés ?... Cette catégorie de questions leur parut indigne d'intérêt, juste bonne à servir d'alibi aux déjà morts pour justifier leur indifférence...

Dans le regard que chacun portait sur l'autre, le passé se mêlait au présent. Sans doute que l'orage de la « force majeure » avait chahuté le temps. Toujours est-il qu'à compter de cette date ils s'aimèrent sous toutes les lumières possibles, y compris celle du noir. Les années ni leurs ravages, quels ravages ? ne pouvaient plus rien contre eux.

Comme tous les hommes, à la Noël ou pour ses anniversaires, Gabriel recevait son lot détesté de cravates, écharpes, chaussettes... ces soi-disant cadeaux qui puent à plein nez l'oubli, « mon Dieu, et moi qui allais arriver sans rien », la hâte, « avec tout ce qu'il me reste à faire avant ce soir », la mauvaise foi paresseuse « que lui offrir ? il a déjà tout », la voiture mal garée « vite, toutes les couleurs lui vont », bref ces paquets allongés et mous dont le message est clair : je me fous de vous.

Et puis, certaines fois, arrivaient la rareté, l'imagination bienveillante, l'attention qui a deviné et touche au plus profond. À cette catégorie de trésors appartenait une citation de Shakespeare, envoyée un 1er janvier par une amie et cliente. Ils s'étaient connus à cause d'un rêve un peu triste : elle souhaitait retrouver, dans son minuscule enclos parisien, les parfums de sa jeunesse alexandrine. Ensemble, ils n'avaient pas seulement parlé de jasmins et de myrtes mais aussi de l'âge d'une femme, comme il avance, comme il griffe, comme il assèche ou glorifie.

Et voici que cette Alexandrine lui faisait présent de sa dernière découverte, *Antoine et Cléopâtre*, acte II, scène 2, accompagnée de cette simple phrase : « Portrait d'Élisabeth. Je me trompe ? »

> « Age cannot wither her, nor custom stale
> her infinite variety; other women cloy
> the appetites they feed, but she makes hungry
> where most she satisfies; for vilest things

become themselves in her, that the holy priests
bless her when she is riggish[1]. »

Ces six vers, aussitôt lus, n'avaient plus quitté la
mémoire de Gabriel. Et, tout à sa folie d'amoureux,
il saluait comme des complices les aiguilles des
horloges : merci de tourner, vous accroissez la
diversité de ma dame.

XLIX

Un samedi, Gabriel partit de grand matin.
De la nuit, il n'avait pas trouvé ni d'ailleurs cherché le sommeil, occupé à de concupiscentes
contemplations accompagnées de bouffées de
fatuité, des fiertés de propriétaire. Tout avait
commencé lorsque Élisabeth, saisie dans son sommeil par une brutale chaleur, s'était débarrassée en
un mouvement de rage (contre qui ?) de sa chemise
virginale, blanche à petites fleurs bleues. Gabriel
avait quitté son livre, une fois de plus Alvaro Mutis,
une fois de plus *La Neige de l'Amiral*. Et tandis que
ses yeux erraient entre les cuisses, endroit des douceurs les plus vertigineuses, inspectaient l'état du
bosquet noir (Élisabeth, entre autres qualités, dormait souvent sur le dos), se bouleversaient, comme
toujours, de la blancheur du sous-bois (un jour il
faudrait oser lui demander de se raser, pour voir
encore mieux — et toucher), sautaient par-dessus le

---

1. « L'âge ne peut la faner, ni accoutumance affadir
sa diversité sans fin ; les autres femmes blasent
les appétits par elle rassasiés ; mais elle rend avide
qui elle satisfait le plus ; car les plus viles choses
s'avèrent telles en elles que les prêtres sacrés
donnent bénédiction à ses frasques. »
(Traduction de Henri Thomas.)

nombril (la veille, il l'avait empli, et cette audace adolescente, fruit d'enchaînements incontrôlables, le troublait encore), montaient par cercles à l'assaut du sein droit, tournaient avec délices autour de la framboise brune dont le grumeleux l'enchantait, bref, tandis qu'il se promenait oculairement sur la femme de sa vie, ses lèvres répétaient un drôle de refrain :

— Tout ceci est à moi. Pour cinquante-cinq jours encore, tout ceci est à moi.

La génétique, on l'a constaté, a doté Gabriel de capacités arithmétiques infaillibles pour tout ce qui concerne l'amour. La mission d'Élisabeth durait un an, et trois cent dix jours s'étaient écoulés, restaient bien cinquante-cinq.

Non content de cette affirmation possessive, il se leva et, dans une sorte d'exaltation, visita une à une toutes les pièces de l'ex-palais de Charles Quint, même la soupente où l'on gardait le vin car la chaudière embrasait trop la cave, la salle de bains où gisaient chaque soir en boule, à gauche, contre la baignoire, les dessous portés durant le jour, la verrière magique pour écrire sous les crottes de pigeon et les traces sanglantes des combats de chats...

Chaque fois, il répétait dans la nuit :

— Cette maison est encore la nôtre pour cinquante-cinq jours. Personne ne pourra jamais nier qu'elle a été la nôtre une pleine année durant.

Lorsque, à l'aube, Élisabeth lui demanda, dans un grognement, pourquoi il s'agitait tant, il répondit tout naturellement :

— Je vais faire le tour de notre concession.

Au XVIe siècle, Charles IX et Catherine de Médicis avaient ressenti le même besoin. Estimant ne pas connaître leur royaume, ils y avaient voyagé, vingt-sept mois durant et toute la cour avec eux.

Gabriel gara sa Golf rouge sur la plage de La Panne où une dizaine de chars à voile, désemparés, attendaient le vent. Il sortit du coffre son Eddy Merckx douze vitesses, roulements Campagnolo. Un royaume ne se visite pas de l'intérieur d'une caisse, les vitres en fussent-elles ouvertes. Il faut pouvoir humer, flâner, emprunter des chemins cachés, presque impraticables... Le plus noble moyen d'exploration serait certes le cheval. Mais pour un roturier, le vélo peut faire l'affaire. Et il entreprit de rouler plein est.

Où s'arrêtait la Belgique, terre de la concession, et où commençait la France, zone interdite, domaine du mariage honni ? Gabriel avait été nourri de cartes géographiques où les pays sont clairement séparés par des couleurs différentes ou des chaînes de croix noires. La réalité se révélait beaucoup plus indécise. Des champs, rien que des champs, à perte de vue, 360° de champs en tous points semblables. Où pouvait bien passer la frontière dans cette absolue platitude ? Et comment pouvait-on vivre dans tant d'incertitude ? Les quelques blockhaus parsemés çà et là ne renseignaient pas : leurs meurtrières s'ouvraient dans toutes les directions.

Il s'arrêta. Sortit de sa besace quelque documentation.

Les guides bleus et verts ne lui apprirent rien sinon d'étranges pratiques militaires. En ces régions, lorsque l'ennemi arrive, on ouvre des vannes et la plaine s'inonde. La paix revenue et la mer retirée, reste le sel qui gorge le sol des générations durant. Gabriel se pencha, ramassa de la terre, y passa la langue. Le goût était fade. Le souvenir de la guerre avait disparu.

Il se tenait là, debout, appuyé sur sa monture et perdu. Les arpenteurs doivent connaître ce genre de cauchemar : l'univers soudain se fait trop lisse. Plus aucun repère pour garde-fou. L'angoisse monte, un terrible vertige horizontal... Des silhouettes passaient au loin. Le sens du ridicule le retenait de courir vers elles pour leur demander : pardon, vous pourriez m'indiquer où débute ma patrie ?

Il reprit pied grâce aux voitures abandonnées dans le paysage. Elles lui servirent de bouées. Les plaques minéralogiques, voilà désormais toute la différence entre les nations. Et pédalant tant bien que mal dans cet incertain chenal entre chiffres rouges à bâbord, indicateurs de la Belgique et chiffres blancs, à tribord, blasons de la France, il gagna le petit village de Godewaersvelde. Une heure sonnait à l'un des beffrois voisins.

Des suées glacées aux tempes et une crispation à la nuque annoncèrent l'arrivée d'une indésirable passagère, la sorcière aux dents vertes, en d'autres termes non vélocipédiques, la fringale.

La monture douze vitesses fut soigneusement ligaturée à un réverbère et Gabriel poussa la porte d'un estaminet aux volets rouge et blanc et au nom mystérieux, Het Blauwershof.

Poussant la porte, il pénétra, à sa surprise, dans un véritable quartier général. Tout, sur les murs, était à la gloire de la Flandre. Drapeaux, verres et tabatières frappés du lion noir à griffes et langue écarlates, cartes géantes des « pays bas flamands », l'ancien comté qui allait d'Anvers à la rivière Aa, manifestes de soutien aux langues régionales, gravures de contrebandiers coursés par les gendarmes français... jusqu'à la photo d'un chef indien lakota, reçu récemment en grande pompe, au titre de la fraternité naturelle entre nations opprimées...

Ce cadre militant n'assombrissait pas l'assistance. On buvait, on fumait, on chantait, on lançait des palets dans la gueule de grenouilles en bois, on s'adonnait à toutes sortes d'autres jeux, proches ou lointains cousins du billard. On se pressait autour d'une table haute pour suivre le parcours d'une toupie entre des quilles : quand elle manquait sa cible, on levait sa chope à l'infortune.

Ce climat joyeusement régionaliste accrut encore l'appétit de notre cycliste. Sans songer au parcours de l'après-midi, il commanda une carbonade et, dès la première gorgée de sa bière blanche, il s'abandonna à la chaleur ambiante.

Son voisin se présenta, un sexagénaire rieur derrière ses lunettes.

— Albert Capoen. Vous n'êtes pas d'ici, n'est-ce pas ? Alors bienvenue au royaume de la fraude.

Gabriel salua, comme saluent les timides, un sourire crispé, un « enchanté » qu'on murmure.

— *Blauwershof*, vous avez compris ? « Passer au bleu ». Vous ne pouviez pas mieux tomber. Ici, c'est le rendez-vous des passeurs.

Et cet Albert commença de raconter son existence de trafics entre les deux pays, les courses dans la nuit, le dos cassé par vingt kilos de marchandise, les chiens dressés à transporter du tabac, l'alcool pur caché sous le plancher des charrettes, les fusils de chasse ligotés aux cadres des vélos... En conclusion de chaque haut fait, il soupirait.

— Les douaniers s'amusaient autant que nous, demandez-leur si vous ne me croyez pas. Maintenant, ils s'ennuient pareil. Ah, la mort des frontières n'a pas fait que des heureux !

Un esprit pointilleux aurait pu relever certaines contradictions entre le désir d'unification de la Flandre et cette nostalgie des limites anciennes. Mais la carbonade avait quelque peu émoussé les capacités logiques de notre héros. Avec enthousiasme, il abonda dans le sens d'Albert :

— Pour des raisons qu'il serait trop long de vous expliquer, moi aussi je suis un farouche défenseur de la frontière franco-belge !

Et ils trinquèrent.

Dans le fond de la salle, on discutait ferme. Six hommes massifs. La langue rauque qu'ils employaient ajoutait à leur allure sauvage.

— Le guetteur est revenu ?

Le petit roux, celui qui jusqu'alors avait suivi les débats sans rien dire, s'était exprimé en français. Le patron lui répondit de même :

— Comme tous les samedis.

— On peut dire qu'il aime la Flandre, celui-là !

— Un jour, il faudra l'inviter. Un passionné comme lui ferait une bonne recrue.

Ils reprirent en flamand.

L'évocation du guetteur semblait avoir encore accru la détermination des indépendantistes. Leur colère montait, sans doute contre la France. Mieux valait les laisser entre eux.

Gabriel enclencha le vingt-deux dents (il n'avait aucune forfanterie en matière de braquets), prit la position bien connue de danseuse et, à son rythme, pesant un pied et puis l'autre sur les pédales, il commença l'ascension du mont des Cats (cent trente-deux mètres au-dessus du niveau de la mer du Nord).

Le monde entier le dépassait. Les habituels forcenés de la manivelle qui vous avalent sans un regard, jambes rasées, maillots éclatants d'Arlequin publicitaire et forte odeur d'embrocation. Les deux ou trois quadragénaires, dentistes ou cadres moyens en guerre totale contre les excès des réunions Rotary et leur conséquence, l'embonpoint. Mais aussi, comble du déshonneur, une famille entière. Cinq survêtements bleus moulinant gaiement leurs VTT. Le temps qu'ils le lâchent, lentement mais sûrement, Gabriel fut gratifié d'une passionnante conversation sur le lieu des prochaines vacances. Binic ? Mais les toilettes du camping débordent. Cagnes-sur-Mer ? Mais les Italiens sont dangereux pour les filles...

Il maudit son déjeuner et, de manière plus générale, sa condition physique. Décidément, en dépit de la permanente agitation mentale et des incessants voyages qu'elles entraînent, sans compter l'utilisation pluriquotidienne des cabines téléphoniques, les amours difficiles ne pouvaient être considérées comme un sport véritable. En tout cas, elles n'amélioraient ni le souffle, ni la puissance des mollets. Pour que complète soit la torture, Gabriel tomba dans le piège pourtant bien connu des amateurs de petite reine : tenter de prendre la roue d'un vieillard. On se dit que l'âge a forcément émoussé leur combativité. Et chaque fois, on manque de trépasser. Ces monstres ont concentré les forces qui leur restent vers cette ultime et délicieuse jouissance : entraîner vers la mort un plus jeune.

Quand il parvint au sommet, Gabriel n'était plus que douleur : poumons en flammes, cuisses tétanisées, yeux qui pleurent, lombaires déchirées, vacarme de tambour dans les oreilles et le cœur, surtout le cœur, il vivait ses derniers instants, il étouffait dans la cage thoracique, il cognait à coups redoublés contre les côtes, bientôt, tout de suite, il se déchirerait, Élisabeth je t'aime.

Douleur et hideur. Peu d'êtres humains, depuis l'origine de l'espèce, avaient jamais dû atteindre cette extrémité du repoussant : les joues écarlates, les cheveux plaqués sur un crâne où saillissent les veines, sans oublier la sueur, la morve, je ne parle pas de l'odeur...

Pour ne pas tomber, il s'appuya à une balustrade en bois qui se trouvait là, rustique et secourable.

Alors, à tous les désagréments déjà vécus, physiques et esthétiques, vint s'ajouter un pressentiment sinistre. Une main de glace agrippa le plexus de Gabriel. Millimètre par millimètre, il tourna la tête.

Le pressentiment n'avait pas menti.

À un mètre, peut-être moins, juste de l'autre côté de la barrière. Il était là, le guetteur de Flandre, alias l'Éternel Mari, client le plus régulier de l'hôtellerie du Mont, immobile devant son demi.

Jamais, depuis l'épisode grotesque de Sissinghurst, dix ans plus tôt, Gabriel ne l'avait revu. Et, avec une habileté de pickpocket londonien, Élisabeth avait toujours réussi à faire disparaître de son portefeuille ou de son bureau les photos de sa famille.

Lui. Aucun doute possible, c'était lui. Au fil du temps et des confidences d'Élisabeth, plaintes (rares), tristesse (fréquente), récits (très censurés) de vacances ou de week-end, ses traits s'étaient gravés pour toujours dans l'esprit, la mémoire, la colère et la résignation de Gabriel.

Lequel supplia Dieu : s'il vous plaît, ô s'il vous plaît, faites qu'il ne s'occupe pas de moi. Le forcer à reconnaître qu'il a pour rival une loque repoussante n'est charitable ni pour lui, ni pour sa femme.

Dieu n'écouta pas cette requête pourtant fondée.

Il laissa le mari se retourner vers la loque. Il laissa le mari examiner la loque. Il autorisa même le mari à sourire à la loque et à lui parler.

— On a beau dire, le cheval avait du bon !

Mais, dans Son infinie clémence, et jugeant sans doute que l'amant cycliste avait été assez puni (pour aujourd'hui) de ses méfaits adultères, Dieu obscurcit juste à temps la mémoire du mari pour que n'ait pas lieu l'horrible reconnaissance, si humiliante pour tout le monde.

Et le mari, regardant de nouveau droit devant lui, abandonna la loque à son destin.

Gabriel remercia le Très-Haut et, trouvant dans le soulagement qu'il éprouvait de nouvelles ressources, réussit à appuyer sur les pédales et ainsi s'éloigna du péril principal.

Le soir tombait. Une brume légère recouvrait la plaine d'un voile gris semblable à la mer. Seul surnageait au loin la pointe du beffroi d'Ypres, la ville martyre. Peut-être qu'une nouvelle guerre s'était entre-temps déclarée sans qu'on en soit averti et qu'une fois encore les stratèges avaient ouvert les vannes pour noyer l'envahisseur ?

Tant bien que mal, Gabriel avait repris forme humaine et s'était assis sur un banc, de l'autre côté de la route, dos à l'abbaye Sainte-Marie, cadeau de La Ligue du Souvenir et de la Prière aux combattants canadiens de 14-18. « Gloire à nos Dieux, Paix à nos héros ». Pourquoi, à cet instant, une pensée incongrue, touchant la source du flamenco, vint-elle le visiter ? La tristesse poignante de l'endroit ? Le flamenco vient de Flandre : quand les soldats espagnols l'occupaient, ils chantaient la nuit pour apaiser leur nostalgie.

Sur sa terrasse, le mari ne bougeait toujours pas, la tête comme aimantée par le nord. À cette distance, on ne pouvait voir d'expression sur son visage. Mais à la raideur de son buste, de temps en temps animé, pendant quelques secondes, d'un infime balancement d'avant en arrière, pareil à celui d'hommes en prière dans certaines religions, on devinait qu'il s'adressait à quelqu'un, quelqu'un d'infiniment beau, infiniment intimidant, infiniment inatteignable.

Élisabeth.

Élisabeth en sa concession et donc interdite pour lui encore cinquante-cinq jours.

Il venait là le samedi, sur le mont, lui rendre visite. Vérifier peut-être aussi qu'elle ne manquait de rien.

Une nuit, bien plus tard, à Paris, c'était avant mon départ pour la Chine, comme je passais une fois de plus rue V., habitude néfaste mais qui m'était devenue au fil des années nécessaire — impossible, après un dîner ou un concert, de trouver le sommeil sans cette courte station devant le fameux domicile —, une fenêtre s'ouvrit. C'était lui. On aurait dit, tant la coïncidence était parfaite, qu'il m'attendait. Sa tête tourna à droite vers le

Panthéon, à gauche vers le Luxembourg, comme s'il n'osait pas tout de suite baisser les yeux sur moi. Enfin, je vis son visage. Et j'entendis sa voix. Aujourd'hui encore je m'en rappelle exactement la tristesse. Il y avait en elle comme de la blancheur, les mots usés par on ne sait quel ressac. Et une douceur désespérée.

— Inutile de vous attarder. Elle n'est pas là.

Je pensai aux résidences royales. Ici aussi il faudrait hisser un pavillon pour indiquer au bon peuple que la reine est présente. Nous nous regardâmes. Un instant, je crus qu'il allait m'offrir de monter. J'ai même, si longtemps après, la certitude que ses lèvres commencèrent de former le premier mot de cette invitation. Nous n'étions plus jeunes, ni l'un ni l'autre, loin de là, lui bien soixante, moi cinq de plus. Deux rivaux aux cheveux partis ou blancs. Et puis des phares se sont profilés, au bout de la rue, deux appels énervés, que fait donc cette silhouette à cette heure, au milieu de la chaussée ?

Il a hésité encore un instant. Et la fenêtre s'est refermée.

L

Il y eut encore des moments heureux.

Lorsque le soir, à son retour de Bruxelles, il fallait consoler Élisabeth des imbécillités de l'administration française. Un directeur l'appelait chaque vendredi de Paris : « Alors, cette semaine, avez-vous réussi à améliorer nos positions ? » On aurait pu croire que cette « amélioration » tellement souhaitée concernait nos parts de marché vis-à-vis de l'Allemagne, du Japon, des États-Unis d'Amérique, nos si redoutables adversaires dans la fameuse mondialisation. Hélas... L'ambition du très haut fonctionnaire était plus rapprochée : écraser une direction concurrente de la sienne un étage plus bas, au sein du même ministère.

— Je peux compter sur vous, Élisabeth ? Dès lundi, vous mettez tout en œuvre pour *améliorer nos positions* ?

Le directeur ne raccrochait pas. Elle l'entendait respirer. Comme dans ces appels pervers et désespérés du milieu de la nuit. C'est elle qui reposait, lentement, l'appareil. Sur une grande carte des guerres internes à l'État français, il devait piquer puis déplacer des épingles, au fil des dossiers gagnés ou perdus...

— Tu te rends compte, Gabriel ? Les maniaques qui nous dirigent...

Il lui caressait les cheveux, il lui massait la tête. Peu à peu il sentait s'en aller d'elle ces préoccupations ridicules, ces affaires de « positions ». Elle revenait à la civilisation, elle retrouvait sa bonne humeur.

— Mais dis-moi, d'où vient ce fumet ?

— D'un turbot aux witloofs, ma chérie.

Gabriel continuait de profiter de cette année sabbatique pour s'adonner à son autre passion, alliée de l'art des jardins, la cuisine.

Lorsque Maître W. nous entretenait de littérature, de truffes blanches et d'amour. C'étaient ses trois sujets favoris, qu'il enchaînait ou mêlait avec une habileté de tisserand virtuose. Nous l'avions connu un soir au Club des Amis de la langue française, minuscule camp retranché cerné par la Flandre militante. Il y prononçait une conférence sur un sujet des plus stimulants : Pierre Corneille, vieillissant, étouffé de loisirs et oublié de presque tous, n'avait-il pas écrit certaines pièces d'un Molière débordé et incapable de fournir aux commandes qui lui arrivaient de partout ?

Les applaudissements éteints, nous nous étions approchés de l'orateur : un être si préoccupé par l'anonymat et par la vérité ne pouvait que nous être fraternel.

Je dois l'avouer, la beauté d'Élisabeth l'avait plus intéressé que mes questions sur notre XVIIe siècle.

— Quel dommage! La saison est passée..., s'était-il exclamé.

— La saison?...

Bouche entrouverte, yeux brillants, Élisabeth avait la curiosité très attirante.

— Mais la saison des truffes blanches. Je serre encore quelques mains et je vous emmène...

Spécialiste du droit familial, il savait tout des intimités belges. Sans jamais citer aucun nom ni le moindre indice susceptible d'identifier telle ou telle divorcée, tel ou tel enfant légitimé sur le tard, il racontait d'invraisemblables et véridiques histoires, de très savoureux feuilletons.

Il nous avait pris sous sa protection, malgré nos âges tout à fait comparables.

— Vous me promettez de demeurer ensemble jusqu'à la saison des truffes blanches?

Comme Élisabeth se taisait, mieux valait pour moi ravaler ma promesse.

C'est elle qui avait eu l'idée de le choisir pour archiviste.

— Un tel expert des amours difficiles... Une telle discrétion sans faille. Tu ne crois pas qu'on ne trouvera jamais mieux?

Un soir nous nous étions présentés à son cabinet portant chacun notre valise aux merveilles, toutes nos lettres, nos billets de train, comme je l'ai dit. Nous lui avions remis nos trésors avec solennité.

— S'il nous arrivait malheur...

Il avait débouché un Cheval-Blanc 45, pour cacher son émotion.

Lorsque Françoise D., l'historienne de la ville,

m'entraînait sur le quai aux Herbes et là, une fois de plus, me racontait le port :

— Essaie d'oublier ces péniches à touristes, Gabriel, et figure-toi les barges de grains et de laine. Le XIIIe siècle n'est pas si loin de nous. Gand était, après Paris, la capitale du monde.

Lorsque je me documentais sur la « concession ». La richesse de cette notion me donnait le vertige.

Qu'on en juge par une seule page du *Trésor de la langue française*. Ces auteurs de dictionnaires sont les plus efficaces des agents de voyages. En décortiquant chaque acception d'un mot, enguirlandée d'aussi fabuleux exemples, ils ouvrent des portes sur des mondes.

CONCESSION, subst. fém.

— Vieilli. *Attribution d'un bien ou d'un droit, à titre de grâce ou de faveur, par un supérieur à son inférieur.*

— En partic. DR. « *Acte (...) par lequel l'Administration confère à des particuliers, moyennant l'assujettissement à certaines charges et obligations, des droits ou avantages spéciaux sur le domaine ou à l'encontre du public* » (CAP. 1936).

1. DR. PUBL.

a) Attribution par l'État de terrains ou de ressources naturelles à titre gratuit ou onéreux, afin de les mettre en valeur.

— P. anal., DR. INTERNAT. PUBL. *Quartier d'une ville où résident des étrangers, ayant une administration et une juridiction autonomes.* Appliqué en Chine.

b) Attribution temporaire ou perpétuelle d'un

emplacement dans un cimetière. Concession funéraire.

2. DR. ADMIN.

Accord passé, pour une durée généralement limitée, entre une collectivité publique et une société privée ou un particulier chargé d'exécuter un travail, d'assurer un service en se rémunérant par des perceptions prélevées sur les usagers.

— Au fig. *Fait de renoncer, de façon plus ou moins volontaire et désintéressée, à une opinion, à une conviction, à un droit ou à une prétention. Faire des concessions à qqn; obtenir des concessions de qqn; des concessions mutuelles, réciproques.* Avec des concessions, je fais tout ce que je veux de ma bourgeoise (**RENARD**, *Journal,* 1893).

I. En partic.

a) GRAMM. *Relation de restriction ou d'opposition exprimée par un complément circonstanciel indiquant à un phénomène qui en entraîne normalement un autre qu'il n'a pas eu cet effet ou a eu un effet contraire.* Complément de concession; proposition de concession. Synon. proposition concessive.

b) RHÉT. *(Dans une discussion.) Figure consistant à accepter, sans perdre l'avantage, un argument ou une objection que l'on pourrait réfuter.*

Et je me disais que moi aussi, dans mon métier, j'accordais des concessions : qu'est-ce qu'un jardin sinon « l'attribution d'un terrain afin de le mettre en valeur » ?

Gand, notre concession, l'avions-nous assez mise en valeur ?

C'était devenu l'expression de code, pour « faire l'amour ». Tiens, si nous mettions en valeur la concession ? Après le dîner, si tu as le courage de faire un feu dans le salon, je mettrais bien en valeur notre concession...

La ville de Gand devrait nous remercier d'une médaille : nous n'arrêtions pas de la mettre en valeur, surtout vers la fin, quand nous sentions le temps rétrécir, il nous restait de moins en moins de jours.

Et bien d'autres bonheurs encore.

Mais le temps montrait désormais ses engrenages, sa véritable nature de machine inexorable qui entraîne les humains vers leur fin.

Élisabeth ne m'avait pas pris en traître. Elle avait multiplié les avertissements : trois cent soixante-cinq, pas une journée de plus.

Et je comprenais de mieux en mieux pourquoi elle avait choisi Gand pour notre demeure. Sous des dehors de tranquillité, tout enseignait ici l'éphémère : le courant de trois rivières, le souvenir du port, jusqu'à ces carillons du beffroi qui rappelaient la fuite des heures...

Bien sûr, je n'entendais pas ces leçons...

Mais qu'y a-t-il de plus indifférent aux menaces qu'un homme heureux ?

LI

Comment meurt une année concessionnaire ? Tu voudrais le savoir, n'est-ce pas, connaître les détails, une à une les étapes qui conduisent à la fin ? C'est normal et ton droit. Laisse-moi une seconde, le temps de ressusciter mon courage, bien mort ce matin. Les raconteurs d'histoires dignes de ce nom obéissent à la plus stricte des morales : tout dire, même l'insupportable. Encore un instant. Je suis assis, j'ai fermé mes paupières. Autrement le passé s'intimide, il ne vient pas, il reste terré dans sa tanière et les deux jours que je dois évoquer demeurent cachés tout au fond de la mémoire. Je vais d'abord déblayer le bric-à-brac accumulé pour ne plus jamais, jamais les revoir, encore un effort, les voilà, deux jours d'il y a vingt ans, aussi pimpants et cruels que s'ils venaient de naître. Nous avons de la glace au milieu de la tête, de très épaisses banquises, pour conserver aussi bien de tels souvenirs d'horreur.

Il était une fois Gabriel assis sur un tabouret blanc au milieu d'une maison qui se vide.

— Tu ne devrais pas rester là...

La phrase d'Élisabeth était le bon sens même. Tu ne devrais pas rester là, ça va te faire trop mal. À voix basse il répétait je ne devrais pas... trop mal... Une fois de plus elle a raison. Et il restait là, immobile, à suivre des yeux l'agitation mortifère de la femme de sa vie.

Qui empaquetait. En bonne organisatrice, championne du monde, entre autres disciplines, des détails matériels, elle avait tout préparé et acheté les outils et récipients nécessaires aux changements d'existence : caisses en carton de toutes tailles, sacs-poubelles noirs et bleus, étiquettes, marqueurs indélébiles, rouleaux de papier collant marron brillant et leur poignée coupante, etc. Et avec ardeur, tee-shirt du tennis club de Biarritz pour le haut du corps, jean pour le bas, et pince en écaille pour retenir les cheveux, elle empaquetait. Elle empaquetait et la maison se vidait. Vidait n'est pas le terme exact, se disait Gabriel, en détachant bien les syllabes, avec la solennité pointilleuse et pâteuse d'un homme qui aurait bu, non vider n'est pas le mot puisque, l'*Encyclopædia universalis*, *La Méditerranée au temps de Philippe II*, la lampe Art nouveau verte, le petit coffre à couture japonais sont toujours là, aucun n'a pour l'instant quitté la demeure. Ils deviennent seulement invisibles, l'un après l'autre. Voilà, tout se passera en deux vagues, d'abord l'invisibilité des choses qui nous ont accompagnés trois cent soixante-cinq jours durant et puis leur disparition.

Vers une heure, elle s'arrêta. Ouf, dit-elle, j'en ai fini avec les étages.

Gabriel, celui qui n'aurait pas dû rester là, ferma les yeux et grimaça. « Les étages », c'étaient leurs nuits communes. C'était la salle de tous les bains ensemble. Soudain il pensa aux savons. C'est toujours un peu humide, un savon, comment l'envelopper dans un papier sans qu'il le perce, à force ? Ne nous inquiétons pas, elle a sûrement fait pour le mieux et les étages sont nettoyés de nous, bonne nouvelle. Et le *Lord Jim,* sur la table de chevet blanche ? Lord Jim n'est pas du genre à se laisser empaqueter. À l'heure qu'il est, il doit voguer quelque part entre Colombo et le détroit de Malacca. Cher Lord Jim !

Elle redit ouf, et si nous allions déjeuner ?

Gabriel aurait bien voulu répondre. Il convoqua même dans sa langue toute l'énergie dont il était capable. Mais aucun mouvement ne s'ensuivit et, par suite, aucun son. Comme si sa parole avait été empaquetée, elle aussi. La parole devait appartenir aux fameux étages. Élisabeth prit le muet dans ses bras, elle le berça. C'est facile de bercer quelqu'un assis sur un tabouret, les oscillations du corps ne sont pas entravées par des accoudoirs. Puis le laissa seul. Qui pourrait reprocher sa faim à une femme aussi active ?

Elle revint au bout d'un quart d'heure. Gabriel devina que certaines miettes de sandwiches devaient lui rester entre les dents, présence qui ne pouvait qu'agacer une femme comme elle, peu patiente avec l'infiniment petit. Comment expliquer autrement la rage qu'elle mit à reprendre son labeur d'emballage ?

Gabriel ne quittait pas des yeux ce corps de femme en plein effort, ces muscles qui lui saillaient des avant-bras (ces merveilles de longueur, il ne les aurait jamais crus habités par autre chose que la grâce), cette sueur qui collait ses cheveux (une envie d'été le prit, immédiate et douloureuse, lui faire l'amour au milieu d'un été torride, mais comment convaincre l'été de revenir dans une maison qui se vide ?), ces seins qui avaient disparu, eux aussi empaquetés, avalés par l'un de ces foutus soutiens-gorge de sportives qui, emprisonnant la poitrine, rendent vains les regards des amateurs...

Détail par détail, il faisait provision d'Élisabeth, pour les mois et les années sombres qui s'annonçaient, il engrangeait de la présence, de l'intimité pour l'hiver.

Les gestes de la femme qu'il aimait s'amenuisaient. Vastes et amples dans la matinée, les bras grands ouverts, ils s'étaient réduits peu à peu, pour devenir minutieux et minuscules. Seuls se démenaient ses doigts, ses longs doigts qu'il aimait tant voir pianoter sur lui.

Elle était passée des caisses aux cartons et maintenant, comme le soir tombait, elle s'occupait des objets un à un. Sourcils froncés, langue pointant entre les lèvres, elle emmaillotait les uns après les autres tous les articles de la cuisine, les couverts d'argent, la pelle à tarte, le manche à gigot, deux pinces à sucre, chefs-d'œuvre de ciselure, et des outils bien plus modestes mais sans lesquels elle ne pouvait vivre, comme les couteaux courbes, alliés indispensables pour traquer au réveil la pulpe chérie des pamplemousses, un vieux reste de fil de fer, des ciseaux ébréchés, et même une boîte d'allumettes (grand format). Le moindre sujet de son royaume domestique était digne du même soin passionné.

Toute sa vie Gabriel se souviendrait du papier de soie, un bruit très doux, une très légère, interminable déchirure.

À cet amenuisement progressif des mouvements et des paquets, il trouva deux raisons. L'une politique et sociale : la reine Élisabeth, soucieuse des classes inférieures de la société, avait songé aux déménageurs. Prévoyant leur fatigue croissante, elle avait imaginé de leur donner à porter des colis décroissants au fur et à mesure de la journée de labeur. L'autre explication était d'ordre strictement privé : Élisabeth aussi était triste à mourir et n'avait trouvé que ce moyen (l'amenuisement) pour repousser à plus tard, au plus tard possible, le moment où tout serait prêt pour le changement d'existence. Cette seconde explication, quand elle avança timidement, les yeux baissés, dans le cerveau de Gabriel, faillit l'arracher à son tabouret blanc. Une fois de plus il dut lutter pour ne pas courir vers l'empaqueteuse, la prendre dans ses bras et l'enlever au loin, là où les maisons ne se vident jamais.

Gabriel se souvint à temps de la loi (Article 1er : « Au commencement est la famille. » Article 1er bis : « À la fin est la famille. » Article 2 : « Entre ces deux extrémités, des concessions, contrôlées par le juge de l'excès de pouvoir, pourront être tolérées. » Son effusion, au demeurant fort touchante, voire bouleversante, aurait abouti au pire des fiascos. Une Élisabeth, les larmes lui mangeant les yeux mais l'âme inflexible, répétant sans fin des tautologies inattaquables : une concession est une concession, une échéance est une échéance, un déménagement est un déménagement. Etc.

Voilà pourquoi, d'autant plus respectueux de la règle de droit qu'il n'avait pas le choix, il demeura sagement sur son tabouret blanc.

Vers trois heures du matin, le monde entier était ficelé ou scotché. Élisabeth s'allongea sur la moquette et s'endormit à l'instant. Les réverbères de la rue donnaient au salon une teinte jaunâtre.

On aurait dit qu'une fête d'enfants allait se dérouler bientôt avec tous ces paquets amassés, une pêche à la ligne, sauf qu'il manquait les cannes, les crochets qui servent d'hameçons. Et si c'était un matin de Noël, le jour de tous les cadeaux ? On avait seulement oublié le sapin. La porte de derrière était restée ouverte. On entendait le jardin, le frottement des feuilles les unes sur les autres. Des chats se battaient dans une cour voisine, mais sans y croire, pour tuer le temps.

Gabriel se tenait droit. Droit comme un I sur son siège. Il se sentait bien, calme. Le calme de l'autorité et de la responsabilité. Il veillait sur tous ces morceaux de vie quotidienne et pour la dernière fois sur la femme qu'il aimait, endormie.

Les déménageurs sonnèrent à l'aube, comme c'était l'habitude, autrefois, pour les constats d'adultère. Rien ne change.

— Que vas-tu faire maintenant ?

À l'avant du Volvo dix tonnes, deux malabars encadraient Élisabeth. Elle avait tenu à faire avec eux le voyage. Non qu'elle tînt particulièrement au fatras qui s'amoncelait derrière son dos. Elle voulait sûrement se convaincre que la concession s'achevait bien ce 30 septembre, comme il était écrit depuis le premier jour.

— Merci de rester pour l'état des lieux.

— Bonne route.

Les malabars s'impatientaient. Ils devaient penser aux bouchons de la porte de Bagnolet, à l'entrée du périphérique. Sans respect excessif pour les enamourés et leurs états d'âme, le conducteur embraya.

Il était une fois un camion plein d'objets intimes qui partait pour la France.

LII

Quelles traces laisse sur les murs, la moquette, le parquet, une année de vie commune? Et quelle usure de la chaudière a-t-elle engendrée, quelles serrures a-t-elle dégradées, quel lavabo rayé? A-t-elle fêlé un siège de toilettes, laissé la rouille gangrener quelques radiateurs?

Pour répondre à ces questions et à quelques centaines d'autres, ils étaient venus à trois. L'expert, la quarantaine bedonnante et lasse; l'adjoint prénommé Gérard, pâle et jeune géant de nature déférente, et la propriétaire, celle du premier jour, qui avait ouvert la porte au bonheur, laquée de partout, chevelure (amples ondulations blondes et pétrifiées) et lèvres (sourire perpétuel).

L'expert avait commencé son commentaire dès le seuil de la porte:

— Entrée: paillasson hors d'usage; au sol, carreau vingt par vingt descellé, la porte de la boîte à lettres ne ferme pas. Garage: peinture blanche à refaire, sol imbibé d'huile, ampoule soixante watts à remplacer...

Et ainsi de suite jusqu'aux combles. Chuchotement monocorde, rythme véloce. L'œil émerveillé par tant de perspicacité, l'adjoint notait tout.

— Vous n'oubliez rien, Gérard?

— J'essaie, monsieur, mais vous voyez tout si vite!

La propriétaire, sans cesser de sourire, expliquait comme elle aimait son métier de propriétaire dans une ville aussi internationale que Gand.

— Mes locataires sont tous des étrangers. Ils me renseignent sur le monde entier. Mais attention, il faut les choisir. À part deux indélicats, je n'ai jamais été déçue, nous formons une grande famille. Ils reviennent toujours chez moi. Comment va votre charmante amie? Vous reviendrez, vous aussi, n'est-ce pas?

Gabriel revoyait en accéléré son histoire sexuelle de l'année écoulée.

— Escalier tournant qui monte du salon, dictait l'expert, quatrième marche, quatre trous dans le bois suivis de profondes entailles...

C'était un soir d'été, au retour d'un dîner guindé. Élisabeth avait taché la jupe de son tailleur jaune bouton-d'or. D'où strip-tease dès l'arrivée, course vers la cuisine et K2R blanchâtre sur le petit rond de graisse. Tout à l'urgence, elle avait gardé le haut. Gabriel, affalé sur le canapé, cuvait le château-figeac et la vieille prune qui avait suivi. Honte à ce moment de faiblesse tout à fait digne d'un mari. Mais quand, à travers ses paupières lourdes, si lourdes, il aperçut les jambes nues sous la veste jaune (martingale, deux gros boutons rouges), une vague brûlante le ressuscita, il se dressa, se précipita, la ploya (Gabriel, s'il te plaît) et, sans autre forme de préliminaires, lui rendit visite. Il n'avait pas souvenir du destin de la culotte noire, seulement des tremblements d'Élisabeth (s'il te plaît, s'il te plaît), entre ses suppliques elle mordait la quatrième marche.

Toujours monocorde et pressé d'en finir, l'expert continuait de dicter.

— Vitrage de la verrière, moisissure et végétations, humidité mal combattue, sans doute atteinte du cadre de bois.

Le pauvre homme! Incapable de penser au pire. Ou alors il était si las de son métier, encore et toujours décrire des intérieurs... L'humidité dont il parlait comme ça, en passant, avait été un soin constant. Chaque jour, par aspersions de brumisateur (escalade périlleuse). La verrière était l'endroit chéri de Gabriel, là où il travaillait et rêvait, renversé dans son fauteuil les yeux vers le ciel, suivant la course des nuages et aussi le cul des pigeons, posés juste au-dessus de lui, l'arrivée de leurs fientes. Et la pluie, l'incessante drache de Belgique, qui s'acharnait à tomber sur lui, d'autant plus violente que furieuse de ne pas l'atteindre...

C'est là qu'il avait souvent, si souvent réfléchi à la légende de leur amour, imaginé de donner suite aux aventures de Don Quichotte, pensé pour la première fois à la Chine...

Pauvre expert en état des lieux ignorant les merveilles de la botanique. Il ne s'agissait pas de « moisissures et de végétations » mais d'un jardin enclos de mousses rares, l'*Andreaea petrophila*, la *Funaria hygrometrica* et toutes les autres... qu'aimait tant M. Jean, entretenues chacune avec le plus méticuleux des amours et caressées chaque fois qu'Élisabeth s'absentait trop, ô le bombé doux sous la paume, ô l'odeur de sous-bois et de marée basse.

— Que fais-tu là-haut ?

Un jour qu'il la croyait retenue au bureau, elle l'avait surpris debout sur sa chaise, les jambes flageolantes.

— Réponds-moi. Que fais-tu là-haut ?

Il avait fini par obtempérer non sans balbutiements et rougeurs du visage sûrement peu seyants.

Alors, surprise des surprises, et comme il était redescendu de son perchoir, elle avait relevé sa robe et presque dure, comme jalouse...

— Taille-moi.

— Pardon ?

— Taille-moi comme elles.

— Mais qui, elles ?

— Ne fais pas l'innocent. Les mousses.

Ainsi fut fait dès le lendemain, jour de permanence troublé par un seul appel au sujet d'un contrat d'Airbus. Le directeur commercial d'Aérospatiale pouvait-il concevoir que la dame qui lui parlait si savamment de crédits revolving était allongée demi nue et jambes en l'air sous une verrière lumineuse (pour une fois le soleil brillait) ? Un homme d'une cinquantaine d'années était penché sur elle. Il tenait au bout de ses doigts de très longs ciseaux, généralement utilisés pour torturer les arbres japonais bonsaïs, et son air était celui des bons élèves, la mine grave, la langue qui pointe entre les quenottes.

Prenez patience.

Un jour Gabriel, riche de son expérience sévillane et gantoise, publiera le premier manuel de la topiaire intime. Il apprendra aux populations intéressées les mille et une manières de donner aux touffes formes étranges ou familières, animalières ou architecturales, selon les goûts.

L'inspection de la chambre à coucher ne fut que déception. Là où tant de cérémonies s'étaient déroulées, où tant de liqueurs de toutes sortes avaient coulé, l'expert ne trouvait rien à redire que « peinture écaillée au plafond » et « prise à demi arrachée au fond à droite ». Tant de nuits, tant d'espérances, tant de rêveries, tant de joutes physiques ou verbales, tant de vérités chuchotées ou criées laissaient-elles si peu de vestiges ?

Gabriel, pour se consoler, se dit que le responsable de cet oubli était le lit. Quand ils entraient dans cette chambre, ils se jetaient tout de suite au lit et un lit avale, avale tout et n'importe quoi sans rien rendre. Un lit est muet comme une tombe. Il emporte avec lui ses secrets.

Gabriel trouva confirmation à l'une des règles de sa vie : ne rien faire d'important au lit, à commencer par l'amour.

La propriétaire, gloire à elle et gratitude à sa descendance, sauva la chambre d'une tristesse trop complète. Toujours avec le même sourire, elle tendit le doigt.

— Là, sous la fenêtre, tout vous paraît normal ?

— Pardon, madame, où avais-je la tête ? dit l'expert. Note, Gérard, et souligne : « radiateur descellé ».

Un soir d'hiver, comme elle ne parvenait pas à se

réchauffer, Gabriel assit Élisabeth sur ce radiateur. Pour le remercier de son efficace sollicitude, elle l'accueillit en elle. Il n'avait pas le souvenir de frénésie particulière, seulement de tendresse. Une de ces fois où l'on vient ensemble les yeux dans les yeux. De l'autre côté de la rue, les voisins n'avaient pu voir qu'un dos de femme à peine agité et un visage d'homme heureux, calé sur son épaule. Sans doute le descellement avait-il d'autres causes ?

Lorsque la petite troupe redescendit au salon, une souris leur fila entre les jambes. Chaque fois qu'un de ces petits animaux se manifestait, Élisabeth courait prendre une douche. Tout va bien ? demandait Gabriel à travers la porte. Comme rien ne répondait, inquiet, il entrait. On prend dans ses bras la femme nue et furieuse. On lui jure d'agir pour empêcher cette invasion dégradante et, de fil en aiguille, bien souvent, on pénètre. Mille gratitudes à la gent trotte-menu belge.

— Notez, Gérard : dératisation incertaine.

Le trio d'inspecteurs avait regagné la cuisine. Sur le plan de travail entaillé, l'expert avait étalé ses papiers. En soufflant comme un obèse épuisé par une côte, il posait les chiffres d'une addition géante. Gérard suivait tous ses gestes, adjoint éperdu devant le maître. Les yeux de la propriétaire continuaient leur travail d'investigation.

— On dira ce que l'on voudra, vous l'avez utilisée, cette maison !

L'expert avait levé les yeux de sa calculette et souriait à Gabriel, en connaisseur.

— En un sens, je préfère, dit la propriétaire. Avec certains de mes amis locataires, tout est si propre, si net, si comme avant quand ils partent, je me demande s'ils ont vécu chez moi. Avec vous, on ne s'interroge pas.

— Oui, monsieur, chuchota l'adjoint, ça, on peut le dire, vous l'avez bien utilisée.

Il devait avoir ruminé cette phrase depuis le début, un pari avec lui-même, histoire de dignité.

— On t'a sonné, Gérard ?

L'expert avait fini ses comptes. Il annonça une somme qui, émerveillement toujours renouvelé de la coïncidence, correspondait à quelques centimes près au dépôt de garantie.

— Nous sommes quittes ! s'exclama gaiement la propriétaire.

Gabriel ne répondit pas. Il descendit dans le jardin, respirer. Il aurait donné n'importe quoi pour se cacher derrière un arbre, un gros tronc rugueux. Se faire oublier là, un an, deux ans, le temps de se souvenir des après-midi où Élisabeth, terrifiée et si fière de son audace, s'autorisait des siestes nue dans un transat Habitat. Mais quelle protection peuvent offrir des rosiers ? Il sentait le regard du trio posé sur lui.

— Monsieur Orsenna, l'état des lieux est prêt.

On devinait qu'ils avaient consulté leurs montres. On ne va pas s'éterniser, tout de même.

— Vous pouvez signer.

On lui montrait l'endroit, au bas de l'addition géante.

— Où faut-il vous envoyer le document définitif ?

Comment répondre à ce genre de questions bien trop précises ? Un pigeon posé sur la verrière lui fournit l'idée salvatrice.

— Poste restante, oui, poste restante, Paris, bureau du XIIIe arrondissement.

— Je comprends, dit l'expert. Pas facile, à ce qu'on m'a dit, de trouver en France un logement.

— Non, pas facile.

— Bon, pas qu'on s'ennuie. Mais c'est fou ce qu'on déménage aujourd'hui. Ce doit être l'Europe qui veut ça. Les gens ne tiennent plus en place.

L'expert et son cartable, l'adjoint et ses problèmes de dignité serrèrent les mains et s'en allèrent à pas pressés.

Maintenant qu'elle se retrouvait seule avec lui, la propriétaire avait changé de regard.

— On a beau dire, ça fait toujours quelque chose, n'est-ce pas, un état des lieux ?

Peut-être que toute cette laque était le seul rempart qu'elle avait trouvé contre la tristesse.

— Moi-même, en dépit de l'habitude... Enfin, nous resterons en contact. Juré ? La plupart de mes anciens locataires me donnent des nouvelles, ils me tiennent au courant...

Elle était montée dans sa BMW et parlait portière ouverte.

— Je peux vous conduire quelque part ?

— Non merci, je crois que je vais marcher.

— Vous avez raison, rien de tel que la marche. Chaque 1er janvier, je me dis, cette année, tu devrais marcher plus, et puis vous savez ce que c'est...

— Je sais.

Elle embraya et, conduite étrange pour une femme si rangée, elle roula longtemps, au moins jusqu'au rond-point, et peut-être après, comment savoir puisqu'elle avait disparu ? porte avant droite grande ouverte.

Ainsi s'achève presque la concession.

LIII

Une longue baraque blanche aux volets clos malgré la pancarte « Change à toute heure » ; un drapeau noir, jaune, rouge qui flottait comme il pouvait dans le vent plutôt rare de ce début d'après-midi ; une guérite déserte ; une barrière levée vers le ciel.

Cette fois, plus de doute, le marcheur avait atteint l'ultime extrémité de la concession.

Il s'arrêta, se retourna, se découvrit.

Merci.

Ce marcheur avait été élevé par sa mère dans l'habitude d'exprimer sa gratitude.

Merci au royaume de m'avoir tant donné durant ces trois cent soixante-cinq jours.

Merci pour le repos de séjourner dans un pays sans morgue, ni Fille aînée de l'Église, ni Mère des Droits de l'Homme, ni Exception lumineuse auto-proclamée.

Merci pour la petitesse : il n'y avait jamais loin d'un trésor à un autre.

Merci pour ce farouche combat de langues entre Flandre et Wallonie : il rappelait l'importance des mots.

Ce marcheur, pour l'instant immobile, parlait à voix haute et claire, en détachant bien les syllabes, comme on s'adresse à une personne un peu vieille, un peu lointaine.

Merci pour cette raison d'espérer : les promoteurs locaux, champions du monde de l'éventration urbaine, n'ont pu empêcher que demeurent des façades du xviie espagnol, des « maisons des corporations », des rues « chair et pain », « herbes potagères », un quai « du bois à brûler », autant de preuves que le temps résiste aux plus fieffés gangsters.

Merci pour cette manière qu'avaient les gens de conclure toutes leurs phrases par un « ça va ? » bienveillant. La gentillesse est une chevalerie.

Merci pour le concours Reine Élisabeth : à entendre toujours la même phrase répétée par les candidats violonistes, on pénétrait quelques secrets de la musique.

Merci pour le musée de Tervuren : c'était l'Afrique sous la drache.

Le marcheur fronça les sourcils et grimaça, comme si une douleur soudaine venait de lui rendre visite.

Pardon.

Citer les choses et les êtres que je regrette si fort en partant me prendrait des années entières. Pour éviter toute jalousie entre les vivants, je ne saluerai que deux défunts.

Merci à Charles Quint, né à Gand, parrain de notre légende.

Merci à Victor Horta, né aussi à Gand. Ce génie-là avait compris que l'architecture et la botanique ont partie liée. Vive l'Art nouveau ! Je rêvais d'installer Élisabeth dans l'un de ses chefs-d'œuvre.

La demeure Tassel, 6, rue Paul-Émile-Janson ? La maison Autrique, 236, chaussée d'Haecht ?

Le marcheur s'interrompit une seconde. Et sur un ton plus bas, avec la violence d'un timide qui se lâche :

— Pauvre Baudelaire d'avoir écrit « Pauvre Belgique » !

Puis il remit sa casquette et reprit son chemin.

Sa mère lui avait dit vrai : même au fin fond du désespoir, remercier redonne des forces.

LIV

— Chef, vous voyez ce que je vois ?

— Je vois qu'avec dix-huit partants et sans information sur la nature du terrain, je ne sais pas comment faire mon tiercé.

— Là-bas, chez les Belges, un homme...

— Tu m'en diras tant.

— Un homme qui parle tout seul...

— Maladie fréquente.

— Il a même retiré sa casquette et il salue.

— J'aime la politesse.

— Le voici qui s'avance vers nous.

— Encore une panne sèche.

— Ce client-là, quelque chose me dit qu'il n'a pas ou plus de voiture. Il a pris l'allure. C'est quelqu'un qui vient de loin.

— Les collègues belges l'ont laissé passer?

— Vous savez bien que leur poste est toujours vide.

— Je te devine, toi... Tu ne voudrais pas l'intercepter?

— Enfin, chef, un homme à pied qui entre en France par l'autoroute, il doit avoir des raisons...

— Et en quoi elles nous intéressent, ses raisons?

— Mais, chef, c'est notre métier! Contrôler les transports clandestins.

— D'après toi, une raison serait une marchandise clandestine? C'est vrai que vu comme ça... Tu devrais remercier l'Europe. Depuis que nous sommes inutiles, tu deviens presque intelligent. Les canassons m'attendront. Tu as vu mon képi?

Pour ceux que ces informations touristiques concernent, deux jours suffisent, à rythme soutenu, pour quitter Gand par le très large boulevard du Bourgmestre et rejoindre à pied la France. Prévoir seulement du coton pour le nez tant les restaurants grecs de Deurle empestent, des lunettes noires pour échapper autant que faire se peut aux couleurs violentes des supermarchés de Courtrai, et des boules Quies dans l'oreille gauche car les courants d'air dus aux dépassements incessants peuvent déchirer les tympans.

C'est donc le corps alerte et l'âme en lambeaux que Gabriel quitta la Belgique sans se retourner et s'avança vers son comité d'accueil tricolore.

— Bonjour, monsieur. Douane française. Puis-je voir vos papiers?

Gabriel tendit son porte-cartes qui fut inspecté longuement avant de lui être rendu.

— On peut savoir ce qui vous fait marcher comme ça?

Gabriel réfléchit et décida de ne pas fêter par un mensonge son retour au pays fille aînée de l'Église. Il s'en tint donc à la stricte vérité :

— La tristesse.

— Et la tristesse fait marcher ?

— Chacun sa tristesse.

— Vous pouvez nous suivre ?

Ils entrèrent dans le bureau. On lui fit vider ses poches. Puis l'adjoint fut prié de le fouiller. L'adjoint était plus vieux que le chef. Il s'exécutait par des palpations rapides et confuses. À voix basse, il présentait ses excuses.

— Désolé, c'est le règlement.

— Je n'ai rien à redire. Vous faites votre métier.

— Oh, il n'y a plus de métier. Regardez.

L'adjoint s'était redressé et montrait les voitures qui franchissaient les guichets.

— Vous ne pensez pas qu'elles pourraient un peu ralentir, quand même ? Pas pour nous, bien sûr, mais pour la frontière ? Vous ne trouvez pas qu'une frontière mérite le respect ?

Le chef se désintéressait d'eux. Il s'était rassis, avait rouvert son journal de turf.

— Alors vous n'emportez rien de Belgique ? Vous donnez votre parole ?

Gabriel donna sa parole. Non, de Belgique, on n'aurait pas pu mieux dire, il n'emportait rien.

— Tout est en règle. Vous êtes libre. Méfiez-vous quand même. La promenade sur autoroute est dangereuse, et pour cela interdite. Mais ce n'est pas de notre ressort. À titre privé, je peux vous poser une question ?

— Faites.

— La marche, je peux comprendre. Mais l'autoroute ? Pourquoi emprunter l'autoroute ?

— Partout ailleurs, on passe d'un pays à l'autre sans s'en apercevoir. J'avais besoin de frontière.

— Vous ne dites pas ça pour nous faire plaisir ?

— Je serais plutôt d'humeur à tuer père et mère.

— Chef, je peux faire au monsieur un bout de conduite?

La permission fut accordée « étant donné les circonstances ».

Jusqu'au péage, nous devisâmes de l'ancien temps. L'adjoint était un érudit du dimanche et même des autres jours puisque son métier lui laissait de plus en plus de loisirs. Il fourmillait d'anecdotes sur les douanes d'antan, les génies de la contrebande... Gabriel se rappela l'estaminet Blauwershof, le repaire des fraudeurs. Là-bas aussi, on regrettait les grands jeux passés.

— Tout cela, mon cher, vous devriez l'écrire.

— Vous croyez? J'ai pensé à un titre : *La Grande Époque de la frontière nord*. Vous croyez que cela pourrait concerner un public suffisant?

— Le public aime les âges d'or.

— Vous me donnez du courage.

En dépit de ces perspectives éditoriales, nos adieux furent mélancoliques.

— Les humains ont besoin de refuge et de territoire. Comment vont-ils survivre à cette grande dissolution?

— Comme d'habitude, ils s'adapteront. C'est la loi de la vie.

— Alors nous sommes...

— ... Oui, les derniers de l'espèce frontalière.

La scène fut suivie avec beaucoup d'étonnement par les employés des autoroutes du nord de la France. Il n'est pas si fréquent de voir un agent des douanes donner l'accolade à un promeneur avant de s'en retourner, pensif, vers son devoir, par la bande d'arrêt d'urgence.

Quel est ce froid qui monte en moi? se demandait le marcheur. Il n'en comprit la nature que vers Péronne. C'était la glace de l'exil, alors même qu'il revenait chez lui. Il devina que désormais trouver une demeure sur terre ne serait pas chose facile.

Hommage à la marche

LV

Les nouvelles habitudes cheminantes de Gabriel torturaient son entourage.

— Monsieur, suppliait Annie, la si futée géante, secrétaire du cabinet La Quintinye, vous ne pourriez pas rester immobile, rien qu'un instant ? Déjà que mon mari travaille dans l'aviation...

— Une bonne fois pour toutes, prends sur toi, grondait chaque matin le voisin vétérinaire de la rue du Vieux-Versailles. À force d'arpenter le trottoir, tu rends fous mes animaux.

— Pardon d'être indiscrète, osa une cliente, agenouillée devant sa chère bordure de bruyères (Elsie Purnell, County Wicklow et Beechwood Crimson) tandis que son jardinier expert déambulait derrière son dos, vous avez des ennuis de prostate ou quoi ? Ne vous inquiétez pas. Mon mari a traversé ça. Opération. Petits saignements. Trois mois plus tard, c'est fini. Et notre couple va très bien, merci. Seulement un conseil, ne tardez pas. C'est mauvais pour le ventre. Et votre agitation devient assez insupportable.

Gabriel, au sortir de son autoroute, avait continué de marcher. Du lever jusqu'au coucher et en toutes circonstances, professionnelles ou personnelles.

Et la nuit, d'après la concierge, qui profitait de

son trousseau de clefs pour tout connaître de l'immeuble, ne valait guère mieux.

— Pauvre homme! répétait-elle aux commerçants du quartier Saint-Louis. Un monsieur si doux, tourner jusqu'à l'aube autour de son tapis! Cette année de vacances ne lui a pas porté chance. Quelque chose lui aura dérangé la tête.

— Quelque chose ou quelqu'un, répondait l'employé de la boucherie Salignat, 53, rue Royale, un amateur de romans d'amour.

— Et il ne dort jamais?

— Quelques heures, et peuplées de cauchemars, à voir comme il remue et à entendre comme il appelle.

— Pauvre homme!

Ce cheminement perpétuel n'était interrompu que par de violents accès de colère. Preuves que ton grand-père ne ressemble pas toujours au portrait qu'il aime à présenter de lui-même : un homme de haute et subtile civilisation auquel le commerce quotidien des plantes a enseigné la douceur et la maîtrise parfaite de ses humeurs.

Soudain, il s'arrêtait net et en un instant devenait sauvage. Pâlissait. Serrait les poings et les mâchoires. Et, sans se préoccuper des gens qui l'entouraient, grondait : pourquoi, mais pourquoi? Ses yeux étincelaient d'une lueur mauvaise. Malgré sa taille médiocre et une carrure des plus modestes, il était à faire peur. On se reculait. À ces moments-là, qui se serait approché aurait sans doute risqué sa vie, même Élisabeth, surtout Élisabeth. Car c'est à elle qu'il adressait sa litanie furieuse : pourquoi, pourquoi, après tant de jours et de nuits ensemble, pourquoi m'as-tu abandonné?

À cette question inlassablement répétée, peu à peu, au fil des mois, lui vint une réponse. Réponse pas très noble, ni généreuse. Réponse non dénuée d'aigreur : le mariage est un rempart contre l'Amour. Élisabeth n'a pas l'âme assez trempée pour l'Amour. Contre Lui, elle a trouvé refuge dans son mariage. Ce ne sont pas ses enfants qui ont besoin d'elle mais elle qui se protège derrière eux. Et encore elle qui a choisi pour allié, pour bouclier le malheur : on ne risque rien quand on pleure. Le bonheur est une autre affaire, où l'on s'expose bien autrement. Je hais les englués de la jérémiade. Les gens heureux sont la seule chevalerie qui vaille... Moi, j'ose aimer.

Et il reprenait sa marche, la tête haute. Cet orgueil le guérissait de sa colère.

Pour peu de temps. Car cet orgueil s'accompagnait de mépris. Et qui peut durablement mépriser la femme de sa vie, celle qui, d'un seul souvenir, vous fait monter les larmes ?

On chuchotait derrière son dos. On se demandait comment lui venir en aide. La libraire du 75 qui le connaissait bien pour le nourrir en éditions rares prit un beau jour son courage à deux mains :

— Vous devriez consulter : la science a beaucoup progressé, il y a des médicaments contre presque tout, maintenant.

Il se rendit 1, rue Antoine-Vollon, chez un spécialiste des bizarreries du comportement. Son cabinet le mit en confiance : il était tapissé de photos de bateaux, preuve que le praticien avait lui aussi quelques problèmes avec la terre ferme.

Le marin-psychiatre l'examina un long moment sans rien dire. Puis, de sous son bureau, sortit une guitare dont il joua quelques mesures. Bach, reconnut Gabriel.

— Ne vous inquiétez pas. Quand je ne sais pas, je préfère la musique aux mots. C'est moins malhonnête. Je pourrais vous dire : cher monsieur, vous souffrez d'une dépression ambulatoire. Votre maladie serait baptisée. Mais ça vous avancerait à quoi ?

Il rangea sa guitare.

— Quelles forces vous poussent ainsi ?

— Il me semble que si je m'arrêtais un seul instant, mon sang se changerait en larmes.

— Intéressant.

— Est-ce que l'on peut vivre avec des larmes à la place du sang ?

— Je ne pense pas.

— Alors, vous voyez bien que je dois continuer.

— Un patient doué de bon sens ! Cette rareté ne m'était pas arrivée depuis des années. Et si vous étiez tout simplement un pèlerin ?

— Un pèlerin ?

— Depuis que le monde est monde, il y a des gens qui ne peuvent s'empêcher de marcher sur la Terre.

— Les pèlerins ont un but, Compostelle, Lourdes...

— Vous devez avoir vos propres sanctuaires.

— Je m'en éloigne ou m'en approche ?

— Oh, pour ça, l'avenir le dira, c'est son métier.

Ils discutèrent encore un peu de voiliers, jusqu'au coup de sonnette, l'arrivée du client suivant, une jeune femme qui semblait des plus gaies. Gabriel, dans son délire, imagina, en descendant l'escalier au tapis rouge usé, que son mari la trouvait trop et inexplicablement joyeuse et pour cela avait suggéré qu'elle se soigne.

— Alors, Gabriel, comment va ton deuil ?

— Je te le répète, Gabriel : le deuil est affaire de volonté. S'il te plaît, décide d'aller mieux.

— Laissez dormir encore un peu Gabriel, son travail de deuil l'épuise.

— Tu as souri, Gabriel, ne dis pas le contraire. C'est le signe que ton deuil avance.

Ainsi, durant ces années douloureuses, parlaient à notre héros ses amis, la confrérie magnifique, toute patience et toute bienveillance. Le deuil de Gabriel était devenu une véritable personne, de chair et de sang et douée d'une existence propre. On en demandait chaque jour des nouvelles, on en appréciait, heure par heure, les progrès. Mesures millimétrées communiquées à l'instant même, via le téléphone, au reste de la bande : « J'ai petit déjeuné avec lui, sa cravate était verte, signe d'espérance, fais passer » ; « En tout cas ses yeux sont ressuscités : ils n'ont pas quitté le corsage de Maguy, ma secrétaire, fais passer »... Ces preuves irréfutables de la très prochaine et complète guérison étaient fêtées jusque tard dans la nuit. Et si le lendemain l'annonce d'une légère rechute (« Gabriel ne s'est pas rasé ce matin ») engendrait l'affliction générale, celle-ci ne durait jamais longtemps. Il se trouvait toujours quelqu'un pour rappeler que la rechute était sans contestation possible la preuve même du mouvement et que, dès lors, Gabriel avait franchi la première et décisive étape : sortir de sa gangue, réjouissons-nous.

Peut-on décevoir tant d'affection, tant de généreuse attention, tant d'inventivité dans la méthode Coué ?

Gabriel jouait donc le jeu attendu de lui. Et mimait la présence en lui de ce monsieur Deuil, au labeur si guetté.

Mais aujourd'hui, il peut l'avouer : aucun deuil ne fut jamais en lui. Ce fameux « travail » lui faisait horreur. Exercice pervers de meurtre de soi-même. Honteux désherbage, s'arracher des morceaux de l'âme, les piétiner, les dessécher, les jeter sur le tas, alcool à brûler, feu gris bleuté de l'oubli. Conduite indigne d'un amoureux légendaire, filleul de Charles Quint et descendant collatéral de Cervantès.

Notre héros avait choisi contre le malheur une stratégie différente.

En dépit de ma tendresse d'aïeul et de ma terreur devant le moindre de tes bobos, dois-je te souhaiter un bel et bon et bien torturant chagrin d'amour ?

Sans aucun doute. Seule la douleur permet d'éprouver en soi la présence d'une incertaine et remuante peuplade avec laquelle, sous peine de troubles divers, il vaut mieux compter : les sentiments.

Mais avec le mal, je te fournis le remède : la marche.

Si j'accomplissais, comme il le mérite, mon rôle de grand-paternité, j'entrerais dans les détails, te livrerais les recoins de mon expérience, quarante années de pratique quotidienne, de petits secrets, un recueil de trajets, quelques mises en garde. Un gros ouvrage n'y suffirait pas et le temps presse, j'ai tant à te raconter. Quand je pense que je n'ai pas encore abordé la Chine...

Tu es de ces gens qui savent compléter les pointillés. Bénie soit cette aristocratie du demi-mot et de l'allusion : grâce à elle, jamais obligé de répéter ni même de finir sa phrase, on peut forcer l'allure de la vie. Je veux dire réserver la lenteur aux choses qui le méritent.

Bref, voici quelques notes pour un grand ouvrage (*De la marche souveraine contre les maux d'amour*) qui, comme tant d'autres, les plus réussis des chefs-d'œuvre, restera à jamais dans les sables de la velléité. Puisses-tu en faire ton miel !

I — *Le vent du mouvement*

Tout visage, du seul fait qu'il avance, se fait caresser par l'air.

En période d'abstinence, cette marque d'affection de l'univers réconcilie avec soi-même.

II — *Le spectacle du monde*

L'avancée lente, sans la protection d'aucune boîte vitrée automobile, fait pénétrer au cœur de la comédie humaine. Rien de plus fraternel qu'une fenêtre ouverte au rez-de-chaussée. Il suffit d'un coup d'œil pour quitter sa propre vie et entrer dans celle des autres. Prendre des vacances de soi-même, quoi de plus reposant ? Pendant ce temps-là, la vie continue sa route. Tiens, te voilà, dit-elle seulement, à notre retour quand nous reprenons notre place. Aucune acrimonie et l'escapade a fait du bien.

III — *L'apprentissage de la rupture*

Vingt à trente fois par minute, selon les rythmes, on quitte le sol. Ces départs minuscules mais répétés enseignent à l'âme qu'on peut se séparer sans souffrir.

IV — *L'ivresse de l'irrigation*

Certains physiologistes pensent que chez l'être humain une pompe, comparable à celles qui permettent de gonfler les matelas ou bateaux pneumatiques, serait située dans le talon : une sorte de cœur, qui anime les pas. Ainsi, le sang circule mieux, visite le moindre petit vaisseau. Une exaltation envahit le voyageur et le fait rire, parfois aux éclats, de son terrible tourment.

V — *Le chant de la Terre*

Notre grosse mère ronde nous parle.

À nous d'éviter les revêtements épais, macadam ou béton, qui assourdissent ses messages. À nous d'amincir nos semelles et de cheminer le plus souvent possible pieds nus. À nous de tendre ces étranges oreilles que nous possédons sous la plante. Des profondeurs s'élèvent jusqu'à nous toutes sortes de musiques. Le centre de la planète abriterait-il un permanent carnaval ? Au fil des kilomètres, la vie se réveille. Comme un Européen timide de passage à Rio, la musique lui remue d'abord timidement les orteils. Et puis la danse l'emporte.

À ceux qui décidément s'intéressent aux chagrins d'amour et à la manière d'y porter remède notre narrateur offre, pour les récompenser de l'avoir suivi jusqu'ici, un petit supplément : le récit presque détaillé de son expérience personnelle.

Le marin-guitariste de la rue Antoine-Vollon avait vu juste : les marches de Gabriel étaient des pèlerinages. Et aussi des reconquêtes. La disparition d'Élisabeth l'avait rompu. Et dispersé. Cette solitude soudaine avait agi comme une armée de rats. En une nuit, sans le moindre bruit, ils avaient rongé sa peau, toute sa peau, l'enveloppe fragile qui le retenait tant bien que mal à l'intérieur de lui-même.

Au matin, il était vide. Et des milliers de morceaux de Gabriel voletaient çà et là, aux quatre coins de la planète. Rien n'était plus urgent et plus nécessaire que de partir à la recherche de ces morceaux en allés. Une fois leur troupeau rassemblé, on pourrait peut-être envisager un avenir. Si « travail » il y avait, ce n'était pas celui du deuil mais celui du berger

Inutile de dire que cette entreprise dura des années. Les fameux morceaux s'étaient cachés partout. Dans les endroits où Gabriel s'était vraiment rendu avec Élisabeth, Séville, le Jardin Alpin, les châteaux belges... Mais aussi en des régions bien plus reculées, là où il avait rêvé de l'emmener, la Patagonie, Naples en hiver, les sources chaudes de l'île d'Hokkaido. Ô la difficulté de convaincre des rêves de réintégrer une demeure désertée !

Et maintenant, après ces mois et ces mois de quête, de plaidoiries et de ruses, le troupeau se tenait là, presque complet, tout au fond de Gabriel, le troupeau des souvenirs bien réels et des projets inaboutis. Deux races de natures si différentes et qui pourtant ne se menaient aucune guerre. Il faut dire qu'elles racontaient la même histoire, celle d'Élisabeth.

Alors Gabriel sentit monter en lui une sorte de paix, une force sans gaieté mais sereine. À la détresse avait succédé la tristesse. Une tristesse qui le reposait des écartèlements passés. La tristesse est comme un pays, un pays très intime que personne ne vous volera jamais, qu'on emportera toujours et partout avec soi.

Ses amis, ses merveilleux amis, l'estimaient guéri. Et ils avaient raison. Mais pas de la manière qu'ils croyaient. Le deuil n'avait rien à voir avec cette pauvre victoire. Bien au contraire, Gabriel se louait de n'y avoir pas cédé. Fier, se répétait-il, je suis fier de n'avoir rien trahi de mon amour. Rien arraché. Rien oublié. Tout est là, en moi. Je suis resté fidèle à l'exemple des gens d'Aran : sur des rochers nus, à force de voyages, je me suis constitué une terre.

LVI

Et pendant que notre Gabriel s'adonnait ainsi à la marche, quelles étaient les occupations d'Élisabeth ?

Question inutile, aurait répondu son entourage, car réponse évidente : elle savourait sa guérison. Après ce long, bien long moment de folie, elle avait réintégré son destin, une existence ordinaire de mère, épouse, fille et bru, autant de rôles qu'elle avait retrouvés avec plaisir et qu'elle accomplissait avec un zèle qui faisait l'admiration et la joie de tous et qui auraient tué dans l'œuf les restes de reproches concernant sa vie antérieure, s'ils s'étaient manifestés. Mais nul ne songeait au passé. On célébrait chaque jour son retour. La mémoire des douleurs anciennes et des déchirements n'avait plus sa place dans cette famille réunifiée. Même, surprise des surprises, elle travaillait moins, annulait les missions qui ne lui semblaient pas nécessaires, et revenait chez elle à des heures tout à fait catholiques et n'emportait plus jamais de dossiers à domicile, preuve que la frénésie, une bonne fois, l'avait quittée. Ses parents et beaux-parents se congratulaient sans cesse de cette métamorphose : chaque être humain doué d'une certaine vitalité traverse des crises. Mais la vraie nature de notre Élisabeth a repris le dessus. Alléluia général. Au Noël d'après Gand comme à ceux qui suivirent, on la fêta comme une reine. Le royaume avait recouvré son soleil.

Un enquêteur plus profond n'aurait guère retouché ce portrait idyllique d'une femme encore jeune en accord, enfin, avec elle-même. Il se serait seulement étonné, l'enquêteur, de voir cette femme belle et régnante scrupuleusement noter sur un petit carnet à couverture de lézard vert le moindre de ses bonheurs quotidiens : les retrouvailles régulières et chaleureuses pour le dîner commun. Les sourires admiratifs de son éternel mari lorsque, à table, elle brillait devant leurs invités. Les lectures silencieuses, côte à côte, dans le lit conjugal. Les sorties tous ensemble au cinéma. Les vacances si tranquilles au milieu des cigales ou dans le froid des Alpes. Surtout ce silence, ce merveilleux silence à ses tympans : la Loi, la fameuse Loi s'était tue, elle s'en était allée faire ailleurs son métier de Loi, torturer d'autres femmes qui n'avaient pas eu sa sagesse. Élisabeth archivait aussi, et avec le même soin avide et méticuleux, des contentements de moindre envergure, des satisfactions très modestes, minuscules, de celles qu'on oublie à peine vous ont-elles réchauffé, l'amabilité d'un chauffeur de taxi, un ciel bleu au réveil, des chaussures neuves qui font moins mal que prévu... Si bien que le carnet de lézard vert se remplissait régulièrement, aucune journée n'était bredouille de bonheur.

Chaque après-midi du 31 décembre, elle s'enfermait dans sa chambre pour dresser le bilan. Elle reprenait sa pêche des cinquante-deux semaines écoulées et fébrilement additionnait, additionnait à l'ancienne, je pose huit et je retiens deux, additionnait la foule hétéroclite de toutes ces félicités. Et devant le total qui apparaissait, au bas de la très longue colonne, dans le fameux carnet, elle s'émerveillait.

Tout en s'habillant pour le réveillon, elle se répétait, heureuse, je suis heureuse et si sereine. Un refrain magique qui, croyait-elle, la protégeait des souvenirs comme une muraille. Je suis heureuse, tellement heureuse. Une litanie qui l'accompagnait jour et nuit, jusque dans les rêves où Gabriel, le marcheur, ne s'aventurait presque plus.

Cérémonie du thé
(Fin)

LVII

Chaque après-midi, à cinq heures précises, où qu'il se trouve, un nuage noir se formait au-dessus de sa tête et assombrissait l'air alentour. Des études poussées de météorologie n'avaient pas été nécessaires pour lui apprendre le nom de ce nuage : culpabilité. La culpabilité de ne pas rejoindre les deux vieilles dames chez Angelina pour tenter d'égayer par de nouvelles anecdotes poivrées les derniers mois de leurs existences.

Maintenant totalement sourdes et refusant plus que jamais de le reconnaître, les deux sœurs hochaient la tête à tout ce qu'on leur disait, intervenant seulement par des « tu as osé lui faire ça ? » ou « bravo mon garçon, tu progresses » qui tombaient d'autant plus à côté du sujet que Gabriel avait depuis longtemps abandonné ses récits auto-biographico-érotiques pour des histoires adaptées librement de *Don Quichotte,* par exemple l'aventure avec le chevalier des miroirs ou la carrière gouvernementale de Sancho Pança à la tête de son île imaginaire, celle qui se tient au milieu des terres.

La clientèle des gourmandes regrettait secrètement les épisodes scabreux d'autrefois mais la patronne savait gré à Gabriel de ne plus porter atteinte à la respectabilité de la maison (ex-Rumpelmayer).

Le docteur L., médecin de famille, spécialiste des vieilles gens, avait baissé pavillon. Quel régime peut-on prescrire, quelle stratégie diététique peut-on ordonner à deux sœurs que le sucre, toujours plus de sucre, la crème, toujours plus de crème, le beurre, toujours plus de beurre cuit et recuit, font maigrir ? Son ultime bataille, tentative désespérée en laquelle il ne croyait pas lui-même, avait consisté à leur interdire Angelina une semaine, voyons mesdames, qu'est-ce qu'une petite semaine pour des nonagénaires comme vous ? Elles avaient obtempéré, et même en souriant, pour mettre la Faculté, comme avait dit Ann, le nez dans son caca diplômé.

Résultat : deux kilos de moins pour Clara et un pour Ann qui avait triché en rendant de nombreuses visites incognito chez Carette, place du Trocadéro, pour dévorer les macarons et les tartelettes imbibées de jus, soubassement onctueux des religieuses.

Comment expliquer ce phénomène, cette boulimie aux conséquences d'anorexie ?

Je posai la question au malheureux praticien, juste après l'enterrement.

Elles s'étaient éteintes squelettiques, d'abord Clara, puis Ann, le jour d'après. Elles n'avaient exprimé qu'une seule dernière volonté : le cimetière le plus proche de la gare Montparnasse. D'après certains indices, c'est par elle que Gabriel XI s'était enfui. Peut-être reviendrait-il par le même chemin ?

Des larmes mangeaient les yeux du docteur sans parvenir à couler. Comme tous ceux qui avaient rencontré les deux sœurs, il était tombé amoureux de l'une puis de l'autre avant de se rendre compte qu'elles étaient au sens strict inséparables.

Il ne me répondit pas tout de suite. Il prit mon bras et m'entraîna dans le marché qui, boulevard Edgar-Quinet, longe le cimetière.

— Après un décès, j'interroge toujours les poissons : ils nous renseignent sur les profondeurs.

Il s'arrêta au coin de la rue de la Gaîté, la mal nommée (sex-shops tout du long). Il me regarda droit, presque méchamment.

— Vous savez ce dont elles souffraient, vos grands-mères?

Je balbutiai que non, justement.

— Un ver solitaire. C'est lui qu'elles gavaient. Oui... un ver solitaire, très solitaire...

Il m'avait oublié. Il ne parlait plus que pour lui-même.

— La mort est un ver solitaire, le plus affamé des vers solitaires. Qu'est-ce que je vais lui offrir pour le déjeuner, hein, de quoi aurait-il envie, mon solitaire à moi?

Et, sans un salut il partit à grandes enjambées vers la rue de Rennes, le quartier des brasseries.

Plus rien ne me retenait en France. Le nuage noir avait déteint. L'air entier était noir.

C'est dans ces dispositions que je partis pour la Chine, ultime étape de la légende familiale qu'il va te falloir, d'ici peu, raconter.

Le Jardin de
la Clarté Parfaite

LVIII

Il était une fois l'autre bout de la Terre, juste avant la mer Jaune.

Il était une fois Qianlong, Mandchou d'origine et empereur de Chine. Élevé dans le Jardin de la Clarté Parfaite (Yuanmingyuan), au nord de Pékin, il voulut en faire le plus parfait des résumés du monde.

— Quel est ce miracle? demanda-t-il, un jour de 1747, pointant de son divin et encore frêle index (il n'avait que onze ans) le détail d'une peinture étrangère.

— Un jet d'eau, Majesté, lui répondirent ensemble l'Italien Castiglione et le Français Benoist, les deux jésuites attachés à son service dans l'espoir (vain) de lui faire cesser ses mauvaises habitudes (persécuter les chrétiens).

— Construisez-en-moi de semblables et les bâtiments pour les accueillir.

Ainsi, bientôt rejoints par d'innombrables collègues, les religieux se firent fontainiers, architectes, horlogers, décorateurs, peintres, sculpteurs, botanistes... et des palais étranges, mélanges d'Europe et de Chine, montèrent du sol, au cœur du Jardin d'Été.

Il était une fois, à la fin du XVIIIe siècle, un Versailles asiatique, plus complet, plus universel que l'autre car y dialoguaient l'Est et l'Ouest, les deux civilisations, celle du Levant et celle du Couchant. Ce jardin était d'abord une rumeur, car Qianlong s'était réservé pour lui seul et pour quelques très rares proches le spectacle de son chef-d'œuvre. On parlait et rêvait d'autant plus du Yuanmingyuan que personne n'avait le droit d'y pénétrer. Les premiers à forcer la porte, en octobre 1860, furent des Français et des Anglais. La curiosité esthétique ou scientifique ne les animait pas mais la volonté de puissance. Paris et Londres avaient décidé d'humilier une nouvelle fois Pékin. Ils portaient des fusils et des torches et tiraient des canons. Un Lord Elgin dirigeait ces barbares. Ils pillèrent, saccagèrent, incendièrent. Si bien que le jardin, dit de la Clarté Parfaite, le plus riche et le plus secret de la planète, disparut en fumée.

Et voilà pourquoi Gabriel, ce matin-là de l'année 1998, marchait dans des ruines.

Il tentait de retrouver dans ces misérables gravats le Palais des Délices de l'Harmonie, l'Observatoire des Océans Lointains, le Palais de la Mer Calme...

Il venait de grimper tant bien que mal sur la colline de la Perspective pour essayer de mieux imaginer ce qu'avait été le théâtre d'eaux quand une conversation le fit sursauter. Le Yuanmingyuan était devenu le lieu de promenade favori des Pékinois. Autant dire qu'une foule passionnée, guillerette et caquetante l'entourait.

— Tu crois que les *Cistus corbariensis* résisteront?

— Essayons. Ça changera des berbéridacées...

Tels étaient les mots faufilés on ne sait comment dans le brouhaha chinois ambiant. Ce jargon ne pouvait tromper. Après des mois de solitude, ce méli-mélo bien connu de latin et de français lui semblait la plus douce des chansons. Gabriel s'avança vers lui. Trois jeunes gens, deux filles, un garçon, d'apparence on ne peut plus occidentale, travaillaient à une bordure.

— Monsieur Orsenna, ça alors! Quel vent vous amène?

— Mais oui, c'est lui. Vous nous reconnaissez?

Les jeunes filles l'entouraient, elles auraient applaudi d'excitation, si leurs mains n'avaient pas été pleines de terre. Le garçon se taisait, un rien boudeur. Gabriel sourit. Il est toujours savoureux de laisser des souvenirs chez les femmes et aucun chez les hommes.

— ... Enfin, faites un effort... il y a deux ans, votre cours sur Russell Page. Vous nous appeliez les deux perruches. Toujours au premier rang.

La brume peu à peu se dissipa et le passé revint, par bribes. Non sans charrier avec lui le visage d'Élisabeth. Gabriel ne put empêcher ses lèvres de se tordre, un bref instant.

— Quelque chose ne va pas, monsieur? Un insecte?

— Ou la fatigue. Ce jardin est épuisant.

Gabriel, d'un geste, rassura :

— L'école du paysage, le Potager du Roy... bien sûr, c'est vous, les deux jeunes savantes... Nadine, n'est-ce pas? Toujours folle des plantes grimpantes? Et vous, Catherine, la spécialiste des céanothes? J'y suis. Pardon... J'ai un peu de mal avec ma mémoire. Il ne m'est tellement rien arrivé depuis deux ans...

Heureusement, elles n'avaient pas écouté. Il leur tardait trop d'expliquer leur mission. La fierté les faisait balbutier.

— Nous aidons à réhabiliter le Yuanmingyuan.

— Enfin, la section des palais occidentaux.

— Un projet officiel.

— La France présente ses excuses à la Chine.

— Mieux vaut tard que jamais.

— Après la honte de 1860.

— Qu'est-ce que vous en pensez?

— Vous imaginez notre chance?

— Une telle mission, confiée à des étudiantes!

— Tu oublies que nous sommes en quatrième année.

— Quand même.

Elles tournaient autour de lui, Nadine et Catherine, les yeux brillants, elles ne voulaient plus le lâcher. Elles l'entraînèrent.

L'architecte français Philippe Jonathan ne voulait pas y croire.

— Ça alors, Gabriel, à quinze mille kilomètres des Yvelines! Je vous présente M. Jiang Youren, le vrai responsable, celui qui va redonner vie au jardin de Qianlong.

Le commandant suprême de la résurrection était un petit homme à l'œil mobile et rieur. Quand le nom de Gabriel fut prononcé, il se leva et salua. Il connaissait les travaux de notre héros. Il cita pêle-mêle l'aménagement de l'île de B. « si respectueux du rythme des marées », « l'admirable inscription du TGV dans le paysage si fragile du Vendômois », « la si courageuse construction de repères identitaires dans le fouillis urbain des quartiers nord de Marseille ». On ne pouvait plus l'arrêter. Le seul mot de Versailles le transfigurait. Versailles et le Yuanmingyuan, les deux plus mythiques palais-jardins terrestres...

— Une idée vient de m'être dictée...

Il avait du mal à parler tant il semblait près du fou rire.

— Une idée inconvenante... mais aussi... enchanteresse. Puisque le destin conduit ici vos pas, pourquoi ne pas demeurer quelque temps pour nous illuminer de vos conseils?

— Oui, pourquoi pas? dit Philippe Jonathan.

Deux voiliers lustrés, aux ailes noires et vertes (*Papilio paris*), dansaient dans l'air.

— Pourquoi pas? dit Gabriel.

Il ne faut pas résister aux diktats faussement fantasques des papillons.

Du thé conclut l'affaire. Nous sommes si heureuses, ce que ça va être gai, répétaient les jeunes filles. Le garçon boudait toujours là-bas, sur sa plate-bande.

— « *Il y avait, dans un coin du monde, une merveille du monde ; cette merveille s'appelait le Palais d'Été.* »

M. Jiang Youren, le petit homme de la résurrection, s'était mis à parler. Sans préavis, sans lien apparent avec l'assaut de politesses des secondes précédentes. Soudain on s'était rendu compte que sa voix aiguë et maigrelette avait changé de pays. Elle abandonnait les civilités pour des sujets plus graves.

— « *L'art a deux principes, l'Idée, qui produit l'art européen, et la Chimère, qui produit l'art oriental. Le Palais d'Été était à l'art chimérique ce que le Parthénon est à l'art idéal. Tout ce que peut enfanter l'imagination d'un peuple presque extra-humain était là. Ce n'était pas, comme le Parthénon, une œuvre rare et unique ; c'était une sorte d'énorme modèle de la chimère, si la chimère peut avoir un modèle.* »

Racontait-il une histoire de son cru ou récitait-il quelque texte inconnu ? Difficile à savoir. Son français parfait avait un rythme mécanique. Ainsi les bons élèves, souvent, ânonnent les poèmes.

— « *Imaginez on ne sait quelle construction inexprimable, quelque chose comme un édifice lunaire, et vous aurez le Palais d'Été. Bâtissez un songe avec du marbre, du jade, du bronze, de la porcelaine, charpentez-le en bois de cèdre, couvrez-le de pierreries, drapez-le de soie, faites-le ici sanctuaire, là harem, là citadelle, mettez-y des dieux, mettez-y des monstres, vernissez-le, émaillez-le, dorez-le, fardez-le, faites construire par des architectes qui soient des poètes les mille et un rêves des mille et une nuits, ajoutez des jardins, des bassins, des jaillissements d'eau et d'écume, des cygnes, des ibis, des paons, supposez en* un mot une sorte d'éblouissante caverne de la fantaisie humaine ayant une figure de temple et de palais, c'était là ce monument. Il avait fallu, pour le créer, le long travail de deux générations. Cet édifice, qui avait l'énormité d'une ville, avait été bâti par les siècles, pour qui ? pour les peuples. Car ce que fait le temps appartient à l'homme. Les artistes, les poètes, les philosophes, connaissaient le Palais d'Été. »

Ses yeux nous avaient quittés. Ils fixaient un point du sol comme si une porte s'y trouvait qui ouvrait directement sur 1860, l'année de l'attentat.

— « Un jour, deux bandits sont entrés dans le Palais d'Été. L'un a pillé, l'autre a incendié. La Victoire peut être une voleuse, à ce qu'il paraît. Une dévastation en grand du Palais d'Été s'est faite de compte à demi entre les deux vainqueurs... Grand exploit, bonne aubaine. L'un des deux vainqueurs a empli ses poches, ce que voyant, l'autre a empli ses coffres ; et l'on est revenu en Europe, bras dessus, bras dessous, en riant. Telle est l'histoire des deux bandits.

« Nous Européens, nous sommes les civilisés, et pour nous les Chinois sont les barbares. Voilà ce que la civilisation a fait à la barbarie. Devant l'Histoire, l'un des deux bandits s'appellera la France, l'autre s'appellera l'Angleterre. »

Il abandonna le XIXᵉ siècle et revint à nous.

— Alors qu'en dites-vous ?

— Implacable, visionnaire. Je me sens mal d'être français...

La troupe des paysagistes versaillais, jeunes ou vieux, s'embourbait dans les commentaires.

— Quel est l'auteur ?

— Victor Hugo, à Guernesey, en réponse à un certain capitaine Butler qui lui demandait son avis sur l'expédition franco-anglaise. Les enfants chinois apprennent ce texte à l'école.

Dans son lit minuscule, Gabriel avait tiré le drap

sur sa tête et ne bougeait pas. Le moindre geste aurait suscité l'attention et engendré la jalousie des dieux. Seules, imperceptiblement, remuaient ses lèvres : il fallait bien qu'Élisabeth entende.

— De nouveau, après la Belgique, Victor Hugo prend soin de nous. Cette fois je l'ai trouvée, la légende. Notre légende. Réparer la honte de 1860. Viens quand tu veux.

Il s'endormit en souriant.

Toute la nuit, dans la barque que leur avait prêtée l'empereur Qianlong, ils explorèrent le théâtre des eaux. Élisabeth, une ombrelle sur l'épaule, laissait traîner sa main droite dans le lac, à la grande terreur de Gabriel qui savait que de cruelles créatures peuplent les profondeurs. Mais fallait-il, pour cela, gâter la paix d'une promenade ? Sur la rive, des jésuites musiciens jouaient du Telemann.

Un autre songe lui venait souvent : un chevalier en armure, bouclier au poing et glaive tendu, affronte un escargot géant.

Gabriel se réveillait terrifié. Il frissonnait.

— Mon Dieu, mon Dieu. Le Temps, qui sait tout de l'interprétation des rêves, forcément, va se reconnaître dans ce colimaçon monstrueux. Et pauvre de moi, être si doux, soudain déguisé en assassin ! Que va-t-Il penser de moi, Son allié soi-disant fidèle ? Avouons-le, l'impatience me rend de plus en plus fou. Et j'aimerais bien qu'Il accélère un peu l'allure, mon ami le Temps, et me rende au plus vite mon Élisabeth. Mais que vais-je devenir s'Il rompt notre entente ? Je n'ai d'autres recours que Sa complicité. Pauvre, oui, pauvre de moi et salaud d'inconscient !

Et il maudissait le jour où l'idée lui était venue de visiter par le menu la cathédrale de Strasbourg et de lever les yeux, prolongés de jumelles, vers le triforium, cette galerie qui surplombe les bas-côtés de la nef. C'est là que se déroulait, sculptée dans la pierre, la scène ridicule dont le souvenir le hantait, pourquoi ?

Avec le jour, il se calmait. Le Temps, sûrement, pardonnerait cet accès incontrôlé d'agressivité. Après tout, le Temps et lui, depuis le 1er janvier 1965, formaient un déjà très vieux couple. Sans nul doute, ils avaient dépassé l'âge des ruptures.

LIX

Toutes les semaines, par la valise diplomatique, arrivait de France le fatras habituel, journaux, camemberts, biographie de Voltaire, disques de Michel Sardou, Tampax spéciaux. S'y ajoutaient des bocaux. Avec l'accord du destinataire, le gendarme préposé au déchargement en prélevait sa part : natif de Sarlat, ce brave homme aussi avait le droit de cultiver sa nostalgie gustative. Les rescapés de verre gagnaient la cave du Consulat où une voiture venait les chercher pour les monter au Palais d'Été.

Durant le jour, les vieux du voisinage se repaissaient des foules innombrables qui, à flot continu, envahissaient les jardins légendaires. Alignés devant l'entrée principale, juste au-dessus du parking des cars, les yeux rieurs et la barbiche au vent, ils se moquaient des Japonais, commentaient les montres Rolex des nouveaux riches, apostrophaient les amoureux, profitez-en, mes colombes, ça ne dure pas, et souhaitaient mille garçons pour une fille aux ventres des femmes enceintes.

Le soir tombé, tout le monde parti, dans la compagnie des seuls papiers gras, boîtes rondes des pellicules photo et lunettes de soleil oubliées, dans ce grand silence qui suivait les piétinements et les milliers de conversations, les ancêtres retrouvaient leur âge, ses solitudes et son ennui désespérant. C'est dire si pour rien au monde il n'aurait manqué le rendez-vous du samedi. À l'heure rituelle, de leurs petits pas de souris mécaniques, ils rejoignaient les abords de la maisonnette et, les uns debout, appuyés sur leurs cannes, les autres assis sur les ruines, ils attendaient le gourmand magnifique.

La première fois, quand il vit arriver cette troupe de fantômes, Gabriel s'enfuit au fond de sa cuisine et rongea son dîner, comme n'importe quel vieillard européen, c'est-à-dire seul, sans aucun plaisir de papilles ni gaieté du cœur. Le lendemain, M. Youren lui expliqua la nature de l'attente des anciens. Gabriel sourit : après tout, pourquoi pas ? Pourquoi pas ? était devenu sa devise, un fatalisme plutôt guilleret. Non seulement il allait accepter d'avaler son repas en public, mais il en ferait un véritable spectacle, une promotion éclatante pour la cuisine du sud-ouest de la France.

Sur la table de fer rouillé, devant son logis provisoire de jardinier-invité-par-le-gouvernement, il installait, avec des gestes légèrement pompeux, tout son fourbi : le réchaud à gaz, la casserole carrée remplie d'eau, la poêle, le bocal choisi, le verre et la bouteille de bergerac, Château-Moulin-Carux. Et déjà, au grand amusement de l'assistance, il claquait la langue de contentement. Durant la demi-heure suivante, même les oiseaux se taisaient : ils écoutaient clapoter le bain-marie et rissoler dans la graisse d'oie cèpes et pommes de terre. Peut-être aussi que le soudain afflux d'ail dans l'air leur pétrifiait les cordes vocales.

Les fantômes attendaient la suite, le début de la cérémonie proprement dite, le dîner du Français, symphonie de succions, mastications, flatulences, gargouillis, roulis des yeux, danse des mâchoires, léchage des babines...

Gabriel s'en donnait à cœur joie, d'abord pour complaire à son public que la moindre mimique comblait d'aise, ensuite pour se venger. Sa mère, dès l'âge de trois ans, lui avait expliqué qu'un homme bruyant à table dégoûte les femmes à tout jamais. Terrifié par cette perspective, il s'était tenu toute sa vie à la plus parfaite discrétion, même devant les plats les plus délectables qui auraient mieux mérité comme hommage qu'une mine distinguée et des lèvres en cul de poule. Puisque aucune de ses tortionnaires n'était plus là, mortes ou, ce qui revient presque au même, absentes, il libérait tous les vacarmes alimentaires qu'il avait soigneusement gardés en lui, soixante-dix ans durant. Infinie jouissance du célibat.

Les fantômes discutaient entre eux. Ils comptaient sur leurs doigts.

— Comment fait-il, cet étranger, avec tous ses cheveux blancs, pour trouver encore autant de délices à la vie ?

— Quelle nourriture céleste ou démoniaque peut déclencher une telle musique corporelle ?

— Quel âge peut-il avoir pour jouir goulûment des choses comme un cochon de jeunot ?

La dernière flatulence émise, Gabriel croisait les deux mains sur son ventre et fermait les yeux.

Profitant de ce faux somme postprandial, les fantômes s'approchaient de la table rouillée, lentement, pas après pas. Les deux ou trois plus audacieux, jamais les mêmes — on devinait des résolutions farouches, des défis personnels — plongeaient un doigt furtif dans le bocal, où déjà se figeait la graisse, puis de l'ongle grattaient le rebord de la poêle, le temps d'attraper une parcelle d'échalote, une bribe de lard luisant. Ils hochaient solennellement la tête, appréciation reprise par leurs collègues plus timides. Et, ensemble, comme ils étaient venus, ils repartaient chez eux, l'esprit chambardé : et si là-bas, tout là-bas vers l'ouest, au pays des sauvages blanchâtres, était, malgré tout ce qu'on leur avait enseigné, une civilisation digne d'intérêt ?

Gabriel entrouvrait les paupières.

— Tu vois, Élisabeth, je participe à ta croisade commerciale. J'ai bien défendu la cuisine française.

Il était heureux. Et heureux d'être heureux. Il savait, depuis le temps, que le bonheur excite les femmes. À l'autre bout de la Terre, où qu'elle se trouve en ce moment, Élisabeth sentirait cette félicité.

Et elle la suivrait, comme une étoile polaire. En moins glacé. À travers les Balkans, au-dessus du Caucase, par-delà les déserts de Mongolie. Quel autre moyen que le bonheur avait-il pour attirer au cœur de la Chine celle qu'il aimait, et la garder près de lui pour le restant de leurs jours ?

Une autre raison contribuait à la sérénité de Gabriel. Le pressentiment de plus en plus solide, et forgé à jamais par sa longue, si longue marche, que cette aventure se terminerait bien. Le Temps, sans cesse, lui réaffirmait son amitié : une sorte de caresse, une douceur fraternelle qui lui entrait dans le cœur chaque fois que ses yeux rencontraient une montre ou une horloge : leurs aiguilles, qui jouaient aux bras des télégraphes, lui faisaient passer le message qu'il ne devait pas s'inquiéter, elles travaillaient pour lui.

Il faut ajouter que de France ne venaient que des bonnes nouvelles.

Maître W. dépassait la confiance qu'on avait mise en lui. Débordant sa mission d'archiviste de l'amour, tâche qu'il accomplissait d'ailleurs à merveille, continuant de classer et de préserver de toute atteinte les documents reçus, il s'était changé en ange tutélaire de cet adultère dont la durée et la ferveur le bouleversaient.

C'est à ce titre qu'à toutes les étapes de notre marcheur de Paris jusqu'à Pékin, il avait envoyé poste restante des courriers plus que réconfortants : l'enfant Gabriele était bien l'écrivain chroniqueur de légende que l'on attendait.

Lettre reçue à Odessa :
Cher ami pèlerin,
L'incontinence persistante qui nous inquiétait tant, sa grand-mère, la femme de ménage et moi, a cessé. Gabriele dort désormais au sec avec son Atlas Larousse huit couleurs bien-aimé.

Lettre reçue à Samarkand :
Cher infatigable,
Grâce à mes réseaux, l'appui de ma soi-disant compétence juridique aux syndicats d'enseignants belges qui ont parlé de moi à leurs homologues français — je me permets ces détails car je sais que vous amuse la manière dont je tisse mes toiles —, je suis entré en contact avec sa maîtresse d'école. Elle connaît par le menu chacun de ses enfants. Après m'avoir entretenu de Dina, Judith, David, Sébastien, Florence, Vincent... elle est arrivée l'autre jour à celui qui nous intéresse. Il paraît que Gabriele est le confident de la cour de récréation. Tout le monde vient lui parler, même les grands de sixième. D'où son surnom, « Tête d'oreille ».

Lettre reçue à Oulan-Bator :
Cher Maître de l'obstination,
Je sais que vous ne pouvez pas nous répondre mais votre avis nous manque. Faut-il, dès à présent, cacher au milieu des *Tintin* de sa bibliothèque les deux ou trois livres qui pourront l'inspirer plus tard ?
Vous avouerai-je que, sans attendre votre retour, nous avons tenté l'expérience ?

Ô combien concluante. À peine *Anna Karénine* était-elle coincée entre *Le Temple du Soleil* et *Le Lotus bleu*, qu'il l'a remarquée, retirée, caressée et tendue à sa grand-mère (pas à sa mère, vous avez noté, une dinde d'ailleurs que celle-là) en lui disant, écoutez bien :

— Anna est un nom pour dames tristes. Je ne vais pas trop pleurer si tu me le lis ?

Et bien d'autres lettres tout aussi réjouissantes.

Oui, si son père banquier avait déçu, Gabriele semblait bien parti pour devenir le dalaï-lama espéré depuis tant d'années. Lui saurait raconter et donc illuminer de légende les amours coupables de ses grands-parents.

Ainsi, au cœur de Pékin et par l'une de ces ironies de l'Histoire qui réussissent à la rendre, malgré ses crimes et ses bégaiements, de temps à autre, sympathique, mes pensées étaient tibétaines. Outre ce rejeton Gabriele en qui toutes les grâces semblaient s'être rassemblées, le troisième Panchen Lama m'intéressait fort. Sans lui, jamais nous n'aurions pu mener à bien la restauration projetée. Car le récit de sa visite du Yuanmingyuan, au mois de juin 1780, était la meilleure description disponible du jardin dans sa pleine gloire, avant la ruine.

Pour avaler une bonne fois pour toutes le Tibet, la Chine avait détruit un à un ses temples, brûlé ses bibliothèques, tenté d'écraser à jamais sa mémoire.

Et voici que seul un moine tibétain du xviiie siècle lui permettait de retrouver l'un de ses chefs-d'œuvre.

LX

Les vieux du Palais d'Été tinrent conseil : puisqu'ils avaient sous la main un représentant des royaumes de l'Ouest, autant profiter de l'aubaine pour l'explorer sous toutes ses coutures. Sans se l'avouer, ils n'avaient pas encore abandonné l'ambition folle de découvrir un remède contre la mort, leur compagne quotidienne à l'haleine de plus en plus fétide et insistante. Tous, ils se réveillaient la nuit, la poitrine et le front trempés de sueur, la main gauche crispée sur le cœur et la droite agitée de mouvements dérisoires, encore terrorisés par le cauchemar rituel : la terre leur entre par les yeux et leur emplit peu à peu les poumons. Tous, quand le jour se levait, se demandaient : sera-ce le dernier ?

Ils décidèrent d'en savoir plus. Cet étranger avait peut-être des solutions pour retarder l'échéance. Le seul fait qu'il survive à ses repas monstrueux, si contraires aux principes sacrés de l'ascétisme-gage-de-la-bonne-santé, était la preuve d'une connivence avec les puissances occultes.

— Ce jardinier a la bonne pratique des choses cuites. Comment agit-il avec les crues ?

C'est ainsi que commença la semaine des tentations.

La première se présenta sous la forme allongée de deux socquettes blanches. Gabriel était agenouillé au milieu d'une plate-bande et cassé en deux, l'œil environné de feuilles, il tentait de repérer en quoi les pucerons chinois dévoreurs d'azalées différaient de leurs collègues français. Craignant que les sandales, qui continuaient les socquettes, n'écrasent un plant ou deux, il releva furieusement la tête.

Dans le soleil encore pâle du matin, le plus enchanteur des minois enfantins, cerné de deux nattes brunes, lui souriait. Plus bas, à la lisière d'une jupe plissée bleue, un genou rond s'impatientait. Gabriel retira son fameux chapeau d'horti-culteur-intellectuel européen des années trente, il salua : bonjour, mademoiselle. Puis, du revers de la main, avec douceur mais fermeté, il pria la jeune personne de se reculer, remit son couvre-chef et, de nouveau cassé, reprit son enquête entomologique.

De leur repaire, les vieux n'avaient rien manqué de la scène. Ils avaient choisi le cadeau de Gabriel sans aucun mal : arrière-petite-fille de l'un d'entre eux, elle était la plus belle depuis sa naissance. Et souvent, presque aussi souvent que de la mort, ils avaient rêvé d'elle, de petits doigts frais sur leur racine desséchée, ou simplement de la fraîcheur d'un baiser qui sentirait le chewing-gum à la framboise Hollywood, dernière folie américanophile de la jeunesse. Ils n'eurent pas besoin de débattre. Leur religion était faite : un homme qui ne profite pas de pareilles circonstances pour sinon caresser, du moins glisser partout ses pupilles, cet homme-là n'aime pas le cru.

Cette manifeste indifférence pour le sexe accrut la popularité de Gabriel au sein du petit groupe. Une frénésie érotique comparable à ses boulimies alimentaires l'aurait, jalousie œuvrant, fait haïr à jamais. Quelle que soit la longueur de son nez, il est des nôtres, gibier de cercueil et hôte de toutes les impuissances. Et comme ils le faisaient pour eux-mêmes à mesure que leurs corps se dégradaient, ils lui inventèrent de subtiles excuses :

— Peut-être n'aime-t-il que ces créatures aux cheveux sans couleur, qu'on appelle blondes dans les dictionnaires ?

— Moi je crois qu'il a tant croqué d'ail dans sa vie qu'il a trop peur d'empoisonner de la gueule.

— La timidité pue plus que l'ail.

— Les jardiniers préfèrent les fleurs aux femmes parce que leurs sexes n'emprisonnent pas.

Quelqu'un émit une autre hypothèse :

— Et si c'était le trop cru qu'il n'aimait pas ?

— Que veux-tu dire ?

— Je veux dire que certains n'aiment pas la jeunesse. Ils sont rares. Mais on m'a dit qu'ils existent.

Ils se regardèrent et ils regardèrent aussi en eux-mêmes, à la recherche de la vérité : quelle était leur préférence, leur vrai rêve, une surface lisse sous la main ou une ridée ? une odeur d'aube ou de maison qu'on ouvre après l'hiver ? un sexe serré comme la terre humide ou un étang sans fond ni rives ? En silence ils votèrent, malheur à nous si cela nous arrive, malheur et cruel bonheur si les sortilèges d'une gamine nous envoûtent, mais oui, mille fois oui aux tendrons plutôt qu'aux vieilles épouses !

— Peut-être que les Occidentaux ne sont pas comme nous ?

— Leurs nations sont jeunes, ils ont sans doute besoin d'expérience.

— Essayons.

Une délégation rendit visite à une veuve, nièce de l'un d'entre eux. Elle habitait Tianjin, une pièce minuscule où, depuis la mort de son mari et sa mise à la retraite, elle travaillait pour s'empêcher de tourner en rond. Ancienne interprète de conférences, elle traduisait des auteurs irlandais (John McGahern...) ou français (Alexandre Vialatte, Henri Calet). Les romanciers de sa préférence n'étaient pas les joueurs de grandes orgues, les « créateurs d'univers ». Encore moins les chouchous des universitaires, les fruits secs du Nouveau Roman. Elle aimait les guetteurs, les chasseurs de papillons, ceux qui savent capter le frémissement de la vie et l'irruption de la magie dans le plus banal quotidien. Hélas, aucun éditeur local ne s'intéressait à ses travaux. Alors elle les abandonnait, une fois achevés, sur l'une des tables de la bibliothèque du quartier. Elle en ressortait plus légère et plus triste, se disant : je suis comme ce manuscrit. Qui voudra encore de moi ?

Elle accueillit donc les émissaires avec un enthousiasme de jeune fille, bien caché sous sa froideur de dame habituée à la fréquentation des ministres, voire des présidents.

Elle secoua la tête.

— Je connais les Occidentaux.

— Même les jardiniers ?

Elle sourit et compta sur ses doigts.

— J'ai été l'interprète de cardiologues, de marchands de bière et d'automobiles, de spécialistes du nucléaire, du féminisme, de l'horlogerie, des préservatifs... Quoi encore ? Ah oui, les officiels en blazer du Mouvement olympique, les amis du Tibet, les agents du tourisme... Mais sauf erreur, jamais des horticulteurs. Ce sont des hommes comme les autres, non ?

Les visiteurs levèrent les bras au ciel.

— À vous de voir, justement.

Elle murmura :

— Et moi, suis-je encore une femme ? Descendez. Je vous rejoins dans une demi-heure... Si la cause n'est pas désespérée.

Elle retrouva le miroir qu'elle avait caché dans un tiroir, grimaça au premier coup d'œil, dressa un bref bilan. À l'actif : allure, haute taille, longs segments, pommettes saillantes ; au passif : peau désastreuse, cheveux ternes et seins enfuis, est-ce vrai qu'à l'Ouest on n'aime que les seins ? Elle se mit à l'œuvre. Dix fois elle faillit abandonner, marcher vers la fenêtre et crier aux trois cacochymes qui poireautaient sur le trottoir de s'en aller, y'a plus rien à voir.

Deux forces la poussèrent à continuer son ravalement de fortune :

La première venait d'une petite ritournelle minable, trottant comme un rat dans sa tête : « Qu'est-ce que je risque, après tout ? »

La seconde avait plus de tenue, elle trouvait sa source dans une véritable morale, celle que lui avaient enseignée ses écrivains favoris : prendre de la vie tout ce qu'elle peut donner.

Que complotent ces trois ancêtres et cette femme encore belle ? se demandèrent les voyageurs du train Tianjin-Pékin. Sur ce train, je pourrais raconter bien des choses, enivrer le lecteur de détails exotiques et piquants mais la rigueur de mon propos l'interdit : s'en tenir à l'essentiel, chasser les digressions. Il ne s'agit que d'amour. La conclusion approche. Et s'impatiente.

Gabriel était assis sur le banc de pierre, à sa place de repos favorite, dans l'île de la Licorne. Son échenilloir, planté devant lui dans le sol comme une lance, lui donnait l'air d'un soldat, vieux soldat épuisé au soir de la guerre. Laquelle guerre n'était, en l'espèce, qu'un travail minuscule : la taille d'à peine dix mètres de buis. Malgré ses élèves qui, animés des meilleurs sentiments insupportables, la pitié, la compassion... voulaient tout faire à sa place et lui arrachaient sans vergogne ses outils, il continuait à œuvrer de ses mains :

— Les plantes reconnaissent qui prend soin d'elles.

Mais cet effort lui coûtait de plus en plus. Depuis le temps que je puise dans mes réserves, se disait-il, que me reste-t-il en magasin ?

Mme Liao ne prit pas le moindre instant pour examiner le vieillard qu'on lui destinait ou, tout au moins, qu'on lui demandait d'affoler. Elle mourait tant de solitude et d'ennui que le physique de son partenaire n'avait aucune importance pourvu qu'il fût partenaire, un être vivant, même pour peu de temps, une présence humaine qui la changeât de son habituelle compagnie de papier. Elle marcha droit vers le banc et prit place à côté du guerrier décati.

— C'est vrai ce qu'on dit, les jardiniers n'aiment pas les femmes ?

Gabriel, tout à sa fatigue, répondit machinalement :

— Les jardiniers n'aiment qu'une seule femme.

— Et pourquoi cette constance ?

— Parce que, avec les plantes, ils ont la diversité à portée de la main.

Alors seulement il se rendit compte que la conversation se déroulait en français. Il se tourna vers l'effrontée et ajouta :

— Et aussi et surtout parce que le soir ils ont le dos cassé.

— Tout s'explique. Que peut-on faire de bon avec un dos cassé ?

L'effrontée parlait avec une voix de religieuse, douce et chantonnante, agrémentée d'un rien d'accent anglais qui enrobait de sucre les consonnes. Elle avait dans les yeux cette lueur qu'il connaissait bien. Il se dit que toute sa vie, il n'aurait intéressé qu'une seule catégorie de femmes, les moqueuses, celles qui d'un regard vous font danser comme un cow-boy dans les jambes de qui l'on tire au revolver pour faire rire l'assistance.

Je suis bien trop vieux pour danser, se dit Gabriel. Pourtant il se redressa et, toute fatigue par miracle enfuie, il sentit monter en lui, venue de loin, si loin, une flottille d'envies oubliées, de siffloter, de sancerre frais au bord de l'eau, d'allusions qui font rougir, de bribes de peau surprises entre deux boutons de nacre. Il se dit qu'au plus profond, profond, profond de son être, inséparable de la force même qui le faisait vivre était la gaieté. Et d'être ainsi accueillie et fêtée, la gaieté s'accrut. Car telle est sa nature, un peu coquette.

— Vous jouez souvent comme cela, avec l'âge ? dit la traductrice.

Le jardinier qui lui faisait face en une minute avait perdu trente ans.

C'était l'heure où, la première partie de sa journée achevée, Gabriel prenait quelque repos. Levé avec l'aube, il avait revu le programme de travail, présidé à l'installation des équipes, testé l'humidité des terres, modifié tel ou tel alignement.

Et maintenant, assis à l'ombre de l'acacia, il regardait avancer vers lui un miracle, depuis deux semaines aussi ponctuel qu'une horloge : une femme. Une longue allure de princesse. Car les dieux de la métamorphose avaient aussi visité la traductrice. Ils lui avaient redressé la taille, revivifié le teint, ralenti les gestes, redonné sa noblesse, bref rendu son royaume. Moi, marcher au lieu d'aller dans mon carrosse habituel ? Êtes-vous conscient de ce que je fais pour vous ?

Le premier jour, en fait le second si l'on ajoute la rencontre, elle avait tordu le nez devant la bouteille, les fromages et le pain étalés sur la table rouillée.

— Comment faites-vous pour avaler ces cochonneries qui bouchent les artères ?

Il lui répondit que tous les écrivains qu'elle aimait s'offraient en fin de matinée ce genre de casse-croûte. Il faut remplir le trou creusé par la création. En outre les écrivains s'incarnent dans tellement de corps qu'ils peuvent répartir le cholestérol comme bon leur semble.

— Les écrivains, je veux bien. Mais les jardiniers ?

— Les jardiniers sont au cœur de la vie, il ne peut rien leur arriver de mal.

Depuis, vaincue, elle appréciait tant le reuilly frais et la saucisse sèche du Rouergue que Gabriel se demandait si elle ne venait pas d'abord pour l'en-cas.

Rassasiés, ils conversaient.

Avec une avidité d'exilée, elle lui posait d'innombrables questions sur la vie littéraire française et européenne. Bien en peine de lui répondre, et prêt à tout pour ne pas décevoir cette visiteuse dont il attendait chaque jour la venue avec une impatience croissante, il inventait les réponses :

— Oui, Patricia Highsmith a connu une fin heureuse grâce à l'amour de James Ivory. Patrick Süskind ? Vous voulez vraiment savoir pourquoi il publie si peu ? Je vais demander qu'on m'envoie la photo de cette jeune actrice, Kristin Scott-Thomas. Vous comprendrez qu'une telle personne dévore tout le temps d'un homme, même allemand...

Quand il allait trop loin (« Comment vous ne le saviez pas ? Mais Jean-Marie Gustave Le Clézio s'est battu en duel, l'hiver dernier, avec Vázquez Montalbán »), elle le regardait avec des yeux ronds, pas très sûre qu'on lui dise la vérité.

Qu'importe la vérité, à leur âge ? Elle entrait dans son jeu.

— Et pour quelle raison, cette dispute ? Une femme ?

— Bien pire. Le grand Niçois blond, si doux jusque-là, avait giflé l'Espagnol pour s'être moqué méchamment des écologistes, ses frères.

— Quelle histoire !

— On dit aussi que l'Académie Goncourt vit ses dernières heures. Sur plainte d'un candidat malheureux, la Cour européenne de justice préparerait un arrêt interdisant aux jurés de voter pour quelqu'un publiant chez le même éditeur qu'eux.

— Mais c'est une nouvelle nuit du 4 août !

— Comme vous dites !

— Vous me rassurez. J'avais l'impression que la vie littéraire française se mourait.

— La crise a changé tout ça. Plus personne ne lit de livres mous. Les écrivains ont dû se transformer en combattants.

— Comme au XVIᵉ siècle ?

— Exactement.

Elle resta de longues minutes les yeux dans le vague du ciel, rêvant à ces personnages romanesques qu'étaient redevenus les hommes de lettres d'Occident, bretteurs, fous d'amour et chevaliers des causes perdues.

Gabriel savait qu'elle n'était pas dupe. Il savait aussi que ce besoin de songes avait été engendré par une mer grise qu'il connaissait entre toutes, la solitude. Il imaginait l'appartement minuscule de Tianjin et cette femme aux allures de princesse réfugiée dans des romans lointains, dont aucun de ses millions et millions de voisins n'aurait même envisagé l'existence.

Il posa la main sur son genou. La solitude, la sienne et celle des autres, faisait naître en lui d'irrépressibles nécessités de toucher.

Les visites de Mme Liao l'emplissaient d'une chaleur et d'une paix qu'il n'avait jamais éprouvées, prisonnier tant et tant d'années des agendas chaotiques de l'adultère, des annulations de dernière heure, des rendez-vous écourtés... Il n'avait pas souvenir d'avoir jamais vu sans montre le poignet gauche d'Élisabeth et même au plus profond d'elle, il avait eu souvent la certitude que battait une horloge, qui lui interdisait de rester immobile : à peine arrêtée, il sentait sa queue reprise par une cadence. C'est dire s'il goûtait la régularité, la tranquillité et la ponctualité de ces rencontres.

Il lui semblait que le Temps avait eu pitié de lui. Il avait convoqué les heures, minutes et autres subdivisions plus mineures et leur avait tenu ce langage des plus inhabituels : si, exceptionnellement, nous offrions une trêve à un mortel, hein, si nous laissions en paix ce pauvre Gabriel ?

Dans le bois d'où ils guettaient, les vieux se tapaient sur l'épaule :

— Nous avons réussi.

— Tu avais raison : il préfère le boucané au cru.

— Combien de temps va résister la veuve ?

— Oh, il est bien moins hâtif qu'avec la nourriture.

— Vous avez vu le papillon-lune qui ne les quitte pas ?

— C'est le signe des amours tardives mais qui pourraient devenir violentes.

— Regardez : à peine onze heures et déjà il se couche.

— Il a raison. À nos âges, il ne faut pas trop abuser de ses forces.

LXI

Au même moment, de l'autre côté de la Terre, Élisabeth recevait la Légion d'honneur « pour quarante années de service ininterrompu ». Dans le grand salon du nouveau ministère des Finances, marbre et vitres, aussi chaleureux qu'une pissotière géante, un secrétaire d'État avait longuement chanté ses louanges à « la femme d'exception, combattante infatigable sur tous les fronts du commerce international, irremplaçable alliée de l'industrie française comme en témoigne la présence de très nombreux patrons, vos amis, madame, qu'ils sachent que cette maison est la leur, à cet égard, le Premier ministre m'a chargé de vous annoncer sa détermination absolue de présenter dans les trois mois à l'Assemblée un projet de loi simplifiant radicalement nos procédures d'appui à l'exportation, oui, femme d'exception, preuve supplémentaire, s'il en était besoin, de l'infériorité de notre sexe, messieurs (rires), exemple vivant de l'ubiquité dont nos compagnes ont le génie, fonctionnaire d'élite en même temps qu'épouse attentive, et je saisis cette émouvante occasion pour saluer l'heureux mari bien connu de nos cours d'arbitrage, négociatrice implacable et mère de trois enfants, trois garçons qui ont déjà fait du chemin, leur réussite discrète mais solide prouve, à l'évidence, la qualité de l'éducation reçue ». Etc. Applaudissements.

— L'heure de la retraite a sonné. Mauvaise nouvelle pour l'État, qui perd l'un de ses meilleurs agents. Péripétie pour une personnalité de votre trempe. On me dit que dès demain vous commencez une nouvelle existence... Au nom du président de la République...

Tout en glorifiant, l'homme politique s'était rapproché, et dressé sur la pointe des pieds.

— Je vous fais chevalier...

Applaudissements, derechef. Accolade.

La croix brillait sur le tailleur jaune Ungaro.

On l'embrassait, on la remerciait, on lui faisait la grâce de parler non du passé, mais d'avenir, « et si vous veniez nous rejoindre chez Alcatel maintenant que vous êtes libre ? » « Renault aurait bien besoin d'un conseiller pour les affaires coréennes et indonésiennes... » Les petits fours alternaient avec les compliments, plaisirs combinés de la bouche et des oreilles. Élisabeth, parmi de rares faiblesses, raffolait du champagne, même tiède, des canapés aux asperges et autres barquettes d'œufs de saumon. Entre deux bouchées et trois serrements de main, elle se répétait son antienne favorite : je suis heureuse, décidément, j'ai fait le bon choix, je suis heureuse et si sereine ! Sa famille endimanchée roucoulait de fierté.

Tout allait donc pour le mieux dans le meilleur des mondes retraités possibles.

Alors pourquoi, malgré toutes ces sucreries, ce concert de salamalecs, cette acidité soudaine de l'air ? Élisabeth, on le sait, n'aimait pas se gâcher la vie. Elle cherchait, cherchait la raison de ce malaise pour s'en débarrasser au plus vite et récupérer le bonheur plein auquel elle avait droit, en ce 22 septembre, jour de splendeur républicaine. Ne trouvant rien, sa fureur montait.

— Quelque chose ne va pas, maman?

Son fils cadet avait remarqué son souci.

— Si tu allais tenir compagnie au président Lagardère, il est tout seul.

Le nouveau chevalier se sentait piqué comme par un invisible mais vindicatif essaim. D'un coup d'œil elle vérifia que l'épingle qui retenait la croix ne s'était pas ouverte. D'ailleurs ces harcèlements, infimes morsures et fourmillements, ne s'arrêtaient pas à la zone généralement réservée aux décorations, le nord-est du sein gauche. Ils atteignaient maintenant des régions plus intimes, le haut des cuisses, le creux du plexus...

Fidèle au premier de ses principes personnels (« ne rien laisser paraître »), elle joua jusqu'à la fin du cocktail les différents rôles qu'on attendait d'elle : émotion familiale, gratitude, détermination, époustouflante jeunesse pour son âge...

— Ouf, dit Élisabeth en se laissant tomber sur le siège avant de la voiture, au côté de son mari.

— Belle cérémonie, tu pars en beauté.

— Pour mieux revenir.

— Ça, je te fais confiance.

Dans la pénombre du parking, Élisabeth cédait enfin à une envie longtemps réprimée : elle se grattait furieusement l'avant-bras.

— Que t'arrive-t-il? Il y a des puces aux Finances?

— Il m'arrive... il m'arrive...

En bonne rationaliste, ex-protégée de Kojève, elle passait en revue l'armée des causes possibles de son malaise.

Elle crut l'avoir trouvée : en un geste de supporter sportif elle se frappa fort du poing droit la paume gauche.

— Il m'arrive que je suis allergique à la Légion d'honneur.

— Venant de toi, rien ne m'étonne.

Elle haussa les épaules et après s'être escrimée avec l'épingle, tu ne pourrais pas conduire plus souplement, elle jeta la croix dans la boîte à gants où elle devait demeurer trois mois, oubliée de tous, en compagnie d'une brosse à cheveux, de la carte de l'Ile-de-France, soixante kilomètres autour de Paris, de lunettes de soleil au verre droit crassé et d'un Bi Bop sans pile.

Dans le lit conjugal les piqûres continuèrent. S'y était ajoutée comme une invitée de la dernière heure une main, petite main de fer, qui après avoir erré quelque temps sous la chemise de nuit, aux alentours du nombril, était remontée, et subitement, comme saisie par une colère imprévisible, avait planté ses doigts, là, au-dessus du ventre, entre les côtes flottantes. Et maintenant elle serrait, serrait comme si elle voulait broyer quelque chose qui lui échappait toujours.

— Que vous ai-je fait pour me torturer ainsi ? lui demanda Élisabeth à voix très basse (son mari avait le sommeil léger des hommes souvent trompés).

La main ne répondait pas. Les mains donnent ou prennent mais ne répondent jamais.

Ce dialogue de sourds dura deux semaines.

Pendant le jour, ses assaillants mystérieux laissaient Élisabeth tranquille. Il faut dire qu'ils auraient eu du mal à l'atteindre tant elle courait. De la Préfecture de Police, pour déposer les statuts de son association, au CNPF, pour sonner le rappel des donateurs, du journal *Les Échos*, histoire de tenir la presse en alerte, aux allées du magasin Ikea, son calepin d'une main et son Caddie de l'autre : voyons j'ai mes deux tables à tréteaux, les corbeilles à papier, les agendas en solde puisque l'année est écoulée, pardon madame où puis-je trouver du déodorant pour les toilettes ?... Sans compter la visite chez l'agent immobilier pour signer le bail, les menaces au peintre bulgare pour qu'il daigne passer la seconde couche, le thé au lait avec un vieil ami de France Télécom pour qu'il accélère l'installation des lignes... Classique parcours du combattant, bien connu de tous les créateurs d'entreprise.

Et le soir, pour épuiser les dernières de ses forces et se préparer un sommeil qu'elle espérait profond sans y croire, elle honorait de sa présence les insipides mondanités diplomatiques, fêtes nationales du Luxembourg ou du Pakistan, anniversaire de la mort de Kim Il Sun, clôture du XXᵉ colloque organisé par l'Amitié franco-kenyane... Elle y distribuait à la volée force cartes de son enfant encore à naître :

Association pour le Vrai Visage de la France
63, rue de Prony
75017 Paris

Et les ambassadeurs prenaient partout le même air convaincu en levant les mêmes flûtes du même champagne Roederer :

— Buvons à la coopération scientifique et technologique entre nos deux pays. Votre association lui apportera une contribution sans nul doute décisive.

Enfin, de retour au logis, elle se débarrassait de ses chaussures dès l'ascenseur, commençait de se déboutonner dans l'entrée, direction le lit via la douche.

Dieu me préserve des retraitées, marmonnait le mari.

Élisabeth dormait déjà.

Le « Vrai Visage de la France », cette appellation peut surprendre. Et faire sourire. Elle avait été dictée à Élisabeth par sa colère chaque fois qu'on présentait son pays comme un royaume suranné, patrie des parfums, robes et autres camemberts...

Alors que le Vrai Visage de la France moderne avait un TGV à la place du nez, des centrales atomiques dans les globes oculaires et du génie génétique partout sous les pommettes

L'*Actias selene* était ponctuel : à peine le rêve, toujours le même, déroulait-il ses premières images, à peine la lumière éclairait-elle un paysage de jardin lointain, arbres, petits lacs et allées de pierres moussues, que le grand papillon vert pâle entamait sa valse maudite. Tournoiements, piqués soudains, montées brutales, longs planés, disparition dans le soleil, poser moqueur sur une branche d'acacia, prenez-en de la graine, humains, comment supportez-vous la lourdeur de vos corps ? Et reprise de la danse...

Gabriel et une silhouette féminine sans visage, assis de part et d'autre d'une table de fer rouillé, jouaient aux dominos.

Dans son lit, Élisabeth s'agitait. De la main, comme on chasse une mouche, elle tentait de repousser l'intrus.

Mais qui peut empêcher la marche d'un rêve ?

Alors le papillon passait à l'assaut. Un assaut si doux qu'on aurait dit un hommage. Il s'approchait de la table et battait lentement des ailes, ses ailes immenses et pâles, larges comme une paume et parcellées d'ocelles.

Ému par ce souffle, le double deux, premier de la file des dominos, commençait par trembler, il oscillait sur sa base. Élisabeth, dans son sommeil, tendait le doigt pour le retenir mais peine perdue. Il chancelait et finissait par tomber sur son voisin, lequel en chutant entraînait le suivant.

Une mappemonde avait remplacé le jardin. On y voyait la ligne blanche des dominos progresser vers l'ouest, par la route des invasions, Mongolie, Kazakhstan, Ukraine, jusqu'à Paris VIe. Ils montaient l'escalier contre toutes les lois de l'attraction terrestre, franchissaient la porte comme un héros de Marcel Aymé. Le dernier domino pénétrait dans le corps d'Élisabeth, là, entre les côtes, à l'endroit où fouillait la main.

Dressée dans son lit, Élisabeth se mordait les lèvres pour ne pas pleurer ni appeler. Les harcèlements, piqûres et morsures avaient repris et dureraient jusqu'au jour. Elle regardait le réveil. Comme à chaque fois, les aiguilles phosphorescentes marquaient quatre heures.

LXII

Maître W. se désolait.

Et pour la première fois depuis des années et des années, en fait depuis la sorte de nuage gris qui l'avait enveloppé à la mort de son père, il ne ressentait en cette fin de septembre aucune joie alors qu'approchait pourtant la saison de sa gourmandise favorite, la truffe blanche.

Il errait tristement avenue Louise dans l'unique pièce qu'il avait, à l'heure de la retraite, gardée de son cabinet, et où dormaient ses archives, désormais sa seule et dernière clientèle. Bien d'autres qu'Élisabeth et Gabriel lui avaient confié leurs secrets mais ces deux-là avaient depuis le premier jour sa préférence : leur obstination, leur vaillance, la durée de leur aventure, autant de traits qui permettaient d'espérer un amour légendaire (dont la gloire rejaillirait forcément sur son principal complice).

Hélas ! Quelles déceptions lui avaient apportées les deux semaines passées ! Quoi de plus banal qu'un vieil expatrié qui cède en Chine aux charmes érotiques de l'exotisme ? Quelle misère d'entendre roucouler une reine parce qu'on l'a décorée, en même temps que des milliers d'autres compatriotes, d'une croix brillante en métal argenté! Pauvre Roi Arthur, nommait-il ainsi ses compagnons chevaliers à l'ancienneté? Était-ce encore nécessaire de suivre de si près le jeune et génial Gabriele? Quel roman de ces ancêtres pourrait-il écrire, sinon celui du gâchis? « La victoire des convenances », à quoi bon raconter ce genre de sinistres dégringolades?

Bref, Maître W. s'apprêtait à fermer définitivement boutique et oublier son couple favori quand lui parvint le télégramme d'Élisabeth dont le ton, comminatoire, le revigora :

« Lundi prochain, restaurant Jules-Verne — (1er étage de la tour Eiffel) — Treize heures. »

Dans le train Thalys qui le conduisait à Paris, sans se préoccuper de la stupéfaction de ses voisins devant une telle énergie chez un vieillard, il se frottait les mains, il boxait l'air : « Nos affaires reprennent, j'étais sûr que des gens comme eux ne peuvent se faire avaler par la médiocrité, à cheval pour la dernière étape. »

Et maintenant Maître W. étouffait.

Son teint avait gravi toute la gamme des rouges avant de s'arrêter au lilas. De violents spasmes secouaient sa veste anglaise. Et à travers ses doigts, appuyés sur ses paupières comme ceux d'un enfant qui compte jusqu'à cent pour le jeu de cache-cache, de grosses larmes coulaient, rondes et régulières.

— Monsieur, monsieur, monsieur...

Le maître d'hôtel, entouré par deux jeunes serveurs tétanisés, avait posé son énorme main droite sur l'épaule du malheureux et continuait sa litanie, des supplications de plus en plus désespérées, monsieur, allons monsieur... Sa chevalière brillait sur le tweed. La salle entière du Jules-Verne avait interrompu son déjeuner. Bouches ouvertes et fourchettes en suspens, on regardait passionnément trépasser ce pauvre homme...

De l'autre côté de la table, assise sur la banquette, Élisabeth considérait ce spectacle d'un œil glacé.

L'accès de Maître W. avait commencé vers le milieu du rêve, lorsque le papillon fait vaciller le premier double deux. Un bref fou rire. Bientôt irrépressible quand elle avait continué son récit.

Il ne voulait pas y croire.

— J'ai bien entendu... C'est trop beau... Gabriel joue avec une dame... et les dominos...

Très vite, des hoquets l'avaient empêché de parler.

Peu à peu, sans rien abandonner de sa couleur lilas, l'avocat reprit son souffle.

— Ah, monsieur nous revient. On peut dire que monsieur nous a fait peur !

Le maître d'hôtel retira sa main baguée. Une à une, à regret, les fourchettes recommencèrent leur labeur d'aller-retour entre assiettes et dentures.

— Si tu sais quelque chose, siffla Élisabeth, c'est le moment.

Maître W. se mordit la langue pour ne pas succomber à nouveau.

— Si tu sais quelque chose...

La vieille dame avait haussé le ton. Des projets de meurtres défilaient dans ses yeux noirs : Maître W. étranglé, Maître W. poignardé, Maître W. jeté de cette ridicule tour Eiffel...

Le futur assassiné conserva son sang-froid. Il redressa même la tête et, après une brève hésitation, prononça la tautologie cruciale, celle qui allait relancer l'histoire et lui donner son visage définitif :

— En Chine, il y a des Chinoises.

L'effet fut instantané.

Élisabeth jeta sa serviette sur la table, se dressa (renversant sa chaise), hésita (vais-je ou non gifler ce Maître W. ?), préféra l'insulte (« morpion d'alcôve »), traversa le hall à grands pas, dans un silence qu'il faut qualifier d'admiratif plus encore que de stupéfait, bouscula un sommelier, ignora la jeune fille du vestiaire dont la question, il est vrai, manquait d'à-propos (vous avez votre numéro, madame?), déboucha sur la plate-forme où il ventait fort, s'engouffra dans l'ascenseur qui, les portes refermées, se mit à grimper vers le ciel malgré les insultes de la dernière passagère qui avait agrippé le liftier et le sommait de rejoindre le sol où des affaires de la plus extrême urgence l'attendaient.

Avait-il parlé trop fort, au lieu de chuchoter, en levant son verre de vieille prune de Souillac?

Maître W. n'en avait pas l'impression. Mais à son âge, il fallait se méfier des impressions. On devient sourd sans s'en rendre compte et l'on se met à hurler.

Toujours est-il que le Jules-Verne tout entier reprit à haute voix son murmure comme s'il s'agissait d'un vrai toast : « À la jalousie! » et l'on applaudit debout la sortie du vieillard : Vive la jalousie, vivent les jaloux, l'avenir leur appartient, vivent ceux qui jusqu'au bout savent inspirer la jalousie!...

« Ces gens-là se trompent un peu de cible mais qu'importe, ils connaissent la vie, se dit Maître W. en redescendant. Sans jalousie pas d'avenir de l'amour car chacun peut y picorer, comme dans une salade mixte. Voilà ce qu'il manquait à mes deux protégés. La proximité de la fin leur donne le sens de la rareté. »

Maître W. savait où retrouver Élisabeth. Aéroport Roissy-Charles-de-Gaulle. Terminal 2. Vingt-trois heures du même jour. Sans attendre elle partait bien sûr au combat.

— La pétasse de Gabriel n'a qu'à bien se tenir.

Elle avait dans l'après-midi repoussé à plus tard l'ouverture de son association pour le Vrai Visage de la France.

— Je commence par la filiale chinoise. C'est là-bas le marché de l'avenir, non ?

Il l'embrassa. « Je suis fier de toi. » Sans se retourner, elle disparut sous le portique à détecter les armes à feu.

Sur le chemin du retour vers son hôtel parisien, il demanda au Vietnamien qui conduisait le taxi d'allumer le plafonnier. Il voulait contempler encore une fois les deux derniers joyaux de sa collection d'archives : la note du Jules-Verne offerte par la direction et signée par tous les clients (Vive la jalousie !) et la contremarque du billet Paris-Pékin, classe affaires, vol AF n° 128.

LXIII

Longtemps les vieux du Jardin d'Été pestèrent contre le Destin : pourquoi avait-Il fait que les deux femmes se manquent, et de si peu ? La rencontre, peut-être violente, aurait sûrement constitué le plus savoureux des spectacles. Hélas, le taxi de l'une, en provenance de l'aéroport, dépassa l'autobus de l'autre deux kilomètres avant le Yuanmingyuan et notre Élisabeth s'approchait déjà de la maisonnette quand sa rivale, à demi écrasée par un voisin obèse et malodorant, levait les yeux de son livre, tiens, nous sommes arrivés, voici le cher parking.

Les reines n'expliquent rien, et moins encore la raison de leur venue soudaine et de si loin.

Les reines, même jalouses, ne reprochent rien à personne, d'ailleurs quel homme doué de raison aurait le culot d'imaginer qu'il a pu faire souffrir une reine ?

Les reines n'embrassent pas, malgré l'envie folle qui les taraude de humer sur cet imbécile de Gabriel la présence puante de l'Autre.

Les reines ne disent même pas bonjour : pourquoi perdre du temps à souhaiter l'existant ? Quelle journée où je suis ne serait pas bonne à vivre, c'est bien ce que tu espères depuis trente-cinq ans, non ?

Les reines sont là.

À peine, quand la jalousie les a pincées, s'accordent-elles le droit de ranger doucement dans la boîte de bois les dominos abandonnés sur la table rouillée (dominos et table exactement semblables à ceux du rêve).

À peine s'offrent-elles le plaisir de saluer d'un air moqueur le papillon géant *Actias selene* vert bleuâtre clair.

Et elles pénètrent en propriétaire dans le logis du jardinier consultant, et amoureux paralysé, elles ouvrent leurs valises, elles installent leurs affaires, elles parlent d'avenir, dis-moi, c'est un peu sommaire ici mais charmant pour une cabane de week-end, nous jouerons aux jardins ouvriers, dis-moi, la douche fonctionne ?

Par la fenêtre de la chambre, Gabriel vit s'avancer la traductrice, balançant joyeusement, comme d'habitude, son grand cabas de toile grège. Il la vit se figer devant la table rouillée vide. Il la vit tourner lentement la tête vers lui. Il la vit, cette tête qui le bouleversait chaque jour davantage, acquiescer, d'avant en arrière, et sourire, j'ai compris, Gabriel, on ne change pas de rails si près de la gare. Il vit la tête regarder une dernière fois la table et les deux chaises. Et la silhouette et le cabas grège disparurent, avalés par la cruauté gratuite de la condition humaine : pourquoi faut-il que nos plus belles amours nous surviennent généralement en même temps, alors que leur succession harmonieuse, la braise d'une passion sur le point de s'éteindre allumant les premières flammes de la suivante, éviterait tant de pleurs, de drames dus aux accumulations superflues et aussi tant d'années bêtement solitaires, inutilement disponibles ?

Au moment même où germait dans sa tête cette récrimination, il se disait qu'elle concernait sans doute tous ses frères masculins mais pas lui : Élisabeth l'avait autant habité, hanté, accompagné absente que présente. Jamais elle n'avait laissé de vraie place pour une autre.

LXIV

Pourquoi le Jardin d'Acclimatation lui revenait-il si fort en mémoire, cet enclos minuscule en bordure de Paris, si loin dans le temps, si distant de Pékin, si misérable face aux splendeurs du Yuanmingyuan ? De la porte Maillot, on s'y rendait en petit train traversant un bois de pins, accompagné d'une grand-mère, les parents n'ayant pas la patience nécessaire pour ce genre d'excursion. A-ccli-ma-ta-tion, syllabes trop nombreuses et mystérieuses pour un enfant. À quelles tristes réalités de la vie étaient censés l'acclimater les animaux enfermés dans ce parc, l'ours mort d'ennui et lécheur de lui-même, le singe inlassable montreur de son cul et le paon faiseur de roue même quand personne ne le regardait ? Et les manèges, tous ces chevaux multicolores qui montaient et descendaient sur leur axe, devaient-ils nous apprendre, au son de l'accordéon, que la liberté n'existe pas mais que rien n'est irrémédiable, que le destin propose encore et encore les mêmes aventures jusqu'à la fin, jusqu'à ce que résonne la cloche du gardien, le jardin va fermer, et que tombe la housse sur ce bestiaire de bois peint ?

C'était l'heure où Colette, la courageuse grand-mère, rangeait son tricot, repliait son siège de toile, celui qu'elle trimbalait partout pour ne pas payer les chaisières, une race qu'elle haïssait pour d'impénétrables raisons.

— Que dirais-tu d'une rivière enchantée pour bien dormir ?

Chaque fois, la caissière jouait la même comédie, trop tard, regardez, les barques sont bâchées. On négociait. Puisque c'est vous. On embarquait. Le fossé plein d'eau courante serpentait entre les arbres, les bouteilles vides, les cornets de glace éventrés, quelques violettes, des primevères au printemps et les troupeaux de canards endormis.

À se sentir ainsi doucement emporté, le petit Gabriel fermait les yeux. Vacances, les voyages sur la rivière enchantée étaient les seules vraies vacances, plus besoin de choisir entre football et piscine, plus besoin de se « prendre en main », comme disaient les parents, l'eau s'occupait de tout.

— Alors, tu vas bien dormir ? lui demandait Colette quand ils retrouvaient la terre ferme.

Il souriait : c'est si bon la vie quand elle vit pour vous !

Soixante-dix années plus tard, Gabriel retrouvait les sensations exactes de la rivière enchantée. Colette était décédée, bien sûr, depuis longtemps, un jour du mois d'août, d'une rupture invisible, quelque part sous ses cheveux blancs. Tristesse et injustice de la mort. La vieille dame se serait tellement réjouie de prendre par le menton son vieil homme de petit-fils : le jardin a rempli son office, Gabriel, tu t'es *acclimaté*.

Le matin très tôt, quand pointaient les premières pâleurs de l'aube, au prix de subtiles reptations destinées à ne pas réveiller la femme qui dormait à ses côtés, Gabriel quittait le lit quasi conjugal, s'approchait de la fenêtre et passant la tête entre les deux rideaux regardait le jour se lever un jour de vraies vacances puisqu'il n'aurait rien à *décider* en ce qui concernait Élisabeth.

Décider, encore et toujours décider, les amours adultères n'avancent qu'à ce prix, décider du prochain rendez-vous, fomenter une journée d'escapade, fourbir des armées de mensonges, décider de décommander, décider de reporter, décider de rompre (deux mille fois), décider de se réconcilier (deux mille et une fois), l'amour adultère avait la gueule grande ouverte des vieilles locomotives, il n'avançait que si l'on y jetait toutes les heures par grandes pelletées des décisions, toujours plus de décisions...

Par le miracle d'Élisabeth (il se retournait souvent pour vérifier, oui, elle dormait toujours, là, dans le lit désormais commun) l'épuisant cauchemar s'était évanoui. Le nouveau jour montait tout seul devant Gabriel, aucune nécessité de tourner une manivelle, de lancer la machine. Dorénavant, le jour se chargeait lui-même de l'emploi du temps. Élisabeth serait présente au déjeuner, présente au dîner, présente à l'ouverture des draps et à l'extinction des feux, présente contre lui, peau contre peau, dans la nuit noire.

Qu'est-ce que le bonheur ?

Gabriel n'avait pratiqué la philosophie que vers seize, dix-sept ans, dans la classe qui portait encore ce nom. Cette recherche de la sagesse, à un âge où les préoccupations principales sont l'acné et la masturbation, lui avait néanmoins paru sympathique parce que jamais définitive. Impossible de poser un point final à la moindre dissertation. Connaissant notre héros, on devine combien le refus de la clôture le réjouissait et lui semblait correspondre à la vérité du monde. Certains jardiniers français du XVIIe n'aimaient pas non plus les clôtures. Ils créèrent le « ha!-ha! », un fossé sec large et profond qui noyait dans le paysage les limites du parc. Ha!-ha! et philosophie étaient deux des visages de la liberté.

Son professeur, le Révérend Père Pettorelli, l'homme au plus grand front qu'il ait jamais rencontré, avait d'ailleurs appliqué à la lettre ce précepte d'ouverture. Officier de marine, il avait cru deviner Dieu derrière l'horizon infini et ses albatros mélancoliques. Donc était devenu prêtre, « pour voir », comme on dit au poker, et enseignant pour transmettre son savoir nomade. Au bout de vingt ans, la vocation religieuse s'était évanouie. Remplacée par une femme, bientôt épousée. Preuve qu'une vie était toujours possible après la soutane.

Qu'est-ce que le bonheur?

Ni tout à fait un acte, ni tout à fait un état, répétait l'ex-navigateur au trop grand front.

Pour ce qui concerne la seconde partie du portrait du bonheur (dimension active), Élisabeth détenait un quasi-monopole : elle travaillait du matin au soir. En une semaine, malgré la méfiance des autorités chinoises envers toutes les formes associatives, repaires d'amis des droits de l'homme, elle avait arraché l'autorisation de créer sa filiale asiatique du Vrai Visage de la France. Trouvé le local. Déniché les premiers financements. Lancé les invitations pour le cocktail d'inauguration. Recruté une secrétaire provisoire.

Bien sûr Gabriel aurait souhaité plus de disponibilité, plus de tranquillité chez la femme qu'il avait si longtemps attendue et que cette agitation permanente lui arrachait sans cesse.

Mais l'expérience lui avait appris à s'interdire la moindre réclamation à ce sujet. L'éternel combat continuait, entre la Loi et Élisabeth.

Malheur à l'étranger qui s'en mêlait.

Et double malheur si l'étranger se prénommait Gabriel (cause première du combat).

Quel chemin empruntait la Loi pour parvenir en Chine ?

Le train transsibérien ? La route de la soie ? La voie maritime, via Suez, Aden, Colombo et le détroit de Malacca ?

Gabriel ne connaissait pas suffisamment le Droit pour deviner ses parcours. Certaines nuits simplement, il savait que la Loi était là. Il reconnaissait Sa présence au silence. Un terrible silence à ses côtés dans le lit, le silence d'un être humain pétrifié, le silence de quelqu'un qui entend tout au fond de lui la parole de la Loi. Il savait qu'à ces moments-là il ne servait à rien de prendre dans ses bras, ni même d'allonger la main pour caresser des cheveux. Quand la Loi s'installe dans une âme, toutes les diversions deviennent inutiles. Il faut que le tête-à-tête intime ait lieu, entre l'âme et la Loi, et rien ne pourra l'empêcher.

Gabriel attendait.

Il attendait dans le noir que la Loi, ses ordres donnés, prenne quelque repos.

— Je vais revenir en France, murmurait Élisabeth.

Gabriel se taisait.

La seule façon d'agir avec une Loi, c'est de La laisser toute seule. Quand Elle n'a plus rien à dévorer, il arrive que la Loi se dévore Elle-même.

Après un long, très long moment, la voix d'Élisabeth revenait :

— Tu ne dis rien ?

Elle lui ouvrait un piège dans lequel il ne tombait plus (discuter).

— Je dis seulement que je t'embrasse.

Et alors, alors seulement, il avait résisté tout ce temps, il lui prenait la main.

Les Lois ne sont pas du matin. Comme les vampires, auxquels Elles ressemblent par bien des traits, peur de l'ail exceptée, Elles s'estompent dans la lumière.

Au réveil, Élisabeth répétait : je dois appeler, il faut que j'appelle. Rongeant son frein, elle attendait que le soleil réveille l'Europe. Elle saisissait l'appareil en tremblant. Son mari étant de nature taiseuse, la meilleure façon de ne rien savoir de lui était de parler avec lui.

La seule information qu'elle avait recueillie c'est qu'il apprenait par cœur « tout Apollinaire ».

— Et pourquoi « tout Apollinaire » ?

— Parce qu'à nos âges, le seul pays c'est la mémoire.

Elle raccrochait, rongée par le remords, et redoublait d'activité.

Bien sûr, en vrai catholique (il n'est pas nécessaire de croire en Dieu pour être imprégné jusqu'à l'os de religion), il aurait préféré une bonne petite confession des familles. Depuis quelque temps, il avait remarqué dans les rues certains Occidentaux dont les manières, regards sans cesse évaluateurs, sourires aux gens puissants, croquis, pensées ou calculs jetés à la hâte dans de grands carnets violets fermés par des élastiques longs et marron, sentaient à mille lieues le jésuite incognito. La Société de Jésus rêvait de revenir en Chine, la nation qu'elle préférait au monde, la seule avec laquelle on pouvait négocier d'égale à égale. L'un ou l'autre de ces prêtres camouflés n'aurait pas demandé mieux que d'entendre la faute d'Élisabeth. Et le sacrement de confession présentait bien des avantages quant à la qualité de la vie, à commencer par celle-ci : une fois absous (*ego te absolvo*) et la pénitence effectuée, on redevenait, jusqu'au prochain péché, blanc comme neige. Tandis que la rédemption par le travail était une torture à la Sisyphe. Chaque soir, épuisée, Élisabeth sifflotait, légère, elle se croyait libérée. Las, le lendemain, dès le réveil, le démon de la culpabilité, rené de ses cendres et de la nuit, retrouvait sa place favorite : les griffes profondément plantées dans le plexus de la coupable. Et la course recommençait.

— Quelle femme! Faut-il vous plaindre ou vous congratuler?

Le secrétaire du maire, M. Chen, dont on se demandait comment tant d'efficacité pouvait venir de tant de gris, teint, costume et même Rolex énorme, cet homme-là, si monocolore aujourd'hui, avait passé deux ans à l'école d'horticulture de Grignon. D'où un français chaotique et précieux, vecteur d'une complicité apitoyée avec Gabriel :

— Quelle femme! Votre physiologie suffisamment solide?

Les fureurs de la Révolution culturelle l'avaient bouté hors des jardins. C'était le regret de sa vie. Il montrait la porte noire du bureau de son chef derrière laquelle, une fois de plus, Élisabeth présentait une requête exorbitante.

— Quand elle veut, n'est-ce pas, rien ne résiste.

Pour l'ex-élève de Grignon égaré dans l'administration, Élisabeth représentait une sorte de Garde rouge, peut-être pire, quelque chose comme la cousine occidentale de la veuve Mao...

— Elle doit faire attention : Pékin n'est plus une concession française.

Gabriel le rassurait de son mieux :

— Mme B. a le plus grand respect pour les autorités de votre puissant pays.

— Tu parles.

L'ouverture de la porte noire s'accompagnait de rires. Le maire et Élisabeth un jour se décrocheraient mutuellement l'épaule à force d'exprimer, via le shake-hand, la satisfaction qu'ils avaient l'un de l'autre.

Dans l'escalier, deux doigts de la femme d'affaires pinçaient l'avant-bras de son compagnon.

— Gagné.

— L'exonération fiscale que tu voulais?

— Celle-là même.

Gabriel sentait derrière son dos le regard compatissant de l'ex-jardinier : tout le malheur des hommes vient de ce qu'ils ne se contentent pas du commerce des plantes.

LXV

La première fois que Gabriel lui proposa de mourir, Élisabeth paraissait cent ans, voire plus. Une sueur mauvaise humectait ses tempes, son chemisier beige lui collait à la peau, par petites plaques sombres et des cernes bistre lui mangeaient les joues. Une chaleur visqueuse avait pris, depuis deux semaines, possession de Pékin, sans que se ralentisse le flot des visiteurs, toujours les mêmes, cheveux courts, costume coton, cravate trop fleurie, mocassins à boucle, Ray Ban pliées dépassant de la pochette et gourmette ou chevalière pour l'élégance. Et tous avec la même obsession en tête, butée et simple comme un rêve d'enfant : je veux, moi aussi, mon *contrat du siècle* !

Cet après-midi-là, dans le bureau minuscule de l'Association pour le Vrai Visage de la France, tantôt torride, tantôt glacé du fait d'une climatisation hasardeuse qui devait être couplée avec la roulette du casino voisin et ne se déclenchait que si sortaient des numéros rouges et impairs, les sujets suivants avaient été abordés :

— les sanitaires grand public, « mais, madame, le moment n'est-il pas venu d'apprendre à ces gens-là qu'il y a d'autres systèmes que les trous dans le sol ? » ;

— les dérailleurs de vélo, garantis résistants à toutes les poussières du monde, « même les Africains n'ont pas réussi à les casser, c'est dire... » ;

— les Renault Véhicules Industriels, « je viens vers vous parce que le conseiller commercial de l'ambassade est décidément un incapable » ;

— le retraitement du lisier porcin, « notre réussite dans les Côtes-d'Armor est notre meilleur atout... ».

Sans compter les deux fax qui vaillamment, de jour comme de nuit, continuaient de dérouler le bottin français : le moindre de nos PDG voulait sa place au grand festin chinois.

Élisabeth, les yeux fermés, les deux mains allongées sur son bureau, soufflait comme après une longue course.

— Je n'y arriverai jamais !

— Peut-être que la France ne sait plus produire que du luxe.

Un bref instant, ses paupières se rouvrirent, le temps de fusiller celui-qui-ne-comprendrait-jamais-rien-aux-choses-importantes.

— Élisabeth, tu ne crois pas que ce serait le moment de passer le relais ?

Elle demeura longtemps immobile, aveugle et muette, un bloc de vieillesse impénétrable. Pour répondre, elle entrouvrit à peine les lèvres.

— Tu sais bien que je suis une croisée. Seule la mort m'arrêtera.

— Justement.

La proposition ricocha sur sa peau et s'en alla, par la fenêtre entrebâillée, se perdre dans les bruits de la ville, sonnettes des bicyclettes innombrables et cris des vendeurs ambulants.

Le second moment fut mieux choisi.

C'était au milieu de la nuit et, selon leur habitude, ils étaient allongés l'un contre l'autre, elle devant, côté du réveil, lui derrière, côté des Balzac : plutôt que de compter les moutons, Gabriel préférait chercher chez les romanciers populeux le plus grand nombre possible de personnages. Quand la foule convoquée par lui était assez dense, rassuré, il trouvait sans effort le sommeil. Depuis son enfance, Élisabeth portait une chemise, elle l'enlevait pour les besoins de l'amour, mais la remettait aussitôt après l'orage, convaincue, ainsi qu'une bonne sœur le lui avait appris, qu'une femme ne devait sous aucun prétexte affronter nue les rêves. Gabriel n'avait cédé à la pudeur nocturne, et par voie de conséquence au pyjama, que sur le tard, la soixantaine passée, honteux des ravages de l'âge.

De ce double rempart d'étoffes (le coton pour elle, la soie, plutôt râpée, pour lui) leurs peaux se moquaient : rien ne pouvait les séparer. Elles avaient si longtemps attendu cette fête : dormir ensemble.

— J'ai peur, dit Gabriel.

— Les jardiniers ont toujours peur dans le noir, c'est bien connu. Quoi d'autre ?

— Tu vas te tuer au travail.

— Au moins je mourrai pour une raison vivante.

Gabriel laissa passer un gros silence puis approcha ses lèvres contre l'oreille droite d'Élisabeth et, de sa voix la plus douce, lui fit part de sa philosophie en ce qui concernait la fin de la vie : il fallait prendre des vacances avant le Grand Inconnu. De vraies vacances. Abandonner tous ses rôles, ses charges, ses fonctions, son passé... Pour le dernier voyage, n'avoir pour bagages que de la légèreté.

Elle s'était relâchée, confiante dans ses bras, preuve qu'elle écoutait. Jusqu'à présent, elle ne lui avait prêté une telle attention passionnée que lorsqu'il lui chuchotait des histoires de sexe, ainsi, dans la nuit.

— Si je quitte mon passé, je risque de te quitter aussi.

Avec toute autre, il aurait pensé : à notre âge, on ne quitte plus. Mais pas avec elle. C'était une femme qui pouvait partir à tout moment. Il frissonna. Elle ne put pas ne pas le sentir trembler.

Il lui répondit que leur passé n'était rien, rien

qu'une patiente et douloureuse construction sur laquelle s'élevait leur conquête, ce miraculeux présent. D'une voix soudain ensommeillée, elle murmura : tu deviens trop compliqué. Et, d'un coup, s'endormit.

Bon. Imaginons que je te suive. Une fois de plus. Que faisons-nous de mes enfants ?

Elle pointait sur lui le couteau courbe, son allié de la petite chirurgie rituelle du matin, le dépiautage du pamplemousse. L'odeur du pain grillé s'effaçait lentement de la pièce, vaincue par les puanteurs de Pékin l'été, la pourriture.

Il réfléchit.

Il savait que ses trois fils étaient la passion de sa vie.

— Tu veux qu'ils te voient agoniser, dans un hôpital de Paris, percée de tuyaux ?

Elle lui sourit. Elle aimait les faits. Même les plus répugnants. Elle regarda sa montre, « je vais être en retard ». Trois minutes après, elle était habillée. Et partie continuer sa croisade.

Une semaine plus tard, sans qu'ils aient jamais évoqué de nouveau le sujet, elle lui dit je suis prête.

LXVI

Gabriel s'installait dès le matin dans la salle d'attente du Vrai Visage de la France et y demeurait jusqu'au soir lorsque, son dernier visiteur expédié, Élisabeth, épuisée, sortait de son bureau et lui souriait : tu étais là ? En cet endroit sinistre, il vit défiler en trois mois toute notre industrie et en apprit beaucoup sur l'impatience humaine, ses manifestations et ses conséquences. Certains grands patrons se rongeaient banalement les ongles ou s'en grillaient une, avec des culpabilités enfantines. D'autres, plus inventifs, s'épluchaient la peau du pouce, insultaient la lenteur de leur montre, se renouaient sans cesse la cravate, relisaient mille fois leur agenda, encombraient de tout ce qui leur passait par la tête leur dictaphone (demander Gérard, nomenclature X18; se rappeler anniversaire Nathalie...). Portrait de l'intérieur d'une tête de cadre...

Pour se désennuyer, Gabriel rapetissait. Il devenait l'œil de ces caméras modernes qui explorent le corps. Il voyait le rétrécissement des artères, les débuts d'ulcération de l'estomac, l'ombre envahissant tel cerveau, prélude à quelque durable dépression. Pauvres managers, ils sacrifiaient leur santé à la balance commerciale de la France.

Il se disait pour se rassurer qu'un ami du Temps était forcément riche d'une bien plus grande espérance de vie. Mais Élisabeth? N'était-elle pas en train de se tuer au labeur? Il ne fallait pas trop jouer avec la santé. Déjà que la mort devait s'agacer de leurs manigances à tous deux, de leur insolence à son égard, de leur effronterie de s'aimer depuis tant d'années. Il lui suffisait d'un petit coup de griffe pour que le grand projet s'effondre, et que le jardinier se retrouve seul à jamais.

Alors il prenait soin d'Élisabeth, du mieux et du plus discrètement qu'il pouvait.

Toutes les deux heures, il se glissait entre deux rendez-vous et lui apportait de l'eau citronnée, montée du bazar voisin, ou des serviettes chaudes pour son front, ou un thé de plus en plus noir vers le soir, à mesure qu'il sentait sa résistance faiblir en même temps que se tendait sa volonté, ils me feront devenir chèvre, chuchotait-elle, ils n'ont aucune idée de la manière de vendre.

Pas une fois, malgré l'envie qu'il en avait, au spectacle de sa terrible fatigue, pas une fois il ne céda à la tentation de l'agacement, encore moins à celle de la récrimination, pas même à celle de l'inquiétude avouée. Il savait que la plus anodine remarque ruinerait trente-cinq années d'attente. Elle le regarderait soudain comme un étranger. Et s'envolerait loin de lui, de deux ou trois sourires moqueurs et cette fois pour toujours.

On peut dire qu'il la soutint jusqu'à l'extrême limite de ses forces, jusqu'au bout de sa croisade.

Un matin, vers onze heures, la salle d'attente était pleine, rien que du beau monde piaffant et notamment une délégation de l'Aérospatiale venue demander quelques précieux conseils pour conclure une négociation juteuse (cinq Airbus) mais qui s'éternisait. Il entra dans son bureau, la tasse rituelle de chocolat brûlant à la main. Quel est ce vieil homme si prévenant, se demandèrent les visiteurs, un huissier ? un mari ? un secrétaire particulier ? un infirmier ? Il la trouva affalée sur ses dossiers, les yeux fermés, le front blême et la bouche entrouverte : je ne peux plus, appelle le médecin. Il crut que la mort avait déjoué leurs plans. Il caressa des cheveux poisseux de sueur et sortit précipitamment.

— Que se passe-t-il ? s'inquiétèrent les représentants de l'industrie française. Encore un retard ? Mais ce n'est pas possible, nous rencontrons le ministre demain.

Gabriel leur dit que l'association hélas fermait ses portes. Madame B. vient d'avoir un malaise.

— Qu'allons-nous devenir ?

Il murmura oui, qu'allons-nous devenir, et tandis qu'ils ramassaient leurs outils, codes, calculettes, téléphones portables, mallettes et autres attaché-cases, il courut chercher M. Ziu.

Une foule s'était rassemblée devant le Vrai Visage de la France. Des jeunes avaient même grimpé sur des poteaux électriques pour tenter d'assister à ce spectacle rare et réjouissant : la mort d'une étrangère. Gabriel, accompagné du docteur, dut batailler pour se frayer un chemin, plus vite, plus vite, criait-il, les glaces de l'Antarctique lui avaient envahi le cœur et ses yeux de voyeur qui avaient jusque-là gardé toute leur jeune acuité, goulus qu'ils étaient du moindre détail de la vie du monde, ses yeux ne distinguaient plus que des ombres grises, des formes avalées par un brouillard humide.

La malade n'avait pas bougé. Même pâleur, même suée, même halètement. Avec des gestes lents et un étrange sourire aux lèvres, M. Ziu commença son examen. Il n'avait pas demandé à Gabriel de sortir. Cette reconnaissance, l'évidence de son intimité avec Élisabeth, eux qui avaient dû tant se protéger du regard des autres pour s'aimer, l'emplit de fierté, brève bouffée chaude dans la panique.

M. Ziu se releva et, du même sourire lointain qui ne l'avait pas quitté, délivra son diagnostic :

— Madame est une indomptable. Quelqu'un a dû rayer son nom sur le registre de la mort.

Tout le reste de sa vie, Gabriel devait se souvenir de ces deux phrases, modulées à voix très basse dans un anglais très snob et chantonnées comme une comptine. Le praticien avait fini ses études à Londres où l'exotisme de son visage, la douceur de sa peau et la rumeur, vite propagée, de certaines acupunctures particulièrement douloureuses avaient fait des ravages chez les deux sexes de la meilleure société.

Gabriel avait sorti son chéquier.

— Combien coûterait un certificat de décès ?

M. Ziu le regarda, lui, et puis Élisabeth, sans comprendre. Il avait rencontré en Europe et dans son pays toutes sortes de situations scabreuses mais la conduite de ces deux étrangers-là lui demeurait incompréhensible. Pressentant qu'il

devait s'agir, d'une manière ou d'une autre, de sexe
et sachant que pour le sexe, on est prêt à payer
une somme en dollars au moins égale à la facto-
rielle de son âge (soit pour ces deux-là, à vue de
nez, $75 \times 74 \times 73 \times \ldots\ldots \times 2 \times 1$), il susurra un chiffre
dément, onze années d'économies forcenées d'un
jardinier européen de renom. Gabriel signa le
chèque énorme. Ses lèvres saignaient tant il se mordait pour ne pas rire de bonheur. Comme un VRP
ouvre son catalogue, le docteur proposa divers
décès. Embolie, rupture d'anévrisme, septicémie
foudroyante... Élisabeth, toujours effondrée sur son
bureau, opta pour la plus simple, l'infarctus.

Et tandis qu'il écrivait, elle compléta :

— Vous pourriez ajouter « sans souffrir » ? C'est
pour mes enfants, « morte d'un coup sans souffrir ».

Il ajouta ce qu'on lui demandait : les modalités
du trépas étaient comprises dans le forfait.

M. Ziu parti, Élisabeth, toujours sans bouger,
chuchota à Gabriel d'aller fermer les rideaux. Sitôt
une décision prise, elle s'intéressait à toutes les
étapes de sa réalisation. Leur curiosité aiguisée par
la venue du docteur, les occupants du pylône commentaient l'événement pour leurs amis demeurés à
terre. Ils protestèrent vivement quand fut soustraite
à leur vue la vieille dame morte, laquelle, sitôt pro-
tégée des regards, se redressa.

— Voilà, maintenant que nous sommes entre
nous, je peux boire à ta victoire...

Elle levait un verre imaginaire.

— ... À l'amant le plus persévérant du monde !

Lequel amant saisit le téléphone.

— Tu permets ?

Il composa un numéro et à la personne qui
répondit ne lança que deux mots, « *c'est l'heure* »,
« *Gao Tchon* » dans son chinois des plus approxi-
matifs. Heureusement pour son travail au jardin
que les plantes avaient partout de par le monde les
mêmes noms latins.

— Qu'as-tu encore inventé ? demanda Élisabeth.

— Tu verras bien. Repose-toi.

Elle se leva, gagna le canapé et à l'instant s'y endormit, en compagnie des dragons noirs brodés sur les coussins vieux rose.

Il approcha un fauteuil, s'y assit et entra en contemplation.

Depuis son plus jeune âge, les visages de femmes avaient été son paysage préféré, au point de dédaigner, même s'il s'en cachait, tout le reste de la Création. D'où des relations difficiles avec ses amis artistes : tu fais semblant, mais tu n'aimes pas vraiment la peinture. Comment leur donner tort ?

Jamais il ne s'était lassé de scruter ces bombements, vallonnements, méplats, zones brillantes, humides ou quasi lacustres, tranchées infimes, pattes-d'oie, duvets, concrétions crypto-minérales des grains de beauté, rousseurs, bribes d'automne... enclos magiques aux trois quarts cernés de cheveux. Si les visages avaient pour lui un tel attrait, sans cesse renouvelé, c'est qu'ils le renseignaient sur le monde, ils racontaient d'innombrables histoires vraies, ils étaient les journaux de la vie. Au fur et à mesure qu'il avançait en âge, sa gratitude grandissait. Merci, mesdames, de ne rien vouloir ou rien pouvoir cacher. Merci d'avouer tant, je suis si curieux.

Et maintenant, ses yeux se promenaient sur celui qui les résumait tous. Il lui semblait, impression bouleversante, flâner dans leur amour. Cette transparence des tempes, qui laissait voir le bleu du sang, ne l'avait-il pas créée, jour après jour, à force de tant caresser, de la pulpe des doigts, cet endroit si fragile ? Cette ride, qui partait en biais, au-dessus de son œil gauche, vers le nord-est, ne lui était-elle pas venue d'un fou rire inextinguible une nuit devant sa fureur lorsque, vérité ou mensonge, elle lui avait murmuré avoir couché, tu comprends, il faisait si chaud ce jour-là et je n'avais eu personne dans mon ventre depuis si longtemps, avec le directeur d'Amériques en tournée d'inspection? Cette cicatrice en bordure de la lèvre supérieure droite, une de ses canines l'avait creusée, une fois que plus bas, de la langue, il avait, chance aidant, déchaîné chez elle l'orgasme du siècle. Généralement fort avare de compliments, elle avait laissé échapper pour l'occasion cette hyperbole ridicule.

Et derrière ses paupières grises et closes se tenait sûrement tapie la lueur, cette sorte de phare doué d'une telle autorité qu'encore aujourd'hui, à leur âge, il lui suffisait de donner l'ordre « viens » pour qu'il obtempère, sperme maigrelet, récolte d'une mobilisation plus que générale et suivi d'un épuisement total, mais cadeau quand même pour le ventre jamais rassasié, pauvre de moi.

On frappait. Le regardeur et l'endormie se rajustèrent. Un sourire de jeune homme parut. Un cercueil suivit, accompagné par un autre jeune homme tout aussi souriant. Ils installèrent le long objet sur deux fauteuils et s'en furent sourire ailleurs.

Élisabeth, les bras ballants de surprise, regardait alternativement le cercueil et celui qui l'avait commandé et semblait en être, avec cette inqualifiable fatuité des hommes, très satisfait.

— Tu avais donc tout prévu... Ça ne m'étonne pas... Au fond je suis quelqu'un de très prévisible.

Comme d'un express les gares de banlieue, Gabriel vit défiler dans les yeux d'Élisabeth tous les sentiments, de la colère (pour qui se prend-il, pour qui me prend-il?) à la capitulation (je peux dire ce que je veux, cet homme m'aura aimée), via l'incrédulité (ce n'est pas possible, il y a du mensonge là-dedans), le défi (et si j'annulais tout pour lui montrer qui je suis?), l'étouffement (et si j'avais le droit de décider de ma propre vie?).

Gabriel se tenait, timide, pieds en dedans, attendant que passe l'orage.

Elle inspectait la caisse, en caressait le bois, les poignées, elle flattait l'oreiller de faux satin blanc, le molleton du fond. Elle hochait la tête.

— Tu m'as choisi le haut de gamme. Merci. Mais dis-moi...

— Oui ?

Il aurait voulu la prendre dans ses bras. Ou la toucher. Lui rappeler qu'ils étaient vivants, tous les deux, et peut-être pour des années encore.

— Si ce n'est pas moi, qui va entrer là-dedans ?

Ils regardèrent autour d'eux. Les petits coussins roses du canapé, brodés de dragons noirs, rempliraient bien le fond. Mais pour le poids ? Une vieille dame a beau ne rien peser...

Ce fut la défunte qui, dans les rayonnages, alla choisir le premier livre et le déposa sur les dragons : *La Vente internationale, guide juridique et fiscal.* Suivirent le dossier Airbus au grand complet, trois exemplaires du *Courrier des pays de l'Est,* le grand recueil jaune de l'OCDE *Les Systèmes de financement des crédits à l'exportation,* un Code des douanes, un dictionnaire usé jusqu'à la corde, *Keywords in International Trade* et les trois tomes bordeaux des *Mémoires de guerre* de Charles de Gaulle, quelques-unes des armes avec lesquelles elle n'avait cessé de guerroyer, un demi-siècle durant, pour défendre le rang si menacé de la France.

— Qu'est-ce que tu penses, les médailles aussi ?

Ainsi servirent de cales, glissés dans tous les interstices pour bloquer l'ensemble, les souvenirs en bronze ou laiton du Ve sommet des pays industrialisés (Versailles, juin 1982), de la XXIe rencontre intergouvernementale franco-allemande (Sarrebruck, mai 1990), du premier forum Euro-Asie (Singapour, février 1997)... jusqu'à la fameuse Légion d'honneur, retirée du coffre à gants juste avant le voyage.

— Tu ne crois pas que tout ce bric-à-brac va brinquebaler ?

Gabriel éteignit la lumière et s'approcha de la fenêtre. La rue avait retrouvé son calme et les guetteurs avaient quitté leur réverbère. Il monta sur une chaise et décrocha les deux rideaux, un coton grossier vert cru mangé par la poussière. Le premier emmaillota étroitement la vie administrative d'Élisabeth. Ils travaillaient comme deux bons cambrioleurs, le geste précis et le chuchotis à peine audible.

— Tu crois que ça ira?

Gabriel secoua le cercueil, rien ne bougeait.

— Il ne reste plus qu'à refermer.

Les vis attendaient dans un petit sac transparent accroché à l'une des poignées. Gabriel l'ouvrit de ses dents. Et soudain, comme il crachait un morceau de plastique resté dans sa bouche, il sentit une présence. Élisabeth venait d'être rejointe par ses enfants. Ces retrouvailles étaient fréquentes. Sans aucun préavis, ses lèvres se mettaient à bouger et bien que rien ne sortît de sa bouche, nul besoin d'être devin pour savoir qu'elle s'entretenait avec quelqu'un de sa famille.

— Je vous laisse, dit Gabriel.

Il quitta la pièce et se retrouva dans le noir absolu. L'escalier n'avait pas de lumière. Il s'assit à tâtons sur une marche. L'air sentait le sable tiède et le chou. La porte, un contre-plaqué papier de cigarette, ne retenait aucun son, Gabriel entendait le moindre mouvement d'Élisabeth, sa sandale qui raclait le sol, la caresse de ses doigts sur une surface dure. Et elle commença ses adieux. Cette fois, puisque c'était la dernière, elle donnait à voix haute ses recommandations :

— Ne craignez rien, je ne vais pas être longue. Je ne me suis pas trompée une fois de plus avec le décalage horaire? S'il commence à faire sombre chez moi, c'est qu'il fait déjà jour chez vous. Bon. Par qui je commence? Jean-Baptiste, si tu penses que la sérénité sentimentale vient avec l'âge, abandonne immédiatement cette idée fausse. Combattant de l'amour tu es, combattant de l'amour tu resteras. Bon courage. Je t'embrasse. Patrick, méfie-toi du marché des obligations asiatiques, et si tu pouvais profiter de ma mort pour t'arrêter de fumer, je respirerais mieux. Je t'embrasse. Miguel, ne t'inquiète pas trop pour ton fils, mon petit Gabriele. Ses comportements bizarres et ses fragilités prouvent que nous aurons réussi à engendrer au moins un artiste dans la famille. Enfin. Voilà. C'est tout ce que j'avais à vous dire. Ça se résume vite, l'expérience. Bonne chance à vous quatre. Dans une autre existence, je vous présenterai mon Gabriel.

Lequel entendit les pas qui se rapprochaient. La porte s'ouvrit. Le sourire d'Élisabeth parut dans la pénombre.

— Voilà. J'ai fini. On y va?

Il se glissa derrière elle, le temps de poser bien en vue sur le cercueil le certificat de décès et de se saisir du deuxième rideau. Et il referma la porte sur la vie antérieure d'Élisabeth.

— On y va.

Trente-cinq ans plus tôt, c'était en janvier, dans un restaurant basque près du Village suisse. Leur deuxième tête-à-tête. Ses aubergines grillées finies, elle avait planté ses coudes sur la table, joint les mains, avancé le menton, plongé ses yeux rieurs dans ceux, bouleversés, de Gabriel :

— Quelles sont vos intentions, au juste?

Il lui avait répondu avec une gravité ridicule :

— Un jour, sans doute dans très longtemps, je vous prendrai le bras et nous marcherons sans nous quitter jusqu'au dernier jour.

Dans la rue, un cycliste qui zigzaguait d'un trottoir à l'autre les apostropha.

Élisabeth traduisit :

— Hé, grand-père, qui tu emmènes comme ça sous ton tissu vert, une trop jeune pour être vue?

Il la sentit trembler.

— Tu as froid.

— Non, je suis légère.

Il arrêta un taxi, il la berça tout le long du trajet, il l'installa chez lui, dans la cabane du Yuanming-yuan, où de nouveau elle s'endormit, toujours blottie dans son rideau malgré la chaleur. Il s'éclipsa sur la pointe des pieds et ne revint qu'au milieu de la nuit, toutes les démarches faites, le consul prévenu, le télégramme envoyé qui annonçait à Paris le décès, la place réservée pour le cercueil dans l'avion du mercredi...

Épilogue

LXVII

Ma femme, je vous présente ma femme, je ne sais pas si vous connaissez ma femme ?

À tout bout de champ, en toutes circonstances et devant n'importe qui, il parlait de « ma femme ». À croire que le prénom Élisabeth n'existait plus, avalé par la Chine et par la jubilation de Gabriel, grotesque et touchante, et quelque peu lassante à force, de posséder enfin, après si longtemps, une femme à lui.

Allongé près d'elle dans la nuit, il décollait lentement les lèvres pour le « ma », puis soufflait sur ses incisives pour le « femme » et durant des heures, il s'offrait cette caresse divine, mi-buccale, mi-auditive, ma femme, eh oui, c'est ma femme... près de moi, qui dort sinon ma femme ? et cette jambe contre la mienne est celle de ma femme, et ce souffle à peine audible mais régulier prouve la bonne santé de ma femme, et sa quiétude depuis qu'elle est à mes côtés..., etc.

De temps en temps, malgré toutes ses précautions, Élisabeth se réveillait.

— Tu me parlais ?

— Je te jure que non, ma femme chérie, tu devais rêver.

— Menteur. Il y a des moments, je te préférerais ronfleur.

Il ne s'en tenait pas là.

Comme l'évocation de « ma femme » aux membres de la communauté française lui était interdite, puisque Élisabeth était morte et en France enterrée, il réservait son refrain aux autochtones.

Quand il ne parvenait plus à garder pour lui seul la bonne nouvelle, il sortait et apostrophait quelques visiteurs du jardin.

— J'ai une femme.

Ou :

— Ma femme va bien.

On lui souriait, on le saluait, courbette à l'asiatique, croyant sans doute que « ma femme » signifiait Bonjour ou Bonne promenade en langue des longs nez.

Mais c'étaient les voisins, bien sûr, les commerçants, l'épicerie, le marchand de souvenirs, juste à l'entrée du parc, qui entendaient le plus souvent parler de « ma femme ».

— Ma femme n'a pu venir mais elle me charge de vous féliciter pour le poulet d'hier.

Ou, en présence de la dame :

— Ma femme et moi voudrions ce thé-là.

Pas plus que les badauds, ces braves boutiquiers ne comprenaient ces subtilités. Seuls les retenaient les deux mots, répétés dans chaque phrase, et qui paraissaient pour ce client, somme toute sympathique quoique étranger, d'une grande importance. Si bien qu'à son insu, « ma femme » était devenu le surnom chinois de Gabriel. On ne l'appelait plus qu'ainsi dans le quartier, « *ma femme* », « *taï taï* ». « Ma femme avait l'air en colère ce matin », « Crois-tu qu'on peut encore faire crédit à ma femme ? »... Gabriel — ma femme. Cette conjonction patronymique l'aurait tant ravi, s'il l'avait sue ! La preuve définitive qu'ils étaient désormais fondus l'un dans l'autre dans les siècles des siècles.

Mais Dieu ou le Diable se gardent bien de révéler

aux humains tous les bonheurs secrets dont le
monde est parsemé.

LXVIII

Souvent, le très vieux Gabriel s'offrait ce cadeau :
lorsque la fin d'après-midi s'annonçait bien dorée,
il gagnait à petits pas la terrasse où l'attendait son
fauteuil. Là, les yeux dans le vague et le sourire aux
lèvres, les mains, ses longues mains tavelées battant
sur ses genoux une sorte de très lente mesure, il se
promenait dans ses souvenirs comme en un ultime
jardin qui avait, parmi tous ceux qu'il avait créés,
sa préférence.

Élisabeth s'approchait. La mort l'avait apaisée.
La Loi, sans doute égarée par le cercueil ou les
autres ruses de Gabriel, la laissait enfin tranquille.
Elle découvrait cette obscénité pure, l'oisiveté,
l'infini délice de goûter le temps pour lui-même et
non pour ce qu'on y fait. Elle posa la main sur la
tête de son vieillard. Il lui semblait qu'avec le grand
âge se rouvraient les fontanelles : quel dommage
causerait une guêpe piquant à cet endroit-là !

— J'ai deviné !

— Parce qu'il y avait quelque chose à deviner ?

— Les retrouvailles que tu as choisies.

— Tu as beau, là je le sens, vouloir entrer dans
mon crâne, ça ne marche pas.

— Tu ne repensais pas à la chocolatière, une fois
de plus ?

— Gagné !

Il applaudissait du bout des doigts.

— Tu ne crois pas que tu devrais un peu changer
de disque ?

Elle s'était assise en face de lui, sur le petit mur

de granit, et le défiait de ce regard moqueur qui autrefois, il n'y avait pas si longtemps, aurait mérité la réponse d'une bonne et joyeuse et fraternelle fornication. Il se dit que dans une heure, une heure et demie au plus tard, le Jack Daniel's auquel il avait droit lui élargirait assez les veines pour qu'y repasse un peu de jeunesse. Le drame était là : la jeunesse attendait, dehors, aussi impérieuse qu'avant. Mais elle ne pouvait plus entrer dans le corps, la tuyauterie, de plus en plus étroite, la refusait.

— Cette obstination sur la chocolatière est même injurieuse pour moi. Comme si je n'avais su t'émouvoir qu'une seule fois. Tu oublies l'Étoile du Nord, voiture 12, places 56 et 57. Et la gare du Midi entre les deux cabines téléphoniques. Et le mur du Collège de France... Pourquoi encore et toujours la chocolatière et seulement elle ?

— Tu le sais bien.

— Redis-le. À ton âge, il est bon de rougir, ça fouette le sang, à défaut d'autre chose.

— Tout le monde te regardait.

— Et voilà, on le croit amoureux, il n'est que montreur d'ours. Je te laisse avec ta rengaine.

Et elle partit émonder la rocaille tandis qu'il fermait les yeux et prenait la mer.

En ce temps-là, tout était fini. La rupture avait été annoncée, colportée, publiée et, pour ceux qui en doutaient, petit sourire aux lèvres, qualifiée par les amoureux eux-mêmes de DÉFINITIVE. Chacun avait repris sa vie. Silence de la matinée, au lieu des trois appels rituels : dix heures (J'entends le carillon), onze heures trente (Tu as fini ta réunion ?), treize heures (Tu ne déjeunais pas avec lui déjà la semaine dernière ?). Obscurité sinistre de l'après-midi qu'aucune perspective de bref rendez-vous avant le dîner n'éclairait plus. Bataille de la nuit, négociation farouche avec l'inconscient : bon, je veux bien m'endormir mais nous sommes d'accord, aucun rêve d'elle, pas la moindre apparition, autrement à quoi bon ce minutieux désherbage qu'est le deuil ?

Et l'on se désolait de la gaieté forcée de Gabriel. Et l'on se relayait pour lui changer les idées : je sais bien que tu ne chasses pas, mais marcher en forêt deux jours... Comment, tu ne connais pas les îles Scilly ? Je te kidnappe... (etc.). Aucune méfiance ne le visita donc lorsqu'une invitation lui parvint pour un « brunch », ce casse-croûte chic et dominical dont le premier avantage est de tuer les trois heures les plus sinistres de la semaine réservées généralement aux déjeuners familiaux.

Gabriel, à cet instant de sa rêverie, hésita : devait-il céder à la tentation de la digression et saluer un à un tous ses merveilleux amis, leur patience, leur attention, leur générosité, tous ceux qui l'avaient soutenu tant et tant d'années durant sans la plus infime relâche et dans tous les épisodes, même les moins glorieux, de son interminable campagne sentimentale ? Quelle malédiction d'avoir pour ami un fou d'amour !

Un jour il leur rendrait l'hommage qu'ils méritaient. Mais ce jour n'était pas celui-là. D'un petit coup de barre, il remit son imagination sur le cap choisi et regagna son histoire. Il retrouvait, en naviguant dans sa mémoire, les sensations qu'il éprouvait jadis sur son bateau. Normal, se disait-il, que le souvenir soit une navigation puisque la mer est le reflet du temps.

L'hôte fabricant de brunch possédait, outre diverses qualités (le célibat, la passion de la voile...), une sorte de génie en matière gastronomique. Quand il ouvrit la porte, un bouquet d'effluves accueillit le visiteur.

À presque vingt ans de distance, les narines de Gabriel palpitèrent : cacao, cannelle, pain grillé, bergamote...

Elles se rappelaient parfaitement qu'ayant reconnu sans effort ces senteurs, elles n'y avaient pris nul plaisir. La tristesse le leur interdisait.

— Passe devant, dit l'hôte.

Et il suivit son ami dans le petit couloir, les bras légèrement écartés comme s'il voulait prévenir tout retour en arrière.

Gabriel demeura quelques instants sur le seuil du salon à regarder la fête qui battait son plein. Il connaissait tout le monde mais ne s'attarda pas sur les visages, tout visage le faisait souffrir, n'étant pas celui qui le hantait jour et nuit, malgré ses efforts. D'ailleurs, assez étrangement, personne ne faisait attention à lui. En d'autres circonstances, c'est-à-dire en son état normal, il aurait trouvé louche cette indifférence. Il tenta de suivre le jeu de la conversation, comme on se glisse dans une ronde, mais renonça vite. Cette légèreté, la vivacité avec laquelle on sautait des dernières nouvelles du président français Georges Pompidou à la situation au Vietnam, de la course cycliste Paris-Roubaix aux drames gynécologiques de la reine Fabiola, lui donnaient envie et vertige : heureux ces gens, voilà comment il faut user de la planète, butiner et danser, au lieu de s'appesantir. Le spectacle des mains, surtout, l'emplissait de nostalgie : moi aussi, autrefois, je me suis régalé à étaler le vrai beurre salé, celui d'où l'eau perle, sur du pain bis ; moi aussi, comme eux, j'ai hésité, cuillère incertaine, entre trois confitures rouges, framboises, airelles et mûres ; moi aussi, je levais toujours un peu dans l'air la tranche de parme pour y voir passer la lumière ; moi aussi, j'avais ces gestes, mi-délicats, mi-frénétiques...

— Alors tu entres ? Ils ne vont pas te manger.

Poussé presque violemment par l'hôte, Gabriel avança.

Comme si elles n'attendaient que cette seconde, les mains, toutes les mains des invités laissèrent tomber leurs outils de brunch et, en cadence, applaudirent l'arrivée du Parisien : Gabriel, mais oui, c'est Gabriel, bienvenue Gabriel, tu as fait bon voyage ? Pour une fois que le train n'a pas deux heures de retard...

Il salua, tant bien que mal. Sa mère ne l'avait programmé pour aucun héroïsme, même celui des fêtes. D'où son choix du jardinage, un univers où ce genre de bravoure n'est d'aucune utilité.

Et c'est alors qu'il remarqua les dix doigts, dix doigts qui, d'après leur disposition dans l'espace, devaient appartenir à la même personne, dix doigts indépendants, indifférents même à la réjouissance générale : disposés aux endroits stratégiques d'un étrange récipient, une sorte de samovar d'argent transpercé d'une longue flèche de bois, ces doigts continuaient leurs travaux, comme si nul, et pas même un fantôme, ne venait d'arriver. Cinq serraient, à s'en faire mal, la poignée ouvragée. Les cinq autres s'étaient répartis sur le couvercle, de part et d'autre de la flèche, sans doute pour empêcher de choir ledit couvercle. Et tous les dix ensemble inclinèrent le gros objet qui manifestement pesait l'enfer. Et la physique des fluides étant ce qu'elle est, un odorant filet sombre s'écoula du bec jusqu'à la blancheur d'une tasse seulement liserée de bleu.

Ne tombons pas dans la tentation, si fréquente chez certains romanciers, du misérabilisme social. Gabriel savait reconnaître, voire utiliser, les couverts à poisson. Il avait même entendu parler de ces coupelles d'eau tiède où surnage un pétale de rose ou de capucine et où se nettoient les grignoteurs de cailles, de tourteaux et autres asperges, avant d'aborder le plat suivant. Mais jamais ne lui avait été présentée une chocolatière, par le simple fait qu'elles sont rarissimes, possessions des seules grandes et vieilles familles, vestiges d'un temps, les XVIIe et XVIIIe siècles de notre ère, où le cacao avait la valeur du meilleur caviar d'aujourd'hui. Il comprit que le dard qui pénétrait dans le couvercle comme dans le sein d'une martyre menue était, en réalité, le manche d'une cuillère. Il en imagina la part cachée, celle qui au plus profond plongée mêlait les uns aux autres les divers ingrédients de cette préparation qui sentait si bon. Ses papilles s'humectèrent. Il en conçut de l'étonnement et de la joie : serait-ce possible que ma guérison fût proche ? La gourmandise pourrait-elle un jour me délivrer de mon chagrin d'amour ? Et, sans s'occuper du reste, il couva le faux samovar d'un œil reconnaissant.

L'hôte rayonnait.

— Comparés au chocolat, nous ne sommes rien.

— Les femmes ne nous aiment que faute de cacao.

— Belle leçon d'humilité.

Le chœur rivalisait de verve. Sidéré par tant de lyrisme, Gabriel quitta la chocolatière et balaya du regard les convives, la petite bande habituelle.

Ils redoublaient de gaieté, d'enthousiasme, de conseils de plus en plus personnels :

— Allons, embrassez-vous !

— Il y a des forces contre lesquelles on ne peut rien.

— Cette rupture vous détruit.

— Pourquoi piétiner le meilleur de soi-même ?

De qui parlaient-ils ?

Alors, alors seulement, il reconnut Élisabeth, le seul être humain qu'il s'était juré mille et une fois, sur tout ce qu'il avait de plus cher au monde, de ne jamais revoir.

Face à tous ces comploteurs, la mine encore marquée par les stigmates de la tristesse qui occupait toujours son corps (tremblement des lèvres, joues blafardes, ongles trop longs), mais les entrailles déjà brûlées par le feu de la résurrection et le cœur guilleret, Gabriel souriait.

Elle, les mains posées bien à plat sur la nappe,

diamant à l'index droit, alliance d'améthyste à l'annulaire gauche et les yeux fixés sur la poule en feutre qui gardait chaude la théière, parfaitement immobile, attendait, on ne savait quoi.

La petite foule du brunch continuait ses plaidoyers :

— Un grand regret est comme un cancer.

— Chacun a sa guerre, la vôtre, c'est l'amour. De quoi vous plaignez-vous ?

— On n'a qu'une vie, ne la gâchez pas.

Les sentences s'arrêtèrent net quand les doigts d'Élisabeth quittèrent la nappe pour retourner à la chocolatière. Une voix de femme murmura, tout n'est pas perdu puisque l'appétit lui revient.

Les doigts vers lesquels convergeaient tous les regards dédaignèrent la poignée ouvragée, effleurèrent, sans s'y arrêter, le couvercle pour s'occuper de la flèche.

Comme toujours à ce moment-là de son rêve, Gabriel décida de faire une pause. La septième heure du soir était à peine entamée. Il fallait attendre encore un peu pour le whisky rituel et plus encore pour le dîner. Aucune raison de hâter l'allure. Dociles, les images de brunch et de chocolatière ralentirent et puis s'arrêtèrent. Gabriel put alors se livrer à son occupation préférée : se rappeler, avec toute l'attention dont il était capable, un détail du corps de sa femme. Creux poplité, pli de l'aine, lobe de l'oreille, face interne de la cuisse, il cabotait d'une de ces escales à l'autre, comparant ses souvenirs et la réalité d'aujourd'hui. « Il y a des moments, j'envie les compagnes d'aveugles » disait Élisabeth. Dans ces enquêtes n'entrait nulle nostalgie. Nulle tendance, chez lui, à gémir sur un galbe de sein quelque peu affaissé, sur un ventre allant s'arrondissant sans l'excuse d'un locataire, sur des rides qui se creusent peu à peu, lentement mais sûrement, de part et d'autre du nez. Il voyait dans ces marques les traces de pas du Temps, le Temps, son premier allié, puisqu'il avait fini, envers et contre tout, par lui donner Élisabeth.

Bien au contraire, c'étaient les régions indemnes qui l'inquiétaient, celles que les années semblaient avoir oublié de griffer, le mollet, certaine superficie du dos, les pommettes... Gabriel les inspectait, effrayé : tout est comme neuf ici, pauvre de moi, le Temps n'est pas passé sur cet endroit de peau, ni là... Élisabeth avait le corps parsemé de ces principautés indépendantes, intemporelles, tout à fait indifférentes à l'amour de Gabriel dont la principale force était la durée. Il se disait dans ses cauchemars qu'un jour ces enclaves insoumises s'uniraient contre lui et il serait balayé hors d'Élisabeth avec tout son bric-à-brac, calendriers, chronomètres, agendas et autres gris-gris bien connus de tous les naïfs qui croient se ménager l'amitié du Temps.

Parmi ces principautés, les plus farouches étaient au nombre de dix, dix minuscules excroissances de chair généralement dédaignées par les experts autoproclamés de l'érotisme, dix collines naissantes annonçant le gonflement autrement conséquent des lèvres, dix baies roses rondes et douces, dix chefs-d'œuvre d'hypocrisie et de modestie sournoise, les dix petits morceaux de pulpe suspendus sous les ongles d'Élisabeth, ceux-là mêmes qui s'avançaient vers la fausse flèche-vraie cuillère.

La pause était finie. Dans la mémoire de Gabriel, l'histoire s'était remise en marche.

Sur cette fausse flèche-vraie cuillère, tous les dix d'abord se promenèrent comme sur une flûte pour en tirer quelque musique secrète. Et cette balade digitale avait ceci de troublant qu'elle changeait sans cesse d'allure, tantôt lente, presque solennelle, et soudain pressée on ne sait par quelle urgence, un allegro vivace, les phalanges gambadaient sur le manche, saisies d'une ébriété mutine. Puis Élisabeth étendit ses mains et des paumes fit tourner le bois de plus en plus vite, selon la méthode utilisée par nos ancêtres pour faire jaillir le feu. L'assistance suivait obnubilée et la bouche de plus en plus sèche ce tableau imprévu. Un silence parfait s'était installé, seulement traversé par les tapotements de l'artiste et, à midi pile, par le carillon de l'abbaye de la Cambre voisine.

Sans interrompre son activité, Élisabeth finit par relever les yeux sur Gabriel, l'air grave, quasi religieux, et tout le monde comprit que ces caresses étaient sa manière de lui souhaiter la bienvenue, mon Dieu comme tu m'as manqué !

Bouleversés par cette intimité, les hommes comme d'habitude bien plus gênés que leurs femmes, les comploteurs balbutièrent des excuses, peut-être vaudrait-il mieux vous laisser seuls, nous avons des courses à faire, une exposition Ensor à visiter, une épreuve de vieux français à réviser... un à un ils quittèrent la salle.

— Tout cela n'est peut-être pas pour les enfants, murmura Isabelle, l'architecte, la dernière à partir tant ce tableau la réjouissait.

Elle se tenait debout, pétrifiée, un drôle de sourire aux lèvres et sa fille Delphine à la main.

Elle ne croyait pas si bien dire. Lorsque l'adorable Delphine, plus tard, neuf ans plus tard pour être précis, se retrouva seule dans une chambre vide avec son premier garçon nu, elle le prit, au grand étonnement du quasi-puceau, de la manière même que lui avait enseignée Élisabeth, lors du fameux brunch. Et ce geste, qui déclencha la plus terrible et imbécile des jalousies du fiancé (qui t'a appris ce maniement putassier ?), devait clore à jamais pour elle ce qu'on appelle communément l'enfance.

Tout à son théâtre, le très vieux Gabriel avait fermé les yeux. Il reposait dans son fauteuil, bercé par la lumière déclinante du jour, avec un tel air de calme, un tel apaisement sur son visage qu'Élisabeth prit peur :

— Il ne va pas me mourir de bonheur, quand même !

Elle le secoua de la main gauche. Dans sa droite tintait la glace du whisky.

Il revint à lui, murmura merci, se souvint brusquement de quelque chose. Un bref éclair d'inquiétude lui brouilla le regard.

— Encore cette douleur ? dit Élisabeth. Et si tu essayais contre elle un autre remède que l'alcool ? Dans ta mémoire percée te souviens-tu du mot « médecin » ? Ou celui-là aussi s'est envolé avec les autres ?

Pendant qu'elle parlait, il avait glissé deux doigts dans la poche de son pantalon, son vieux compagnon de velours qui lui remontait jusqu'au nombril maintenant que son appareillage sexuel, hormis les grandes et rarissimes occasions, n'encombrait plus l'entrejambe. Il sut très vite que ce qu'il cherchait s'y trouvait. Pour conserver son secret il but une gorgée d'Écosse, se laissa envahir par le remugle bien connu de la tourbe et leva son verre.

— Vive le corps médical !

Élisabeth haussa les épaules.

— Imbécile ! Si nous n'étions pas morts, je te quitterais à l'instant même !

— En ce cas, vive la mort !

L'hôte, cuisinier du brunch, instigateur du complot des retrouvailles, propriétaire par voie d'héritage de la chocolatière (présente dans la famille depuis 1723), avait rapporté de son tour du monde un véritable besoin de jardin zen. Seule la vision d'une étendue de graviers blancs soigneusement ratissés le purgeait des cauchemars de la nuit. Il avait donc installé chez lui, sur sa terrasse de trois mètres carrés, ce morceau de sérénité et passait des heures dans sa contemplation.

Quand au soir du fameux dimanche il revint chez lui, en toussant, chantonnant, raclant des pieds, vacarme destiné à prévenir les réconciliés de l'arrivée d'un intrus, l'appartement était vide. Une curiosité réjouie lui trottait dans la tête : ils l'ont forcément fait, tout de suite après notre départ et pas qu'une fois. Mais où ? Il scruta le salon, la salle à manger, sans rien trouver d'inhabituel. Il longea la table abandonnée si vite et chargée encore de tous les reliefs, tasses à demi pleines, tartines en cours de confiturage. Il flatta le ventre de la chocolatière, bien travaillé, ma vieille, je suis fier de toi, il ouvrit la porte-fenêtre et considéra son île japonaise. Tout de suite il nota l'erreur, une infime irrégularité, un sillon mal formé dans la surface des petites pierres immaculées. Une idée fugitive le traversa sans s'arrêter : non, dans le jardin zen, ils n'auraient pas osé. Encore l'une de ces mouettes ! Les mouettes belges n'avaient aucun respect pour les ordonnancements japonais.

Il gagna la cuisine, décrocha le grand râteau de bois coincé entre le réfrigérateur et le placard aux casseroles et, avec des délicatesses d'aquarelliste encombré d'un trop long pinceau, il entreprit de réparer le minuscule accroc.

Fasciné depuis son plus jeune âge par les mystères insondables de la femme (il appartenait a une époque, dont on a oublié l'ennui, où les lycées n'étaient pas mixtes), Gabriel avait demandé à Élisabeth la permission de venir avec elle chez son gynécologue, « je veux dire dans le cabinet d'examen ».

— Mais tu es fou, bien sûr que non.

— Alors dans la salle d'attente ?

— Impossible, tu aurais l'air de quoi ? En plus, il devinera tout de suite à ton air malsain que tu n'es même pas mon mari.

Elle avait daigné du bout des lèvres accepter une

proposition de deuxième choix : l'accompagner en voiture, la déposer trois numéros après celui du médecin, se garer encore plus loin et patienter au café du coin devant le breuvage de son choix jusqu'à la fin de la visite. Jaloux du spectacle qui se déroulait sans lui, de l'autre côté de l'avenue Paul-Doumer, au cinquième étage, il se contentait de cet ersatz, la proximité géographique. Et comme il ne manquait aucun de ces rendez-vous rituels (frottis de contrôle, pose de stérilet, chasse aux éventuels nodules mammaires) il avait commencé de nouer des relations avec le limonadier qui l'accueillait. C'était un géant brun, enfant de la planète Rugby, le nez cabossé, les oreilles aplaties. De ce bloc de chair compacte, chef-d'œuvre du Sud-Ouest français, sortait une voix fluette d'adolescent.

— Bienvenue chez un ami des femmes...

Ainsi avait-il reçu Gabriel, la première fois.

— ... Vous verrez, tout se passera bien. C'est vrai qu'elle est pleine de mystères, la petite usine à ces dames. Quand on pense à la nôtre, si simplette, si visible...

Ils avaient trinqué aux petites usines intimes. Une vieille prune des familles, réserve de la maison Louis Roque à Souillac (Périgord). Dans sa main énorme, les verres disparaissaient, engloutis. On aurait dit qu'il buvait à même les doigts.

Depuis ce jour-là, Gabriel se trouvait en terrain fraternel pour attendre Élisabeth.

Elle poussa la porte dans de grandes bouffées de gaieté et de parfum.

— Tu ne devineras jamais ce que j'avais...

— Ce que tu avais où ?

— Où veux-tu que ce soit ? Mais au plus profond, tu veux un dessin ?

Elle ouvrit son sac, toujours pouffante et, le dos tourné pour se protéger de la curiosité dévorante du limonadier, elle en sortit un gravier blanc.

— Ça ne te rappelle rien ?

Gabriel fronça les sourcils.

— On dirait... attends... oui. Le jardin japonais après la chocolatière ?

Il sentit l'écarlate lui brûler les joues.

— Félicitations, mon cher, d'avoir deviné et de l'avoir poussé si loin, lui.

Elle tenait le caillou zen comme un diamant, entre le majeur et le pouce, juste à hauteur des yeux de Gabriel.

— Inutile de te dire que ma réputation est perdue à tout jamais. J'ai entendu un tiens, tiens, tiens, entre mes cuisses. Et puis après, ce qu'il a pu rire, le bon docteur. Allez, on s'en va, ma famille m'attend.

Et sans respect aucun, ni nostalgie particulière, elle laissa tomber le souvenir magnifique dans le cendrier-réclame Martini qui se trouvait là.

Comme on s'en doute, Gabriel discrètement s'en saisit. Et jamais, en aucune occasion, même pendant les mois de rage durant lesquels il vouait aux gémonies son amour, jamais, sans qu'Élisabeth en sût jamais rien, ne s'en était séparé pour aucun voyage, allant même jusqu'à le glisser sous sa langue, durant la douche, lorsque la salle de bains de l'hôtel lui semblait peu sûre et la pancarte don't disturb suspendue à sa porte une garantie insuffisante contre le torchon ou la balayette d'une servante trop zélée.

Gabriel retira soulagé ses doigts de sa poche : l'objet zen était toujours là, bien au chaud sous le velours, non loin de son vieil organe : ensemble ils devaient discuter, se rappeler le bon temps, des jours plus glorieux... lorsque les sexes faisaient découvrir aux graviers les lieux les plus secrets du monde.

Avant le dîner, Gabriel eut le temps de songer à son limonadier ami des femmes. Le pauvre n'avait jamais compris la raison de leur hilarité ce jour-là. Il se promit de lui écrire et aussi à Maître W. Pas question de se dessaisir d'un tel talisman. Mais s'il en envoyait une photo à l'archiviste ? Avec un récit précis des circonstances ? Ce genre d'anecdotes pouvait servir à la légende. Il fallait qu'à Gabriele ne manque aucune information vraie. D'un pas alerte, affamé comme un jeune homme, il rejoignit la table.

— Je dois admettre que cette chocolatière est bonne pour ta santé, dit sa compagne. Demain je me choisis moi aussi un rêve un peu chaud.

LXIX

Nul besoin de savoir le chinois pour deviner la teneur des chuchotements et gloussements des très jeunes serveurs, là-bas, dans l'un des coins de l'interminable salle de banquet. Comme un groupe de potaches, entre les portes battantes, bourrades, grimaces, bousculades, les uns roulaient des mines furieuses (et nos pourboires, si l'on annule ?), les autres rigolaient du ridicule de la situation : pauvres étrangers, ils ont invité une foule et deux heures après l'heure personne n'est encore arrivé ! De temps en temps, la silhouette blanche du cuisinier venait aux nouvelles, il s'était déguisé à l'occidentale, sa toque menaçait de chavirer, sans doute l'énervement.

Chacun à une extrémité de la table immense, Élisabeth et Gabriel ressemblaient à deux monarques. Mais d'un drôle de royaume, peuplé seulement de chaises vides. Cette cérémonie un peu grandiloquente était son idée à elle.

C'était un soir, alors qu'ils revenaient d'un spectacle monté par l'université locale, *Le Roi des singes*, d'après le chef-d'œuvre de Wu Cheng'en. La

marche de conserve, après tant et tant d'années de
solitude tellement entourée mais sans personne à
leurs bras, restait la même fête, de douceur et de
gaieté, d'éblouissement de ne faire qu'un sitôt que
l'épaule droite d'Élisabeth frôlait la gauche de
Gabriel, de même qu'au lit, ils avaient chacun leur
côté et n'en changeaient jamais, ravis de rattraper
leur retard en plongeant dans ces habitudes typiquement conjugales. Fête aussi que cette certitude
de se trouver là où il était écrit depuis toujours
qu'ils devaient se trouver : l'un contre l'autre. Et,
avec la mégalomanie tranquille des amants, ils pen-
saient que le monde entier leur savait gré de cette
harmonie. Si bien qu'ils passaient leur temps à cheminer. Tu viens ? disait soudain l'un ou l'autre, à
toute heure du jour ou de la nuit, et ils repartaient,
sous le regard admiratif des voisins, « Ils n'ont pas
fini de tout visiter ces deux-là ? », « Ça, on peut dire
qu'ils s'intéressent à la Chine », « Ils mourront sur
la route », « Peut-on rêver mieux ? ». Une fois de
plus, ils étaient montés jusqu'au pavillon des
Nuages Précieux. Une fois de plus, Élisabeth avait
prononcé la blague rituelle et terrifiante :

— Tu as bien ta bourse ?

À l'époque des Ming, soixante-dix mille eunuques
servaient à la Cour. On les opérait sur une chaise
spéciale percée d'un trou. La moitié mouraient. Les
rescapés portaient leur membre coupé dans un
petit sac : toute mutilation interdisant la réincarnation, il fallait tenter de berner les esprits...

— Gabriel, l'heure est venue de dire merci...

— Il faut toujours dire merci.

— ... Merci à tous ceux qui nous ont aidés depuis
le 1er janvier 1965...

— Un dîner de complices ?

Insensible à la moquerie, elle avait continué sa
pensée, avec une moue de bonne élève, infiniment
appliquée.

— ... Parce que tu crois que sans leur aide, nous
serions parvenus ensemble à la fin de la guerre ?

Et elle avait commencé la longue, très longue liste des amis qu'elle souhaitait inviter.

Et maintenant ils étaient là, chacun sur sa chaise, invisibles pour le monde entier excepté pour les deux amants si longtemps clandestins et dont ils avaient été les frères et sœurs, les soutiens, les arcs-boutants, les confidents jamais lassés, les conseillers jamais suivis, les facteurs, les aubergistes discrets, les alibis permanents, les teneurs de mains au milieu de la nuit, les distributeurs de Kleenex, les perroquets de phrases toutes faites et si nécessaires « vous vous aimez si fort, laisse faire le temps, tout s'arrangera... », les prêteurs de voiture, les auxiliaires de déménagements, les garde-meubles, les poètes aussi, les chroniqueurs, ceux qui savaient rappeler au bon moment « qu'un amour tel que le vôtre se paie forcément, que les légendes se méritent, et qu'il faudrait peut-être cesser de larmoyer, une passion semblable est un don du ciel ». Tous qui, au risque de blesser leur conjoint, les avaient regardés s'aimer avec tant d'envie mais jamais d'aigreur, sans jamais les jalouser. Trente-cinq années durant.

Bref, les amis.

Ils sont là, tous, de si vivants fantômes, les coauteurs de cette longue, si longue histoire amoureuse.

M. Jean, l'expert en mousses et trésorier départemental adjoint de la Ligue du Coin de Terre, il a retrouvé son vieux camarade berbère du jardin de l'Alcazar. Gabriel XI, l'ex-roi du caoutchouc, apporteur du gène de l'amour fou. Charles Quint et Cervantès, les fournisseurs de légendes. Les deux sœurs Ann et Clara, elles fusillent du regard leur rivale basque Otxanda, vont-elles en venir aux mains ? L'alliée si précieuse des tout débuts, la Recteur de Paris, de qui peut-elle parler avec le concierge de l'Observatoire ? Louis XIV piaffe : depuis que l'ambassadeur lui a laissé entendre que le Palais d'Été surpassait son Versailles il meurt d'envie et de crainte d'aller y voir. Lord Jim apostrophe La Quintinye : accepterait-il de venir enseigner aux habitants du Patusan, qui manquent de vitamines, quelques secrets sur les fruits et légumes ? Et les Belges, tous les Belges, si on ne les sépare pas, ils vont encore ne discuter que du Zoute... Et l'éternel, le mari, quel fair-play cette présence ! Il presse de questions Maître W., celui-ci va-t-il tout lui raconter ? Quelle est la règle en ces matières délicates ? Laissons faire l'avocat, il connaît son métier. Et Michel C., l'astronome, il est tombé sous le charme de Mme Liao, la traductrice, il fallait s'y attendre. Et bien sûr Miguel Honoré Gustave, le non-écrivain mais banquier redoutable, il rayonne, il a dû signer cet après-midi même deux ou trois contrats du siècle...

Ô merci d'être venus, tous venus, malgré les milliers de kilomètres, les occupations de chacun, malgré tant et tant d'obstacles, y compris la mort de beaucoup trop d'entre vous.

Ô la fête, quelle belle fête, tu prends note, Gabriele, tu ne laisses rien perdre, aucun sourire, aucun regard ? Tout est si précieux ce soir.

Si tu reçois cette interminable lettre (pardon pour ces centaines de pages, mais tu l'as deviné, la longueur est notre maladie, à ta grand-mère et à moi, aurions-nous eu le talent de faire court, comme tous nos collègues, petite baise banale au soir d'un voyage professionnel, que tu ne serais pas là), si donc ce gros paquet de mots est parvenu jusqu'à toi, cela veut dire qu'à l'heure qu'il est, étant donné la lenteur du courrier normal (ça ne t'étonnera pas, tu commences à nous connaître, nous n'avons pas souhaité, par respect pour notre ami le Temps, utiliser les messageries modernes, genre DHL, qui bousculent et blessent tous les rythmes essentiels), de la terre chinoise nous recouvre.

Maintenant, Gabriele, à toi de jouer. Utilise, comme tu l'entends, toutes ces informations, même les plus intimes. À toi de juger s'il y a matière pour la Grande Légende qui nous ferait pardonner notre conduite. À toi, si tu le veux, de dresser le portrait de cette improbable mais ô combien vivace réalité : un sentiment.

Ne t'inquiète pas pour nous. Tout va pour le mieux. Fais-nous confiance. Des chambres d'hôtel aux jardins historiques, nous avons exploré tous les refuges des amours impossibles. Notre conclusion est claire : la mort est la plus certaine et la plus libre des concessions.

La Faculté aurait interdit, expressément prohibé à Élisabeth et Gabriel, le bonheur qui montait en eux, trop d'émotion, trop de larmes contenues, trop de battements de cœur par minute, trop de tremblements de la main quand elle porte le verre à la bouche.

Mais la Faculté n'était pas là. Elle était si peu intervenue au cours de toutes ces années. Sans une santé de fer, qui résiste à l'adultère ?

La longueur de la table jouait aussi son rôle bienfaisant. De si loin, plus de dix mètres, les rides d'Élisabeth, le jaune de sa peau, ses plis au coin de la bouche avaient disparu. Ne restait d'elle qu'un halo radieux, le souvenir en Gabriel de sa rencontre, dans le froid glacial, avec un capuchon rouge, la femme de sa vie. Et de même, grâce à la distance et au mauvais éclairage, le vieil homme avait pour elle perdu trente ans. Oubliées la calvitie, les taches brunes, ses dents refaites, cette haleine un peu aigre, de plus en plus souvent, toutes ces marques de l'âge. Elle n'avait plus devant elle que le fiancé secret du Jardin des Plantes, celui qui ne l'avait pas quittée depuis le fameux 1er janvier, si souvent maudit et bien plus encore béni.

Sous le regard de plus en plus éberlué des serveurs, ils se souriaient, ils se souriaient, infiniment fiers, habités au même moment par la même pensée folle : nous avons triomphé du Temps !

Le maître d'hôtel interrompit ce lointain et béat face-à-face.

— Monsieur, les cuisines vont fermer.

— Vous pouvez servir.

— Mais... vos invités ?

— Vous ne les voyez pas ?

— Si, si, bien sûr...

Il ne faut jamais contrarier les étrangers qui paient.

Le maître d'hôtel leva la main et le ballet commença. Les potaches étaient redevenus serveurs d'élite, gravité, attention, rapidité. En trois minutes, la soupe, petite introduction au festin prévu, fumait dans les bols.

— Gabriel ?

Malgré l'éloignement, la voix d'Élisabeth lui arrivait toute proche, il sentait son souffle, des lèvres à son oreille.

— Chérie ?

Il usait de ce mot galvaudé avec une arrogance d'hidalgo, estimant, non sans raisons, que toutes ces années de guerre lui avaient rendu sa force première, Chérie, merde à ceux qui ricanent.

— Tu penses que nos amis seraient froissés ?...

— Froissés, mais de quoi ?

— Si nous demandions, ce n'est pas très facile à dire, pardon, jure-moi de me pardonner, je vais peut-être tout gâcher, alors oublie à l'instant ce que je vais proposer, l'idée m'est venue, oui, si nous demandions à quelques passants de partager leurs chaises ?

Gabriel de nouveau appela le maître d'hôtel. En anglais, il lui expliqua le souhait de sa femme et, devant son air horrifié, ajouta : « C'est un vœu religieux. » L'homme s'éloigna en grommelant, pour revenir peu après, poussant devant lui une troupe hétéroclite, minuscule échantillon de la rue de

Pékin, ancêtres malicieux, jeunes efflanqués, deux coquettes maquillées...

Les invités s'interrogeaient : pouvaient-ils accepter cette étrange proposition ? Comme si l'on avait faim en Chine, première puissance future du monde ! Ah, c'était un repas de noce ? Ils scrutaient avec méfiance les deux originaux vieillards occidentaux qui leur faisaient signes, grands signes de s'asseoir. D'un seul coup, ils se décidèrent. Bientôt l'on ne vit plus que des têtes courbées sur les bols, assourdissant concert de lampées et de succions.

Alors Gabriel, en s'aidant du dossier de sa chaise, se dressa sur ce qu'il lui restait de jambes. Il brandit son verre et, l'air sinistre à force de gravité, la voix tremblante et traversée d'éclats aigus, il prononça son toast aux amis, ces si chers, fidèles et opiniâtres amis, hélas empêchés, mais que représentaient dignement ces convives de la dernière heure, un toast bien bref pour un homme si bavard, une des allocutions les plus concises de toute l'histoire des discours :

— Merci.

Il s'arrêta. Puis reprit :

— Merci. Vous nous avez offert le plus beau des cadeaux : la durée.

Il restait là, immobile, la bouche entrouverte et les yeux clignotants, à ne plus savoir que dire ni faire.

Élisabeth à son tour se leva. De sa démarche de princesse que l'armée des rhumatismes, malgré tous ses assauts, n'avait pas réussi à entamer, elle longea l'interminable table. Au passage, comme celle d'une mère, sa main caressait le crâne des fantômes et de leurs fondés de pouvoir asiatiques.

Elle passa son bras sous celui de Gabriel.

On s'arrêtera sur cette image. Les deux très vieux amants s'amusent des manières goulues de leur immense famille adoptive. Ils tanguent de fatigue. Un degré supplémentaire de bonheur les tuerait net.

Voilà.

Telle est la vérité vraie, résumée mais fidèle, que n'enjolive ni n'édulcore aucun mensonge.

Tel fut l'amour illégitime auquel tu dois la vie.

HISTOIRE DU MONDE EN NEUF GUITARES,
roman, Fayard, 1996
accompagné par Thierry Arnoult.

MÉSAVENTURES DU PARADIS,
mélodie cubaine
photographies de Bernard Matussière,
Éditions du Seuil, 1996.

DEUX ÉTÉS,
roman, Fayard, 1997 ; LGF.

LONGTEMPS,
roman, Fayard, 1998 ; LGF.

PORTRAIT D'UN HOMME HEUREUX, ANDRÉ LE NÔTRE
Fayard, 2000.

LA GRAMMAIRE EST UNE CHANSON DOUCE
Stock, 2001 ; LGF.

Composition réalisée par EURONUMÉRIQUE

Imprimé en France sur Presse Offset par

BRODARD & TAUPIN

GROUPE CPI

La Flèche (Sarthe).
N° d'imprimeur : 19445 – Dépôt légal Éditeur 36747-10/2003
Édition 02
LIBRAIRIE GÉNÉRALE FRANÇAISE - 43, quai de Grenelle - 75015 Paris.

ISBN : 2 - 253 - 14667 - 6   31/4667/7